BRENDA NOVAK
SIN CULPA

Editado por Harlequin Ibérica.
Una división de HarperCollins Ibérica, S.A.
Núñez de Balboa, 56
28001 Madrid

© 2011 Brenda Novak, Inc. Todos los derechos reservados.
SIN CULPA, Nº 29 - 1.3.13
Título original: Inside
Publicada originalmente por Mira Books, Ontario, Canadá

Todos los derechos están reservados incluidos los de reproducción,
total o parcial. Esta edición ha sido publicada con permiso de
Harlequin Enterprises II BV.
Todos los personajes de este libro son ficticios. Cualquier parecido
con alguna persona, viva o muerta, es pura coincidencia.
® Harlequin y logotipo Harlequin son marcas registradas por
Harlequin Books S.A.
® y ™ son marcas registradas por Harlequin Enterprises Limited y
sus filiales, utilizadas con licencia. Las marcas que lleven ® están
registradas en la Oficina Española de Patentes y Marcas y en otros
países.

I.S.B.N.: 978-84-687-2461-4
Depósito legal: M-41964-2012

Al oficial de investigación David Doglietto.

Gracias por dedicar una buena parte de tu día libre a acompañarme durante una visita guiada por Soledad Prison (que fue fascinante), por responder a todas mis preguntas y a mis correos electrónicos, por leer este libro cuando todavía era un manuscrito y corregir mis errores, y por enseñarme tanto sobre lo que de verdad es estar «entre rejas». Tus conocimientos y tus sugerencias me ayudaron mucho, y tu generosidad es toda una inspiración. Gracias, Dog.

Capítulo 1

El aislamiento es la desdicha absoluta para un hombre.
Thomas Carlyle

Peyton Adams miró a los tres hombres que habían ido con ella desde la cárcel a la biblioteca pública, y a los dos hombres con quienes se habían reunido en secreto. Sabía que lo que tenía que decirles no iba a ser de su agrado, y menos para el director de la prisión, que estaba lo suficientemente desesperado como para intentar cualquier cosa. Sin embargo, ella pensaba que debía expresar su opinión.

–Yo digo que no. Es demasiado arriesgado. Tal vez podríamos protegerlo si lo pusiéramos en el Módulo de Aislamiento, pero con los presos comunes no. De ninguna manera.

Simeon Bennett, la persona cuya vida trataba de salvar, estaba sentado frente a ella en la mesa de reuniones, y no parecía que agradeciera mucho su intervención.

–¿Acaso no está de acuerdo conmigo? –le preguntó Peyton, al ver que él entornaba sus ojos azules como el hielo.

–Tengo el convencimiento de que puedo llevar a cabo la misión. De lo contrario no estaría aquí sentado –respondió él.

El señor Bennett trabajaba para la empresa Departament 6, una compañía de seguridad con sede en Los Ángeles de la que ella no había oído hablar nunca. Tenía un aspecto tan duro como cualquier recluso de los que había conocido durante los dieciséis años que llevaba trabajando en las instituciones penitenciarias del país. Su estatura era de más o menos un metro noventa centímetros, y debía de pesar unos cien kilos. Parecía que estaba tallado en piedra. Los bíceps y los músculos pectorales se le marcaban bajo la camisa de vestir. Tenía el pelo rubio y lo llevaba cortado al estilo militar, lo cual terminaba de conferirle un aire amenazador. Sin embargo, le haría falta algo más que músculo y una mirada malevolente para sobrevivir en Pelican Bay si cometía el error de molestar al recluso equivocado.

—No creo que entienda cómo es —respondió Peyton, y señaló hacia la puerta que acababan de cerrar para referirse a la cárcel, aunque estuviera a doce kilómetros al noroeste de la biblioteca y envuelta en la niebla, en aquel día tan frío de enero.

Quedó claro que él quería rebatirle lo que acababa de decir, pero por algún motivo se contuvo. Tal vez se estuviera reservando para la salva final. Fue Rick Wallace, uno de los subdirectores del Departamento de Prisiones y Reinserción de California, y el hombre que había llevado allí al señor Bennett, quien tomó la palabra.

—Sé que nuestra proposición no tiene precedentes, pero los problemas de Pelican Bay cada vez son más graves, y hay que hacer algo. El director quiere descubrir al asesino del juez García y procesarlo —dijo, mientras se estiraba la corbata—. El secretario Hinckley y el gobernador lo respaldan. La prensa no deja de repetir que Pelican Bay es un avispero de violencia mafiosa. Hay que actuar con decisión —prosiguió, y al señalar a Simeon, la luz hizo brillar su gruesa alianza de oro—. El señor Bennett sabe cuáles son los riesgos a los que va a exponerse. Aunque está en el sector privado, lleva más de diez años trabajando en el mundo de la justicia penal. En mi opinión, debemos darle un voto de confianza.

Peyton se puso en pie. Estaba muy agitada.

—Me parece magnífico que tenga la experiencia de su trabajo en... ¿Cómo has dicho? En esa empresa llamada Department 6, pero no estoy segura de que nada de lo que haya hecho en el pasado ha podido prepararlo para esto. Además, ¿es que piensas que puede hacer ese trabajo él solo?

Simeon se echó hacia atrás y la miró reservada y fríamente, como si quisiera hacerla creer que ya era un recluso. Sin embargo, se mantuvo en silencio.

—No va a estar solo —dijo Wallace—. Tendrá todo tu apoyo, ¿no?

—Te refieres al poco apoyo que yo puedo brindarle desde el edificio de administración, ¿no? Cuando lo hayan apuñalado, podré ocuparme de que tenga atención médica, pero...

Wallace abrió de golpe su delgada carpeta de cuero.

—¿Me estás diciendo que no puedes asegurar el bienestar de tus reclusos, aun siendo la subdirectora jefe de tu prisión?

—Las cárceles son para preservar la seguridad de los que están fuera, y ahí precisamente es donde sugiero que se quede el señor Bennett —replicó ella—. Si lo infiltramos entre los reclusos y él hace demasiadas preguntas, o hace alguna pregunta equivocada, no pasará de la primera semana. Y aunque lo consiguiera...

—Hemos entendido tus objeciones, Peyton —dijo el director Fischer, que por fin se dignó a hablar. Con aquella interrupción, le indicó que volviera a sentarse.

Fischer solo llevaba tres años en el puesto de director

de la prisión de máxima seguridad más famosa de California, pero con sesenta y un años, había desempeñado su función en instituciones penitenciarias durante el doble de tiempo que ella. Había trabajado en San Quentin antes que en Pelican Bay, era amigo de Arnold Schwarzenegger, el gobernador que lo había nombrado para su puesto actual, y dirigía la cárcel con mano de hierro.

Era defensor de la idea de que debía emplearse mano dura contra el crimen, noción que se había extendido por el país en los años ochenta y noventa, y que era precedente de la construcción de prisiones como Pelican Bay. El director no gustaba ni a reclusos ni a oficiales de prisiones. Un hombre fornido, con un pecho fuerte y ancho y las piernas arqueadas, la voz ronca... A Peyton le recordaba a un eremita huraño, pero hacía todo lo posible por ignorar sus comentarios desabridos. En su opinión, el director confundía la reinserción con el castigo. Ella solo esperaba al momento en que se jubilara, puesto que al ser la segunda al mando, tenía expectativas de poder ocupar su puesto. Entonces pensaba dirigir la cárcel de una forma mucho más ilustrada.

—Rosenburg, ¿qué piensa usted? —preguntó el director, girándose hacia el hombre que había a su izquierda.

El oficial Frank Rosenburg era el Detective Jefe del equipo policial de cuatro miembros del que disponía la prisión. Todavía no había cumplido los cuarenta años, y llevaba un uniforme de policía en vez de traje. Rosenburg y sus hombres eran los encargados de vigilar las actividades de las bandas mafiosas de la prisión, entre ellas, el menudeo de drogas, además de investigar cualquier delito que se perpetrara u originara en Pelican Bay, incluyendo el homicidio, el blanqueo de dinero, los atracos a bancos, los allanamientos de morada e incluso la prostitución. Claramente, los policías tenían las manos llenas. En la cárcel había tres mil trescientos cuarenta y tres reclusos, la mayoría de los cuales eran de nivel cuatro, lo peor de lo peor, frase que Peyton había oído hasta la saciedad desde que había aceptado aquel trabajo, seis meses antes. Con esa cifra de reclusos, cuatro oficiales no era precisamente un ratio óptimo.

Se suponía que el Módulo de Aislamiento debía aliviar un poco esa situación. Acogía a unos mil doscientos de los internos de Pelican Bay. Allí, los presos residían en completo aislamiento, en sus celdas de cemento de dos metros y medio por tres metros y medio, todo el día, salvo una hora durante la que se les permitía salir a hacer ejercicio, a solas, a un patio de cemento del tamaño de una pista de frontón. Pese a estar constantemente vigilados y a carecer de privilegios, aquellos presos se las arreglaban para dirigir extensas organizaciones mafiosas que afectaban a gente de dentro y de fuera de la cárcel.

Frank se tocó la barba castaña y frunció el ceño.

–Ya sabe cómo son las cosas, jefe. Nosotros nos matamos a trabajar, pero solo el hecho de revisar las comunicaciones entre presos nos lleva horas y horas al día. Los malos van ganando. Creo que los miembros de la Furia del Infierno son los culpables del asesinato del juez García. Detric Whitehead, o tal vez otro de su banda, dio el golpe. García estaba a punto de presidir el juicio de Chester Wellington, y la Furia del Infierno no quería que eso sucediera. Sin embargo, no soy capaz de explicar exactamente cómo lo hicieron. En cuanto a poder demostrarlo, será todavía más difícil.

–Así que le gusta esta idea –le dijo el director.

Frank era un hombre de estatura media. Debía de medir un metro setenta y dos o setenta y tres centímetros, un poco más que Peyton. Tenía una barba de chivo color castaño oscuro. Miró con seriedad a Simeon. Estaba claro que aquella idea no le gustaba, pero por deferencia hacia los representantes del Departamento de Prisiones, estaba intentando no rechazarla de plano.

—Preferiría contratar a algunos policías más, que trabajaran bajo mi mando, para poder resolver esto de manera interna.

—No hay dinero para contratar a nadie. Eso ya lo sabes —dijo el director, mientras tamborileaba los dedos amarillentos contra la mesa.

—Podríamos aliarnos con la policía de Santa Rosa, formar otro grupo de trabajo, como hicieron para la Operación Viuda Negra.

El director había empezado a reírse incluso antes de que Frank terminara la frase.

—¿Esa es tu respuesta? En la Operación Viuda Negra estaban involucradas treinta agencias gubernamentales, incluyendo al FBI. Llevó más de tres años y fue una de las investigaciones más largas y caras sobre bandas mafiosas de la historia de Estados Unidos. Si este estado no tiene fondos para contratar a más policías, mucho menos los va a tener para otra Operación Viuda Negra. Puedes estar seguro de que los federales no van a financiarla. En este momento tienen muchos problemas propios.

A Frank no le agradó aquella contestación, y se irguió en el asiento.

—Lo que no podemos permitirnos es cometer un error. Si lo hacemos, la Furia del Infierno tendrá todavía más poder. Y no hace falta que te diga que están fortaleciéndose y creciendo de un modo inédito, dentro y fuera de la cárcel.

Wallace intervino de nuevo.

—La Operación Viuda Negra tuvo éxito porque hubo un informante. Nosotros no lo tenemos. Sin información sobre nombres, fechas y lugares, no tenemos nada, salvo una banda nueva que está apoderándose rápidamente de Pelican Bay, y extendiéndose por las calles de la parte norte de California.

–Tal vez pudiéramos conseguir que alguno de ellos se ponga de nuestro lado –dijo Peyton–. Alguien que esté a punto de conseguir la condicional y quiera disfrutar de su libertad, en vez de convertirse en sicario de un regimiento externo de la Furia del Infierno y volver rápidamente a la cárcel.

El alivio se reflejó en el semblante de Rosenburg.

–Buzz Criven va a salir el mes que viene. Si le ofreciéramos un trato…

–Aunque le ofrecieras un trato y lo aceptara, no tenemos ninguna garantía de que fuera a cumplir su parte –dijo Fischer, mientras se pellizcaba las aletas de la nariz, tiraba de ellas y las soltaba. Aquel era uno de sus hábitos menos atractivos–. Ya sabes lo que se estaría jugando, y ya sabes cómo mienten esos desgraciados.

–Por eso sugiero que infiltremos un topo –dijo Wallace.

Sí, pero, ¿a qué precio?, se preguntó Peyton. ¿Desde cuándo valía menos una vida humana que el gasto de una investigación ordinaria? Si Simeon Bennett pensaba que los miembros de la Furia del Infierno iban a fiarse de él porque fuera blanco y tuviera aspecto de ser uno de los reclusos, estaba muy equivocado. Las bandas mafiosas no funcionaban así.

–Sangre dentro, sangre fuera. Ese es el código por el que se rigen las bandas, por lo menos la mayoría de las bandas de Pelican Bay –dijo, y se concentró en Simeon–. Sabe lo que significa eso, ¿verdad?

Él puso las manos sobre la mesa y se las agarró. Tenía cicatrices y marcas que sugerían que había estado metido en bastantes peleas, pero lo que más llamó la atención de Peyton fue que tuviera las palabras «Amor» y «Odio» tatuadas en los nudillos. Era evidente que no se trataba del típico policía; en realidad, técnicamente ni siquiera era policía. Sin embargo, eso no significaba que fuera a estar a salvo rodeado de violadores, asesinos y mafiosos.

–¿Es que quiere hacerme un examen sobre bandas? –le preguntó él–. ¿Quiere asegurarse de que me conozco la jerga?

Ella se estiró la chaqueta del traje y preguntó, a su vez:

–¿Acaso quiere decir que está dispuesto a apuñalar a alguien para entrar? Porque si eso es cierto, le reservaré una celda en este mismo instante.

Él le guiñó el ojo.

–Por fin vamos por el buen camino.

Peyton se quedó boquiabierta.

–¿Es a este hombre a quien quieres meter en nuestra cárcel? –le preguntó a Wallace.

–Es perfecto, ¿no te parece? –respondió él con una sonrisa.

–¿Acaso te ha gustado su respuesta?

Wallace la miró con calma, con frialdad, como si fuera un político.

–Me parece creíble, y eso es precisamente lo que necesitamos.

–Lo que yo estaba intentando decir es que para pasar la iniciación de una banda mafiosa hace falta algo más que labia –insistió Peyton.

–Simeon y yo ya hemos hablado de eso –respondió Wallace–. Podríamos orquestar ciertos… eventos. Por supuesto, necesitaremos tu colaboración, pero podríamos representar un apuñalamiento o… cualquier cosa que sea verosímil.

Peyton tomó un bolígrafo que alguien se había dejado sobre la mesa y fue golpeando la mesa a medida que recalcaba sus palabras.

–No lo entiendes. Tú no puedes elegir a quién apuñalas. Te lo indican los de la Furia del Infierno.

—Ya pensaremos en algo –dijo Wallace, y miró a Fischer como si quisiera preguntarle si iba a dejar que ella siguiera oponiéndose a su idea.

Fischer habló de nuevo, pero no rebatió a Peyton. Parecía que estaba más interesado en ciertas aclaraciones.

—¿El departamento va a pagar la investigación?

Wallace se apresuró a confirmarlo.

—Exactamente. ¿Por qué no? Será una ganga comparado con lo que necesitaremos para detener la sangría que se producirá si no zanjamos este problema.

El director de la cárcel estaba siempre bajo la presión de recortar gastos, como todos los demás directores, debido a los problemas presupuestarios que padecía California. Aquel estado tenía el porcentaje más alto de población reclusa de todos Estados Unidos, y tenía que mantener lo que había creado. Sin embargo, Peyton no creía que el ahorro justificara el hecho de poner en peligro la vida de un hombre, aunque aquel hombre fuera tan inconsciente como para implicarse en una operación tan peligrosa. Esperaba que la quinta persona que estaba sentada alrededor de aquella mesa, Joseph Perry, uno de los subdirectores que estaban por debajo de ella, compartiera su opinión. Entonces, tal vez Fischer los escuchara.

Sin embargo, debería haber sabido que no podía contar con Perry. Cuando arqueó una ceja hacia él, pidiéndole que interviniera, él se ajustó las gafas sobre la nariz y permaneció en silencio.

—¿No tienes nada que decir? –insistió ella.

—Yo... eh... supongo que puede funcionar.

En otras palabras, no le importaba en absoluto. No era su cuello el que estaba en peligro.

Peyton se giró hacia el director.

—Por lo menos, tómese un tiempo para pensarlo, señor.

—Eso es exactamente lo que he estado haciendo –respondió Fischer, mientras estudiaba a Simeon–. ¿Estás seguro de que tienes agallas para hacer esto, hijo?

Bennett, con un amago de sonrisa, se subió la manga de la camisa y mostró un tatuaje que parecía el número de identificación de un recluso.

–¿Es usted un expresidiario? –preguntó Peyton con estupefacción.

Bennett asintió mientras se abotonaba el puño de la camisa.

–Oh, magnífico –dijo ella. Se apoyó en el respaldo de la silla y cruzó las piernas–. Eso me infunde una gran confianza en usted.

¿Qué clase de preso se tatuaba el número de identificación en el brazo? Eso solo lo haría un recluso muy beligerante...

Él no se dejó impresionar por su sarcasmo.

–Teniendo en cuenta sus reticencias, lo que a mí me preocupa es no poder confiar en usted –replicó.

Peyton hubiera respondido, pero el director habló antes de que ella pudiera hacerlo.

–¿Por qué lo metieron entre rejas?

–Por homicidio en primer grado –respondió Bennett, sin apartar la mirada del rostro de Peyton, aunque no hubiera sido ella quien había formulado la pregunta. Estaba interesado en su reacción.

Ella se había quedado demasiado asombrada como para hablar, y lo estaba mirando con la boca abierta.

Rosenburg se apartó de la mesa arrastrando la silla por el suelo.

–¿Cuánto tiempo estuvo en la cárcel?

Peyton se dio cuenta de que Simeon había captado su horror y su repugnancia. Él mantuvo una sonrisa burlona, pero en aquella ocasión miró a Frank al responder.

–Casi seis años.

—Lo que le ocurrió al señor Bennett fue... desafortunado —dijo Wallace—. Sin embargo, gracias a la aparición de nuevas pruebas mucho después de que lo condenaran, ha podido ser absuelto.

Absuelto. Durante unos instantes, aquella palabra no tuvo significado para Peyton. Simeon Bennett se había convertido en un expresidiario para ella, seguramente porque estaba tan curtido como cualquier hombre de la cárcel en la que trabajaba. Antes de que Wallace hubiera podido revertir aquella imagen, ella tuvo que asimilar el nuevo concepto: Él no lo hizo. Por supuesto. Bennett no estaría allí, trabajando para el Departamento de Prisiones, si hubiera asesinado a alguien.

Pero... ¿seis años por un asesinato que no había cometido? No podía creer que aquel hombre estuviera dispuesto a ponerse de nuevo en una situación tan vulnerable. Para darle verosimilitud a la operación, ellos no podrían demostrar ningún favoritismo hacia él, ni concederle permisos. El hecho de infiltrarse en Pelican Bay sería muy parecido a estar cumpliendo condena de verdad.

—Si piensa que con eso me convence de que es ideal para este trabajo, se equivoca —le dijo Peyton.

—¿Y por qué, subdirectora jefe?

—Algo tan trágico... ha tenido que provocar... cambios en quién es usted.

—Lo cual me convierte en género dañado. ¿Es eso lo que quiere decir?

—Podría ser.

Simeon apretó la mandíbula.

—Le aseguro que he superado con éxito todas las evaluaciones psicológicas.

Wallace le entregó un sobre marrón a cada uno de ellos.

—Dentro de ese sobre encontrarán el currículum del señor Bennett. Teniendo en cuenta que su pasado es poco corriente, supuse que tendrían preguntas. Queremos que se sientan totalmente cómodos con lo que hemos planeado, o por lo menos todo lo cómodos que pueden sentirse en estas circunstancias. Sin embargo, hemos hecho los deberes. Hemos denominado a esta operación «Operación Interna», y esperamos que sea un éxito.

–¿Esperamos? –repitió Peyton.

–El departamento.

Wallace había respondido con énfasis para dejarlo bien claro: No sería beneficioso para ella enfadar a sus superiores. Sin embargo, Peyton no era capaz de preocuparse más de su carrera profesional que de la vida de un hombre.

Miró los nudillos de Simeon. *Amor. Odio.* ¿Cuál de las dos emociones dominaba a la otra?

–¿Dónde cumplió usted su condena?

–En el sistema federal.

Podría haber dado más explicaciones, pero no lo hizo. ¿Era porque quería que ella indagara en su pasado? Aquella actitud defensiva molestó a Peyton. Un hombre que se había pasado seis años en la cárcel por asesinato podía tener muchos secretos oscuros, aunque lo hubieran absuelto y aunque trabajara en la seguridad privada.

–¿Cuánto tiempo lleva fuera? –le preguntó el director.

El desprecio de Simeon Bennett se hizo patente en su expresión. No le gustaba hablar de aquello, no le gustaba que lo interrogaran.

–Diez años.

–¿Y lleva trabajando para Department 6 desde entonces?

–Me hice policía, y después pasé al sector privado, pero he estado trabajando para Department 6 casi todos estos años.

–Entonces, ¿a qué edad ingresó en prisión? –preguntó Peyton.

Él arqueó las cejas.

—A los dieciocho años.

Muy joven. Peyton se imaginaba cuánto debía de haberle afectado aquella experiencia.

—Su familia debió de sufrir mucho.

Él no se dejó engañar por el tono comprensivo de su voz. Se dio cuenta de que ella estaba buscando información extra, tal vez algunas aclaraciones y explicaciones. Sin embargo, no se las dio.

—Sí, fue un golpe duro para ellos.

Aquel hombre ya la tenía intentando adivinar lo que había detrás de aquella máscara de tipo duro. Ojalá su resentimiento, si no su pasado, consiguiera que Fischer, el director, se preguntara por la buena disposición de Bennett para llevar a cabo el plan del departamento. Sin embargo, Fischer ni siquiera se molestó en abrir el sobre; se puso en pie y le tendió la mano a Wallace.

—Haremos todo lo que podamos para velar por su seguridad. ¿Cuándo entrará?

Peyton apretó los dientes con frustración. Fischer había aceptado.

—Esperábamos que pudiera entrar justo después de los otros traslados, el próximo martes —dijo Wallace, mientras se estrechaban la mano—. En una tarde ajetreada como la del martes, no llamará la atención.

Aquel día era viernes. Eso significaba que la investigación empezaría dentro de cuatro días... Y, en opinión de Peyton, un hombre tan guapo como aquel siempre llamaría la atención.

—No hay problema. Recibimos traslados individuales a menudo —dijo Fischer.

Frank se puso en pie y preguntó:

—¿Cuál va a ser su historia?

—Su expediente dirá que lo condenaron por matar a su

padrastro. Cuanto más nos acerquemos a la verdad, más convincente será todo –respondió Wallace.

–¿A la verdad? –preguntó Peyton.

Aunque Wallace y ella se habían entendido bien durante las otras reuniones que habían mantenido, en aquella él fruncía los labios cada vez que la oía hablar.

–Por eso fue encarcelado en un principio.

Ella se estremeció al pensar que a Bennett no solo lo habían condenado por asesinato, sino por el asesinato de alguien muy cercano. Eso la incomodaba mucho, aunque el jurado se hubiera equivocado. Tenía que haber algún motivo por el que lo habían encarcelado.

Simeon clavó la mirada en ella, y Peyton se dio cuenta de que él percibía su rechazo. Era como si se lo esperara, y al mismo tiempo, le contrariara.

–¿Quién mató a su padrastro en realidad? –le preguntó.

Él se limitó a sonreír, así que fue Wallace quien respondió.

–Su tío. Está bajo custodia en Solano State, en California, esperando el juicio. La madre del señor Bennett, que vive en Los Ángeles, donde él se crio, tal vez fuera la instigadora del crimen. Hay algunas pruebas circunstanciales que así lo sugieren, pero no hay pruebas reales, así que nunca la han acusado formalmente. El otro miembro de la familia del señor Bennett es su hermana, que se ha divorciado de su marido y tiene dos niños. ¿Necesita más información, subdirectora jefe?

Sí, mucha. Si la madre de Bennett había convencido a su hermano de que matara a su marido, ¿cómo era posible que Simeon hubiera terminado en la cárcel? ¿Su madre no lo había impedido? ¿O acaso habían incriminado a Simeon entre su hermano y ella? A Peyton se le llenó la cabeza de preguntas, pero no pensó que tuviera sentido pedir respuestas. Fischer iba a seguir con aquel plan, con o sin su aprobación. ¿Por qué iba a enfadar más a su jefe? Había percibido el sarcasmo de Wallace.

–No –dijo.

–Entonces, estaremos preparados para recibirlo el martes –dijo el director, y señaló hacia la puerta como si esperara que Wallace se marchara antes que él. Sin embargo, Wallace no se movió.

–Hay algo más.

Al oír su tono de voz sombrío, todos le prestaron atención.

–La identidad de Bennett, y todo lo referente a esta operación, es de máxima confidencialidad. Todo. ¿Entendido?

–No tiene de qué preocuparse –le aseguró Fischer–. Cuando lleguemos a la cárcel, les explicaré a todos los guardias lo delicado de la situación y sus responsabilidades en cuanto a la operación.

–No –dijo Wallace, agitando la cabeza–. No puede decírselo a los empleados. Únicamente podemos saberlo quienes estamos en esta habitación.

Fischer se rascó el mentón. Parecía que estaba empezando a entender lo que Peyton había comprendido todo el tiempo.

–¿Me está diciendo que no pueden saberlo ni siquiera los trabajadores que controlan a los reclusos?

–Exacto.

–Entonces, ¿cómo van a protegerlo?

Wallace se abrió la chaqueta del traje y enganchó los pulgares en la cintura del pantalón, como si estuviera posando para una revista de moda masculina. Quería llegar a ser el director del Departamento de Prisiones y Reinserción de California. Nunca lo había expresado con palabras, al menos delante de Peyton, pero para ella era evidente por el modo en que intentaba impresionar a los que estaban por encima de él, y por su manera inflexible de tratar a los que estaban por debajo.

—No pueden hacer por él nada más de lo que harían por cualquier otro recluso —dijo.

—Pero... —dijo el director de la prisión. Por fin comenzaba a protestar. Sin embargo, no sirvió de nada.

—Si los empleados le dan un trato diferente, si lo llevan aparte para preguntarle cómo van las cosas, si le demuestran un respeto que los demás no merecen... entonces acabará muerto. Una simple mirada podría ser suficiente.

El director se abotonó el abrigo.

—Pero la forma en que lo han planteado no nos da mucho apoyo.

Tal y como Peyton ya había mencionado...

—Es nuestra única opción —dijo Wallace—. No podemos arriesgarnos a que haya un soplo.

—Le prometo que mis empleados son dignos de confianza —insistió Fischer.

La alianza de Wallace no era tan impresionante como el grueso anillo de oro y diamantes que se había comprado para celebrar su reciente ascenso. Una vez más, Peyton se fijó en él, cuando él alzó la mano para hacerse con la atención de todo el mundo antes de que el director pudiera añadir algo más.

—Hay mil cuatrocientos empleados en esta prisión. No estoy acusando a nadie, pero todos sabemos que del recinto entran y salen drogas, mensajes, armas... Y para que ocurra con tanta frecuencia, algunos de los miembros de su plantilla tienen que facilitárselo a los reclusos. Si alguno de ellos avisara a los miembros de la Furia del Infierno... Bueno, no tengo que decirles que la verdad se extendería como la pólvora, ni lo que ocurriría después.

Fischer arrugó la frente.

–Entonces, ¿esta investigación incluye tanto a reclusos como a empleados?

–Eso ya se verá, ¿no cree? –respondió Wallace. Se soltó el cinturón y cerró su maletín. Después, Simeon Bennett y él se marcharon.

Peyton oyó encenderse el motor de su coche mientras Fischer, Rosenburg, Perry y ella se miraban los unos a los otros. Finalmente, el director les pidió a Rosenburg y a Perry que los disculparan un momento, y los dos hombres salieron a esperar a la furgoneta.

Peyton se apoyó en la puerta que acababa de cerrar y se preparó para un discurso. Pensaba que su jefe estaba a punto de reprenderla por no haber sido colaboradora durante la reunión. Generalmente, no tenía reparos a la hora de hacerla saber que no aprobaba su comportamiento, y como sus filosofías eran tan distintas, eso ocurría más a menudo de lo que a ella le hubiera gustado. Sin embargo, en aquella ocasión la sorprendió.

–No te gusta el planteamiento de esta investigación, ¿verdad, Peyton?

–No, señor.

–¿No crees que Bennett pueda llevarla a cabo?

–No estoy segura de que pueda hacerlo nadie. Ya sabe lo que va a pasar si lo acusan de chivato. Los de la Furia del Infierno no van a pedir pruebas. Con la sospecha será suficiente. Me temo que vamos a tener las manos manchadas de sangre antes de que termine la semana.

Él se sentó al borde de la mesa.

–De un modo u otro, esto es algo muy complicado –admitió él–. Pero... si Bennett es capaz de infiltrarse en el núcleo de poder de la Furia del Infierno, todos estaremos mucho mejor.

Ella no podía negarlo. Midió bien las palabras para decir la verdad sin traicionar su integridad.

—Sería magnífico acabar con Detric Whitehead y su organización, sí.
—No nos queda más remedio que obedecer. Lo entiendes, ¿verdad?
—¿Y por qué, señor?
—Ya has oído a Wallace. Nos presentó su plan como si nosotros pudiéramos hacer alguna aportación, cuando no podíamos. La decisión estaba tomada incluso antes de que nos citara aquí. El mismo gobernador está de acuerdo.

Ella tomó el sobre que les había entregado Wallace mientras se contenía para no hacerle ver que él debería haberse negado.

—Entonces, ¿qué sugiere que hagamos?
—Vamos a seguir esta maldita investigación, tal y como hemos acordado. Sin embargo, no hay ninguna necesidad de que los dos nos encarguemos de ella. Yo he dado mi aprobación. Ahora quiero que tú te hagas cargo de todo.

A Peyton se le encogió el estómago. ¿Por qué quería darle las riendas de una investigación tan delicada?

—¿Le importaría aclarármelo, señor?
—Yo ya tengo demasiadas cosas entre manos. A partir de ahora, tú llevarás esto.
—¿Y eso qué significa exactamente? ¿Que yo seré el contacto?
—Exacto. Tú te reunirás con Bennett cuando sea seguro, y le transmitirás sus progresos a Wallace. Este proyecto es tuyo. Por completo.

Sin embargo, era ella quien tenía reservas con respecto a aquella operación. Y acababa de crear tensión en su relación con Wallace, por no decir que se había enemistado con Bennett. ¿Por qué…?

Entonces, lo entendió todo. Fischer, el director de la prisión, quería alejarse de aquello. La investigación le provocaba tanto nerviosismo como a ella, y no quería estar cerca si todo les explotaba en las manos.

Ahora entendía por qué había requerido su presencia en una reunión tan clandestina. Era su chivo expiatorio. Fischer podía contentar al Departamento de Prisiones accediendo a sus peticiones, y evitar la responsabilidad si todo salía mal.

–¿Me queda elección? –preguntó.

–No, a menos que prefieras entregar tu renuncia.

Peyton tomó aire. Por muy tentadora que le pareciera la oferta en aquel momento, había invertido ya seis años en su carrera profesional. No estaba dispuesta a renunciar a todo lo que había conseguido sin luchar. Y menos cuando había una oportunidad, por pequeña que fuera, de que Bennett saliera airoso de la situación y los convirtiera a los dos en héroes.

Recordó los ojos azul claro del hombre que había estado sentado frente a ella en la sala de reuniones. Nunca había visto unos ojos de aquel color. Eran tan claros que le recordaban a dos pedazos de hielo.

–No, señor.

Fischer sonrió.

–Me alegro de oírlo. Buena suerte, para ti y para Bennett –dijo el director.

Después se marchó y la dejó sola.

En voz baja, ella maldijo a Fischer y su incapacidad de asumir la responsabilidad de lo que acababa de ocurrir.

¿Era Bennett tan bueno como pensaba Wallace?

Eso esperaba, porque si él se hundía, ella también.

Capítulo 2

Wallace les había proporcionado una hoja de información sobre el pasado de Simeon Bennett, y eso era todo. Peyton entendía que aquel secretismo era necesario, que era peligroso poner demasiadas cosas por escrito, pero en aquella supuesta biografía no había nada que no les hubieran revelado ya. Se trataba de una mera formalidad, de un fingimiento, y aquello la incomodó. Se pasaba cinco días a la semana con algunos de los mentirosos, ladrones y asesinos más astutos de California. Sabía cuándo le estaban tomando el pelo, y eso era lo que había percibido en la reunión de la biblioteca.

¿Qué era lo que tramaban los del Departamento de Prisiones? Nunca hubiera imaginado que tendría que preocuparse por la gente que estaba en su mismo bando, del lado de la ley, y además por encima de ella en la jerarquía de mando.

Alguien llamó a la puerta de su despacho.

Peyton metió la hoja de papel en el sobre y lo escondió bajo algunas carpetas de expedientes que había en su escritorio.

—Adelante —dijo.

Shelley, su secretaria, asomó la cabeza por la puerta.

—Me voy a casa. ¿Quieres que haga algo antes de marcharme?

Peyton miró el reloj. ¿Ya eran las cuatro y media? Estaba tan ocupada que los días pasaban casi sin que se diera cuenta. Tal vez ese fuera el motivo de que no tuviera vida amorosa, además del hecho de que se negaba a salir con ningún otro trabajador de la prisión, cosa que excluía a la mayor parte de los hombres de Crescent City.

—No, gracias. Nos vemos el lunes.

Shelley se detuvo.

—Oh, oh.

—¿Qué pasa? —le preguntó Peyton.

—Tienes el ceño fruncido de preocupación. ¿Qué ocurre?

Peyton sonrió para disimular. No podía poner en peligro la vida de Bennett dando a entender que iba a ocurrir algo inusual en la prisión.

—Nada, solo otro preso común que dice que se va a suicidar.

—¿Qué dice su informe psicológico?

—Que está fingiendo las tendencias suicidas.

Shelley entró en el despacho y se cruzó de brazos.

—¿Por qué cumple condena?

—Por abusar de tres niños.

—Entonces, está marcado, ¿no?

Los violadores o asesinos de niños corrían el peligro de morir a manos de los otros reclusos. Tampoco eran tolerados en prisión.

—No estoy muy segura de que esa sea la única razón por la que dice que quiere dejar el mundo de los vivos.

—Vamos, ya sabes que muchos de ellos intentan pasar al Módulo de Psiquiatría, pero con ciento veintiocho camas nada más, no puedes enviarlos a todos allí. Yo lo pondría de nuevo entre los presos comunes.

—¿Sin pensarlo dos veces?
—¿Por qué no?
—¿Y si se suicida de verdad? ¿Y si se cuelga en su celda? ¿Querrías ser responsable de eso?
—No —dijo Shelley—. Por eso te pagan a ti el sueldazo que te pagan.

¿El sueldazo? Peyton ganaba ciento veinte mil dólares al año, pero el dinero no la ayudaba a dormir por las noches. Al elegir aquella profesión, lo había hecho con una gran dosis de idealismo, pensando que de verdad podía contribuir a mejorar las cosas. Sin embargo, a menudo no encontraba una buena respuesta para los dilemas que se le planteaban. No podía poner a aquel recluso, Víctor Durego, en el Módulo de Aislamiento. Aquel módulo estaba reservado para internos con problemas de comportamiento, y el hecho de mantener a los presos en un aislamiento total costaba mucho dinero a los ciudadanos. Si Víctor no tenía ninguna enfermedad mental, tampoco podía internarlo en el Módulo de Enfermería Psiquiátrica. No tenía sentido hacer que los médicos y los enfermeros que trabajaban allí tuvieran que perder su valioso tiempo, y tampoco ocupar una cama que podía necesitar otra persona. Podría ponerlo, durante una o dos semanas, en el Módulo de Transición, donde recluían a los miembros de las bandas mafiosas que decidían colaborar con las autoridades, pero enviar a Víctor de nuevo con los presos comunes sería devolverlo a la situación por la que había dicho que quería suicidarse. Seguramente, porque otro interno lo había amenazado.

—Siempre está la otra filosofía —dijo Shelley.
—¿Cuál?
—Que un tipo que abusa de niños se merece lo que le pase.

Sabía que Shelley no era la única que pensaba así. Sin

embargo, Peyton opinaba que era la humanidad lo que diferenciaba a los guardianes de los reclusos. Si los guardianes se erigían como jueces, como jurados y como verdugos, no serían mejores que la gente a la que estaban custodiando.

–Que yo sepa, el daño físico no está incluido en su sentencia, y nosotros no tenemos derecho a aumentarla.

–Solo digo que... Tú no puedes adivinar el futuro. Él está en la cárcel por lo que hizo. Y ahora que está aquí, lo único que puedes hacer tú es cumplir con tu deber, tomar una decisión y esperar que todo salga lo mejor posible.

Shelley tenía razón en eso. Ella había tomado muchas decisiones en su trabajo. Algunas habían dado buenos resultados. Otras no. Por eso la responsabilidad era tan grande.

–Bueno, me marcho ya –dijo la secretaria–. Suerte con eso.

–Gracias –dijo Peyton, y se despidió agitando la mano.

Cuando la puerta se cerró, volvió a quedarse a solas con el expediente de Víctor, con otros muchos expedientes sobre los que tenía que tomar decisiones, y con el sobre marrón que contenía los datos de Simeon Bennett.

Sacó la hoja y volvió a leer su biografía. Entonces se giró hacia el monitor y lanzó en Internet una búsqueda sobre «Department 6, Los Ángeles».

En la pantalla apareció una página web. Tal y como había pensado, en la página solo se ofrecía información general, pero había un número de contacto.

Si daba a entender que conocía a Simeon y se refería a él por su nombre de pila, tal vez pudiera averiguar si trabajaba de verdad en aquella empresa...

Al segundo timbre del teléfono, contestó un hombre.

–Department 6.

Peyton apretó las uñas contra la palma de la mano libre. Estaba llamando con su teléfono móvil para que su nombre apareciera en la pantalla de identificación de su interlocutor, pero para que no supiera que llamaba desde una cárcel.

—¿Podría hablar con Simeon Bennett, por favor?

—¿Con quién?

—Con Simeon Bennett —respondió ella, y deletreó el apellido. Después, prosiguió—: Lo conocí la semana pasada en una discoteca. Tengo un exnovio que me está asustando —dijo, y tomó aire para hacerlo todo más convincente—. Simeon me dijo que trabajaba en una empresa de seguridad privada y que podía protegerme. Me dijo que lo llamara a este número si mi ex seguía acosándome.

—Lo siento, pero no he oído hablar nunca de Simeon Bennett —respondió el hombre.

Y, sin embargo, ¿se suponía que él había trabajado allí durante los últimos diez años?

—¿Quiere hablar con alguna otra persona? Efectivamente, nuestra empresa ofrece ese tipo de servicios de protección.

—No. Gracias de todos modos —dijo ella, y colgó.

Tal y como había pensado. Bennett no trabajaba para Department 6. Entonces, ¿qué había estado haciendo todo aquel tiempo? ¿Y qué ocurriría con el resto de su currículum? ¿Era falso también? ¿Era Simeon Bennett su nombre verdadero?

Se levantó y se acercó a la consola del despacho. Tomó la última fotografía que le habían hecho con su padre. Ella tenía cuatro años y estaba abrazada a su pierna, en el jardín de su casa de Citrus Heights, una zona residencial de Sacramento. Poco después de que un vecino hubiera hecho aquella foto, su padre había ingresado en la cárcel por cometer una estafa. Necesitaba conseguir dinero para pagar los tratamientos del cáncer de su madre. Por él, Grace había sobrevivido a la enfermedad veinticinco años más, pero después de cumplir cinco años de condena, cuando solo le quedaban tres semanas para salir de prisión, a su padre lo habían apuñalado, y había muerto en pocos minutos.

Su padre era el motivo por el que ella había decidido dedicarse profesionalmente a la gestión de prisiones. Conociendo su propia historia, Peyton estaba convencida de que los presos eran personas que tenían un pasado, una situación y unos deseos únicos, como el resto de los seres humanos. Algunas veces, en determinadas circunstancias, un hombre terminaba por hacer lo impensable, y no era justo generalizar. Ahora que estaba llegando a puestos con la suficiente autoridad como para hacer cambios importantes, no iba a permitir que Fischer ni el Departamento de Prisiones la abocara al fracaso poniéndola al frente de una investigación sin proporcionarle toda la información. Había trabajado mucho para llegar donde estaba.

Así pues, ¿cómo iba a averiguar lo que habían planeado? Aunque hubiera visto el número de recluso en el brazo de Bennett, se había quedado tan horrorizada al comprender el significado de aquel tatuaje que se había olvidado de memorizarlo. Solo recordaba los cuatro primeros dígitos; si lo recordara entero, podría obtener más información.

Tal vez no lo necesitara. Wallace no se había esforzado mucho en cubrir su rastro. Estaba acostumbrado a mandar, era arrogante y no pensaba que alguien de la cárcel fuera a comprobar nada de lo que él decía, así que ni siquiera se había tomado la molestia de inventarse una empresa ficticia en la que hubiera podido trabajar Bennett, ni en elegir una empresa que no hubiera sido tan fácil de localizar.

Peyton dejó la fotografía de su padre en su sitio, tomó el bolso y se lo colgó del hombro. Iba a averiguar quién era Bennett, o no lo dejaría entrar en la cárcel el martes. Tal vez aquella decisión pusiera fin a su carrera profesional, pero al menos, ella no tendría que sacrificar sus convicciones.

Virgil leyó, en las notas que le había dado Wallace sobre la Operación Viuda Negra, que uno de los abogados de la defensa llamaba a Crescent City «La Siberia de California». Después de haberla visto por sí mismo, estaba de acuerdo. La ciudad estaba a seiscientos cuarenta kilómetros de San Francisco y de Sacramento, y a mil trescientos kilómetros de Los Ángeles. Las carreteras de acceso eran secundarias y estaban llenas de autocaravanas, y solo tenía una pequeña pista de aterrizaje a la que llegaban muy pocos vuelos. Por un lado limitaba con un espeso bosque de secuoyas, y por el otro, con el océano Pacífico, que se extendía hasta la eternidad.

Sin embargo, no era solo el aislamiento geográfico lo que diferenciaba aquella parte de la costa californiana de las playas calientes del sur. Su clima era húmedo y frío, y el viento soplaba con fuerza entre los árboles. Aquel pequeño punto del mapa parecería un campo helado y yermo de no ser por su belleza.

No debería haber una cárcel allí, y menos una cárcel de máxima seguridad como Pelican Bay, que era famosa por su dura disciplina e incluso por el maltrato y los abusos que se producían en ella. Parecía toda una contradicción.

La subdirectora jefe, Peyton Adams, también era una contradicción. Recordó su melena rubia recogida en un moño, sus ojos castaños y grandes, de mirada inteligente, y su cutis terso. Parecía demasiado joven como para ocupar un puesto de tanta autoridad, aunque llevara un traje sobrio y elegante. Si él la hubiera conocido en cualquier otro sitio, habría pensado que trabajaba en una boutique de lujo de ropa para mujer.

Ocultar un poder implacable detrás de una cara tan bonita le parecía una mentira definitiva.

Aunque a él ya le habían contado antes aquella mentira, ¿no? Lo había hecho su propia madre...

—Bueno, ¿y qué piensas? —le preguntó Wallace.

Estaban atravesando el magnífico Parque Estatal de Secuoyas Jedediah Smith, que Virgil quería conocer, de camino a un restaurante para cenar.

A Virgil no le agradaba demasiado Wallace. Era engreído, arrogante y superficial, y no muy simpático. Había algunos momentos en los que, sin mediar provocación, tenía que contener el impulso de romperle la cara, y eso le disgustaba casi tanto como las demás cosas que estaban sucediendo en su vida. Él no siempre había tenido problemas para aceptar la autoridad; su resentimiento se había originado durante los años que había pasado en la cárcel, tratando con oficiales de prisiones que eran de la misma pasta que Wallace, y sin duda, también influían sus experiencias en La Banda, la organización mafiosa a la que había tenido que unirse para sobrevivir.

—¿Sobre qué?

—Sobre la reunión.

Se caló el sombrero y se ajustó las gafas sobre la nariz. Wallace le había dado ambas cosas para el viaje, por si acaso los veía alguno de los guardias que hubiera librado y después pudiera reconocerlo dentro de la cárcel.

—Ha sido más o menos como yo pensaba.

Excepto por la guapísima subdirectora que se había mostrado tan contraria a su plan. Al igual que las vistas de aquel paisaje impresionante, ella había aparecido sin previo aviso y lo había sorprendido por completo. Nunca se hubiera imaginado que alguien así pudiera trabajar en una cárcel.

—Entonces, ¿podrás hacerlo?

–¿Tengo otro remedio?

Wallace se movió con incomodidad en el asiento.

–No, supongo que no.

Al mirar los letreros anticuados de las tiendas por las que pasaban, Virgil se sentía como si estuvieran en el set de rodaje de una película de los años sesenta. Sin embargo, aquellos letreros eran solo una faceta de aquella ciudad, signos de otra época que todavía resistían. En general, Crescent City se había convertido en una mezcla de cosas. Cabezas inclinadas hacia abajo para protegerse de la llovizna constante, pueblerinos mezclados con artesanos. Edificios viejos y desgastados por el clima intercalados con locales de comida rápida que se encontraban por todo el país. Y, en el puerto y en la pequeña bahía, barcos de pesca y botes junto a yates de recreo nuevos y brillantes.

Virgil absorbió todos aquellos detalles como si no hubiera visto nada parecido desde hacía años, porque aparte del viaje desde Sacramento de aquella mañana, no lo había visto. Había leído todos los libros, folletos y las revistas que habían caído en sus manos mientras estaba en la cárcel, pero experimentar un lugar como aquel era real, y le producía un impacto diferente. Disfrutaba, sobre todo, del olor a salitre y a tierra húmeda, y de los altísimos árboles.

Mientras Wallace dejaba el coche en el aparcamiento de Raliberto's Tacos, en M Street, Virgil pensaba en cuánto le hubiera gustado conocer Crescent City en el pasado, cuando estaba habitado por leñadores y pescadores de salmón. Entonces habría sido un lugar inocente. Sin embargo, según Wallace, en la actualidad solo sobrevivía gracias a la actividad económica derivada de Pelican Bay. La pesca de salmón y los trece de los diecisiete aserraderos de la ciudad habían desaparecido en los primeros años ochenta. La cárcel, que se había inaugurado en mil novecientos ochenta y nueve, daba muchos puestos de trabajo. Ahora casi la mitad de la población del pueblo vivía entre rejas, y casi toda la otra mitad trabajaba en algo relacionado con la prisión.

–¿Tienes tanta hambre como yo? –preguntó Wallace, intentando establecer cierta camaradería entre ellos.

–Sí, tengo hambre –respondió Virgil. Se puso la cazadora y salió del vehículo–. ¿Te vas a quedar todo el fin de semana?

–Todavía no lo he decidido –dijo Wallace, mientras cerraba el coche con el mando a distancia y lo rodeaba–. ¿Es necesario?

–Si crees que es tu presencia lo que me mantiene aquí, te equivocas.

Wallace se metió las manos en los bolsillos e hizo tintinear el dinero cambiado que llevaba.

–Mira, a mí tampoco me gusta esto. Pero mi trabajo está en juego, y...

A Virgil se le escapó una carcajada de incredulidad.

–¿Estás preocupado por tu trabajo? Yo me estoy jugando mucho más, así que deja de lloriquear. Es muy sencillo: tú ocúpate de Laurel, y yo cumpliré mi parte del trato.

–El lunes habrá un oficial de policía en su puerta.

–¿Y ella lo sabe?

–Todavía no.

–Entonces quiero decírselo.

–No puedes ponerte en contacto con ella. Y nosotros tampoco vamos a avisarla –dijo Wallace, y alzó una mano antes de que Virgil pudiera protestar–. No podemos permitir que ella haga o diga algo que ponga sobre aviso a tus amigos, ¿no?

Amigos... Antes, La Banda eran sus amigos. Ahora se habían convertido en su gran enemigo. Por lo menos, no había ningún miembro de La Banda en Pelican Bay. Claro que, si los hubiera, él no estaría haciendo aquello. Como ocurría con la mayoría de aquellos grupos mafiosos, La Banda estaba vinculada a determinada región, sobre todo Los Ángeles, con algunas ramificaciones en Arizona.

–¿Y si el lunes es demasiado tarde?

Wallace suspiró y agitó la cabeza.

–Está bien. Me marcharé mañana a primera hora, organizaré su cambio de domicilio y volveré el martes para efectuar tu supuesto traslado.

Tres días completos de libertad. No era mucho, y menos teniendo en cuenta que no debía hacerse notar. Pero era algo.

Wallace entró en el restaurante para no mojarse el traje y se dio la vuelta para comprobar por qué no lo había seguido. No había nadie cerca, así que Wallace podía esperarse todo el día. Él iba a entrar cuando tuviera ganas de hacerlo. Por el momento, lo único que quería era quedarse bajo la lluvia.

Se quitó las gafas falsas, inclinó la cabeza hacia atrás, cerró los ojos y dejó que las gotas le cayeran en la cara.

Cuando la gente del Departamento de Prisiones iba a Crescent City, se hospedaban en un motel con jardín de veinticuatro habitaciones llamado Redwood Inn. Peyton lo sabía porque había salido a cenar con Wallace y con otros miembros del departamento en tres ocasiones, y los había llevado de vuelta al motel dos veces, cuando habían bebido demasiado. Incluso ella había reservado una habitación allí cuando había ido a Crescent City a hacer la entrevista para su actual puesto de trabajo. Supuso que podría encontrar allí a Bennett, puesto que las costumbres eran difíciles de cambiar.

—¡Vaya, mira quién ha venido!

Michelle Thomas, que llevaba el hotel, sonrió alegremente cuando Peyton entró en el vestíbulo. Peyton había conocido a Michelle, que tenía tres años menos que ella, seis meses antes, al hospedarse allí, y se habían hecho amigas. Una vez a la semana salían juntas con otras dos amigas, divorciadas como Michelle, y de vez en cuando, en las ocasiones especiales, iban a Sacramento o a San Francisco a bailar.

—¿Qué estás haciendo aquí? —preguntó Michelle—. No te esperaba.

—Vengo a buscar a Rick Wallace, del Departamento de Prisiones. ¿Sabes si ha llegado ya?

—Sí, ha llegado esta tarde. Reservó dos habitaciones, la quince y la dieciséis. Vi que entraba en la dieciséis, por si quieres llamar. Aunque no creo que esté. Él, y el tipo con el que estaba, que se quedó en el coche, se marcharon poco después de llegar, y... —entonces, se acercó a la puerta principal para mirar hacia el aparcamiento—. Ahora no veo el coche.

—Tal vez hayan salido a cenar.

—Sí, supongo que han salido. ¿Quieres dejarle algún recado?

—No, no es necesario. Lo llamaré después. Ahora... voy a ir un momento al servicio. Después tengo que marcharme.

Peyton entró en el pasillo en el que estaba el armario donde las camareras del motel dejaban los carritos de la limpieza y sus uniformes. Había ido a ver a Michelle a menudo, y conocía la rutina del establecimiento. Sin embargo, nunca hubiera pensado que aquel conocimiento iba a servirle de algo.

—¿Sigue en pie lo de la cena de mañana? —le preguntó mientras se alejaba.

—Que yo sepa, sí —respondió Michelle—. ¿Has hablado con Jodie o con Kim?

—Todavía no. ¿Por qué no las llamas?

No había nadie más en el vestíbulo, así que Peyton sabía que Michelle no tendría problemas para hacer una llamada personal, aunque estuviera trabajando. Llevaba más de diez años dirigiendo el motel, y seguramente estaría allí otra década más. Su exmarido, que era empleado de la cárcel, vivía a una manzana de allí. Por mucho que ella quisiera vivir en una ciudad grande, donde tendría más oportunidades de trabajo y relaciones sentimentales, no quería alejar a sus hijos de su padre.

Peyton se quedó en el baño hasta que oyó a Michelle hablando por teléfono. Entonces, abrió sigilosamente la puerta y salió, y se coló en el armario de la limpieza. Allí, en uno de los uniformes de las camareras, encontró una llave general de las habitaciones y se la guardó en el bolso. Asomó la cabeza por la puerta para asegurarse de que Michelle no estaba mirando y salió justo cuando su amiga se giraba hacia el pasillo.

—Entonces, ¿todo el mundo viene a la cena de mañana? —preguntó.

Michelle, que estaba concentrada en la conversación, la miró, y le hizo un gesto para que guardara silencio.

—No te preocupes. Si no puedes, ya nos vemos la semana que viene.

—¿Quién es? —preguntó Peyton, formando las palabras con los labios.

—Jodie —respondió Michelle en voz baja.

Sabiendo que Wallace y Bennett podían volver en cualquier momento, Peyton se dirigió hacia la puerta.

—Me muero por quitarme estos tacones. Llámame después y me cuentas lo que pasa —dijo, y salió.

Después de darle la vuelta a la manzana, aparcó, apagó

el teléfono y lo metió, junto al bolso y todo lo demás, salvo la llave, en el maletero. Entonces volvió al motel.

Mientras se agachaba en un pequeño hueco en el que no podían verla ni desde el aparcamiento ni desde el vestíbulo, se preguntó si realmente iba a hacer aquello. Hasta el momento no había hecho nada terriblemente temerario, porque Michelle confiaba en ella, así que conseguir la llave había sido fácil. Ponerla en su sitio sería igual de sencillo. Sin embargo, el riesgo se multiplicaba a partir de aquel momento...

¿Y si la sorprendían?

No, eso no podía suceder. Las camareras se habían marchado ya, Michelle seguiría hablando por teléfono, no había nadie en el aparcamiento y estaba lloviendo. ¿Quién iba a verla? Lo único que tenía que hacer era moverse con rapidez.

Ocultándose el rostro, disimuladamente, con la mano, recorrió la pequeña distancia durante la que iba a ser visible desde la calle, con tanta seguridad como si se acercara a su propia habitación. Todo fue muy bien hasta que llegó a la puerta número quince. Entonces comprobó que la llave que había tomado del armario de la limpieza no funcionaba.

Se sintió alarmada, pero lo intentó de nuevo. Y en aquella ocasión oyó abrirse la cerradura.

«Gracias a Dios», pensó, y entró en la habitación.

Las cortinas estaban corridas, y no dejaban pasar lo que quedaba de luz del día. La oscuridad olía ligeramente a colonia o a champú. Aunque aquel olor era agradable, también le resultaba lo suficientemente desconocido como para ponerla nerviosa. Encendió la luz y vio que las camas estaban intactas. En la alfombra había una bolsa de viaje; Peyton la sorteó y pasó hacia el baño, para asegurarse de que estuviera vacío.

Y lo estaba. En el lavabo había un juego de afeitado, que era el origen del olor. La tabla de planchar estaba fuera, y ella pensó que Simeon se había planchado la camisa azul de la reunión, o los pantalones negros, o ambas cosas. Seguramente se había afeitado y se había lavado los dientes, porque había un tubo de pasta de dientes y un cepillo en el borde del lavabo.

–Por lo menos es una persona que cuida la higiene –se dijo a sí misma para mantener a raya los nervios.

Aunque, una vez dentro, su propósito se había fortalecido. Si allí había algo que pudiera ayudarla a comprender lo que estaba sucediendo, lo encontraría. Y después se marcharía rápidamente...

Se arrodilló junto a la bolsa y sacó un montón de ropa perfectamente doblada, que olía como la loción de afeitar del baño. Al fondo de la bolsa encontró varias cartas. Iban dirigidas a ADX Florence, una cárcel federal que estaba en una zona remota de Colorado, Fremont County, y los sobres tenían el nombre de Virgil Skinner, pero también tenían el número de preso que llevaba tatuado Bennett en el brazo, el 99972-506. Por lo menos, ella pensó que debía de ser el mismo número, puesto que las cuatro cifras que recordaba eran 9997.

¿Significaba eso que Simeon Bennett no era su verdadero nombre? Peyton pensó que no. Además, las cartas no tenían fecha de diez años antes, ni mucho menos. La que tenía en la mano estaba fechada un mes antes.

–¿Qué demonios...?

Abrió el primer sobre y sacó la fotografía de una mujer muy bella, con el pelo rubio y largo, y los ojos tan azules como los de Bennett... o Skinner. Estaba arrodillada en un parque, y abrazaba a dos niños, una niña de unos tres años y un niño de cinco. La fecha de la fotografía indicaba que se había tomado recientemente.

Sintió curiosidad por saber quién era aquella mujer, y qué significaba para Bennett o para Skinner. ¿Sería su esposa? Peyton comenzó a leer.

Querido Virgil:
Estoy emocionada porque vayas a venir a casa. No sabes cuánto te echo de menos. Vamos a tener las vidas más aburridas y seguras del mundo, y empezarán dentro de dos semanas. Dios mío, hace tanto tiempo que no me siento aburrida ni segura... Estoy impaciente.
Para responder a tu pregunta, sí, nuestra madre sigue visitándome e intentando que la crea. Yo no la creo, por supuesto. En lo que a mí respecta, se merece que la metan en la cárcel con Gary.
Aunque, en realidad, ella es la menor de mis preocupaciones en este momento. Estoy segura de que alguien me está vigilando, porque hay un Ford Fusion blanco que no deja de pasar por delante de mi casa. Algunas veces lo veo temprano, aparcado por la parte delantera. Ninguno de mis vecinos tiene ese coche.
Sé lo que estás pensando: que tiene que ser Tom. Sin embargo, a mí no me lo parece. Creo que él está feliz con su nueva relación, y ni siquiera le importa seguir viendo a los niños, porque no hace ningún esfuerzo. Así que... ¿crees que estoy paranoica? Tal vez sea así...
Bueno, de todos modos el correo tarda mucho tiempo en llegar a la cárcel. Ni siquiera sé si vas a recibir esta carta antes de salir, así que voy a terminarla ya. Solo quiero decirte que te quiero, que te echo de menos, y que no importa lo que ocurriera en el pasado. Construiremos un futuro nuevo.

Besos, Laurel.

¿Virgil? ¿Quién era Virgil? A juzgar por el número de

identificación del recluso, Virgil tenía que ser Simeon. Y si eso era cierto, la carta demostraba que no había salido de la cárcel hacía tanto tiempo como le habían dicho en la biblioteca.

¿Lo sabía Wallace? Tenía que saberlo. Entonces, ¿por qué había mentido diciendo que Bennett había salido de la cárcel hacía diez años? ¿Y sobre qué otras cosas había mentido, aparte de sobre el nombre del recluso y de su profesión?

Había otras cartas de la misma mujer que, según el remite, vivía en Colorado. Peyton también encontró cartas de otra mujer que vivía en Los Ángeles. Supuso que serían de su madre, pero no pudo comprobarlo, porque todos los sobres de aquella mujer estaban sin abrir.

De repente, oyó voces desde el pasillo.

—No, no es necesario que me despiertes antes de marcharte.

Era Bennett. Skinner. Wallace respondió desde lejos, y ella no oyó lo que decía. Estaba demasiado ocupada metiéndolo todo de nuevo en la bolsa como para concentrarse en escuchar.

Entonces, la llave entró en la cerradura de la puerta.

Peyton no podía meterse debajo de la cama, porque no había sitio suficiente, así que corrió hacia la puerta del baño. Sin embargo, al mirar hacia atrás para ver si se estaba abriendo la puerta, vio una de las cartas en la alfombra. Debía de habérsele caído con las prisas, mientras lo metía todo en la bolsa.

Sabía que tenía que recogerla, porque él iba a darse cuenta de que estaba completamente fuera de lugar, así que volvió sobre sus pasos...

Capítulo 3

Virgil llevaba fuera de la cárcel menos de una semana, y no había perdido el hábito de mirar hacia atrás por encima del hombro, de localizar todas las salidas de una habitación, de ser consciente de toda la gente que lo rodeaba. No podía dejar de hacer todas aquellas cosas si quería seguir con vida. En cuanto los líderes de La Banda entendieran que había cambiado de bando, enviarían a un par de esbirros para que lo liquidaran. Así que había empezado a poner un pedazo de hilo dental en las puertas de los moteles si tenía pensado volver.

Wallace se echó a reír al verle hacerlo, y le dijo:

—No han podido seguir tu rastro hasta aquí. Todavía no.

Aquel tenía que ser el motivo por el que el gobierno no tenía prisa en poner a Laurel bajo su custodia. No entendían que La Banda podía reaccionar con mucha rapidez, que irían enseguida en busca de alguien que tuviera relación con Virgil, de cualquiera a quien él quisiera, si no eran capaces de llegar a él.

Virgil nunca se permitía el lujo de pensar que estaba a salvo. Si él moría, no quedaría nadie para proteger a su hermana. Aquel trabajo que iba a hacer para el Departamento de Prisiones era lo único que tenía para negociar y conseguir su seguridad. Y en aquel momento, se alegró mucho de haber usado el hilo dental, porque se dio cuenta de que había desaparecido.

Alguien había estado en su habitación.

Tal vez el motel hubiera enviado a alguien de mantenimiento para reparar el grifo que goteaba. O tal vez una camarera hubiera entrado para comprobar que tenía toallas suficientes. Podía ser alguna de esas cosas, pero no tenía por qué serlo.

Pensó en avisar a Wallace de que podía haber problemas. Sin embargo, la televisión del director ya estaba encendida a todo volumen. Aquel tipo no llevaba armas, y seguramente era inútil en una pelea. Y Simeon no quería que supiera que él sí tenía un arma.

Dejó la bolsa del supermercado en el suelo y tomó el cuchillo de carne que había robado en el restaurante con la mano izquierda. Por suerte era ambidiestro, y había luchado a menudo con la mano izquierda para descompensar a su enemigo, que frecuentemente era diestro. No era mucho, y menos si iba a tener que enfrentarse a dos o tres personas, pero aquel día, las tácticas que había aprendido en la cárcel eran lo único que tenía.

Temía que le fueran a pegar un balazo desde el interior, así que se agachó al abrir la puerta de par en par. Sin embargo, no ocurrió nada. La puerta se cerró sin más, y él no supo qué pensar. Sobre todo, porque el hilo dental no había caído al suelo; quien hubiera entrado en su habitación lo había arrastrado consigo. Durante la fracción de segundo que la puerta había permanecido abierta, lo había visto en el centro de la alfombra.

Además, la luz estaba encendida, aunque él la había dejado apagada.

No pensaba que ninguna de las camareras del hotel fuera tan descuidada. Tal vez algún encargado de mantenimiento...

Dejó la puerta abierta con la bolsa del supermercado, para poder salir rápidamente si era necesario, y entró sigilosamente. Si había alguien esperándolo, no lo veía. Tampoco imaginaba dónde podía haberse escondido. La silla estaba metida bajo el escritorio, y debajo de las camas no había espacio para una persona. El armario era muy pequeño, y solo podía albergar a un hombre muy delgado. Y de todos modos, la puerta de aquel armario estaba abierta desde que él había sacado de allí la tabla de planchar.

Fuera quien fuera, tenía que estar en el baño.

Se apoyó contra la pared, para que su reflejo no fuera visible en el espejo, y agudizó el oído en espera de percibir algún sonido extraño... Nada. Entonces, cuando estaba a punto de entrar en el baño, oyó un ligero crujido.

Era la cortina de la ducha...

El intruso estaba en la bañera.

A Peyton se le paró el corazón en cuanto Virgil apartó bruscamente la cortina de la ducha y la agarró con fuerza, arrastrándola hacia sí. El tobillo se le torció al intentar mantenerse en pie con los tacones, pero el grito que se le formó en la garganta no consiguió escapar. En un segundo, él la tenía en la alfombra, fuera del baño, con un cuchillo en la garganta. Todo ocurrió tan rápidamente que ella no pudo ni gemir.

–¿Qué diablos está haciendo en mi habitación? –le preguntó él con un gruñido, aplastándola con su peso.

A Peyton se le pasaron por la cabeza fragmentos de las pesadillas que tenía desde que había empezado a trabajar en prisiones, mientras lo miraba con indefensión. Él acababa de salir de ADX Florence, y podía ser tan peligroso como cualquiera de los reclusos de Pelican Bay. Peyton temía que le cortara el cuello; sin embargo, él soltó una imprecación y tiró el cuchillo hacia un lado.

—¿Qué demonios está haciendo en mi habitación? —preguntó de nuevo, solo que en aquella ocasión lo hizo de manera distinta. Su tono de voz ya no era amenazante; tenía un matiz de irritación, sí, pero ella ya no tenía la sensación de que su vida estuviera en peligro.

Él se levantó y retrocedió hacia la pared, pero al darse cuenta de que ella no tenía fuerzas para levantarse, se acercó de nuevo y le ofreció ayuda.

Peyton temblaba demasiado como para estirar la mano, así que le hizo un gesto para que se apartara. No creía que pudiera apoyar peso sobre el tobillo, aunque consiguiera ponerse en pie.

—Estaba... —consiguió sentarse, y casi terminó la frase: «Estaba segura de que ibas a matarme». Solo podía pensar en eso, una y otra vez, como si se hubiera golpeado la cabeza cuando él la había sacado de la bañera. Pero, ¿para qué iba a decir algo tan evidente?

—Eh... No se asuste —dijo él—, pero tiene un pequeño corte.

Peyton se enjugó la humedad del cuello y, al mirarse los dedos, comprobó que estaban manchados de sangre.

—¿Quién eres? —susurró ella—. ¿Quién eres de verdad?

Él no respondió. Fue a buscar una toalla al baño, y después se agachó a su lado para poder presionársela contra la herida del cuello.

Ella percibió el olor de su loción de afeitar, que era mucho más intenso ahora que él estaba tan cerca. Y la belleza de sus ojos era aún más fascinante.

—¿Para qué has venido a Crescent City? —le preguntó, mientras tomaba la toalla para que él pudiera soltarla.

Él entró en el baño y salió con la carta que ella había intentado recuperar del suelo.

—Si has leído mi correo, ya lo sabes.

—¿Virgil Skinner es tu verdadero nombre?

Él se acercó a la entrada de la habitación y tomó la bolsa del supermercado del suelo, para poder cerrar la puerta.
–Sí –respondió.
–¿Estás en libertad condicional?
–Más o menos –admitió él.
Aquella respuesta no era suficiente.
–Después de pasar dieciséis años en una prisión, yo nunca había oído que nadie estuviera más o menos en libertad condicional.
–Me han absuelto del asesinato de mi padrastro.
–Pero entonces... es que tienen otras cosas contra ti.
–Sí.
–¿Qué es?
–Lo que hice en la cárcel.
–¿Estamos hablando de asesinato?
Él no respondió, y ella se dio cuenta de que su hipótesis era correcta. Se mareó.
–Entiendo.
–No, no lo entiendes –replicó él con amargura. Sin embargo, no intentó justificarse ni explicar sus acciones. Parecía que pensaba que era inútil intentarlo, que ella no iba a creer lo que le dijera.
Peyton se apartó la toalla del cuello y estudió el tamaño de la mancha de sangre que había en ella para determinar el tamaño de la herida. No era nada grave, pero le dolía.
–¿Cuánto tiempo estuviste en la cárcel?
Él hizo que presionara la toalla contra el cuello nuevamente.
–Catorce años.
Muchos más que seis...
–¿Cuántos años tienes?
–Treinta y dos.
Cuatro años menos que ella.
–Eso significa que entraste en la cárcel con dieciocho.

—Ya te lo había dicho.
—Entonces, no todo han sido mentiras.
—No, no todo.

Aquel hombre se había pasado casi la mitad de la vida en la cárcel. Ella comprendió la dimensión de aquella tragedia, y comprendió también que el hecho de que lo hubieran acusado injustamente cuando era tan joven y lo hubieran condenado erróneamente había terminado por convertirlo en un asesino. ¿Acaso no era aquello prueba suficiente de que el sistema penal del país no funcionaba?

—¿Por qué dijo Wallace que trabajabas para Department 6?

—Colaboró con ellos en otra investigación, y sabía que son sobre todo militares retirados junto a algunos civiles con adiestramiento. Pensó que sería algo verosímil. Ciertamente, yo no parezco un policía común y corriente.

—No. Sin embargo, yo sigo sin entenderlo. ¿Por qué eran necesarias tantas mentiras?

Los músculos de sus muslos se contrajeron cuando él se agachó frente a ella. Tenía mucha fuerza física, pero aquello no era lo único que intimidaba de él. La ira, la determinación, incluso el resentimiento, emanaban de él como el sudor. Y, cuando llegara el martes, ella sería la responsable de su seguridad y de la seguridad de aquellos que convivieran con él...

Él estaba contestando a su pregunta. Peyton apartó la mirada de sus muslos e intentó prestarle atención.

—Estamos intentando proteger a la única familia que me queda.

—¿A tu madre?
—Yo no la considero mi madre.
—Entonces, a tu hermana.

Él lanzó el sobre al escritorio.

—Sí.

–¿Por qué? ¿De qué necesitas protegerla?

–De la banda a la que he pertenecido en la cárcel. Cuando averigüen que quiero dejarla, querrán que lo pague bien caro. Si no pueden llegar a mí, irán por ella y la matarán. Puede que maten incluso a sus hijos.

–Entonces, vas a testificar.

–No exactamente. Yo no tengo nada que decir acerca de La Banda. Solo voy a intercambiar mis servicios por una identidad nueva para mi hermana y para mí.

–¿Vas a utilizar todo lo que sabes sobre bandas mafiosas para infiltrarte en la Furia del Infierno?

–Sí.

–Y… ¿por qué no ha confiado Wallace en mí, ni en Fischer?

–La confianza conlleva cierto grado de… riesgo. Yo no quiero correr ningún riesgo. A menos que sea inevitable –añadió de mala gana.

–Así que has pedido una nueva identidad.

–Exacto.

Parecía que en el Departamento de Prisiones se preocupaban tanto por su petición, y se sentían tan agradecidos por el hecho de que arriesgara su vida, que habían inventado un currículum con el que no habían conseguido engañarla ni siquiera a ella. Muy loable por su parte…

–¿Y por qué piensas que vas a tener éxito en la cárcel?

–La Banda no es muy distinta a la Furia del Infierno. Puedo infiltrarme.

A Peyton estaba empezando a dolerle tanto la cabeza como el tobillo. Era el estrés. Además, no había comido nada desde el desayuno. Algunas veces se concentraba demasiado en el trabajo.

–Las bandas de una cárcel tienen un carácter racial. ¿Acaso tú eres racista?

–No. Para mí fue una cuestión de supervivencia.

Con su respuesta, dejó claro que todo había sido una decisión práctica, y que unirse a determinada banda no había tenido nada que ver con su ideología. Solo se trataba de contar con protección, de vivir para ver un día más en un contexto de segregación de razas en el que la supervivencia sería casi imposible sin aliados. En la cárcel, uno conquistaba o era conquistado.

Y ella sabía qué lado iba a elegir un hombre como Virgil. O conquistaba, o moriría en el intento.

Él sabía mejor que nadie lo que se estaba jugando con aquel plan. Sin embargo, estaba dispuesto a entrar en la cárcel y actuar de informante. A Peyton no le parecía lógico que se pusiera voluntariamente en una posición tan insostenible.

Entonces recordó las cartas que había encontrado en su bolsa de viaje, y el hecho de que su hermana sospechara que la estaban vigilando, y todo le pareció un poco más comprensible. El Departamento de Prisiones había encontrado a un hombre a quien podían usar a su antojo, porque aquel hombre quería proteger a alguien. Si conseguía recabar la información necesaria para terminar con la Furia del Infierno, su hermana y él tendrían una identidad nueva y podrían empezar de nuevo, desde cero. Parecía que las autoridades no habían acusado a Virgil por lo que había hecho dentro de la cárcel. Tal vez no podían hacerlo porque no tenían las pruebas necesarias para conseguir que lo condenaran, pero de todos modos, lo tenían en sus manos.

¿Y si no salía airoso? ¿Qué importaba? No era un oficial de policía con familia y con amigos que exigirían acciones legales como respuesta a su asesinato. Él no era más que un miembro más de una banda mafiosa, y ellos podían demostrarlo. Eso le convertía en alguien prescindible.

—¿No puedes conseguir lo que quieres simplemente dando información sobre La Banda?

—No. No voy a hablar sobre ningún miembro de La Banda.
—¿Sigues sintiendo lealtad hacia ellos?
—Yo cumplo mi palabra, así de sencillo.
—¿Y cómo sabes que no vas a hacer amigos en la Furia del Infierno? Si trabas amistad con alguno de ellos, tampoco querrás delatarlo.
—Lo sé porque no necesito ningún amigo. Lo que necesito es comenzar de nuevo.
—Entonces, vas a trabajar contra la Furia del Infierno por algún tipo de... compromiso.
—Exactamente. Tal y como están creciendo, y por el control que ejercen, son una amenaza tan grande como La Banda. Y a ellos no les he dado mi palabra, ni nada parecido. No les debo nada.

Así pues, se convertiría en un falso miembro de una banda mafiosa, en un topo, y eso era tan peligroso como informar sobre su propia banda. O más, incluso, teniendo en cuenta que los hombres de la Furia del Infierno no sentirían lealtad hacia alguien tan nuevo.

Peyton se estremeció al recordar lo que le había ocurrido a Edward Garraza, el último hermano a quien la Furia del Infierno había considerado un traidor. Uno de los empleados de la prisión lo había encontrado en la lavandería. Sus compañeros le habían sacado los ojos y le habían cortado los dedos de los pies y de las manos.

—Eso puede ser perjudicial para tu salud —le dijo ella.
Él arqueó las cejas.
—¿Desde cuándo le importa eso a alguien?

Él entendía la situación, y eso era algo que a ella le molestaba en Virgil Skinner. En sus ojos y en su comportamiento se adivinaba una gran inteligencia. Como mínimo, era más listo que la mayoría de los miembros de las bandas mafiosas, que no tenían apenas educación. Él se había visto arrastrado por unos sucesos que no podía controlar, y que lo habían llevado, durante catorce años, por un camino que él no habría elegido nunca. Eso no era justo, ni tampoco era justo que ahora le obligaran, debido a todo eso, a hacer semejante sacrificio.

Peyton se levantó con cuidado. Le dolía el tobillo, pero podía mantenerse en pie. La torcedura se le curaría en pocos días.

—¿Por qué te internaron en una cárcel federal?

—Porque la acusación fue federal —dijo él—. Las condenas federales son más severas. De lo contrario, tal vez te hubiera conocido antes, porque soy de Los Ángeles.

—¿Pero tu hermana vive en Colorado?

—Sí. Ella se marchó de Los Ángeles para poder visitarme con regularidad.

—Parece una buena chica. Espero que el gobierno la incluya inmediatamente en el Programa de Protección de Testigos.

Porque Virgil tenía razón. Si abandonaba La Banda, ellos le enviarían un esbirro para que les pegara un tiro a sus seres queridos. El hecho de que estuvieran vigilando a Laurel tan abiertamente significaba que querían asustarla y recordarle a Virgil que tenía el deber de contribuir en sus actividades criminales, tales como asesinar a alguien, cobrar impuestos por el tráfico de drogas que ocurriera en su territorio o atracar un banco.

—La van a trasladar muy pronto. Ahora, yo tengo que cumplir con mi parte del trato.

Peyton sintió una punzada de tristeza al recordar lo que había escrito Laurel en la carta a su hermano: «Vamos a tener las vidas más aburridas y seguras del mundo, y empezarán dentro de dos semanas». Sin embargo, iba a ocurrir exactamente lo contrario.

—¿Crees que tu madre tuvo algo que ver con el asesinato de su esposo?

—Me apostaría el cuello.

Eso explicaba por qué no había abierto las cartas.

—¿Y por qué lo sabes con tanta seguridad?

—No voy a hablar más sobre ese tema.

Peyton entendió que no quisiera hacerlo. Además, ella no necesitaba saber nada más. Ya había deducido todo lo que era importante.

Después de su pequeño encontronazo, estaba muy despeinada, y no podía correr el riesgo de salir de la habitación y que Michelle la viera así. Se quitó la coleta para arreglarse el pelo.

—No eres el hombre más afortunado del mundo, ¿eh?

Él se apoyó contra la pared y la observó con los ojos entornados.

—No. Pero lo cierto es que tampoco yo me he hecho demasiados favores.

Por lo menos, aceptaba la responsabilidad de sus actos.

—Bueno, ¿y qué va a pasar ahora? —preguntó Virgil—. ¿Vas a ir a ver a Wallace para intentar detener la operación? Porque te diré que no vas a conseguirlo. El departamento no va a ceder. Me tienen exactamente donde quieren, y van a sacar todo el provecho que puedan.

Cuanto más se quejara ella, y más removiera las cosas, menos oportunidades tendría Skinner de mantener en secreto lo que tenía que hacer. Peyton tenía la sensación de que era mejor no decir nada. Al menos, por el momento.

—No. Ni siquiera le voy a decir lo que sé —dijo. Se marchó cojeando al baño, dejó la toalla manchada de sangre en el lavabo y se miró el corte del cuello en el espejo—. Si tú quieres decírselo, adelante. Tú eres el que se está jugando la vida. Eso sí, hay una cosa que tienes que entender bien.

Él se acercó a la puerta y ocupó todo el vano. Peyton se sintió atrapada al instante.

—¿Y qué es? —preguntó.

La herida que tenía en el cuello solo era un arañazo, nada grave.

—Fischer me ha puesto a cargo de la operación, así que... será mejor que juegues limpio.

—¿Qué quieres decir?

—Que nada de jueguecitos. Vas a confiar en mí, y me vas a decir todo lo que puedas averiguar, y yo trabajaré para protegerte.

—¿Y por qué te ha puesto Fischer a cargo de la operación?

Ella se recogió el pelo en un moño mientras respondía.

—Es lo que hace siempre que algo le resulta demasiado... volátil.

—Te ha cargado con algo que no quiere nadie más.

—Básicamente.

—Lo lamento por ti.

Sarcasmo.

—No voy a disculparme por hacer bien mi trabajo —dijo ella, y se secó una gota de sangre de la herida—. Solo quiero que sepas que, por el momento, yo soy la única amiga que tienes.

Él deslizó la mirada por su cuerpo. Tal vez hubiera notado que ella tenía cuidado con su tobillo, y se estuviera preguntando si la torcedura era grave, o tal vez estuviera intentando intimidarla recordándole que, después de todo, ella no podía hacer frente a su fuerza física.

—¿Y hasta qué punto quieres que seamos amigos?

Ella puso los ojos en blanco de resignación al oír el tono sugerente de su voz. Después abrió el grifo y humedeció la toalla para poder limpiarse la sangre del traje antes de que se formara una mancha.

—Has estado a punto de cortarme el cuello. Yo no diría que eso es muy afrodisíaco.

—Y tú te has colado en mi habitación de hotel. Eso podría considerarse algo... freudiano.

—¿Lo cual te da una excusa para insinuarte?

Él alzó las manos.

—Eh, yo solo estoy cumpliendo con mi papel, ¿de acuerdo? ¿No es lo que se espera de un tipo que lleva catorce años en la cárcel, sin una mujer?

Ella lo observó en el espejo.

—Que hayas estado esos años sin una mujer no significa que no hayas sido sexualmente activo.

—Nunca he tenido relaciones sexuales con un hombre, si es eso lo que quieres decir. Pero tú no te vas a acostar conmigo, así que, ¿qué importa?

Ella colgó la toalla en el toallero y se giró hacia él.

—Si ya lo sabías, ¿por qué lo preguntas?

Peyton ya se lo imaginaba. Skinner no estaba acostumbrado a estar en compañía de una mujer, y menos a trabajar con una mujer, y aquel era su modo de establecer algunos límites entre ellos dos. Después de pasarse más de una década obligado a respetar las estrictas normas que regían todas sus acciones, seguramente se encontraba incómodo con tanta libertad. Entendía su comportamiento, pero de todos modos le resultaba fascinante.

—Te lo he preguntado para que puedas dejar de fingir —respondió él.

—¿Disculpa? ¿De fingir el qué?

—De fingir que me consideras un ser humano. Soy una basura, ¿no? Una mujer tan guapa como tú, con una vida normal y una carrera tan prometedora, no puede tener ningún interés en una basura como yo. No soy nada para ti.

—Por suerte, no sé exactamente lo que has hecho, y no quiero saberlo. Como vamos a trabajar juntos, preferiría que eso no formara mi opinión sobre ti.

—Que ignores la historia de mi vida no va a cambiar quién soy, ni lo que soy.

¿Y era él, precisamente, quien lo decía? Eso hablaba

muy bien de él, infundía respeto, aunque fuera con reticencia.

−¿Cuál es el problema, Skinner? ¿Es que tienes miedo de que espere que tu comportamiento sea honorable?

−¿Honorable? −preguntó él, y se echó a reír entre dientes−. Eso no me preocupa. Solo quería dejar las cosas claras.

−Bueno, pues no es necesario que marques tanto el límite entre nosotros.

−¿Porque no es probable que se te olvide quién soy, y lo que soy?

−Porque para empezar, tú no estás interesado en mí.

Él apoyó el hombro en el marco de la puerta.

−¿Y por qué dices eso?

−A ti no te gustan las figuras de autoridad.

Él estiró el brazo por detrás de ella y tomó la toalla. Entonces, su pecho se acercó a menos de un centímetro de sus senos, cuando él le secaba la sangre del corte que tenía en el cuello. Peyton se dio cuenta de que él esperaba que se estremeciera. Estaba intentando demostrarle que, en realidad, ella no estaba dispuesta a tratarlo como a un hombre cualquiera, pese a lo que había dicho.

No obstante, Peyton no se apartó de él, y pareció que eso le causaba sorpresa. A juzgar por la expresión de su cara, también despertó su curiosidad.

−¿Y cómo es eso de que no estoy interesado en ti? −murmuró.

−Deja de ponerme a prueba. Trabajo con reclusos todos los días. No me voy a asustar porque te acerques a mí.

En los ojos de Skinner se reflejó una emoción fuerte. Tomó del brazo a Peyton y dijo:

−Puede que debieras estar más asustada de lo que estás. No tienes ni idea de lo que soy capaz.

Si hubiera querido hacerle daño, se lo habría hecho cuando tenía el cuchillo. Así, pues, ¿por qué estaba tan decidido a mostrarle su peor faceta? ¿Para asegurarse de que ella no le diera la oportunidad de demostrar que podía ser mucho mejor?

Quería preguntárselo, pero no lo hizo. Sabía que era una estupidez provocarlo para que le enseñara lo horrible que podía ser. Además, prefería guardar las distancias, no porque le tuviera miedo, sino por lo contrario. Veía en él algo decente y digno, pese a todo lo que había tenido que pasar en su vida, y sentir cercanía hacia un hombre que estaba en aquella situación solo podía causarle dolor.

—La próxima vez que le hagas una proposición a alguien, intenta demostrar un poco de ternura —le dijo, y se quedó mirando fijamente sus dedos, que le sujetaban con fuerza el brazo.

—A algunas mujeres les gustan las cosas bruscas —respondió él, pero la soltó simplemente porque ella le había indicado que lo hiciera. Eso le provocó una sonrisa a Peyton. Él era lo que ella creía que era: un buen hombre, en esencia.

—No siempre vas a poder mantenerte a distancia —respondió ella.

—¿A distancia?

Se quitó los tacones para poder caminar sin dañarse más el tobillo y se alejó de él.

—Puede que algún día quieras sentir algo que vaya más allá de lo físico.

Él no la siguió.

—Eso no va a suceder en un futuro próximo.

Teniendo en cuenta cuál iba a ser su situación durante las próximas semanas, tal vez no ocurriera nunca. Sin embargo, Peyton no quiso decir algo tan evidente.

—Duerme un poco —le dijo.

Al ver la bolsa del supermercado, recordó que él la había usado para mantener la puerta abierta.

Vaciló y se giró hacia él.

—¿Cómo has sabido que había alguien en la habitación antes de entrar?

—Les presto mucha atención a los detalles —respondió él.

Y en aquella ocasión, cuando Skinner bajó la mirada hasta sus piernas, ella tuvo la impresión de que quería que supiera que estaba disfrutando de lo que veía.

Capítulo 4

Peyton Adams había hecho algo más que colarse en su habitación del motel; lo había dejado anonadado. Las emociones que ella le producía, el deseo, el arrepentimiento, la frustración, la tristeza y la esperanza, se fundieron la una con la otra como si en aquella habitación no hubiera espacio suficiente para que Virgil las abarcara todas. Y seguramente no lo había, teniendo en cuenta el odio, la ira y el resentimiento que ardían en su corazón.

«No siempre vas a poder mantenerte a distancia. Puede que algún día quieras sentir algo que vaya más allá de lo físico», le había dicho. Sin embargo, ella no entendía nada. Después de todo lo que había sufrido, sería un alivio limitar sus experiencias a encuentros tangibles y concretos.

Cualquier cosa que fuera más allá de eso alimentaba el deseo de confort y de experiencias, el mismo deseo que tendría un hombre normal, y aquel deseo era su enemigo. El único modo que tenía de sobrevivir en su mundo era dejar de desear. Desear lo convertía en alguien débil.

Se tendió en la cama y se tapó los ojos con un brazo mientras intentaba recuperar el dominio y la calma que le habían permitido llegar tan lejos. Salir de la cárcel después de tanto tiempo y enfrentarse a todos los cambios habían sido dos cosas mucho más difíciles de lo que él había previsto. Por fin, podía tocar, saborear, sentir, oler y ver el exterior, y eso le había convertido en un ser avaricioso. Quería tomar todo lo que pudiera y experimentar la vida en todo lo posible antes de que fuera demasiado tarde. Y encontrar a una mujer bella en su habitación, sobre todo una que sabía quién era él y no se asustaba por ello, solo conseguía intensificar aquella urgencia desesperada.

Sin embargo, no podía pensar más en Peyton. No importaba lo guapa que fuera. ¿Quién era ella para él? Nadie, solo una mujer que no debía gustarle. Él no podía permitirse tener distracciones, ni esperanzas, ni decepciones. Tenía que conseguir lo imposible para poder darles a Laurel, a Mia y a Jake la vida que se merecían. Aquel era su mayor deseo.

Levantó el brazo y miró el teléfono. Ojalá pudiera llamar a su hermana. Sabía que ella tenía que estar muy disgustada, incluso frenética de preocupación, pero Wallace tenía razón. Todavía no podía tranquilizarla. Seguramente, cuando Laurel había llegado a la puerta de la cárcel para recogerlo, le habrían dicho que se había marchado con otra persona, y eso era lo único que ella podía saber hasta que Wallace la hubiera instalado en un lugar seguro, con una identidad nueva, en otra parte del país.

Solo serían unos días más. En cuanto Wallace le dijera que ella estaba bajo custodia del gobierno, él llamaría a su hermana.

Y el alivio que sintiera entonces tendría que sostenerlo durante los meses que tenía por delante…

El Ford Fusion había vuelto. Laurel lo vio bajo la luz amarillenta de la farola que había junto a la casa de sus vecinos, y notó una punzada de ansiedad en el estómago.

Aquel ardor intenso le sugirió que su úlcera había vuelto. El médico le había advertido que aquello podía suceder, y le había recomendado que se relajara, que se tomara las cosas con calma. Sin embargo, ¿cómo iba a calmarse, cuando su hermano había desaparecido, y cuando la estaban vigilando dos hombres a quienes no conocía? Tenía hijos a los que proteger.

¿Estaban implicados aquellos extraños en la desaparición de Virgil? Ella había pensado que recoger a su hermano a la salida de la cárcel sería la parte más fácil de los catorce años anteriores. Sin embargo, no había salido como lo tenía planeado. Cuando ella llegó a la cárcel, él ya se había marchado, y nadie sabía dónde estaba.

¿Se había escapado porque sabía que aquellos hombres lo estarían esperando? ¿Lo estaban esperando de verdad? ¿Qué otra cosa podían querer? Habían empezado a aparecer cuando él había sido exonerado.

Ojalá tuviera noticias suyas.

Temió que hubiera muerto, y estuvo a punto de echarse a llorar. Virgil y ella habían pasado por muchas cosas, y se merecían la oportunidad de poder recuperar todos los años perdidos.

Volvió a fijarse en el coche. Debía llamar a la policía. El día anterior habían enviado a una patrulla, y los oficiales habían ordenado a los extraños que se marcharan, y que no volvieran a aparecer por allí. Sin embargo, allí estaban. No se asustaban fácilmente.

Tal vez, en aquella ocasión, los arrestaran.

Acababa de sacarse el teléfono móvil del bolsillo cuando oyó un ruido a su espalda y se dio la vuelta. Vio a un hombre de unos veintisiete años en mitad de su salón. Llevaba la cabeza afeitada, y una pequeña barba de chivo. Vestía pantalones vaqueros muy grandes y una camiseta enorme, y tenía el cuerpo musculoso. Llevaba tatuajes incluso en la cara. Su aspecto físico infundía terror, y con la pistola que tenía en la mano derecha, el terror era absoluto.

–Tira aquí el teléfono –le dijo él, moviendo el cañón de la pistola.

Si lo hacía, no podría pedir ayuda. Si no lo hacía, él la mataría, y el ruido despertaría a Mia y Jake.

Se los imaginó levantándose de la cama y encontrándola muerta en el suelo. Tiró el teléfono con la esperanza de aplacar a aquel pistolero.

–¿Quién eres?

El intruso era de estatura baja y muy ancho de hombros. Tenía un diente de oro que relucía cuando hablaba, pero sus ojos carecían de brillo. Eran como los ojos de los tiburones, oscuros, planos y apagados.

–Yo haré las preguntas. ¿Dónde está?

–¿Quién?

–Skin.

–¿Quién es Skin? –preguntó Laurel, intentando mantener la calma–. No conozco a nadie que se llame así.

–Virgil Skinner. Ese nombre sí lo conoces, ¿no? ¿Dónde está?

–No lo sé.

–Será mejor que no intente darnos esquinazo.

Ella no sabía cómo debía responder a eso. Ni siquiera lo entendía.

–¿Disculpa?

–No quiero tener que volarte los sesos, pero lo haré si es necesario, así que será mejor que colabores.

Estaba borracho, o drogado, o ambas cosas. Se veía claramente por sus movimientos. No dejaba de mirarla a ella y a la puerta, como si esperara que apareciera la policía en cualquier momento.

Pensó que iba a matarla antes de marcharse, y tuvo que

ponerse la mano en la boca para amortiguar un sonido de terror.

–Lo estoy intentando –susurró entre los dedos–. Lo que ocurre es que no entiendo nada.

–Si tengo que matarte, le sacaré los ojos a Skin y se los serviré a ellos en una bandeja. Díselo.

Oh, Dios.

–No puedo decírselo. No sé dónde está, lo juro.

–¿Y si no te creo?

–Es la verdad. Fui a buscarlo la semana pasada a la cárcel, pero él no apareció.

–Debió de llamarte para decirte que no te preocuparas.

Ella negó con la cabeza, mientras se le caían las lágrimas.

–¿Me estás diciendo que no has sabido nada de él?

–Me temo que está muerto –dijo Laurel, y sollozó.

El hombre la observó durante un segundo y después bajó el arma.

–Sí, llora, Laurel, porque si ha huido, va a morir de verdad.

–Lo han absuelto. ¿Por qué iba a huir?

–Eso no tienes por qué saberlo. Solo tienes que saber esto: si tienes noticias suyas, dile que Ink ha pasado por aquí a buscarlo. Dile que tiene una oportunidad. Que llame a Pretty Boy antes de mañana al mediodía; si lo hace, cualquier imprevisto desagradable podrá solucionarse. Si no, moriréis todos.

–¿Mamá?

A Laurel se le cortó la respiración. Mia estaba en la entrada de la habitación, frotándose los ojos y bostezando.

–¿Quién eres? –le preguntó al pistolero, arrugando la nariz como si no le gustara lo que veía.

Él sonrió al ver su reacción, le mostró el diente de oro y le hizo una señal con el arma, para que se acercara a él.

—¡No, Mia! —gritó Laurel.

Pero no sirvió de nada. Él agarró a la niña y le puso el cañón de la pistola en la sien.

—¿Estás diciendo la verdad? ¿Eh? ¿Vas a seguir diciendo que no sabes dónde está tu hermano? Porque le voy a pegar un tiro. Sabes que soy muy capaz de hacerlo.

—¡No-no! —sollozó Laurel—. ¡No lo sé! ¡Po-por favor!

Él debió de creerla, porque soltó a la niña. La empujó con tanta fuerza que la tiró al suelo, pero por lo menos no la mató.

—Ahora sí te creo —dijo con una carcajada. Después la saludó y se marchó.

Cuando Laurel tomó a su hija en brazos y consiguió marcar el número de la policía, él ya se había ido hacía tiempo. El coche había desaparecido. El policía que llegó quince minutos después encontró una huella de bota de hombre en la tierra de las plantas de la puerta trasera, pero eso fue todo.

Normalmente, Peyton adoraba los sábados, e intentó disfrutar de aquel. Como tenía el día libre, arregló un poco la casa, leyó, limpió el frigorífico, puso al día la correspondencia que se había llevado a casa de la cárcel y se puso hielo en la torcedura del tobillo, que estaba todavía hinchado. Sin embargo, no pudo concentrarse. Solo podía pensar en Virgil Skinner, que estaba en la peor situación que ella pudiera imaginarse, o que pronto lo estaría. Se lo imaginó, sentado en su habitación del Redwood Inn, con sus escasas pertenencias y las preciadas cartas de su hermana, por no mencionar las cartas de lo que parecía una madre horrible, y un cuchillo de carne, y se sintió molesta. Él ya había sufrido mucho. ¿Qué más iba a tener que soportar?

A ella no le gustaba la idea de que se encarcelara a alguien injustamente, y mucho menos durante catorce años. No le parecía justo que no pudiera alejarse de todo aquello y olvidar. Sin embargo, sabía que no serviría de nada expresarles su opinión a Rick Wallace o al director Fischer. Ellos odiaban a la gente como ella, que todavía sentía compasión. Creer que ella era débil, o que estaba equivocada, les facilitaba enfrentarse a las decisiones que tenían que tomar cada día, les ayudaba a justificar su crueldad. Sin embargo, a ella no le importaba lo que dijeran. ¿Era tan malo preocuparse de la seguridad y la supervivencia de otro ser humano? Las personas no eran peones...

Y, sin embargo, entendía la necesidad de usarlos como tales en algunas ocasiones. La policía y los guardias de la prisión necesitaban alguna manera de luchar contra el problema de las mafias. Unas estadísticas recientes habían indicado que el setenta por ciento de la población reclusa pertenecía a alguna banda. No podían permitir que la Furia del Infierno aumentara su poder. Si los buenos no hacían algo como aquello, ¿de qué manera iban a detener a la Furia del Infierno? Para conseguir condenas era necesario tener información, y no había muchos miembros de la mafia que quisieran hablar. Sabían lo que iba a ocurrirles si lo hacían.

Peyton subió el pie al sofá y recorrió varios canales de la televisión, pero no dio con nada que le interesara, así que dejó el mando a distancia y tomó su teléfono móvil.

–Buenos días, ha llamado a Redwood Inn. Le atiende Michelle, ¿en qué puedo ayudarle?

–Hola, soy yo. ¿Todavía estás ahí? Creía que ya habías salido.

–Mi ayudante ha llamado para decir que estaba enfermo. Me apuesto lo que quieras a que está perfectamente, pero no le gustó que le diera este turno. Me dijo que tenía muchas cosas que hacer en casa. Creo que es su forma de vengarse.

—Lo siento.

—Además, hoy Lee tiene a los niños. Me habría venido bien tener un par de horas para mí sola, pero sobreviviré. ¿Y tú, qué tal estás? Ayer te llamé, pero no respondiste.

—Me torcí el tobillo, así que me tomé un analgésico y me acosté pronto.

En realidad, había vuelto a la cárcel, había sacado los expedientes de todos los presos sospechosos de pertenecer a la Furia del Infierno y tomó notas que pudieran servirle de ayuda a Virgil durante la investigación. Sin embargo, eso no podía contárselo a Michelle.

—¿Cómo te torciste el tobillo?

—Subiendo las escaleras de la puerta de mi casa.

—Esos escalones son muy empinados —dijo Michelle—. Son peligrosos.

Pero le proporcionaban a Peyton unas vistas increíbles del mar. A ella le encantaba su casa, aunque fuera pequeña. Era tipo cabaña y tenía una terraza estupenda.

—No están mal, siempre y cuando mires por dónde andas.

—¿Vas con muletas?

—No, no fue para tanto.

—Bueno, entonces, ¿vas a venir a la cena?

—¿Sigue en pie?

—Por supuesto.

—¿Qué dijeron Jodie y Kim?

—Jodie se está peleando con su exmarido, y no cree que pueda dejar a los niños. Pero Kim viene.

Peyton quería decir que iba a ir también, pero no podía disponer de ese tiempo. Solo le quedaban tres días para preparar a Virgil. Tenía la impresión de que Wallace había planeado meterlo en la cárcel y dejar que lo averiguara todo desde el principio, pero ella pensaba que Virgil tendría que pasar menos tiempo dentro de Pelican Bay si ella le daba un cursillo intensivo sobre la Furia del Infierno y lo que podía esperar de sus miembros. Además, estaba a cargo de la investigación, y tenía que asegurarse de que todo fuera bien. Skinner no iba a ser asesinado bajo su mando.

–Ojalá pudiera, pero no debo forzar el tobillo. Además, tengo trabajo atrasado en la cárcel, y me lo he traído a casa para terminarlo.

–Trabajas demasiado.

–No puedo hacer otra cosa.

–Vamos, no puedo creer que te estés echando atrás.

Peyton sabía que Michelle contaba con la vía de escape que eran sus salidas juntas, y sintió una punzada de remordimiento. Sin embargo, aquella noche, ella no iba a ser una compañía agradable. Estaba demasiado distraída, demasiado concentrada en lo que iba a ocurrir en la cárcel el martes.

–Lo siento mucho.

–Bueno, está bien. Te echaremos de menos, pero... –dijo Michelle con un suspiro–, supongo que no es para tanto.

–Que os divirtáis.

–Eso haremos. Tengo que colgar. Acaba de entrar alguien.

–Espera... ¿Podrías ponerme con la habitación de Rick Wallace?

–El señor Wallace se ha marchado –respondió Michelle.

Peyton se sorprendió mucho. Bajó el pie al suelo e hizo un gesto de dolor.

–¿Ya se ha marchado?

–¿Creías que iba a quedarse durante el fin de semana?

–Me dijo que seguramente se quedaría.

–Pues no. Se marchó esta mañana. Pero me dijo que nos veríamos dentro de pocos días, si eso te sirve de ayuda.

Peyton recordó la bolsa del supermercado que había visto en la habitación de Virgil. Tal vez Wallace se hubiera marchado, pero Virgil seguía allí.

–Está bien. Ponme entonces con la habitación quince.
–De acuerdo.

Se oyó un clic, y el teléfono comenzó a sonar.
Por fin, Peyton oyó un saludo áspero.
–Hola –dijo ella.
Hubo un momento de silencio.
–¿Eres mi nueva amiga? –preguntó él, por fin.
–Tu nueva... compañera de trabajo, a falta de una descripción mejor. Pero no intentes darme a entender que no te vendría bien un amigo. ¿Qué estás haciendo?
–Acabo de salir de la ducha.

Aunque intentó apartarse aquella imagen de la mente, no pudo evitar imaginárselo con una toalla en las caderas, o con nada en absoluto.

–¿Te has dormido?
–No, he ido a hacer una excursión a pie.
–¿Y te ha gustado la zona?
–Nunca había visto nada igual.
–Es maravillosa, ¿verdad? –dijo Peyton, y sonrió al imaginarse a Virgil caminando entre las secuoyas por primera vez.
–¿Tienes planes para esta tarde?
–Tengo una televisión.
–Vístete. Voy a buscarte.
–¿Por qué? –preguntó él, en un tono de confusión.
–Tenemos que trabajar.
–Peyton...
–¿Sí?

—Será mejor que me dejes hacer las cosas a mi manera.
—¿Y por qué, Virgil?
—No tienes ningún motivo para involucrarte en lo que va a ocurrir.
—Sí, lo tengo, porque va a ocurrir en mi cárcel.
—Sin embargo, lo que voy a hacer no está bajo tu jurisdicción, Peyton. Creía que lo entendías. La reunión de la biblioteca solo ha sido un intento de Wallace de ser amable. Una muestra de cortesía.
—Sé que el departamento lleva las riendas de esto, pero yo soy responsable de ti mientras estés en Pelican Bay. Además, tú te has involucrado, ¿no?
—Yo tengo una razón muy poderosa.
—Yo también. Tengo que asegurarme de que un infiltrado del Departamento de Prisiones no resulte muerto durante una investigación. Desde el martes en adelante, yo seré responsable de ti. Siento que te resulte problemático, pero voy a hacer mi trabajo.
Él soltó un juramento.
—Tú no deberías trabajar en una cárcel.
—¿Y por qué no? —preguntó ella con irritación.
—Ya sabes la respuesta a esa pregunta.
—¿Porque soy una mujer?
—Porque eres un recordatorio constante de todo lo que se está perdiendo un recluso.
—¿De verdad? ¿Eso es todo lo que hago?
—Es lo único que importa.
Los reclusos vivían en un mundo masculino, lleno de testosterona, y a medida perdían cierta... sensibilidad moderna. Peyton estaba acostumbrada. Sin embargo, eso no significaba que le gustara la discriminación.
—Deja todas esas tonterías sexistas.
—Es la verdad, y te la dice alguien que lo sabe a ciencia cierta. ¿Es que no te das cuenta de que la mitad de los

hombres de la cárcel están fantaseando contigo cuando cierran los ojos?

–¿Tú has soñado con eso anoche?

Al oír que él se reía suavemente, Peyton supo que no iba a negarlo. También se dio cuenta de que estaba permitiendo que la conversación discurriera por caminos peligrosos, e intentó reconducirla.

–Bueno, de todos modos, tú no eres el presidente de la nación, así que hasta que lo seas y puedas acabar con la Ley de Igualdad de Género, ahórrame tus comentarios sobre la contratación de mujeres.

–No estaba hablando de todas las mujeres.

–Ah, entonces no eres completamente idiota. Solo rechazarías a las que te parecieran demasiado jóvenes o demasiado atractivas, o interesantes, o... ¿qué? ¿Y cómo establecerías esos estándares? ¿Quién iba a decidir qué mujer es atractiva y qué mujer no lo es? Porque si un trabajo está abierto para una mujer, está abierto para todas. La belleza es subjetiva.

–Tu belleza no es subjetiva.

Por muy enfadada que estuviera, al oír aquello se sintió halagada de un modo perverso. Quería resultarle atractiva, porque para ella, él era uno de los hombres más guapos que hubiera visto nunca.

–Me lo tomaré como un cumplido –dijo–. Bueno, ¿te interesa salir hoy del motel, o no?

Ella le había dejado sin argumentos para continuar la discusión, y parecía que él se daba cuenta de ello.

–¿Qué es lo que has planeado?
–Un seminario educativo.
–Solo hay un problema.
–¿Y cuál es?
–Que no pueden vernos juntos.
–Eso está resuelto. Cuando llegue al motel, llamaré a tu

habitación y dejaré que el teléfono suene una sola vez. Sal y rodea el edificio. Yo estaré esperando en una furgoneta Volvo de color blanco. Y, Virgil...

—¿Qué?

—Ponte el sombrero y las gafas, pero deja el cuchillo en el motel.

—Lo siento, pero el cuchillo va conmigo. No es mucho, pero... es lo único que tengo.

—Está bien. Pero para que lo sepas, yo tengo muchos cuchillos de carne. Si alguien te ataca, puedes usar uno de los míos.

—¿Me vas a llevar a tu casa?

Mientras continuaba la conversación, Peyton se acercó a su armario, lo abrió y sacó unos pantalones vaqueros. Al responder, sonrió.

—¿Se te ocurre un sitio mejor?

—Sí. Aquí.

—No. La encargada es una buena amiga mía.

Aquello distrajo a Virgil.

—¿Así es como has conseguido entrar en mi habitación? Debería demandaros.

Peyton sonrió aún más al oír su respuesta malhumorada.

—Me parece que tienes problemas más graves que resolver. Además, ella no me dio la llave. La robé.

—¿La tienes todavía?

—¿Tienes miedo de que vuelva a hacerlo?

Él titubeó.

—¿Tú querrías que yo tuviera la llave de tu habitación?

Peyton tuvo la tentación de decir que sí, pero no lo hizo.

—Puse la llave en su sitio. Dije que me la encontré en el suelo de un restaurante, y ella pensó que alguna de las camareras la habría sacado del motel sin querer.

Por fortuna, Michelle se había exasperado, no enfadado, así que Peyton no tenía que sentirse mal por haber metido en un lío a alguna de las limpiadoras. De todos modos, habría sido difícil encontrar a la responsable, porque usaban las batas indistintamente.

–¿Se lo creyó?
–Sí.
–Debería delatarte.
–Si no fuera porque tienes que permanecer escondido...
–De todos modos, a ti no tiene por qué verte nadie. Puedes entrar a hurtadillas.
–No. Si nos ve Michelle, hará mil preguntas –dijo Peyton. Sobre todo, si veía bien a Virgil–. Y no podemos ir a un restaurante, porque me encontraría con alguien conocido. Llamaríamos la atención.
–¿Esa es tu lógica para llevarme a tu casa?

Ella sacó un jersey del armario y se lo puso mientras seguía hablando.

–Sí, exacto.
–Peyton...
–¿Qué?
–Hay gente que quiere matarme. Si has leído esa carta, sabrás lo que le están haciendo a mi hermana. Si me han encontrado a mí, si me están vigilando, nos seguirán y...
–No te han encontrado.
–¿Y cómo lo sabes?
–Porque ya estarías muerto.

El silencio de Virgil implicaba que estaba de acuerdo con lo que ella había dicho. Sin embargo, no había terminado con aquella conversación.

–Hay una cosa más.
–¿Qué?
–Acabo de salir de la cárcel, ¿no te acuerdas?

–No es probable que se me olvide.
–¿Y no te molesta? ¿No te da miedo?
–Según lo que me han dicho, eras inocente.
–Eso no significa que siguiera siéndolo. Tú eres la que has sugerido que me he... deformado.

Ella recordó los comentarios que había hecho durante la reunión.

–¿Alguna vez has violado o matado a una mujer, Virgil?
–No.
–¿Lo harías, si tuvieras la oportunidad?
–Tuve la oportunidad ayer, ¿no?
–Exactamente.

La voz de Virgil se volvió más grave.

–Pero mentiría si dijera que no te deseo.

Peyton sintió un cosquilleo en el estómago, algo que la sorprendió todavía más que aquella admisión inesperada de Virgil. Muchos reclusos se le habían insinuado, y ella había sentido molestia, repulsión, miedo, algunas veces diversión, pero nunca aquella excitación tan intensa. No sabía por qué sentía algo así en aquel momento, salvo por el hecho de que para ella también había pasado mucho tiempo. Tal vez no fueran catorce años, pero sí dos o tres. Y como Crescent City ofrecía tan pocas posibilidades románticas, el futuro no parecía muy prometedor.

–Lo que tú deseas es una mujer. Cualquier mujer –le dijo–. Y eso no es muy halagador.

–Tal vez no a cualquier mujer –respondió él.

Ella sonrió al percibir su tono irónico.

–¿Sentido del humor, en un tipo tan intenso como tú?

–Cuando todo es cuestión de vida o muerte uno se vuelve serio muy deprisa.

–Lo entiendo. Yo también me tomo muy en serio lo de acabar con la Furia del Infierno. Eso significa que tenemos que ponernos a trabajar, y no puedo enseñarte las fotografías por teléfono. Supongo que podríamos reservar una habitación en un motel de otra ciudad, donde no tuviéramos que preocuparnos por si nos ven, pero no creo que eso fuera mejor. Si vamos a estar solos, podemos estar aquí.

–Siempre y cuando sepas que no debes confiar demasiado en mí, estaremos bien.

–Corrígeme si me equivoco, pero tú mismo acabas de decir que no me harías daño. Por lo menos, eso es lo que me ha parecido.

–No, no te haría daño. Pero si me das la oportunidad de hacer lo contrario, la voy a aprovechar.

Oh, Dios... Y él debía de pensar que la estaba avisando, que iba a conseguir atemorizarla. Sin embargo, le estaba provocando algunas emociones que faltaban desde hacía mucho tiempo en su vida.

–Entonces, tendré buen cuidado de emitir señales claras.

–Eso es todo lo que te pido.

Ahora sí que estaba preocupada, pero más por cómo iba a reaccionar ella hacia él, que él hacia ella.

–Nos vemos dentro de unos minutos –dijo, y colgó para terminar de arreglarse.

Capítulo 5

Virgil estaba seguro de que iba a perder más de lo que iba a ganar. Volverse loco deseando algo que no podía tener no era inteligente por su parte. Durante su vida en prisión, había visto a otros hombres torturarse echando de menos esto o aquello, y él se había propuesto no ser tan estúpido. Sin embargo, era humano, y mientras subía los escalones que conducían hacia la entrada de la casa de la subdirectora jefe de la cárcel, su trasero quedaba al nivel de sus ojos. Él no podía evitar admirarlo.

Había tenido su última relación sexual a los diecisiete años, con una chica a la que había llevado al baile de comienzo del año escolar en el instituto. Habían estado saliendo unas semanas, habían perdido juntos la virginidad y habían seguido experimentando el sexo durante un mes, más o menos. Eso era todo. Seguramente, no habían sido las mejores relaciones sexuales del mundo, pero él no hubiera podido decirlo con seguridad. Tres meses después lo habían arrestado.

Ella se llamaba Carrie. Él había soñado con sus muslos y su pecho en muchas ocasiones desde entonces, pero a medida que cumplía años, aquellos sueños se habían vuelto algo antiguo y gastado, y ciertamente, no resultaban tan estimulantes como una mujer de carne y hueso, sobre todo una mujer como Peyton Adams...

En cuanto llegaron al rellano de la entrada, desde el que se veía el océano Pacífico, él la rodeó para no ver todo el rato algo que le producía una erección inmediata. Algo como la barbacoa, la mesa de exterior, los árboles que rodeaban la casa y los móviles que había colgados del alero del tejado y que tintineaban suavemente al viento.

—Es muy bonito —dijo él, y se concentró en el sonido rítmico de las olas del mar—. Sereno.

—A mí me gusta mucho.

La casa tenía una cristalera enorme que ocupaba toda la fachada. Virgil estaba impaciente por entrar, pero solo porque quería saber más de aquella mujer que parecía tan fuera de lugar en el sistema penitenciario.

Una vez que hubo reconocido cuál era la razón de su interés, supo que sería una estupidez seguir alimentando su curiosidad. Se dirigió hacia la barandilla, en vez de permitir que ella lo condujera directamente al interior de la casa. No tenía sentido conocerla más. Aunque Peyton Adams terminara cayéndole bien, ella nunca sentiría lo mismo. Él era un antiguo recluso, y el hecho de que lo hubieran condenado injustamente era irrelevante. Había perdido los años más importantes de su vida, los años durante los que la mayoría de los hombres construía las bases sobre las que mantener una familia. Y él, aparte de las clases a las que había asistido durante su encarcelamiento, no tenía educación ni carrera profesional, solo tenía unas cuantas experiencias que le provocaban insomnio por las noches.

Lo más inteligente, lo más fácil, lo mejor sería descartar lo que su cuerpo consideraba algo factible.

—¿Cuánto tiempo llevas viviendo aquí? —le preguntó.

—Desde que comencé a trabajar en Pelican Bay, hace seis meses.

–Entonces, Crescent City es un lugar casi nuevo para ti.
–Sí.
–¿De dónde eres?
–Me crié en Sacramento. Estuve trabajando en Folsom Prison durante quince años.
–¿Tienes familia allí?

Ella se abrazó a sí misma para protegerse del frío y de la niebla, y dio una patadita a una piña para lanzarla de la terraza al terreno.

–Un poco. Una tía y unos cuantos primos.

«Deja de hacerle preguntas. Ninguna de esas cosas es importante».

–¿Y hermanos?
–Soy hija única.

Él cerró los ojos e inhaló la fragancia del bosque.

–¿Dónde están tus padres?
–Ya murieron.

La tristeza que Virgil percibió en su voz hizo que su determinación flaqueara.

–Lo siento.
–Esas cosas pasan.

Por un momento, ella se quedó absorta en sus recuerdos. Permaneció inmóvil, mirando hacia el mar, y a él le recordó a la figura de proa de un antiguo velero. Bella y solitaria, pero serena. Una mujer con el pecho desnudo, que supuestamente debía avergonzar a la naturaleza y calmar los mares. Lo había leído en alguna parte. También había leído que llevar una mujer a bordo causaba mala suerte.

Se sintió como si acabara de descubrir a un polizón en su barco. ¿Sería Peyton una bendición o una maldición?

Tal vez el hecho de verla con el pecho desnudo le ayudara a decidirse…

–¿Cómo los perdiste? –le preguntó, al ver que ella no daba más explicaciones.

—Mi madre tuvo cáncer de ovarios. Pasó muchos años curada, pero al final... volvió. Murió hace veintinueve meses.

Contaba por meses, no por años. Su dolor todavía estaba a flor de piel.

Él se sentó junto a la mesa de la terraza. Se había dejado el sombrero y las gafas de su disfraz en el coche de Peyton. Allí no los necesitaba. Ella no tenía vecinos.

—¿Y tu padre?
—Murió en la cárcel.
Entonces, Virgil se levantó y se acercó a ella.
—¿Tu padre era un preso?
—Se pasó cinco años entre rejas.
—¿Por qué?
—Es una larga historia.
En otras palabras, no quería entrar en eso.
—¿Cómo murió?
Ella siguió mirando al horizonte.
—¿Cómo muere la mayoría de la gente en la cárcel?
—¿Lo apuñalaron?
Ella asintió ligeramente para confirmárselo.

Virgil hubiera querido acariciarla, consolarla, pero no sabía cómo hacerlo. Salvo lo que le había dicho a su hermana en las cartas, no sabía mucho de la ternura. No la había experimentado durante los últimos catorce años. Y, como había entrado en la cárcel a los dieciocho años, con una sola relación sentimental, una madre poco fiable y cuatro padrastros, no tenía demasiados ejemplos para guiarse.

—¿Cuántos años tenía?
—Treinta y uno.
Un año menos que él. Peyton lo había perdido muy pronto.

—Es demasiado pronto para morir —dijo él. Sin embargo, lo había visto demasiadas veces.

—Era un buen hombre.

¿Un preso que también era un buen hombre? Virgil no creía que hubiera manera de ser ambas cosas a la vez. Él lo había intentado. Sin embargo, que Peyton creyera eso de su padre le hizo pensar que tal vez su hermana lo recordara a él de la misma manera.

—¿Tu padre es el motivo por el que decidiste trabajar en prisiones?

Peyton sonrió brevemente.

—Sí. Y también, porque pensaba que podía ayudar a mejorar las cosas.

Él contuvo la respiración, con miedo a que ella pensara que se le estaba insinuando cuando puso su mano sobre la suya.

—Y tal vez lo estés haciendo —dijo. Después hizo un esfuerzo, la soltó y se alejó de ella—. Bueno, lo mejor será que empecemos ya, ¿no?

—Este es Buzz Criven —dijo Peyton, y puso la fotografía sobre la mesa de su comedor.

En vez de sentarse a su lado, Virgil se había colocado frente a ella. Desde que la había tocado cuando estaban en el porche, había tenido cuidado de guardar las distancias y no volver a rozarla.

Peyton debería sentirse agradecida, porque él estaba siendo muy respetuoso. Sin embargo, aquella actitud de Virgil le producía el efecto contrario: el hecho de que él se negara a tocarla hacía que ella deseara el contacto físico.

Virgil tomó la fotografía y la estudió.

—Rosenburg lo mencionó en la reunión de ayer. Va a salir pronto.

—Sí, pero todavía va a estar dentro treinta días. Estoy pensando que lo más inteligente sería ponerte en su celda.

Tal vez, como no le queda mucho tiempo de estancia, esté más dispuesto a reclutarte, a ayudarte, a hablarte de sus actividades. Ese tipo de cosas.

−¿Tiene poder dentro?

−Un poco. Al igual que Nuestra Familia, la Furia del Infierno se ha estructurado con una jerarquía militar. Buzz es un capitán.

Él dejó la fotografía en la mesa.

−¿Quién es el general?

−Creemos que Detric Whitehead. Lo hemos tenido los diez años pasados en el Módulo de Aislamiento para intentar acabar con sus actividades, pero de algún modo consigue transmitir sus órdenes cuando necesita que los demás obedezcan. Este hombre −prosiguió Peyton, mostrándole otra foto− es Weston Jager, o Westy, y ocupa un lugar alto en la jerarquía de mando. Está con los presos comunes, así que lo conocerás cuando entres. Si no fue Whitehead quien ordenó matar al juez García, puede que fuera Weston.

Virgil se frotó la barbilla con los nudillos de la mano izquierda.

−¿Estos tipos son cabezas rapadas?

−En realidad, los de la Furia del Infierno son un poco de todo. Son cabezas rapadas, son banda callejera y son una banda carcelaria. Estos últimos años no se han preocupado tanto de su supremacía racial como de sacar provecho de sus actividades ilegales. Sin un liderazgo fuerte, y con la competencia de Nuestra familia, yo pensaba que iban a dividirse en dos bandas, por un lado los racistas y por otro los delincuentes, como ocurrió en el Enemigo Público nº 1 hace años. Sin embargo, no ha sido así. Whitehead los mantiene fuertes y centrados.

−¿Hay algún miembro del Enemigo Público nº 1 en Pelican Bay?

—Hubo algunos, pero hace varios años. La mayoría han sido absorbidos por la Furia del Infierno y por otras bandas más pequeñas.

—¿Se dedican a traficar con drogas?

—No se limitan a eso. Agresiones, asesinatos, prostitución... Incluso delitos como el fraude, la falsificación de moneda y el robo de identidad.

—¿Dónde empezaron?

—En el sistema penitenciario de Texas, a mitad de los años ochenta. Desde entonces han crecido mucho.

Él alzó la vista y la miró a los ojos, pero apartó la mirada rápidamente.

—No puedo creer que se hayan hecho fuertes aquí, precisamente. Según Wallace, todo el mundo sabe que esto es territorio de Nuestra Familia.

—En parte, ese es el motivo por el que la Furia ha crecido tan rápidamente. La Operación Viuda Negra hizo mella en Nuestra Familia. Desde ese momento, cualquiera que quiera contenerlos o que necesite protección de ellos, se une a la Furia del Infierno.

—¿Y cómo ha sido la reacción de Nuestra Familia ante ese desafío?

Ella se fijó en la cicatriz que tenía Virgil en el brazo. Era larga e irregular, y parecía de una herida defensiva. No pudo evitar preguntarse cómo se había hecho aquella herida.

—No están contentos, como puedes suponer. Estas dos bandas siempre están al borde de la guerra. Los mantenemos lo más separados posible, pero sigue habiendo violencia. Casi todos los días hay alguna agresión entre ellos.

—¿Cuántos muertos ha habido?

—¿Este año? Pocos, teniendo en cuenta que se han producido casi un centenar de agresiones desde enero. Eso habla muy bien de nuestro personal médico.

Entonces, se miraron el uno al otro. Ella no estaba segura de qué estaba pensando él, pero de repente, se quedó hipnotizada por sus ojos. El dolor que vio reflejado en ellos era inquietante, pero sin embargo, añadía a su mirada una profundidad que le hacía aún más misterioso.

Virgil se aclaró la garganta y volvió a las fotografías que había extendidas en la mesa.

—¿Qué símbolos usan?

—Como la mayoría de los grupos de supremacía racial, verás la esvástica. La Furia del Infierno usa también las letras FI, o una horca —respondió Peyton, y le señaló a uno de los hombres de las imágenes, que tenía las legras FI tatuadas en uno de los pectorales—. También pueden llevar la palabra «furia» tatuada en los nudillos, o en la espalda —añadió, y se lo mostró también—. Pero el símbolo que más se repite es una «ese» satánica con forma de rayo —dijo. Como no pudo encontrar ninguna en las fotografías, se la dibujó—. Oí decir a uno de ellos que representa al Destructor.

—También es el arma de Zeus —musitó Virgil.

—¿Conoces la mitología griega?

—He consultado algunos libros.

—No me esperaba que te gustara leer eso.

—No tenía mucho donde elegir. Si caía entre mis manos, lo leía. ¿Cuáles son sus colores?

—Naranja y negro. Morboso, ¿eh?

Se estaba haciendo tarde, y Peyton tenía hambre. Podría llevar a Virgil al motel y dejarle los expedientes para que terminara aquello él solo. O podía invitarlo a cenar, y continuar estudiando juntos.

—Iba a hacer espaguetis con pesto para cenar. ¿Te gustaría quedarte?

Ella esperaba una respuesta afirmativa, e incluso entusiasta, pero él la sorprendió al levantarse rápidamente.

–No, gracias. Tengo que volver ya.

Virgil respondió con sequedad, como si tuviera una reunión importante, pero Peyton sabía que no tenía nada programado. Nada, hasta el martes.

–¿Es que prefieres lo que tienes en la bolsa del supermercado que te dio Wallace antes que mis espaguetis?

–No tienes por qué molestarte.

–Cocinar para dos es lo mismo que cocinar para uno.

–Yo no tengo hambre, gracias.

Virgil se negaba a bajar la guardia. Ya había empezado a caminar hacia la puerta.

–¿Estás intentando demostrar algo, Virgil?

Él se detuvo.

–¿Qué iba a querer demostrar?

–¿Que no necesitas a nadie? ¿Que no quieres a nadie cerca? ¿Que estás perfectamente solo?

–Estoy perfectamente solo.

Ella frunció los labios.

–¿Y una simple cena amenaza tu soledad? ¿Te amenaza a ti?

–Tal vez. De todos modos, ya te lo he advertido.

–Que me lo has advertido –repitió ella. Se refería a que le había dicho que tuviera cuidado con las señales que le enviaba. Peyton agitó la cabeza y se echó a reír–. Seguramente, tengo muy buen aspecto para un hombre que acaba de salir de la cárcel. Pero no te engañes, cualquier mujer te parecería bien.

–Deja de hablarme como si yo no supiera distinguir entre ti y cualquier otra persona, como si no tuviera la capacidad de discernir. He tenido más oportunidades. En cuanto dejé bien claro quién era yo, y lo que era, la única persona que se me insinuó en la cárcel fue una mujer. Se hubiera abierto de piernas con que yo hubiese chasqueado los dedos.

–¿Y cómo es posible, si estabas en una prisión masculina?

Él se metió las manos en los bolsillos.

–No era una presa.

–¿Un miembro de la plantilla?

–Una oficial.

–¿Y aceptaste lo que te ofrecía?

–No. Se acostaba con todos los hombres que podía. ¿Quién sabe todas las enfermedades que podía tener? Yo no estaba tan desesperado como para acostarme con ella.

–¿Quién era?

–Eso no tiene importancia.

–Va contra la ley mantener relaciones sexuales con los reclusos.

Él se encogió de hombros.

–Yo no pienso delatarla.

–¿Por qué no? No parece que le tengas mucho afecto.

–No, pero vivo y dejo vivir, a menos que no tenga otra opción.

Las reglas de la cárcel. Lo que quedaba de los valores que él había adquirido en la prisión. Peyton lo reconoció con facilidad.

–Bueno, y si no me necesitas, ¿por qué quieres huir?

Él se rio en voz baja y recorrió su cuerpo con la mirada.

–¿Y a ti qué te importa si me voy? ¿Es que no tienes suficientes admiradores en Crescent City?

–Déjalo. Yo no estoy intentando… No importa –dijo Peyton. Se levantó y tomó de la mesa las llaves del coche–. Si prefieres cenar solo en el motel, muy bien. Te llevo.

Entonces, pasó por delante de Virgil hacia la puerta, pero él la tomó del brazo, y cuando ella alzó la vista y lo miró a la cara, se dio cuenta de que no era tan indiferente como intentaba aparentar.

–Ya sabes lo que quiero de ti –le dijo–. Si tú también lo deseas, no necesitas hacerme la cena. No tienes por qué mirarme como si fuera tu igual. Demonios, no tienes por qué hacer nada. Solo pedirlo.

Parecía que estaba decidido a llevar las riendas, por lo menos en cualquier interacción personal que sucediera entre ellos. Sin embargo, él no entendía que ella no podría justificar una relación sexual tan vacua. Nunca lo había hecho antes, y no iba a empezar ahora. Por algún motivo, lo que quería era un encuentro honesto con aquel hombre.

–No estoy interesada en un revolcón rápido.

–¿Y quién ha dicho que tiene que ser rápido? –preguntó él, con una sonrisa perezosa–. Tenemos todo el fin de semana. Y, a pesar de mi pasado, estoy limpio, si es eso lo que te preocupa. Me hicieron pruebas antes de que saliera de la cárcel.

–Me alegro de saberlo, pero no puedo aceptar tus condiciones. Aunque no por las razones que tú piensas.

Él frunció el ceño.

–Entonces, ¿qué es lo que quieres de mí?

Su proximidad hacía que Peyton se sintiera... extraña, excitada.

–¿Por qué tiene que ser tan complicado? Quiero que te quedes a cenar. Te invitado a eso, ¿no?

Cuando vio que él bajaba la mirada hasta su pecho, se dio cuenta de que Virgil no sentía indiferencia.

–Si me quedo, no será para cenar.

Sus ojos se encontraron de nuevo, y ella vio algo que no había sido capaz de percibir antes. Bajo un escudo de orgullo masculino había confusión. El hecho de que Virgil detestara sentirse tan vulnerable hacía que ella quisiera acariciarlo y consolarlo por todo lo que había sufrido. Sin embargo, no podía ceder a aquellos impulsos. Apenas lo conocía, y tenía que trabajar con él. Quería mantener a toda costa su profesionalismo en aquel mundo de hombres. Y de todos modos, ¿cómo podía desearlo tanto?

—Entonces, te llevo al motel —le dijo.

—Eso era lo que yo pensaba —respondió Virgil.

Peyton no se dejó engañar por su sorpresa, y supo que él que se había quedado muy decepcionado.

Como ella.

Capítulo 6

—También utilizan un péndulo –dijo Peyton mientras iba conduciendo.

Estaba intentando concentrarse en el trabajo y controlar su estallido hormonal.

Virgil la miró.

—¿A qué te refieres?

Él no había vuelto a hablar desde que habían salido de casa de Peyton. Ella agarró el volante con fuerza y respiró profundamente.

—Los de la Furia del Infierno. Antes me preguntaste por sus símbolos, y no te mencioné el péndulo, pero también lo usan. Supongo que representa el paso del tiempo, la marcha constante hacia la muerte.

—Como en *El pozo y el péndulo*.

—¿Lo conoces?

—«Sentía náuseas, náuseas de muerte después de tan larga agonía; y, cuando por fin me desataron y me permitieron sentarme, comprendí que mis sentidos me abandonaban. La sentencia, la atroz sentencia de muerte, fue el último sonido reconocible que registraron mis oídos».

—Me tomaré eso como un «sí». No debía de ser una lectura muy animada para la cárcel.

−También lo leí en el instituto.
−Entonces... ¿te graduaste?
−Lo habría hecho de no ser por la interferencia de mi juicio por asesinato −ironizó él−. Estaba en el último curso cuando me encerraron.

Como había oscurecido, Peyton no temía que alguien viera a Virgil y después pudiera reconocerlo y estropear su coartada.

Él no se había puesto ni las gafas ni el sombrero, y ella se alegraba de que fuera capaz de relajarse, pero la tranquilidad del campo que estaban atravesando de camino a la ciudad le producía la sensación de estar tan solos como habían estado en su casa.

−¿Y conseguiste el certificado de Desarrollo Educativo General?
−Tardé varios años en hacer los exámenes. Estaba demasiado ocupado con no morir.

Ella aminoró la velocidad al llegar a un semáforo.
−¿Tenías tendencias suicidas?
−No exactamente. Era autodestructivo, fatalista. Me buscaba problemas y esperaba que fueran problemas de los que pudieran sacarme de mi desgracia para siempre.
−No tuvo que ser fácil enfrentarse al hecho de que te encarcelaran injustamente.
−Estaba consumido de rabia −dijo él, y apretó el puño con fuerza.

Era evidente que todavía no se había liberado de aquella rabia. Sin embargo, si la traición de su madre y de su tío había sido tan grande como parecía, Virgil tenía todo el derecho a sentirse enfadado.

−¿Fue entonces cuando te uniste a La Banda?
−Sí.

El semáforo se puso en verde, y Peyton aceleró suavemente.

–¿Por qué los elegiste a ellos, y no a alguna otra banda, como la Hermandad Aria?

–La Banda es una escisión de la Hermandad Aria. Mi primer compañero de celda era miembro de La Banda.

–Gracias a la Furia del Infierno, La Banda no tiene mucha presencia en Pelican Bay.

–Lo sé. Tienes suerte. Son peores que los demás grupos.

–Dudo que ninguna banda pueda ser peor que la Furia del Infierno. Viven por y para la violencia. Pero me fiaré de ti. ¿Tu compañero de celda te reclutó activamente?

–No tuvo que hacerlo. Sabía que, una vez que me hubieran dado suficientes palizas, yo acudiría a él. Y tenía razón. Después de unos meses, estaba ansioso por vengarme de algunos de los desgraciados que me habían pegado. Y me pareció que La Banda era perfecta para ayudarme a conseguirlo.

–¿Los otros reclusos te causaban problemas?

–Eso es todo un eufemismo –respondió Virgil con una carcajada–. Todos los días me pegaban unos tipos como gorilas que tenían diez años más que yo y que llevaban mucho tiempo haciendo pesas. Fue todo un despertar para un chico que había ido a clase a un agradable instituto de clase media. De todos modos, yo no me uní a La Banda hasta que un tipo llamado Bruiser quiso convertirme en su esclavo sexual.

Aquello no le resultó inesperado a Peyton. La juventud y la belleza de Virgil le habrían convertido en alguien muy vulnerable a aquella clase de tipos. Los había en todas las cárceles. Eran reclusos que usaban el sexo para castigar y para controlar. Peyton hacía todo lo posible por erradicar aquel comportamiento en Pelican Bay. Todos los empleados lo hacían. Sin embargo, ella sabía que continuaba, pese a sus esfuerzos. Había muchos presos que fingían que las relaciones que mantenían eran consentidas, porque si informaban de los abusos podrían terminar mutilados o asesinados. Así pues, no corrían el riesgo de denunciar la situación, y era muy difícil castigar a los culpables. Virgil le estaba diciendo que a los dieciocho años había preferido morir luchando que convertirse en el esclavo de otro.

Habían llegado a la calle donde ella tenía que dejarlo.

—¿Y no te causó reparos saber que les deberías lealtad también cuando salieras de la cárcel?

—Pensaba que iba a morir de todos modos. Y me estaba acostumbrando a la sangre, a la mía y a la de todos los demás. Uno solo podía enorgullecerse de saber luchar, y cuando yo aprendí, pensé que sería el mejor, el más temido por todos los demás. No pensé en el futuro. Creía que no lo tenía —dijo Virgil. Peyton frenó el coche y él abrió la puerta—. Ojalá hubiera pensado en las consecuencias que iban a tener mis actos para Laurel, pero estaba atrapado en el momento, desahogando mi ira y vengándome, y eso era lo único que me importaba.

Peyton entendió que, ahora que Virgil ya había madurado y se había calmado, haría cualquier cosa por cambiar eso. Sin embargo, aunque pudiera retroceder en el tiempo, tal vez no hubiera sido capaz de tomar otro camino, debido a su temperamento y su carácter decidido.

—Como todavía sigues aquí, me imagino que La Banda debió de darte la protección que necesitabas.

—Al principio sí. Sin embargo, después de un tiempo, la protección dejó de ser lo importante. Me hice una reputación, y los demás dejaron de acosarme. Lo que ocurre es que comencé a disfrutar de la amistad. Durante catorce años han sido mi única familia. Eso es lo que voy a echar de menos.

Si Virgil creía que ella se iba a quedar espantada al oírlo hablar amablemente sobre hombres que pertenecían a una mafia, estaba equivocado. Ella sabía por qué se formaban aquellos grupos, y también sabía que podían llegar a estar muy unidos. No siempre era por motivos indignos. Algunos no tenían nada más, nada mejor en su vida.

–¿Y qué van a hacer cuando se den cuenta de que los has dejado?

–Será algo mucho peor que una paliza, si es lo que estás pensando. Sé demasiado. Y llevo una semana ilocalizable. Seguramente ya están siguiendo mi rastro.

Peyton dejó encendido el motor del coche.

–Algunas personas no entienden que se pueda querer a alguien que ha hecho cosas terribles. No entienden la complejidad de la naturaleza humana en ninguno de los dos extremos de una relación así.

–La mayoría de los hombres de La Banda son las peores personas que he conocido en mi vida. Los odiaba, y los odio ahora –dijo Virgil, mientras se ponía las gafas y la peluca–. Sin embargo, había algunos a los que yo admiraba, y a los que consideraba mis hermanos.

Y, sin embargo, incluso aquellos a quienes consideraba sus hermanos lo matarían si lo encontraran. Lo cual significaría que había vuelto a recibir una traición de su familia.

Virgil bajó del coche y cerró la puerta para alejarse, pero ella se inclinó hacia la ventanilla.

–¿Virgil?

Él se dio la vuelta, y ella estuvo a punto de decirle que había visto contradicciones como la que él había mencionado, y que entendía el conflicto que él debía de estar sintiendo. Sin embargo, él no necesitaba su comprensión. Si no podía permitirse ser amiga suya, ni ser ninguna otra cosa para él, solo se convertiría en otra contradicción, en otra persona que iba a defraudarlo.

–No importa. Espero que disfrutes de tu cena.

Él la observó durante un instante.

—El mero hecho de mirarte ha sido agradable —le dijo.

Peyton esperó a que Virgil se riera, o se encogiera de hombros, o le indicara de algún modo que no había sido sincero. Sin embargo, eso no ocurrió, y ella supo con certeza que le había hecho un cumplido sincero, sin censura ni sarcasmo. Pero para cuando se dio cuenta, él ya se había alejado y no pudo responderle.

Metió la marcha del coche y se puso en camino, pero miró a Virgil por el retrovisor hasta que ya no pudo verlo más.

—Eres un hombre interesante, Virgil Skinner —murmuró. Y lamentó no haber sido lo suficientemente irresponsable como para acostarse con él.

Sin embargo, no había llegado a subdirectora jefe de Pelican Bay siendo irresponsable.

Lo que menos podía apetecerle a Rick Wallace era volver a Colorado. Debido al largo trayecto que había desde Crescent City, solo había podido pasar unas horas con su familia. Sin embargo, tenía que asegurarse de que Laurel Hodges y sus hijos estaban a salvo, porque si a ella le ocurría algo, Skinner perdería la motivación, y toda la operación fracasaría.

Mercedes, su mujer, entró en el dormitorio con la cesta de la ropa sucia, y frunció el ceño al verlo.

—¿Qué haces con el traje puesto?

Él acababa de vestirse y de arreglarse. Se estiró la corbata y dijo:

—Me voy al aeropuerto.

—¿Cómo?

Ella dejó la cesta sobre la cama. Antes, siempre tenía hechas las tareas domésticas antes del fin de semana, para poder dedicarle su tiempo a él. Sin embargo, eso había cambiado. Ahora, cuando él le preguntaba por el estado de la casa, Mercedes respondía que no tenía sentido mantenerla perfecta cuando solo la veían sus hijos y ella. Decía que, cuando él estaba en casa, los miraba a ellos como si fueran objetos inanimados y no personas de verdad, porque siempre estaba pensando en su trabajo.

Entró en el baño, con la esperanza de poder terminar de prepararse antes de que ella pudiera atacarlo. Mercedes no le gustaba nada cuando estaba enfadada. El tono desagradable de su voz le ponía nervioso, y hacía que se preguntara por qué se había casado con ella. De no ser por las niñas, se habrían separado hacía años. Sin embargo, como tenían hijas, eso no era posible. Él había sufrido el divorcio de sus padres cuando era pequeño, y se había prometido a sí mismo que nunca cometería los mismos errores que ellos. No iba a hacerlo, y mucho menos teniendo en cuenta cuáles serían las consecuencias económicas...

—Lo siento —murmuró.

—Hoy, cuando has dicho que te has marchado de Crescent City porque nos echabas de menos y querías estar con nosotras, he pensado que...

Él la vio reflejada en el espejo. Vio que se le abrían las ventanas de la nariz.

—Bueno, he pensado que ibas a quedarte en casa el resto del fin de semana. Y sabes que lo he pensado.

Aquella última frase era una acusación. Para evitar un enfrentamiento, decidió hacerse el tonto.

—¿Y adónde quieres llegar?

—Me preguntaba por qué no has tenido la cortesía de sacarme de mi error.

Porque habría comenzado a protestar, y le habría negado el sexo.

—¿Rick? —insistió Mercedes, al ver que él no respondía.

—No sabía que tenía que marcharme esta noche.

Era más fácil mentir. Sin embargo, no funcionó. Ella reaccionó con ira.

—Eso no es verdad —dijo.

Él no se molestó en discutírselo.

—Lo siento.

—¿Es que no podemos tener un fin de semana en familia?

—Hemos cenado juntos. Es más de lo que hubiéramos podido hacer si me hubiera quedado en Crescent City.

—¿Cenar? ¿Y te crees que voy a conformarme con que cenemos juntos una sola vez en toda la semana?

—Hemos hecho algo más que cenar.

Ella puso los ojos en blanco al ver su sonrisa.

—Has estado en casa lo suficiente como para levantarme el camisón y pasarlo bien, y ahora te marchas.

Debería haberse tomado la molestia de proporcionarle placer. Tal vez entonces ella no estuviera así. Pero estaba tan preocupado que...

—Mejor tu camisón que el de otra, ¿no? —dijo, riéndose como si estuviera gastando una broma. Sin embargo, la mirada de ira de Mercedes le dio a entender que también lo habían cazado en aquello.

—¿Qué estás diciendo?

—Estoy diciendo que, por lo menos, sigo viniendo a casa para eso —respondió él. «Normalmente», pensó—. Y eso es algo.

—Ya no es suficiente.

—Vamos, Mercedes —dijo él, y agachó la cabeza para dar a entender que se sentía mal, lo cual no era cierto. En realidad, no. Se peleaban tan a menudo que ya no le importaba—. Por favor.

—Por favor, ¿qué? ¿Que no te pida nada? ¿Que no espere que te comportes como un marido? ¿Que no exija que cumplas tu parte en nuestra relación y como padre de nuestras hijas?

–No tengo tiempo para esto. Voy a perder el avión.

Ella no se apartó de la puerta de la habitación.

–Quiero que dejes tu trabajo.

Él se quedó boquiabierto.

–¿Estás de broma, o qué? ¿Y cómo vamos a pagar las facturas?

–Seguro que encontrarías otra cosa.

–¡Nada en lo que gane lo que estoy ganando ahora!

–Entonces, yo también trabajaré. De todos modos, necesito salir. Necesito un cambio. Haría cualquier cosa con tal de arreglar lo que va mal. Nuestros hijos necesitan ver más a su padre. Yo necesito... No puedo soportar más la desatención, Rick.

–¿La desatención? –preguntó él–. Si quieres tener un orgasmo y yo no estoy aquí, utiliza un consolador, demonios. Tal vez lo que necesitas es madurar y comenzar a hacer las cosas por ti misma, en vez de depender tanto de mí.

–¡No estoy hablando de sexo!

–Entonces, ¿de qué estás hablando? ¿Crees que es culpa mía que tengamos problemas? ¿Cómo sabes que no eres tú? Puede que a ti no te guste que yo tenga tanto trabajo, pero a mí no me gusta que tú seas tan dependiente. Me pone los pelos de punta.

Entonces, se estremeció. En cuanto vio su cara, se arrepintió de lo que había dicho y deseó poder retirarlo. Era el estrés, la presión que tenía que soportar. Tal vez Mercedes hubiera engordado un poco, y tal vez se hubiera descuidado a sí misma en otros aspectos.

Él no podía evitar que le resultara sosa y avejentada comparada con otras mujeres que le llamaban la atención. Comparada con Peyton, que le gustaba especialmente. Sin embargo, todavía quería a Mercedes, ¿no?

—No era tan dependiente hasta que me casé contigo. Tú me has hecho así —replicó ella. En aquel momento, oyeron a su hija pequeña llamándolo desde el salón, y Mercedes bajó la voz—. Y algunas veces te odio por ello.

—¿Me odias?

Él esperó a que Mercedes lo negara. No podía haber dicho en serio que lo odiaba. Sin embargo, ella no lo corrigió. Siguió observándolo fijamente, con aquellos ojos castaños que habían envejecido varios años desde la última vez que él los había mirado.

—¿Mercedes?

—Odio esto en lo que me has convertido —dijo ella, por fin.

Al ver que ella se echaba a llorar, él recuperó el aliento. No lo había dicho en serio. No era posible que pensara en abandonarlo.

—Mira, hablaremos de todo esto cuando vuelva, ¿de acuerdo? Te lo prometo. Quizá deberíamos acudir a una terapia matrimonial —dijo él. Mercedes llevaba más de un año pidiéndole que fuera a un psicólogo. Tal vez, si le daba esa esperanza, se calmaría, y él podría hacer todo lo que tenía que hacer antes de ocuparse de su matrimonio.

—Si no vamos a un psicólogo, no lo conseguiremos —dijo ella. Después se dio la vuelta, con cara de cansancio y aquellos pantalones de chándal que usaba para estar en casa, y comenzó a separar la ropa.

Rick sabía que debería abrazarla y consolarla, decirle que la quería y pedirle disculpas. Entendía que se hubiera sentido usada. Últimamente, cuando hacían el amor, él se imaginaba que Mercedes era otra mujer, una mujer más atractiva. Y a menudo, esa mujer era Peyton. El hecho de que fantaseara con otra mujer no era lo mejor para su relación; Mercedes se merecía algo mejor. Sin embargo, él no podía ir a abrazarla en aquel momento. No dejaba de ver los ojos brillantes y la preciosa cara de Peyton, ni su figura perfecta, y el contraste entre las dos mujeres era demasiado grande. Estaba perdiendo todo el deseo por su propia esposa.

O tal vez fuera culpa de Mercedes, por no cuidarse más. Si ella estuviera más atractiva, él la desearía. Además, ella podría dejar de comportarse como una bruja justo cuando él necesitaba comprensión.

Pese a todo, tendrían que esperar para resolver sus problemas. Si no tomaba aquel vuelo, tal vez Laurel no pasara de aquella noche, y entonces, él no tendría la oportunidad de dejar el trabajo. Lo despedirían.

–Escucha, te llamaré luego, ¿de acuerdo? No me queda más remedio que irme ahora. Está ocurriendo algo muy importante en mi trabajo, algo que viene del mismo gobernador. No tengo otra opción. Es halagador que me hayan elegido a mí para llevarlo a cabo. Te habría dicho que tenía que marcharme, debería haberlo hecho, pero sabía que ibas a disgustarte, y no quería tener una discusión. Estoy muy harto de discutir.

–No creo que estés más harto que yo –dijo ella.

–¿Papá? Papá –dijo Ruby, que entraba en la habitación en aquel momento–. ¿Te marchas otra vez? –preguntó en tono de desilusión, con la misma expresión que su madre.

Rick se agachó y le dio un beso en la mejilla.

–Voy a volver muy pronto, princesa –dijo él, y fue a despedirse de su otra hija.

Capítulo 7

Peyton quería saber más sobre el crimen por el que Virgil Skinner había perdido catorce años de su vida. También quería saber más sobre su madre y su tío, y sobre lo que habían hecho para contribuir a que lo encarcelaran.

Se imaginó que debía de haber bastante información sobre él en los medios de comunicación, así que se sentó frente al ordenador y comenzó a navegar por Internet. Como había cumplido condena en Colorado, visitó en primer lugar la página web del *Denver Post*, y se sorprendió al encontrar un artículo con fecha de tan solo dos semanas antes.

Absuelto un acusado de asesinato después de cumplir catorce años de cárcel.

Virgil Skinner, de treinta y dos años, tenía solo dieciocho cuando fue declarado culpable del asesinato de su padrastro, Martin Crawley, que tenía cuarenta y seis años en el momento de su muerte. Skinner fue condenado a cadena perpetua por disparar a Crawley con su propia escopeta, que guardaba dentro de la casa. Skinner no hubiera podido comparecer ante la Junta de Libertad Condicional hasta que hubieran pasado treinta años desde su condena.

Skinner ha contado con la ayuda de América Inocente, una organización con base en Los Ángeles que se dedica a liberar a estadounidenses condenados por crímenes que no han cometido. «Hay otras organizaciones que persiguen la absolución de las personas condenadas injustamente mediante pruebas de ADN», afirmó Lisa Higgleby, abogada de Inocentes de América. «Nosotros investigamos el resto de los casos. Excluyendo la prueba de ADN es muy difícil demostrar la inocencia del condenado, pero la mayoría de la gente se enfrenta a ese tipo de casos, y no a los que pueden aclararse con métodos científicos».

Según Higgleby, las principales causas de las condenas injustas son la identificación errónea por parte de un testigo, una defensa inadecuada o incompetente, el uso de informantes de la cárcel y los errores o la conducta indebida de la fiscalía y la policía.

Sin embargo, en el caso de Skinner, lo que selló su destino fue la declaración de una persona en la que debería haber podido confiar: su madre.

«De no haber sido por la manera en que mi madre protegió a mi tío, y se protegió a sí misma, mi hermano nunca habría ido a la cárcel y no habría perdido tantos años de su vida encerrado», dijo Laurel Hodges, la hermana de Skinner, divorciada y madre de dos niños, que ha luchado sin descanso para conseguir la libertad de su hermano. Fue Hodges quien se puso en contacto con Inocentes de América y les convenció para que examinaran su caso.

«Laurel tenía una fe inquebrantable en su hermano, explicó Higgleby. «Sin embargo, este caso nunca hubiera terminado felizmente sin Geraldine Lawson». Lawson, la exmujer del tío de Skinner, proporcionó a la policía nueva información sobre la noche que fue asesinado Crawley, información que propició la reapertura del caso.

Como consecuencia de la investigación, Gary Lawson

ha sido acusado del asesinato de Martin Crawley, y desde entonces está encarcelado en Los Ángeles a la espera de su juicio. Se sospecha que fue la propia madre de Skinner quien pidió a su hermano que matara a su marido, pero todavía no se han presentado cargos contra ella.

Peyton, que se había puesto ropa cómoda para estar en casa después de dejar a Virgil en el motel, leyó dos veces el artículo. Después lanzó en Internet búsquedas sobre Ellen Crawley y Ellen Lawson, por si acaso ella había retomado su apellido de soltera, sobre Geraldine Lawson, Martin Crawley, Virgil Skinner e incluso sobre Laurel Hodges. Sin embargo, aparte de un breve artículo de *L.A. Times* en el que se mencionaba la implicación de Ellen y de Gary en el asesinato, no encontró nada más. Tal vez en horas de trabajo pudiera encontrar información en la base de datos del sistema federal, con el número de recluso. Sin embargo, como él ya había sido excarcelado, no iba a ser demasiado. Ella ya sabía dónde había cumplido condena, por lo menos al final, y cuánto tiempo. Lo que quería era el resto de la historia de Virgil...

Miró el reloj. Eran casi las nueve. No tenía pensado decirle a Wallace que sabía que Bennett no era quien le habían dicho que era, pero ahora que Rick se había marchado de Crescent City, tal vez debieran mantener una conversación privada. Tenía el número del teléfono móvil privado de Wallace en su agenda; él se lo había dado un mes antes, durante una reunión para tratar sobre el problema de las bandas mafiosas. Durante aquella conversación, Wallace no le había sugerido nada parecido a lo que iban a hacer con Virgil, pero supuso que él ya estaba pensando, en aquel momento, en poner en marcha la Operación Interna.

Se dirigió al salón, donde podría pasearse ante las ventanas que daban al mar, e hizo la llamada. Él respondió inmediatamente.

—No me digas que algo va mal.

Peyton se dio cuenta de que su reacción era normal, al tener una llamada suya tan inesperada, y fuera del horario laboral.

—No, nada.
—Entonces, ¿qué pasa?
—Necesito hablar contigo.
—¿A las nueve de la noche de un sábado?
—Lo siento, pero me alegro de que estés disponible.
—En realidad, no lo estoy. Estoy en el aeropuerto, esperando para embarcar. Tienes diez minutos, así que dime, ¿qué pasa? ¿Es por Bennett?
—¿Te refieres a Skinner?

Él se quedó en silencio. Después, preguntó:

—¿Cómo lo has averiguado?
—He investigado un poco.

Wallace no siguió preguntando nada, tal vez porque él mismo sabía que no había hecho el más mínimo esfuerzo al elaborar la falsa biografía de Virgil.

—Skinner fue el que quiso utilizar un nombre falso —dijo—. Yo solo estaba intentando complacerle, por motivos de seguridad. De lo contrario, te lo hubiera dicho.
—Entiendo.
—¿Estás enfadada?
—No, pero creo que tengo derecho a que me des algunas respuestas.

Él debió de sentirse aliviado por el hecho de que ella se tomara tan bien su engaño, así que se calmó y se mostró más amable.

—¿Qué es lo que quieres saber?
—¿Por qué lo juzgaron en el sistema federal? ¿Querían imponerle una sentencia más dura, o hay algo más?
—Que yo sepa, solo fue para imponerle una sentencia más dura.

Tal y como Virgil había dicho.

—¿Por qué? Solo era un chico de dieciocho años.

—Ellos creían que era un chico de dieciocho años que había matado a su padre a sangre fría.

—Es un fastidio equivocarse cuando has castigado duramente a alguien, ¿eh? —replicó ella.

Sabía que Rick no era el responsable de aquel error, pero no podía evitar culparlo, porque sabía que en realidad, a él no le importaba lo que le ocurriera a Skinner.

—Ahórrate el sarcasmo, Peyton. ¿No puedes sentirlo por la víctima y su familia, para variar?

Al fondo se oyó la típica llamada por los altavoces del aeropuerto, y ella esperó a que terminara, para que Wallace pudiera oírla bien.

—¿Y por qué tengo que elegir? En este caso, el supuesto asesino fue tan víctima de todo este asunto como los demás.

—Sí, bueno, nosotros no somos asistentes sociales. Y, por si te sientes mejor, el hecho de que a Skinner lo acusaran federalmente puede ser toda una suerte para él.

—¿Cómo puedes decir eso?

—Cuando todo termine, tendrá derecho a percibir setecientos mil dólares.

Rick se refería a las indemnizaciones que fijaba la ley para aquellos que resultaran condenados injustamente. Sin embargo, setecientos mil dólares no era una suma muy grande. Una cosa era todos los años que Virgil había pasado en la cárcel; y otra eran todo lo que había tenido que experimentar durante su encarcelamiento, y de qué forma iban a determinar su futuro aquellas experiencias.

—Si lo hubieran procesado en el sistema estatal, obtendría una compensación mucho menor —dijo Wallace—. California paga cien dólares por día, y eso es más de lo que pagan la mayoría de los otros estados. Sin embargo, son doscientos dólares menos de lo que puede conseguir de los federales.

«Tendrá derecho a percibir... Lo que puede conseguir de los federales...».

Wallace no hacía promesas, y Peyton sabía por qué. Podían pasar muchas cosas antes de que se pagara esa suma. Aunque Virgil superara la difícil situación en la que se encontraba, cabía la posibilidad de que el dinero no llegara nunca. El gobierno podía negarse a indemnizarlo y obligarle a que comenzara una batalla legal larga y costosa. Ella había visto casos en los que aquellas indemnizaciones se habían retenido durante años.

—¿Y se supone que con eso tengo que sentirme mejor?

—Oh, mierda. Me vas a volver loco.

¿Por qué? ¿Solo porque tenía conciencia? Quiso preguntárselo, pero sabía que eso sería ir demasiado lejos, así que no se apartó del tema de conversación.

—Solo digo que seguramente a la hermana de Skinner le vendría bien el dinero.

—Pero se lo estás diciendo a la persona equivocada. Yo no tengo ningún poder en el sistema federal, y lo sabes.

—El que negoció este trato, el director, o el gobernador, tal vez pueda facilitarlo.

—O tal vez no quieran inmiscuirse demasiado en eso. Skinner entró en la cárcel siendo un chico inocente, pero no fue agradable con los demás mientras estuvo entre rejas. Es una bomba de relojería. El único motivo por el que está siendo obediente es su hermana.

Peyton sintió la necesidad de defender a Virgil.

—¿Acaso no estarías tú amargado?

—Mira, me conmueve que quieras defender a ese desvalido, pero no tengo tiempo para eso ahora. Yo no soy el que toma las decisiones.

Sin embargo, él podía interceder ante quien tomaba las

decisiones, porque tenía su confianza. Pero no le importaba.

—Hablaremos más tarde —dijo.
—¡Espera! ¿Qué hizo?
—Nuestro hombre era muy habilidoso con los cuchillos.
—¿Mató a otro recluso?
—A dos, para ser exactos.
—¿A dos?
—Pregúntaselo a Skinner. Él te dirá que fue en defensa propia. Pero hay testigos que dicen lo contrario.
—¿Testigos fiables?
—Depende de con quién hables. Pero él no debería haber tenido un cuchillo, para empezar.

Tal vez no se sintiera seguro, pensó Peyton. Tal vez supiera que podían tenderle una emboscada...
—¿Hubo acusación formal contra él?
—No.

Si no había acusación contra él era porque el fiscal no tenía pruebas suficientes para que lo condenaran. Sin embargo, ella estaba segura de que le habían amenazado con aquella acusación.

—¿Se le ofreció un trato?
—Si se convertía en informante y cooperaba con nosotros para deshacer a la Furia del Infierno, el pasado quedaría en el pasado.
—Entiendo. Y si no lo hacía, se enfrentaría a un nuevo juicio.
—Exacto. Aunque contratara un buen abogado y pudiera evitar una condena a cárcel, tendría antecedentes penales...
—Si el juez dictaba condena contra él.

Wallace ignoró su interrupción.
—Y perdería la esperanza de que lo indemnizaran por el tiempo que ya había cumplido. Eso no es modo de empezar una nueva vida.

No, no lo era. Peyton se dirigió a la cocina, se lavó una manzana y volvió al salón.

—Tú sabes que él no está haciendo esto por el dinero de la indemnización.

—Como ya te he dicho, el único motivo por el que ha accedido es su hermana.

—¿Ella corre peligro de verdad?

—Sí. Skinner podría ayudar a las autoridades a conseguir condenas para la mayoría de los miembros de La Banda. Sin embargo, no está dispuesto a hacerlo. Tiene un... sentido del honor retorcido. Dice que no va a faltar a su palabra ni a apuñalar a sus amigos por la espalda, por ningún motivo.

El sentido del honor supuestamente retorcido de Skinner era mucho más admirable que lo que ella había visto de Wallace, pero Peyton se tragó lo que quería decir y aprovechó la oportunidad para conseguir más información.

—Entonces, ¿por qué están preocupados?

—Tienen que ponerse en lo peor. Y no permiten que nadie abandone la banda.

—Lo que no entiendo es cómo el Departamento de Prisiones y Reinserción de California consiguió a Skinner.

—Teníamos un problema. Los federales tenían la solución. No trabajamos aisladamente.

La seguridad del aeropuerto le pidió la identificación, y Peyton esperó a que él terminara para continuar.

—Entonces, ¿lo que está pasando aquí es que los federales se han ofrecido a hacer un favor?

—Es un método muy común para conseguir lo que uno quiere.

—A costa de Skinner.

—No, a costa suya no. Él también va a sacar algo de esto.

—Una promesa de que olvidarán lo que hiciera o no hiciera en la cárcel. Y tal vez algo de dinero.

—No sé lo que le han ofrecido. El secretario no me dio los detalles. ¿Algo más? Porque ahora tengo que colgar. Si no me doy prisa voy a perder el avión.

—Solo una cosa más.

—¿Qué?

—Fischer no sabe que Bennett no es Bennett.

—¿Y qué?

—Me gustaría que las cosas siguieran así.

—¿Por qué?

—Por el mismo motivo por el que Skinner lo solicitó al principio: por su seguridad. Cuanta menos gente sepa quién es en realidad, mejor estará.

Y mejor podría protegerlo ella.

—Pase delante, por favor —le dijo él a alguien, y Peyton se lo imaginó saliendo de la cola del embarque—. Ahora que ya lo sabes, no sé cuál es el mejor modo de proceder.

—¿No eras tú el que decías que era muy fácil que esto se filtrara? Si los de la Furia del Infierno se dan cuenta de que hay algo extraño, aunque no tengan ningún nombre ni puedan dirigirse contra un individuo en concreto, se pondrían a la defensiva e impondrían un secretismo absoluto, lo cual solo dificultaría el trabajo de Skinner.

—¿Quieres decir que no podemos fiarnos de Fischer?

—Lo que quiero decir es que él se lo contará a Frank y a Joe, y quién sabe en cuántos más podrían confiar ellos. Aunque solo se lo dijeran a sus esposas, se correría la voz. Ya sabes cómo es Crescent City, todo se sabe rápidamente. Lo único que quiero es que Skinner tenga lo que quería conseguir con esa identidad falsa, eso es todo.

—Pero si Fischer se entera y se pone hecho una furia...

—No lo hará.

—¿Averiguarlo, o enfadarse?

—Si no se entera, no tendrá ningún motivo para enfadarse.

Wallace volvió a decirle a alguien que pasara delante de él.

—Muy bien. Si lo prefieres, no digas nada. Pero si después sale a la luz que lo sabías y él se enfada porque no se lo dijera, le explicaré que fuiste tú la que decidió no pasarle la información.

—Muy bien. Salva tu pellejo —dijo ella—. Yo esperaba más de ti —añadió. Nunca le había hablado así; las palabras se le escaparan antes de que pudiera contenerse.

Él se irritó, tal y como ella pensaba.

—Bienvenida al mundo real. Si quieres trabajar en prisiones, tendrás que exponerte al fuego cruzado, como todo el mundo.

Como si él se hubiera puesto en esa situación alguna vez. El hijo de un congresista, que había ascendido en su profesión gracias a los amigos de su padre. En realidad, él nunca había trabajado en una cárcel.

—Eso no me preocupa —le dijo—. De hecho, Fischer me ha puesto a cargo de esto.

Hubo una ligera pausa mientras Wallace asimilaba lo que ella acababa de decirle. Sin embargo, no respondió.

—Eres una pesada, ¿sabes? —dijo él, y después colgó.

Capítulo 8

Iba a ser una noche muy larga. Mientras pasaba un par de horas a la orilla del mar, Virgil se había comido un sándwich mirando al horizonte, después volvió al hotel y se puso cómodo, con la televisión encendida y los expedientes que le había dado Peyton en las manos. Pensó en estudiar hasta que estuviera demasiado cansado como para continuar y, por fin, pudiera conciliar el sueño. Sabía cómo sobrevivir a una noche interminable. Había soportado muchas noches así en la cárcel, porque hasta que consiguió ganarse el respeto de los demás, estaba demasiado aterrorizado como para cerrar los ojos.

Si había podido adaptarse a un entorno así, podía adaptarse a cualquier cosa, ¿no? Cualquiera pensaría lo mismo. Sin embargo, no todas las estrategias de supervivencia que había desarrollado durante aquellos años iban a servirle en su nueva experiencia. Salir de la cárcel le había dado demasiadas esperanzas. Había pensado que podría escapar de las garras de La Banda, que podría olvidar el pasado y construirse una vida normal. Había creído que su hermana estaría a salvo, que podría criar a sus hijos en paz.

Y desde que había conocido a Peyton, eso no era lo único que quería. No había podido dejar de pensar en su piel suave en su pelo y sus curvas tentadoras. Y en su decencia. Ella no era como los demás oficiales de prisiones que había conocido. Algunos eran buena gente, sí. Eddie Glover le había ayudado mucho en Florence. Sin embargo, Peyton tenía cierta sensibilidad que nadie más poseía...

Deseaba más. Deseaba más de su tiempo, de su atención. Sin embargo, sabía que eso no sería inteligente para ninguno de los dos.

¿Cómo era posible que se hubiera vuelto loco por ella tan rápidamente?

Tal vez eso no fuera tan raro. Incluso Wallace decía que era atractiva; había mencionado que era muy guapa antes de llegar a la biblioteca donde se habían reunido, y había hecho una broma acerca de lo mucho que desearía acostarse con ella. Seguramente, había pensado que hablar tan groseramente era el mejor modo de relacionarse con un exconvicto, pero a Virgil le había impresionado...

Sonó el teléfono.

Con la esperanza de que fuera su hermana, o Wallace para darle alguna noticia sobre Laurel, descolgó el auricular.

—¿Diga?
—Hola, ¿podría hablar con Hal Geribaldi, por favor?
—¿Con quién?
—Con Hal.

Virgil intentó reconocer aquella voz. No lo consiguió, lo que le proporcionó algo de alivio.

—¿Quién le dio este número?
—¿No es la habitación número catorce de Redwood Inn?
—No.
—Disculpe.

Virgil colgó. Después se quedó mirando al teléfono. ¿Se habían equivocado de verdad, o habían llamado para comprobar que él estaba en la habitación?

Se imaginó al tipo que había llamado junto a Pointblank Thompson, un hombre que, entre otras cosas, le había disparado a un policía a bocajarro, o de Pretty Boy McCready, a quien habían apodado «Chico Guapo» debido a su físico. Se imaginó al extraño con el auricular en la mano y a Pretty Boy, que había sido compañero suyo de celda, asintiendo una vez para dar a entender que lo habían encontrado. Y se preguntó si alguien de La Banda iba a ir a llamar a la puerta de su habitación.

¿Iban por él? ¿Tan pronto?

Era posible. Llevaba cinco días fuera de la cárcel, y todavía no había establecido contacto. Ellos habrían pensado que existía algún problema y habrían comenzado a buscarlo. Se habían puesto nerviosos mucho antes, cuando surgió la posibilidad de que lo exculparan. Era entonces cuando habían empezado a vigilar a Laurel, por si acaso él decidía desligarse del grupo. Tenían miedo de que eligiera vivir en la legalidad. También tenían miedo de lo que sabía, y de lo que podía contarles a las autoridades.

Sin embargo, ellos no tenían nada que temer. Hasta aquel momento, Virgil se había negado a delatar a nadie. Entendía los argumentos para denunciar a aquellos a quienes había considerado sus amigos. Debido a sus actividades criminales, estaría haciéndole un gran favor a la sociedad, etcétera. A él no le importaba. Las autoridades iban a tener que encontrar a otro para que les informara sobre La Banda. Aunque sus antiguos hermanos harían todo lo posible por liquidarlo, él tenía un código ético personal que le impedía convertirse en un traidor.

Pronto estaría transmitiendo información sobre la Furia del Infierno, pero para él, no era lo mismo. A ellos no les había hecho ninguna promesa. Tal vez esa distinción no sirviera para justificar lo que iba a hacer, pero era el único modo que tenía de salvar a Laurel, salir de La Banda y poder vivir consigo mismo cuando todo aquello terminara.

Si La Banda le hacía daño a Laurel, no obstante, olvidaría aquel delicado equilibrio que quería alcanzar. Dejaría a un lado sus buenas intenciones de redención y se dedicaría exclusivamente a destruirlos.

Bajó de la cama, se acercó a su bolsa de viaje y sacó una hoja de papel de uno de los compartimentos. En ella había un número de teléfono garabateado. Era el número de Pretty Boy desde que había salido de la cárcel. Virgil tuvo la tentación de llamarlo y decirle que, si Laurel no sufría ningún daño, él no delataría a nadie. Podía conseguir que Pretty Boy se lo tragara. Sin embargo, aunque Pretty Boy consiguiera convencer a Horse y a Shady, el hombre que manejaba los hilos, la banda no le permitiría que se alejara de ellos. Eso era una falta de respeto que le costaría cara.

Por si acaso ellos estaban todavía dudando y no sabían cómo reaccionar ante su repentina desaparición, Virgil no llamó. De hacerlo, quizá los empujara a acosar a Laurel más deprisa de lo que pensaban hacerlo. Virgil quería darle a Wallace todo el tiempo posible para que pudiera ponerla a salvo.

Suspiró, dejó el número sobre el escritorio y se acercó a la ventana. Apartó las cortinas y miró hacia el aparcamiento. Aunque había niebla, vio un coche con el motor encendido. Le pareció sospechoso, aunque en realidad, todo le hacía desconfiar. Llevaba demasiado tiempo viviendo sin confianza, y había perdido la capacidad de sentirse seguro.

Volvió a sonar el teléfono. Se colocó a un lado de la ventana mientras respondía.

—¿Diga?
—¿Virgil?

Era Peyton. Él soltó un suspiro y se tendió en la cama.

—¿Sí?
—¿Estás bien?

Él pensó en aquel coche y se preguntó si tendría motivos para preocuparse.

—Sí, ¿por qué?
—Pensaba que estarías durmiendo.
—¿Estabas intentando despertarme?
—Como nos hemos hecho amigos, sabía que no te importaría.

Estaba bromeando, y ahora que estaba a una distancia prudencial, Virgil agradeció la distracción. Le sirvió para relajarse, y se dijo que La Banda no le estaba esperando fuera.

—¿Debo pensar que te has arrepentido de tu última decisión?
—¿Qué última decisión?
—La de traerme al motel.
—Eso ha sido decisión tuya. Yo te habría invitado a cenar con gusto.
—Pero yo estaba más interesado en el postre.

Ella hizo caso omiso de aquel comentario.

—Acabo de hablar con Wallace.

Él agarró el auricular con fuerza.

—¿Está bien Laurel?
—Él estaba subiendo a un avión, y no me ha dicho nada de Laurel. ¿Debería haberlo hecho?
—Se supone que tiene que ocuparse de su seguridad.
—Entonces, a eso era a lo que iba. Hazme caso, no quiere fastidiarlo. Tiene grandes planes para su propio futuro.

Recordó los comentarios que le había hecho Wallace sobre Peyton. «Ya verás cuando la conozcas. Está tan buena... Lo que no daría yo por un poco de eso».

—En más de un sentido.
—¿Qué significa eso?

—Nada.
—¿No te agrada Wallace?
—No especialmente.
Virgil se levantó de la cama y se acercó a la ventana. El coche seguía en el aparcamiento. Seguramente, sus ocupantes no tardarían más que unos minutos en reservar una habitación...
—¿Por qué no?
—Por varias razones. Pero no me importa lo que sea ese hombre siempre y cuando cumpla su palabra. La cumplirá, ¿no?
—No puedo prometerte lo que no está en mi mano, Virgil.
—Por eso te preocupa esta operación, ¿verdad? Sabes que ellos no esperan que yo salga con vida.
No hubo respuesta.
—En realidad, es un plan muy inteligente. Si muero, no tendrán que pagar el dinero que me deben. Es un modo sencillo de ahorrarse un buen dinero sin arriesgar a su propia gente.
—Estoy segura de que eso no es cierto. Nadie piensa tal cosa. Y, aunque lo estén pensando, tú vas a cobrar ese dinero.
En otras palabras, él no iba a morir. Virgil se dio cuenta de que ella estaba decidida a que sobreviviera. Sin embargo, no estaba seguro de que Peyton pudiera conseguirlo. Lo que ocurría en la prisión solía suceder muy rápidamente, y no precisamente delante de los oficiales o de los subdirectores de las cárceles.
Sin embargo, no dijo nada. Tener a alguien de su lado hacía que se sintiera mejor. Por algún motivo, tenía la sensación de que Peyton se preocupaba de verdad por su bienestar, y no solo por lo que podía beneficiarle a ella.
—A propósito, se lo he dicho a Wallace.

—¿El qué?
—Que sé quién eres en realidad.
Él miró de nuevo por la ventana. El coche seguía allí.
—¿Y por qué?
—Quería conseguir más información.
—¿Sobre qué?
—Sobre ti.
—¿Y la conseguiste?
—Creo que sí.
—Y ahora conoces mis secretos más ocultos.
—Sé lo principal.
—¿Por qué me lo cuentas?
—Porque al principio me dije que iba a guardármelo, pero después me pareció justo informarte de que he cambiado de opinión.

Sonaron unos pasos fuera, en el pasillo. Eran los pasos de varias personas que se movían con rapidez.

—Vamos a tener que seguir hablando más tarde.
—¿Ocurre algo?

Virgil no tenía tiempo de dar explicaciones. Dejó caer el auricular y tomó el cuchillo que había robado en el restaurante. Un cuchillo de carne no era un arma muy efectiva contra dos hombres armados, pero solo podía usar lo que tenía.

Con la espalda pegada a la pared, esperó para ver si alguien tiraba la puerta abajo de una patada.

Capítulo 9

¿Qué podía haber sucedido?

Peyton llamó dos veces más a Skinner, pero no consiguió hablar con él. Hubiera seguido llamando, pero no quería que Lena Stout, la chica que estaba en recepción, reconociera su voz y se preguntara si sucedía algo malo. No quería llamar la atención de nadie.

Así pues, ¿qué podía hacer? Se había preocupado mucho de que Virgil resultara herido dentro de Pelican Bay, pero no había pensado en la posibilidad de que La Banda lo encontrara antes de que entrase en la cárcel. Sin embargo, era evidente que a él si le inquietaba esa posibilidad, y debía de saber muy bien lo que eran capaces de hacer sus antiguos hermanos. Además, el mismo Wallace le había dicho que corría peligro.

Peyton se puso las zapatillas de deporte y salió todo lo rápidamente que le permitió la torcedura de su tobillo. Solo tardó diez minutos en llegar al motel, y de todos modos, sabía que podía ser demasiado tarde.

Dejó el coche en el aparcamiento y corrió hacia la habitación número quince.

La puerta estaba entreabierta.

—¿Hola? —susurró, mientras asomaba la cabeza al interior.

Las luces y la televisión estaban encendidas. El teléfono estaba descolgado.

—¿Virgil?

Avanzó lentamente, temiéndose lo que iba a encontrar tirado en el suelo, entre las camas. Sin embargo, no encontró ningún cuerpo, ni señales de lucha. Aunque no creía que Virgil tuviera planes de marcharse, tampoco; había rebuscado algo en su bolsa, porque su ropa no estaba tan ordenada como antes, y había dejado su jersey sobre la silla.

Hacía frío y estaba lloviendo. ¿Por qué no se había llevado Virgil el jersey? Además, había algo de comida de la bolsa del supermercado sobre la mesa: mantequilla de cacahuete, una rebanada de pan y unos cacahuetes. Los expedientes que ella le había dado estaban extendidos sobre la cama.

Peyton siguió avanzando por la habitación con el corazón en la garganta. La puerta del baño estaba abierta. ¿Acaso iba a encontrarlo muerto en la ducha? Cuando llegó hasta la mampara, estaba temblando de miedo. Sin embargo, encontró la ducha vacía. ¿Significaba eso que estaba a salvo, o que iban a encontrar su cuerpo en el bosque, o flotando en el mar?

Iba a salir corriendo de la habitación, cuando se chocó con alguien que llevaba un cubo de hielo en la mano.

Al darse cuenta de que era Virgil, y de que estaba bien, se abrazó a él y posó la frente en su pecho, en vez de apartarse, como debería haber hecho.

—Estás bien.

No parecía que él supiera reaccionar. No soltó el cubo de hielo ni la abrazó, y a ella le hubiera venido bien que la reconfortara.

—Me has dado un susto de muerte —murmuró Peyton contra su camiseta, que olía a limpio.

—Lo siento —respondió Virgil, y le rozó la sien con los labios al hacerlo.

Ella tuvo la sensación de que lo hacía a propósito, aunque él no se permitiera el lujo de abrazarla. Al ver que Virgil no hacía ningún otro movimiento, Peyton se sintió azorada y se separó de él.
—¿Por qué me has colgado?
—He oído gente fuera.
—¿Y?
Virgil se encogió de hombros.
—Eran dos adolescentes y su madre, corriendo hacia su habitación porque llovía. Eso era todo.
—¿Creíste que podía ser otra persona?
—Justo antes había llamado un tipo preguntando por un tal Hal, y eso me hizo desconfiar.
Peyton frunció el ceño y miró las pocas posesiones de Virgil. No creía que él pudiera dormir en aquel lugar, y si se lo llevaba a su casa, La Banda no podría encontrarlo, a menos que siguieran su coche. Sin embargo, el trayecto hasta su cabaña era muy poco frecuentado, y se daría cuenta si los seguían.
—Recoge tus cosas.
Virgil acababa de dejar el hielo sobre la mesa y estaba abriendo un refresco.
—¿Acaso voy a algún lugar?
—No te vas a quedar aquí.
—Peyton, te agradezco el instinto maternal, pero no necesito que seas mi niñera —le dijo él, frunciendo el ceño.
Sin embargo, ella sabía que estaba asustado. Aunque no fuera por sí mismo, sí por su hermana.
—Yo no voy a ser tu niñera. Tan solo te estoy proporcionando un lugar seguro para dormir.
—No es aconsejable que vaya a tu casa contigo.
—Me importa un comino. No hay nada más importante que tu vida. Y da la casualidad de que pienso que no tienes por qué pasarte los próximos dos días mirando hacia atrás

por encima del hombro. Vamos a pasar un par de días en mi casa. No es para tanto.

Él sirvió el refresco en un vaso con hielo.

−Wallace nunca lo aprobaría.

−A ti no te importa lo que piense Wallace, y a mí tampoco.

−¿Y si lo considera una irresponsabilidad? ¿Y si decide que es un buen motivo para despedirte?

−No, no lo hará.

Él le ofreció el refresco. Ella lo rechazó, y él le dio un sorbo.

−Podría hacerlo.

−Bueno, pues no se lo diremos −respondió Peyton.

−No, Peyton.

−¿Por qué no? −le preguntó ella, y pensó que él iba a darle un montón de razones, pero él no lo hizo.

−No quiero sentir nada por ti.

Aquella sinceridad le provocó un cosquilleo en el estómago, algo que Peyton no había vuelto a sentir desde la adolescencia. No se estaban tocando, pero aquel momento era muy íntimo, como si él acabara de dejarle ver una parte de su alma.

Peyton tomó aire y se aclaró la garganta. Tal vez no fuera inteligente que durmieran en la misma casa, pero no podía dejarlo allí, y tampoco podía llevarlo a ningún otro lugar sin llamar la atención. Era casi medianoche.

−Si el hecho de empezar a sentir algo por mí es lo peor que te pasa mientras estés aquí, me parece que habrás tenido suerte −le dijo−. ¿Vas a recoger tu bolsa, o lo hago yo?

Él no se movió.

−Te vas a arrepentir. Los dos nos vamos a arrepentir.

−No, claro que no. Me niego a pensar eso.

Fuera aparcó una furgoneta, y él hizo ademán de girarse, como si quisiera mirar por la ventana. Entonces, ella supo que lo tenía a su merced.

–¿Lo ves? En mi casa sí podrás dormir. Hay buena comida, vistas bonitas, serenidad.

–¿Y tú?

–Yo estaré perfectamente. Así no me preocuparé todo el rato de haberte dejado aquí, y no tendré que sentirme responsable si ocurre algo por no haber hecho un esfuerzo para evitarlo. Además, solo serán dos días.

Él exhaló un suspiro.

–Entonces, ¿tienes pensado traerme aquí antes de que Wallace vuelva a buscarme, y mantener todo esto en secreto?

Si lo hacía, se arriesgaría a perder su puesto de trabajo, pero prefería arriesgar su trabajo que arriesgar la vida de una persona. Trabajando en prisiones había aprendido que la gente necesitaba que alguien la valorara.

–Te dejaré a una distancia prudencial cuando vaya al trabajo el martes por la mañana. Generalmente, los traslados no llegan hasta un poco más tarde durante el día. Estamos a bastante distancia de cualquier otro sitio, por si acaso no te habías dado cuenta –dijo Peyton, y se rio un poco para dar la impresión de que lo que estaba haciendo era correcto, que no era una alteración del protocolo que debía seguir–. Estarás solo mientras lo esperas, pero será de día, y solo tendrás que estar en guardia unas cuantas horas, en vez de dos días.

Por la expresión de su cara, ella se dio cuenta de que Virgil estaba exhausto. «Vamos, cede», lo instó en silencio. «Deja que te ayude».

–Está bien. Ve al coche. No pueden vernos salir juntos.

–No, deberíamos recogerlo todo y marcharnos ya. Hay mucha niebla, y nadie nos verá. Además, Michelle libra esta noche.

–Pero habrá alguna recepcionista. Haz lo que te digo. Nos vemos en la parte de atrás del edificio.

Se miraron fijamente, pero ella se dio cuenta de que no merecía la pena seguir discutiendo. Virgil no iba a seguirle la corriente en aquello.

–Te espero en el coche –dijo, y salió a la calle con la cabeza agachada para protegerse de la lluvia.

–Ni hablar –dijo Pretty Boy, mientras se paseaba de un lado a otro por la habitación del hotel de tercera que habían reservado, cerca de la casa de Laurel. Ni Pointblank ni Ink, que estaban con él, pusieron buena cara al oírlo.

–¿Qué has dicho?

Pretty Boy nunca hubiera querido verse en aquella situación. Si se hubiera tratado de cualquier otro y no de Skin, no habría abierto la boca. A él no le gustaba la política de La Banda, solo las copas, los paseos en coches robados, el dinero fácil, las mujeres todavía más fáciles y la camaradería. Sin embargo, estaban hablando de Virgil Skinner. Skin. No había un hombre a quien él respetara más que a su antiguo compañero de celda. De no haber sido por él llevaría muerto mucho tiempo. Skin luchaba mejor que nadie, y nunca había dudado a la hora de defenderlo.

–Digo que ni hablar –repitió. Una vez que había empezado aquello, tenía que decir lo que pensaba, así que se situó delante de Ink con una expresión que daba a entender que estaba dispuesto a pegarse con él, si era necesario–. Skin nunca nos traicionaría.

Pointblank se colocó los cojines detrás de la cabeza con una mano, mientras que con la otra sujetaba una lata de cerveza, y cruzó los tobillos, sin preocuparse de que tenía las botas sobre la cama. A Pretty Boy tampoco le importaba, pero se dio cuenta. Y algunas veces se daba cuenta de otras cosas que le hacían sentirse distinto a los hombres con los que se había unido.

—Eso es lo que tú dices, tío —respondió Pointblank—. Y yo quiero creerte. Skin es un tipo duro. No es alguien con quien a mí me gustaría tener una bronca. Pero si me falta el respeto, no me queda más remedio. Soy el responsable de tenerlo a raya. Tengo que responder ante mis superiores.

—Skin no te va a faltar el respeto.

Sin embargo, Pretty Boy sabía que si Skin no estaba de acuerdo con el liderazgo de Pointblank se lo disputaría, o simplemente, se marcharía. Skin vivía según sus propias reglas, y no respondía ante nadie. Su independencia le había creado problemas ya antes en La Banda.

—Bueno, ¿y tú has sabido algo de él? —le dijo Pointblank—. ¿Sabes dónde está?

Pretty Boy se encogió de hombros para disimular su inquietud. Skin había salido de la cárcel hacía una semana, y eso era tiempo suficiente como para saber que no tenía intención de ponerse en contacto con ellos. Sin embargo, él no perdía la esperanza.

—No, pero..

—¿Qué? —preguntó Pointblank—. ¿Es que se supone que tengo que tratarlo mejor que a los demás porque era tu compañero de celda y tú lo conoces bien, y toda esa mierda? Vamos, lo han absuelto, y eso te da la oportunidad de empezar desde cero. Y cuando tienes una oportunidad así, puedes olvidarte de ciertas amistades —dijo, dándose con los nudillos en la cabeza antes de tomar un trago de cerveza—. Skin sabe demasiadas cosas. No podemos permitir que se olvide de quién son sus amigos.

Pretty Boy ignoró la angustia que llevaba sintiendo desde que lo habían enviado a Colorado a buscar a su antiguo amigo.

–Te digo que él no nos traicionaría. Tal vez sí puede que desapareciera para siempre, pero nunca diría nada.

–Pasa algo raro –dijo Ink–. Y será mejor que lo descubramos. Vigilar la casa de su hermana es una pérdida de tiempo. Él debe de estar pensando que somos unos gallinas, que no le vamos a hacer daño a ella, porque ni siquiera la ha llamado por teléfono. Ni siquiera ha venido para comprobar si está bien. ¿Qué clase de gilipollas ni siquiera se preocupa por su familia, por el amor de Dios?

–Él no piensa que nosotros seamos unos gallinas –le dijo Pretty Boy–. Piensa que tú eres un gallina.

Pointblank estuvo a punto de escupir la cerveza por la cama de la risa. Sin embargo, Ink no se tomó tan bien la broma. Enrojeció de ira y señaló a Pretty Boy con el dedo índice.

–Ya le demostraré yo quién es un cobarde cuando destripe a su hermana y a sus sobrinos.

Pretty Boy sintió odio hacia Ink.

–¿Y crees que con eso vas a resolver el problema? Con matar a la gente que él quiere no vamos a conseguir nada.

–Es mejor que quedarse aquí sentado. Eso sí que no nos va a llevar a ninguna parte.

Ink era un sanguinario que disfrutaba maltratando a los demás. Pretty Boy había oído decir que antes de salir desde Los Ángeles hacia Colorado había mutilado a dos prostitutas. En parte, aquel era el motivo por el que los jefes le habían encargado aquella misión. Querían quitarlo de en medio hasta que el asunto se olvidara un poco. Su legendaria crueldad le proporcionaba cierto poder en un grupo que se enorgullecía de su violencia. Sin embargo, Ink no tenía lealtad, ni honor, ni alma.

–Si le haces daño a su hermana y a sus sobrinos vas a encontrarlo, sí. Skin irá a buscarte y te colgará de las pelotas. Después irá por el resto de nosotros –le dijo Pretty Boy, y se acercó a él para poder mirarlo desde arriba, puesto que era mucho más alto que él–. Empezando la Tercera Guerra Mundial no vas a mejorar nuestra situación.

El miedo se reflejó en la mirada de Ink, pero él lo disimuló rápidamente. Se sacó la pistola de la cintura del pantalón y la cargó de balas.

–Solo porque tú estés asustado no voy a estarlo yo también.

–Si lo veo, le comentaré lo que piensas.

–Ya está bien de chorradas –intervino Pointblank–. Vamos a resolver este asunto. Todos queremos que termine, y que termine bien. Pero esto entre vosotros dos… no puede ser. Tenemos que dejar a un lado nuestras diferencias y terminar el trabajo para poder salir de este tugurio –dijo. Tiró la lata de cerveza hacia la papelera, pero dio en la pared. La mujer de la habitación de al lado se puso a gritarles que podían tener un poco más de consideración, y Pretty Boy se preguntó qué pensaría ella si supiera que Ink podía matar a una mujer por mucho menos que eso.

–¡Cállate, zorra! –le gritó Ink. Entonces, todo quedó en silencio.

–Bueno, ¿y qué hacemos? –preguntó Pointblank–. ¿Volvemos a ver a la hermana de Skin o no?

Antes de que pudieran responder, sonó el teléfono de Pointblank.

–Es Horse –dijo, al mirar la pantalla, y respondió.

Pretty Boy se acercó a la ventana, abrió las cortinas y miró hacia fuera, mientras escuchaba lo que decía Pointblank.

–Está allí. Nunca sale a ninguna parte, solo al trabajo… No sabe nada, no ha tenido noticias suyas… Ink entró en su casa y se enfrentó a ella. No, no creo que esté mintiendo… Él le puso la pistola en la cabeza a su hijo… Haremos lo que tú digas, pero… ¿Qué? ¿Quién te lo ha dicho? ¡Mierda!

Entonces, tiró el teléfono, se puso en pie de un salto, sacó su pistola del cajón de la mesilla de noche y comenzó a cargarla.

—¿Qué pasa? —preguntó Ink.

—Skin ha hecho un trato con los federales.

Pretty Boy no podía creerlo.

—¿Qué?

—Ya me has oído. Shady conoce a una mujer que trabaja en el Departamento Federal de Prisiones. Le pidió que investigara un poco. Ella dice que no sabe dónde está Virgil Skinner, pero ha oído mencionar su nombre en los pasillos después de una reunión de alto nivel entre el departamento y un tipo llamado Rick Wallace, del Departamento de Prisiones de California. Dice que los federales fueron a una reunión la semana pasada.

—Eso significa que alguien va a entrar en el Programa de Protección de Testigos —dijo Ink, con tanto odio que Pretty Boy se sintió angustiado.

—¿Skin? —preguntó.

Pointblank negó con la cabeza.

—No. Una mujer y dos niños.

—Laurel —dijo Pretty Boy. Virgil estaba intentando protegerla—. Pero, ¿por qué no han actuado antes los federales?

—No lo sé. Ahora ya están actuando. Vienen por ella.

—¿Y? —preguntó Pretty Boy.

Pointblank se metió el arma en la cintura del pantalón y se colocó la camisa por encima.

—Tenemos que matarla antes de que vengan a buscarla.

A Pretty Boy se le cortó la respiración.

—¿Y los niños?

—Un chivato es un chivato —dijo Ink—. Yo opino que los matemos a ellos también, para que Skin lo pague bien caro.

Pretty Boy intentó hallar la manera de impedir lo que estaba a punto de suceder.

–¡Espera! Si los matamos, Skin contará todo lo que sabe, y no nos salvaremos ninguno.

Ink se dirigió hacia la salida.

–Ya está hablando de todos modos, tío. ¿Qué es lo que no entiendes?

–Pero, ¿por qué está involucrado el Departamento de Prisiones de California? Aquí pasa algo.

–Sea lo que sea, no tenemos tiempo de averiguarlo.

Pretty Boy agarró a Pointblank del brazo.

–Entonces, ¿vas a matar a tres personas inocentes?

Pointblank se zafó de él con brusquedad y apretó el puño, como si fuera a darle un puñetazo.

–¡Ya está bien! Los federales no se gastarían el dinero en esto si no fueran a conseguir algo muy bueno a cambio. ¿Y qué tiene que ofrecer Skin, aparte de nuestras cabezas?

Pretty Boy no tenía respuesta para eso, pero no podía creer que Skin fuera a entregarlos.

–¿Vienes o no? –le urgió Pointblank.

¿Qué iba a hacer? Pretty Boy no estaba seguro de que pudiera participar en aquella matanza. Había matado a hombres, pero nunca había matado a una mujer, y menos a un niño.

Sin embargo, si no cumplía las órdenes, él también iba a morir.

–Sí, voy –dijo.

Salieron de la habitación y entraron al coche. Pretty Boy tenía el corazón acelerado y las palmas de las manos sudorosas. Era perfectamente consciente de que Ink estaba sediento de sangre.

«¿Y qué se supone que tengo que hacer ahora, Skin?», le preguntó a su amigo en silencio, mientras salían del aparcamiento.

Capítulo 10

Peyton no lo entendía, pensó Virgil. No sabía que ni su amabilidad, ni su belleza, ni siquiera el refugio que estaba ofreciéndole en su casa, podían ayudarlo. En realidad, eran algo memorable que echar de menos cuando volviera a entrar en la cárcel, el próximo martes. Sin embargo, no esperaba que ella lo entendiera. Las personas que no habían pasado por lo mismo que él no podían comprender lo necesario que era mantenerse distante y frío. Sus encuentros con Peyton hacían que deseara ablandarse, y él no podía permitirse algo así. Sus primeros días en la cárcel iban a ser muy difíciles, y marcarían lo que iba a pasar después.

Debería haberse negado a ir a su casa, por aquel motivo y por muchos otros. Sin embargo, no se había negado. En vez de pasar las horas en su motel, estaba paseándose por la casa de Peyton a oscuras, lamentando que pasaran los minutos. Aunque estaba muy cansado, permaneció en pie, estudiando atentamente lo que podía ver de sus fotografías y de sus muebles, catalogando todos los detalles y fingiendo que no se moría de ganas de entrar en su habitación.

Tenía aquella noche en su casa, y otras dos. Después, perdería la libertad de nuevo. Sin embargo, los recuerdos de aquel lugar, y de ella, iban a alimentar sus sueños durante días, semanas, meses... ¿Quién sabía durante cuánto tiempo?

Detrás de él, el suelo crujió. Virgil se dio la vuelta y vio una sombra oscura. Era Peyton, en pijama, a la entrada de la habitación. Él había apagado las luces y había sido sigiloso, así que no sabía qué era lo que la había despertado.

–¿Sabes que son las tres de la mañana? –le preguntó ella.

Virgil notó que se le hundían los pies descalzos en la gruesa alfombra de su despacho mientras seguía caminando por la habitación. Le gustaba aquella sensación, y le gustaba el olor de la cera de muebles que impregnaba el ambiente. La casa de Peyton era cálida y confortable, exactamente lo contrario a las paredes y suelos de cemento a los que él estaba acostumbrado.

–¿Es tan tarde? No me había dado cuenta.

Ella entró y encendió una lámpara.

–¿Quieres tomar una pastilla para dormir?

Ahora que podían verse, él tomó conciencia absoluta de dos cosas. Él no llevaba camisa. Ella no llevaba sujetador.

Como lo habían obligado muchas veces a desnudarse por completo para los registros, sentía indiferencia por su propia desnudez. Sin embargo, hubiera preferido ocultar sus cicatrices y sus tatuajes para que Peyton no los viera. Los tatuajes de la cárcel no eran como los demás. Para empezar, no eran de colores bonitos. La suya procedía de residuos de carbón de plástico quemado mezclados con loción de afeitar. Todos sus tatuajes eran negros o azules, y algunos de los símbolos eran típicos de la vida carcelaria.

–No, gracias. Voy por una camisa y...

–No te molestes. He visto antes el pecho de un hombre.

Sin duda eso era cierto. Sin embargo, no quería ser como la población reclusa, y no podía imaginar que ella viera las pruebas de su historia de un modo positivo.

—Te ayudaría a relajarte.

—¿Qué es lo que me ayudaría a relajarme? —le preguntó Virgil a Peyton. Claramente, no era lo que estaba viendo. Eso le ponía difícil incluso el mero hecho de pensar.

—Una pastilla para dormir.

Él intentó concentrarse en cualquier otra cosa, en su título de la universidad, que estaba enmarcado y colgado en la pared, en un búho tallado en madera que había sobre una mesilla, en la pila de documentos que esperaban la atención de Peyton sobre su escritorio... En cualquier cosa, salvo en los suaves montículos de su pecho, que actuaban como imanes para sus ojos y sus manos. Virgil carraspeó.

—No quiero relajarme.

—¿Por qué no? ¿Es que no estás aquí para eso?

—No estoy seguro de por qué me has traído aquí —replicó él—. Todavía estoy intentando averiguarlo. Pero si te he despertado...

Él hubiera vuelto a la pequeña habitación de invitados, pero Peyton estaba entre él y su única vía de escape.

—No, no eres tú quien me ha despertado. Ya estaba despierta.

Cuando ella pasó la mirada por su cuerpo, él volvió a echar de menos la camisa, pero no iba a insistir en aquel detalle. Era quien era, y no iba a esconderse de nadie, ni siquiera de la mujer que hacía que deseara ser más.

—Me ha sorprendido encontrarte en mi despacho.

Él examinó una caracola marina que servía de pisapapeles.

—¿Y por qué?

—Porque no hay nada interesante aquí.

—A mí me parece que esta habitación dice mucho de ti.

—¿Más que el resto de la casa?

—Claro. Aquí es donde pasas la mayor parte de tu tiempo —dijo él, y señaló las estanterías llenas de libros—. Has leído mucho. Psicología, libros de medicina forense, de autoayuda, clásicos y… novelas policíacas.

–Así que estás cotilleando –le dijo ella con una sonrisa. Estaba coqueteando con él.

–Básicamente, sí.

Aquello hizo reír a Peyton.

–Supongo que eso significa que no te importa que pueda molestarme.

Él arqueó las cejas.

–¿Te molesta?

Ella se apartó el pelo de la cara, y él pensó que no podía estar más atractiva de lo que estaba en aquel momento. Se le aparecieron en la mente imágenes fugaces de cómo sería desnuda, y se le aceleró el pulso.

–No pensaba ponerte un cuchillo en el cuello, como hiciste tú conmigo, pero… –Peyton se encogió de hombros– es un poco invasivo.

–Lo siento –respondió Virgil. Sin embargo, en realidad no lo sentía. Ella era la que lo había llevado allí, y además, había registrado sus cosas en el motel, ¿no?–. Perdí la sensibilidad hacia lo invasivo después del enésimo registro corporal.

–Esa es una indignidad que no quisiera sufrir.

–Para llegar adonde estás ahora, alguna vez tuviste que ser oficial de prisiones, ¿no?

–Lo fui durante diez años. He realizado muchos registros corporales, si es lo que me estás preguntando.

–¿Alguna vez le hiciste una insinuación a alguien a quien hubieras registrado?

Ella se quedó espantada.

–No, nunca.

Él fingió que estudiaba los títulos de los libros de la estantería e intentó que su siguiente pregunta tuviera un tono de despreocupación.

—¿Alguna vez has tenido una relación con un preso?
—No.
—¿Y con otro oficial?
—Tuve una aventura breve con uno, pero él iba a dejar su puesto, ya lo había notificado. Ahora tiene un bar de desayunos.
—¿Has estado casada alguna vez?
—No.

Virgil tomó un *National Geographic* y lo ojeó, preguntándose por qué tendría ella aquella revista en el despacho. En la portada aparecía una familia polígama.

—¿Y prometida?
—Dos veces.
—¿Y qué pasó? —preguntó mientras dejaba la revista en su sitio.
—La primera vez que dije sí a una proposición de matrimonio estaba en octavo curso. Para el verano ya se nos había pasado el enamoramiento.

Él sonrió al imaginársela haciendo semejante promesa con tan pocos años.

—¿Y la segunda vez?
—Estaba en la universidad, y me había enamorado de un músico. Él pensaba que éramos el uno para el otro, pero quería que yo esperara hasta que él se hubiera abierto camino en el negocio musical. A mí no me apetecía demasiado seguirlo en sus viajes, tener que estar siempre esperando a que él terminara sus actuaciones y tuviera energía para dedicarme a mí después de haber atendido a todos los demás. Así que seguí mi camino.

Las puntas de sus pechos se habían endurecido. Virgil veía los bultitos bajo el algodón de su pijama. ¿Estaba tan excitada como él, o acaso tenía frío?

—¿Y dónde está ahora él?
—Le perdí la pista.

—No ha debido de tener mucho éxito.
—No, creo que no. Que yo sepa, sigue tocando por los bares.

¿Se había acostado con el músico? ¿Había hecho el amor con aquel oficial con el que había tenido una breve historia? Quería preguntárselo, pero no iba a hacerlo. No sabía si podría tolerar más tensión sexual.

—¿Quién es esta? —le preguntó, tomando una de las fotografías que había sobre su escritorio.

—Mi madre. La llevé al Napa Valley uno o dos años antes de que muriera. Me dijo que era su viaje favorito.

Peyton se sentó en una silla, subió las piernas y se las abrazó contra el pecho. Por suerte, ocultó lo que él ya no podía dejar de mirar.

—¿La oficial de prisiones, esa mujer que te hizo una proposición, es alguien que te hizo un registro corporal? —le preguntó a Virgil.

Él estaba mirando fijamente a su madre. Peyton tenía el mismo cutis perfecto, los mismos ojos castaños.

—Sí.
—¿Te disgustó?
Él alzó la vista con una expresión confundida.
—¿Por qué iba a disgustarme?
—Porque no estuvo bien. Ella estaba en una posición de autoridad, lo cual convierte esa proposición en acoso sexual.

A él se le escapó una suave carcajada.

—No sé de muchos tipos a los que les importe el acoso sexual, al menos por parte de una mujer. Ellos siempre pueden decir que no.

—A menos que sientan que negarse puede afectar negativamente a su situación.

A él no le pareció un gran problema. Ojalá solo tuviera que preocuparse de eso.

—Tal vez sea una cosa de la cárcel, pero si una mujer quiere tirarme los tejos, para mí es un halago.

Ella estiró las piernas, pero se cruzó de brazos inmediatamente.

—Y sin embargo, dijiste que no.

—¿Te has acostado tú con todos los que te han hecho un cumplido?

—Por supuesto que no.

—¿Lo ves? —comentó él. Dejó la fotografía y continuó su exploración—. De todos modos, puede que fuera una cualquiera, pero no era tan mala. Me pasaba papel extra, libros que pensaba que podían gustarme, chocolate, cosas de esas. Y algunos disfrutaban de cosas más personales con ella. No era fácil disfrutar del lujo de estar con una mujer.

Ella ladeó la cabeza al verlo examinar una pila de carpetas.

—Si crees que ahí tengo un expediente tuyo, te equivocas.

—Ya lo sé.

—Entonces, ¿por qué estás tan interesado?

Porque, por mucho que deseara lo contrario, sentía interés por ella. Peyton tenía que haberse dado cuenta ya. Si no se había dado cuenta, él no iba a decírselo.

—Estas cosas... —dijo él, y señaló un armario en el que había varios objetos hechos a mano, algunas cestas, pinturas expuestas en pequeños caballetes, joyas, piezas de cuero...

—¿Qué?

—¿Son regalos?

—Sí —dijo ella con orgullo.

—¿De reclusos?

—La mayoría sí.

Eso era fácil de adivinar. Muchos de los reclusos a quienes él había conocido hacían aquel tipo de manualidades. Eran intentos de conseguir que su vida tuviera importancia, cuando no importaba en absoluto.

–¿Y por qué los conservas?

–Porque son algo especial para mí.

–¿Son como trofeos de algún tipo?

–¿Trofeos?

–Recuerdos de la admiración y la devoción de quienes han creado esos objetos. Pruebas de cuántos hombres te han deseado.

Ella se puso en pie de un salto.

–¡Ya está bien!

–¿Soy demasiado directo? –le preguntó Virgil, alegrándose de que ella se hubiera enfadado. Quería conseguir que se enfadara, porque él también se había enfadado de repente.

–¡Me molesta lo que estás insinuando! Es la segunda vez que me acusas de engañar a los hombres.

–¿Y no es así? –inquirió Virgil.

De lo contrario, ¿por qué estaba siendo tan amable? Solo se le ocurría que a ella le gustara el riesgo, o que disfrutara del hecho de poner de rodillas a hombres endurecidos y amargados, como él.

Peyton se le acercó y le clavó el dedo en el pecho, justo debajo de la medalla que le colgaba del cuello. Era una moneda de ocho reales española, de mil setecientos treinta y nueve. El único objeto que su padre se había dejado en casa al hacer las maletas para irse. No lo había dejado exactamente para él; se le había olvidado al recoger sus cosas.

–Tú no tienes ni idea de cómo soy, ni de lo que soy –le soltó Peyton.

Aquel contacto con ella le provocó una descarga eléctrica y estuvo a punto de desencadenar la reacción que él quería evitar. Estuvo a punto de estrecharla contra sí, pero sabía que iba a asustarla mucho, y causarle miedo no era precisamente lo que tenía en mente.

Así pues, le apartó la mano de su pecho.

—Entonces, ¿por qué los conservas?

—Porque significan algo para mí, como las personas que los crearon. Son la prueba de que se puede encontrar la belleza donde menos se espera, y de que todo el mundo tiene algo bueno dentro. La cantidad de talento que se pierde en una cárcel es una tragedia.

Ella estaba demasiado cerca, y él no podía pensar. Deseaba abrazarla y apartarla de sí al mismo tiempo, lo cual no tenía sentido.

—¡Eso es un cuento! Los hombres que hicieron esos objetos no significan nada para ti. Solo son un puñado de almas perdidas que se aferran a cualquier cosa con tal de sentir que valen algo. Y tú te crees que eres mejor persona por seguirles la corriente. Sin embargo, nunca les has abierto de verdad el corazón, y lo sabes.

Cuando terminó, estaba casi gritando. Se dio cuenta de que Peyton palidecía, y se arrepintió de su exabrupto. Sin embargo, estaba muy afectado por sus propias emociones, demasiado como para pedir disculpas. Era mejor así. Era mejor que ella lo odiara. Era mejor que lo llevara otra vez al motel y lo dejara allí. Así no habría ocasión de convertirse en el siguiente hombre que contribuyera a aumentar su colección. Lo que menos deseaba era darle un objeto que lo representara y que ella pudiera poner allí, con los demás. Que sintiera compasión por los pobres desgraciados que le habían hecho aquellos objetos. Él no quería su compasión.

Lo que quería de verdad era su cuerpo.

Pero, en lo más profundo de su ser, sabía que quería mucho más que eso. Quería su respeto.

Capítulo 11

Peyton se quedó allí, en mitad de su despacho, con la respiración acelerada, hasta mucho después de que Virgil se hubiera marchado. Sabía que necesitaba calmarse, pero no podía. Estaba atrapada en sus propias emociones y sus propios deseos. Quería alcanzar el equilibrio con aquella nueva persona en su vida, pero tampoco podía. Para empezar, a él no podía explicarle lo que sentía, porque entendía más de lo que ella quería que entendiera, miraba más allá, a la verdad pura y dura, sin amedrentarse ante nada. En segundo lugar, nunca, en todos los años que llevaba trabajando en prisiones, se había encontrado a nadie que estuviera tan en guerra consigo mismo. Eso lo complicaba todo.

Ella no pensaba lo que él creía de los reclusos que le habían hecho aquellos regalos. Los consideraba amigos, y eso no tenía nada de malo. Sin embargo, no creía que pudiera convencerlo. Y, aunque pudiera, ¿de qué serviría? El objeto de su discusión no habían sido los otros hombres, sino sobre ellos dos, y lo que sentían cuando estaban juntos. Virgil entendía que ella se sentía atraída por él. Peyton se lo había dejado bien claro. Y él también debía de saber que ella luchaba contra aquel sentimiento, que no podía arriesgarse por alguien como él. Y eso le causaba enfado.

Si estuviera en su lugar, ella también se enfadaría, ¿no? Virgil era víctima de su madre y de su tío, y también era la víctima de un sistema imperfecto. Sus reticencias ante el hecho de tener una relación con él debían de ser, para Virgil, una prueba más de que no se merecía la consideración de alguien como ella, lo cual no era cierto.

«Tú sabes lo que quiero de ti», le había dicho él. «Si tú también lo deseas, no tienes que invitarme a cenar. No tienes que considerarme tu igual. Demonios, no tienes que hacer nada en absoluto. Solo tienes que pedirlo». Sin embargo, unos minutos antes acababa de comportarse como si solo estuviera dispuesto a aceptar su alma.

Peyton cerró con fuerza los ojos y contó los latidos de su corazón. Seguía acelerado, sin calmarse.

«Vuelve a tu habitación y cierra la puerta».

Se prometió que iba a hacerlo. Sin embargo, cuando estuvo en el pasillo, se dirigió hacia la habitación de invitados y llamó a la puerta.

Virgil se puso muy tenso cuando Peyton se acercó a su puerta.

—Vete —le dijo malhumoradamente.

—¿Y eso es todo?

Sí... No. Dios, le gustaba mucho, pero la odiaba al mismo tiempo. O tal vez lo que le gustaba y lo que odiaba era lo que ella representaba. Él casi no la conocía, pero ella era todo lo que no podía tener y todo lo que quería.

No iba a tocarla. Si seguía esa máxima, todo saldría bien. Así pues, apretó los dientes y se dominó.

—Sí, eso es todo.

Oyó que ella se alejaba, y notó que se le formaba un

nudo en el estómago. Entonces apretó los puños, porque quería golpear algo y sentir un dolor que lo ayudara a acabar con el deseo físico.

Se puso la almohada sobre la cara y se controló para dejarla marchar.

Quince minutos después, se levantó de la cama y bajó las estrechas escaleras que conducían a su habitación.

—¿Peyton? —dijo, al llegar ante su puerta.

Ella tardó unos instantes en responder.

—¿Qué?

—Lo siento.

Entonces, ella abrió la puerta. Por su expresión, Virgil se dio cuenta de que le había hecho daño, aunque no sabía cómo había podido conseguirlo. Tal vez hubiera herido su orgullo. Seguramente, una mujer como ella no estaba acostumbrada a que la rechazaran.

—Lo siento —repitió él.

Ella debió de creer en su sinceridad, porque la expresión dolida de su rostro desapareció, y comenzó a juguetear nerviosamente con el botón de su camisa.

Entonces, él se dio cuenta de que ya no llevaba los pantalones de antes. Tenía las piernas y los pies desnudos, y aquella visión le provocó otra descarga de testosterona por todo el cuerpo.

—No sé cómo ayudarte —susurró Peyton.

—A lo mejor es que no quiero que me ayudes.

—Entonces, ¿qué es lo que quieres?

Quería que ella lo viera como un hombre normal. Que lo deseara como a un hombre normal.

—Quítate la ropa —le dijo.

Su voz sonó tan ronca que Virgil casi no la reconoció. Sentía muchas más cosas aparte de la lujuria, pero eran algo como un picor que no podía rascarse. Supuso que podría conformarse con el puro sexo. El hecho de poder hacer el amor con una mujer, y encima una mujer como Peyton, era mucho más de lo que se esperaba al salir de la cárcel, ¿no? Entonces, ¿por qué había intentado resistirse?

Peyton lo estaba mirando con desconcierto.

−¿Por qué tienes que empujar a la gente a que no te dé lo que quieres? −le preguntó.

A él le ardía el pecho, pero no sabía por qué.

−Esto no es una sesión de psicoanálisis. ¿Vas a acostarte conmigo, o no?

−No. Olvídalo. Sal de aquí −le dijo ella. Comenzó a darse la vuelta, pero no cerró la puerta, y él la sujetó por el codo.

−No me digas que no −murmuró. Sin embargo, la soltó rápidamente. No quería que ella se sintiera obligada.

Ella lo miró como si entendiera por qué había sido tan desagradable, como si estuviera tan perdida como él. Entonces, se sacó la camiseta por la cabeza y la dejó caer al suelo.

La visión de Peyton desnuda, salvo por las braguitas de encaje que llevaba, le golpeó con más fuerza que ningún golpe físico que hubiera recibido nunca. Retrocedió y respiró profundamente, y después no se movió más, por miedo a que ella fuera un sueño que podía desaparecer si intentaba tocarla.

−¿Virgil? −preguntó ella con incertidumbre.

Él tenía la garganta seca y no podía hablar. Alzó la mano y tomó uno de sus pechos. Su peso, y el contacto de su piel, se transmitieron hacia su cerebro como si fueran una dosis de heroína. Hacía más de diez años que no tomaba drogas, pero era una sensación que no olvidaría nunca.

Casi se esperaba que ella lo rechazara en aquel momento, y contuvo la respiración. Tenía tanta experiencia con las decepciones de la vida que no podía creerse, de verdad, que ella le diera lo que quería. Sin embargo, Peyton no lo rechazó. Se le separaron los labios, y se le cerraron los ojos cuando él le pasó el dedo pulgar, con suavidad, por el pezón.

Virgil se echó a temblar y trató de apartarse para que Peyton no se diera cuenta. Aquella reacción le causaba vergüenza. Sin embargo, ella le cubrió las manos para que continuara acariciándola.

—Está bien —le prometió—. No importa lo que pase, todo irá bien.

Él no le había dicho que solo había estado con una chica en toda su vida, cuando era adolescente, pero sí le había dicho que tenía dieciocho años cuando entró en la cárcel, y que no había vuelto a tener relaciones sexuales desde entonces. Se preguntó si a Peyton le parecería irónico que un hombre que había visto y había hecho tantas cosas apenas se hubiera iniciado en el placer físico. Tal vez. Sin embargo, no parecía que estuviera preocupada por si él la decepcionaba.

Peyton se puso de puntillas y le besó los labios con dulzura, y aquello fue la gota que colmó el vaso. La tomó en brazos y la llevó a la cama. Allí se inclinó hacia ella para poder utilizar la boca tanto como las manos.

Hacer el amor con Peyton hizo que Virgil se sintiera como si se hubiera pasado todos aquellos años en la cárcel esperando aquel preciso instante. No quería que terminara, y menos demasiado pronto, así que no se quitó el pantalón del pijama cuando le quitó a ella las braguitas. Fue Peyton quien le despojó de toda la ropa, finalmente. No quedó nada que los detuviera, y el impulso se volvió frenético y desesperado.

—Quiero sentirte dentro de mí —susurró ella, al ver que él, de todos modos, se contenía.

Él quería lo mismo. Lo deseaba más de lo que hubiera deseado nunca. Sin embargo, por si acaso los exámenes y los análisis médicos que le habían hecho en la cárcel antes de dejarlo en libertad habían dado un resultado erróneo, y se había contagiado del sida o algo por el estilo en las peleas, no quería ponerla en peligro. Tampoco quería arriesgarse a dejarla embarazada. Eso no podía ser bueno para su vida ni para su trabajo.

Con la respiración entrecortada, apoyó su frente en la de ella.

—¿Tienes preservativos?

—Creía que habías dicho que estás limpio.

—Y es cierto, pero... ¿y si te quedas embarazada?

—No te preocupes por eso. Tengo endometriosis desde los trece años. El médico me trata con la píldora.

Virgil no sabía qué significaba eso.

—La endometriosis no hace que esto te resulte doloroso, ¿no?

—No, normalmente no es doloroso. Solo significa que puede que tenga dificultades para quedarme embarazada. Pero los médicos pueden hacer muchas cosas hoy en día, así que... tengo esperanzas.

—Seguro que podrán ayudarte —dijo él. No tenía ni idea, pero hubiera dicho cualquier cosa que ella necesitara escuchar. Se sentía demasiado protector con ella como para hacer cualquier otra cosa—. Entonces, ¿podemos continuar?

—Sí, podemos —respondió ella en un susurro, mientras recorría su oreja con la lengua.

Él estuvo a punto de derretirse en su cuerpo, en aquel mismo instante, pero quiso mirarla tal y como estaba, completamente rendida, con los labios hinchados por sus besos, con el pelo enredado por sus caricias, con la cara ligeramente irritada por el roce con su barba incipiente. Le sujetó las manos con suavidad, por encima de la cabeza, y la miró fijamente para memorizar todos los detalles.

—¿Qué ocurre? —preguntó ella.

—Nada —respondió Virgil.

Trazó la curva de su mejilla y le pasó el dedo por el labio inferior, y después descendió hasta su ombligo. Entonces cerró los ojos y se abandonó a las sensaciones, que le prometían un éxtasis dulce: su piel de seda, su boca húmeda, su olor... Él intentó hacer las cosas despacio. No quería que todo terminara rápidamente. Sin embargo, lo que sentían se convirtió en una necesidad tan frenética que podría haber detenido con facilidad un tren a toda máquina. Ella lo agarró por las nalgas y se arqueó contra él para hacerle entender lo que deseaba, y él respondió hundiéndose en su cuerpo.

Estuvo a punto de perder el control al sentir aquel calor a su alrededor. Intentó, de nuevo, contener las cosas, pero fue un esfuerzo inútil. Los dos sentían un deseo demasiado intenso. Ella gimió de placer a medida que el ritmo aumentaba, y él comenzó a temblar de nuevo. Se dio cuenta de que era un momento que iba a atesorar para siempre, pasara lo que pasara después.

—Creo que... deberías darme un minuto —jadeó—, o no podré resistir hasta que...

—No te preocupes por eso —respondió Peyton, y le rodeó las caderas con las piernas para acogerlo más profundamente—. Déjate llevar.

Y entonces, Virgil perdió el control por completo y se sintió invadido por el más exquisito de los placeres, que lo inundó con una serie de oleadas trémulas.

La respiración calmada de Virgil le dio a entender a Peyton que estaba profundamente dormido. Estaba tendido de espaldas, con un brazo sobre la cabeza. Peyton se preguntó cuánto tiempo hacía desde que él no se relajaba así. También ella estaba cansada, pero no quería dormir. Prefería disfrutar de aquellos momentos en su compañía. Su calor mitigaba la humedad del mar, y su cuerpo le ofrecía una seguridad que no sentía desde hacía mucho tiempo. Por primera vez, desde que se habían conocido, él había bajado la guardia. A Peyton le gustaba eso; le gustaba mucho. Y, sin embargo, tenía que reflexionar sobre lo que había hecho. Era la subdirectora jefe de la cárcel donde él iba a ingresar el martes siguiente. Después de hacer el amor con él, ¿cómo iban a mantener cualquier grado de profesionalidad?

Y de todos modos, no tenía la sensación de haber cometido un error. Parecía que lo que habían compartido calmaba el dolor de Virgil, y además, se había quedado agotado y había podido dormir, lo cual, para ella, también era un alivio. Sin embargo, era lógico que se sintiera libre de hacer lo que quisiera allí, en su casa, por la noche. ¿Cambiaría mucho su apreciación de las cosas por la mañana?

Se movió con cuidado, para no despertarlo, y observó lo que veía a la luz de la luna que entraba por las ventanas. El rostro de Virgil tenía una belleza dura, masculina. Bajó los ojos hacia su pecho y estudió sus tatuajes para entender lo que podían representar. Tenía a la muerte en uno de los hombros, como si la estuviera retando a que se lo llevara. O tal vez aquello significara que había visto a la muerte, de cara, muchas veces. Sobre su corazón se extendía una medusa, y las serpientes de su pelo se le deslizaban por el torso. Ella ya sabía que Virgil conocía la mitología griega. ¿Habría elegido a Medusa para representar a su madre, algo que una vez fue bello para él, pero que se había convertido en un monstruo a causa de sus actos?

Virgil también tenía muchas cicatrices. Lo habían acuchillado varias veces. ¿En cuántas peleas habría estado? ¿Y qué represalias habrían tomado los guardias de la cárcel? Seguramente, habrían desahogado su furia con él en bastantes ocasiones, y seguramente lo habían tenido en aislamiento más de una vez.

Peyton se estremeció al pensar en lo que debía de haber pasado Virgil, un hombre que había sido condenado y encarcelado injustamente. Eso podría haberlo destruido, y tal vez lo hubiera hecho en ciertos sentidos. Sin embargo, no lo parecía. Era un amante generoso y tierno, y eso revelaba mucho de él.

Sin poder resistirse, Peyton posó los labios en la mayor de las cicatrices que tenía a la vista, una marca de cuatro centímetros de carne retorcida en la mejilla de Medusa.

Virgil lo sintió, porque se movió. Le pasó la mano por el pelo e hizo que levantara la cabeza para poder mirarla a la cara.

—¿Estás bien?
—Sí.
—¿Qué haces?
—Solo estaba mirándote mientras dormías. Parece que estás muy tranquilo.

Él sonrió.

—Ven aquí.

La atrajo hacia sí y la estrechó contra su cuerpo, y Peyton, con una extraña felicidad pese a todos los problemas que la esperaban, cerró los ojos y se quedó dormida.

Dos horas más tarde volvió a despertarse, al sentir la boca cálida y húmeda de Virgil en el pecho. Él quería hacer el amor de nuevo. Y a ella no le importó que la despertara, porque la segunda vez fue incluso mejor que la primera.

La realidad interfirió con tanta brutalidad como había temido Peyton, aunque más pronto de lo que había temido. Acababa de amanecer cuando oyó la vibración de su teléfono móvil. Lo había dejado cargando en la cocina, pero podía oírlo casi desde cualquier punto de la casa. Supo que si alguien la llamaba a las siete de la mañana de un domingo, se trataba de algo importante. Tal vez hubiera ocurrido algo grave en la cárcel.

Se levantó de un salto de la cama, se puso la camiseta y fue rápidamente a la cocina. Al ver la pantalla, no quiso responder.

La buena noticia era que no llamaban desde la cárcel.

La mala era que se trataba de Wallace.

Como temía que él quisiera hablar sobre Virgil, tuvo la tentación de dejar que respondiera el buzón de voz. Si sabía de antemano lo que quería Wallace, podría preparar mejor su respuesta. Sin embargo, el temor de que quisiera hablar sobre Laurel, la hermana de Virgil, la empujó a responder pese a su reticencia.

—Tenemos un problema —le anunció Wallace en cuanto ella dijo «hola».

A Peyton se le puso la carne de gallina.

—¿Le ha ocurrido algo a la hermana de Virgil?

—No. Laurel y los niños están bien. Por ahora. Pero yo necesito hablar con Virgil, y él no contesta.

Porque ella se lo había llevado a su casa y se había acostado con él. Había comprometido su autoridad, su integridad, y el departamento no lo aprobaría. Había intentado convencerse de que lo hacía por él, de que algunas veces las personas tenían que romper ciertas normas, pero lo cierto era que lo había deseado tanto como él.

—Puede que haya ido a dar un paseo.

—Llevo tres horas llamando a su habitación. ¿Crees que se iba a levantar a las cuatro de la mañana para dar un paseo?

—Tal vez no pudiera dormir. O tal vez está tan profundamente dormido que no oye el teléfono.

—No es posible. He dejado que sonara durante siglos.

Ella oyó un ruido a su espalda, y se dio cuenta de que Virgil se había despertado. Sin embargo, no se giró para mirarlo. Ahora que había vuelto al mundo real, el de las leyes y las restricciones, no sabía lo que sentía con respecto a lo que habían hecho.

—Me temo que se ha marchado —dijo Wallace—. Y si eso es cierto, estoy acabado.

—Él no se marcharía.

—Si se ha ido...

—No, no es posible. Quiere demasiado a su hermana.

—¿Ah, sí? Ya veremos. La mayoría de los presos solo se preocupan de sí mismos. De todos modos, necesito que te acerques al motel y averigües qué es lo que ocurre. No estoy dispuesto a que me la juegue. Mi mujer y yo tuvimos una pelea de campeonato cuando tuve que marcharme anoche. Ella está harta de que viaje tanto. Pero de todas maneras yo me fui a tomar un avión, porque había hecho una promesa.

Aquel no era el único motivo por el que había disgustado a su mujer. Con cierto desprecio por el modo en que él se engañaba a sí mismo, Peyton no pudo dejar que olvidara su interés en todo lo que podía conseguir con la Operación Interna.

—Quieres asestarle un golpe definitivo a la Furia del Infierno, ¿no?

—¡Claro! Alguien tiene que hacer algo antes de que toda la sociedad se vaya al infierno.

Seguramente, aquello tenía mucho más que ver con promocionarse en su carrera que con salvar a la sociedad, pero ella ya había hablado lo suficiente.

—No me gusta que me tomen el pelo —murmuró él.

—Skinner no te está tomando el pelo.

—¿Y por qué estás tan segura? ¡Tú ni siquiera lo conoces tan bien como yo! Entonces, ¿por qué lo defiendes?

Dios, ya empezaba a darle problemas su incapacidad de disimular que tenía un interés personal en el bienestar de Virgil. Siempre había sido demasiado transparente.

Mientras se decía a sí misma que tenía que intentar ser más sutil, miró hacia atrás y vio al hombre en cuestión, que solo llevaba los vaqueros. Se los había puesto rápidamente y todavía no se los había abotonado, y tenía una expresión inescrutable.

−Solo digo que parecía que estaba comprometido con la operación. De todos modos, voy a acercarme al hotel, y te llamaré cuando llegue.

−Muy bien −respondió él.

Cuando Peyton colgó el teléfono, Virgil se acercó y le preguntó:

−¿Está bien Laurel?

Ella se dio cuenta de que estaba preocupado. En aquella situación estaba en juego algo mucho más importante que la atracción que sentían el uno por el otro.

−Por lo que me ha dicho Wallace, sí, está bien. Pero hay algunas… complicaciones. Él quiere hablar contigo.

−Eso significa que tenemos que volver al hotel.

−Sí, sería lo mejor −dijo ella.

Podían esperar quince minutos, y después, Virgil podía llamar a Wallace con su teléfono móvil, como si ella acabara de llegar a su habitación del hotel. Sin embargo, Peyton no lo sugirió, porque sabía que no debían seguir juntos.

Lo que había ocurrido la noche anterior la asustaba. Había comprobado lo fácilmente que podría enamorarse de él.

Virgil no se movió, no se marchó a su habitación para terminar de vestirse, así que ella alzó la vista y lo miró.

−Solo dime una cosa −le dijo él.

−¿Qué?

−¿Te arrepientes de lo que ha ocurrido esta noche?

Odiaba tener que mentir a todo el mundo acerca de ello. Odiaba pensar que había cometido un error como aquel. Y sabía que, al no haber podido mantener las distancias con Virgil, iba a resultarle mucho más difícil verlo en la cárcel al martes siguiente. Todo aquello le causaba arrepentimiento.

Al ver que ella no respondía inmediatamente, él dijo:
–Olvídalo.
–Virgil…
–Salgamos de aquí.

Entonces se marchó a su habitación, mientras ella se quedaba en la cocina sin saber qué hacer. El único modo de recuperarse y seguir siendo la misma mujer de siempre era fingir que la noche anterior no había sucedido nada, y tratar a Virgil de un modo estrictamente profesional a partir de aquel momento.

Sin embargo, eso no iba a ser fácil. Sabía que jamás olvidaría su forma de acariciarla. Pese a todos sus tatuajes, sus cicatrices y su mentalidad de recluso, pese a su falta de experiencia con el sexo, Virgil era el mejor amante que había tenido. Con solo mirarlo, recordaba lo sola que estaba desde que había llegado a Crescent City. Aquella soledad se acentuaría después de haber disfrutado de aquella intimidad. Sin embargo, no podía permitirse el lujo de repetirlo, porque solo conseguiría debilitar más lo que quería creer de sí misma, y solo conseguiría posponer lo inevitable.

Lo mejor sería que se prepararan para el futuro. Él tenía una deuda que saldar con la sociedad, una deuda que podía costarle la vida. Y ella tenía que meterlo en la cárcel dentro de dos días.

Capítulo 12

El trayecto hacia la ciudad le pareció interminable. Peyton quería decir muchas cosas, pero no encontraba las palabras apropiadas para hacerlo. Virgil y ella permanecían en silencio, mirando hacia delante, como si la atracción que los había empujado a estar juntos se hubiera convertido en rechazo.

Peyton odiaba aquel cambio. No quería que las cosas terminaran de aquel modo. Sin embargo, no podía hacerle ver que quería que su relación continuara, no podía seguir con él por miedo a lo que pudiera ocurrir después. Virgil era el primer hombre que le interesaba desde hacía mucho tiempo, pero sabía que él no se sentiría halagado si ella se lo dijera. Virgil había estado esperando que ella vacilara en algún momento, que quisiera escapar de los riesgos que iban asociados a él, y ella lo había hecho. Su ira hacía que se sintiera inflexible, sentenciosa y egoísta, todas las cosas que no quería ser.

Lo miró. El rostro de Virgil era una máscara impenetrable. Había erigido de nuevo todas sus defensas, y se había encerrado tanto en sí mismo que ella no creía que pudiera comunicarse con él ni aunque lo intentara. Eso le provocaba un extraño sentimiento de pérdida, cosa que aumentaba su confusión.

—Sé que estás preocupado por Laurel, pero no deberías estarlo —dijo, con la esperanza de poder reconfortarlo un poco—. Wallace no es santo de mi devoción, pero creo que va a hacer todo lo que esté en su mano para protegerla.

—Si no lo hace, lo lamentará.

La determinación férrea que había detrás de aquellas palabras asustó a Peyton. No quería que él hiciera nada que pudiera acarrearle problemas.

—No puedes pensar así —le dijo.

Él la atravesó con la mirada y, por un segundo, ella recordó la ternura con la que la había acariciado aquella noche. Aunque a decir verdad, en aquel momento no había ni rastro de aquella ternura en su expresión.

Peyton agarró con fuerza el volante.

—¿Qué?

Él no respondió, pero no tenía que hacerlo. Su mirada era suficiente. Le estaba diciendo que se ocupara de sus asuntos.

—Que no quiera estropearme la vida por el hecho de mantener una relación contigo no significa que no me importes —le espetó ella.

A él le vibró un músculo en la mejilla, y eso le dio a entender a Peyton que estaba reprimiendo una emoción muy fuerte.

—Yo nunca te he pedido que te preocupes por mí. Lo de anoche no significa nada. Lo pasamos bien, eso es todo.

Aquella respuesta fue como una bofetada para Peyton. Ella quería estar con él, y no con ningún otro. Por ese motivo, lo de aquella noche había sido algo más que un mero encuentro sexual.

—¿Así que solo he sido un juguete? ¿Tu última diversión antes de entrar en la cárcel?

—La primera y la última.

Ella le lanzó una mirada de desagrado.

–Gracias por hacer que me sienta sucia.

–Tú eres la que has hecho eso.

–Ya sabes cuál es nuestra situación. No me queda más remedio.

Él respiró profundamente.

–Es cierto. Así que, en el futuro, no te acerques a mí.

–Me asombra tu gratitud.

–Yo no te he pedido ningún favor.

–Y yo no te he hecho ninguno. He sido sincera, Virgil. Yo…

–Ya basta. Nosotros no estamos destinados a ser amigos.

Entonces, él volvió a concentrarse en la ventanilla, hasta que ella paró cerca del motel. Peyton pensó que Virgil iba a marcharse sin decirle adiós, pero en el último momento, él se giró, se quitó el medallón que llevaba en el cuello y se lo dio.

–¿Qué es? –le preguntó ella sorprendida.

–La tira de cuero de la que cuelga el medallón es lo único que he hecho en mi vida.

Ella sintió una punzada de dolor en el pecho. Después de lo que él acababa de decir, después de sentir su frustración y su ira, Peyton no se esperaba aquello, y no sabía cómo interpretarlo.

–¿Por qué me lo das?

–Para que puedas exhibir ese recuerdo de mi admiración con todos los demás –respondió él. Después cerró la puerta y se alejó.

El medallón era una moneda española antigua. Ella no sabía dónde había conseguido el padre de Virgil un objeto tan poco común, pero imaginaba que debía de ser muy valioso, lo cual demostraba que él no era como la mayoría de la gente, que no le concedía valor a las mismas cosas que los demás.

El valor económico de aquella moneda tampoco tenía ninguna importancia para ella. Lo que le importó era que todavía estaba caliente de su pecho.

Y por eso, no pudo evitar apretarla contra el suyo.

Laurel se paseaba por la casa vieja de dos habitaciones a la que la había llevado Rick Wallace. Cada pocos minutos se paraba y abría las cortinas para mirar a la calle. A medida que se acercaban las ocho, el tráfico aumentaba, pese a que era domingo. Aquella larga noche había terminado, pero ella no se sentía mejor.

–Deje de preocuparse –le dijo Wallace por enésima vez. Sin embargo, él no estaba en su situación.

–Puede que nos hayan seguido –respondió ella–. Tal vez no estemos aquí más seguros que en Florence.

Habían viajado durante tres horas hasta llegar a aquella casita de ladrillo en una pequeña comunidad de granjeros de Gunnison, pero a ella no le parecía que se hubieran alejado lo suficiente.

Él la miró con un gesto ceñudo.

–No nos ha seguido nadie, porque nadie nos ha visto marcharnos. Cuando llegué a su casa no había nadie por allí.

–No puede estar seguro de eso.

–Usted misma dijo que había llamado a la policía, y que ellos habían registrado la casa, el jardín y la calle.

–Pero tardamos un rato en recoger todas nuestras cosas. Yo no sabía que iba a venir, así que no estaba preparada. Puede que los hombres del Ford Fusion volvieran mientras estábamos haciendo las maletas. ¿Y si estaban escondidos entre los árboles y nos han visto cargar el coche, y nos han seguido hasta aquí?

Él se pasó una mano por la cara y soltó un juramento entre dientes.

–Deje de asustarse.

–Si hubiera estado presente cuando apareció ese hombre con la pistola, y cuando apunto a Mia... –Laurel contuvo las lágrimas de tristeza y de agotamiento, y tragó saliva–. Entró a mi casa sin hacer un solo ruido. Y no hubiera dudado en apretar el gatillo si hubiese creído que era mejor matarnos.

–Entonces, me alegro de haber llegado cuando llegué –respondió Wallace.

Él tampoco estaba contento de estar allí. Le había dejado claro que aquel tipo de deberes no eran cosa suya, y que no tenía paciencia con ellos. Además, los niños le habían crispado los nervios, porque no habían dejado de llorar durante todo el camino. En medio del caos, Wallace había intentado explicar quién era él y por qué los estaba llevando a otro lugar. Le había dicho que un alguacil de Estados Unidos se haría cargo de ellos muy pronto, y que nunca iba a poder volver con sus hijos a casa. ¿Era cierto?

Laurel ni siquiera podía concebirlo. ¿Y su trabajo de celadora en el hospital? ¿Y su casa? ¿Y sus amigos? Aunque no llevaba en Florence el tiempo suficiente como para haber echado raíces, puesto que se había mudado allí once meses antes, cuando habían trasladado a Virgil desde USB Tucson a ADX Florence, allí tenía más de lo que había tenido nunca en cualquier otro sitio. No quería desaparecer sin despedirse de la gente a la que había conocido. De Trinity Woods, la mujer que cuidaba de Mia y de Jake mientras ella estaba en el trabajo, y que seguramente ya había llegado a casa y la había encontrado vacía. Aunque Laurel había querido llamarla para decirle que no fuera, Trinity había apagado el teléfono móvil para ahorrar dinero.

–No es posible que esté sucediendo esto –murmuró.

–Claro que sí –dijo Wallace.

Según él, ella iba a entrar en el Programa de Protección

de Testigos. Sin embargo, aquel programa no había tenido nunca relevancia en su vida, más allá de lo que hubiera visto en la televisión. Laurel nunca hubiera pensado que fueran a incluirla en él. Su marido era un maltratador, como su padrastro, a quien su propia madre había asesinado. Ella lo había denunciado, y a él lo habían metido en la cárcel durante varios meses, pero la policía no había podido hacer más por ayudarla. Y ahora, después de solucionar el problema por sí misma, se la llevaban lejos después de prometerle que le darían una nueva identidad.

Wallace se dejó caer sobre una silla.

—¿Dónde están los niños?

—En la cama —respondió ella.

¿Acaso él no se había dado cuenta? Llevaban dormidos más de una hora, aunque no había sido fácil acostarlos. No entendían por qué los habían sacado de casa a mitad de la noche. Mia tenía dolor de oídos, por eso lloraba tanto. Y sus quejas habían molestado a Jake y lo habían puesto de mal humor a él también.

—Tal vez pueda volver, dentro de unos años —dijo.

—Sería tonta si corriera ese riesgo.

Sin embargo, ella había empezado una nueva vida en Colorado, y le gustaba.

El hecho de que su madre no pudiera ponerse en contacto con ella era un alivio, en realidad. Y lo mismo podía decir de su exmarido, que la había amenazado en varias ocasiones, incluso después de haber cumplido condena, y que solo se había calmado al conseguir una nueva novia. Sin embargo, había otra gente a la que iba a echar de menos. Melanie, una compañera de trabajo, por ejemplo. Ella había sido buena amiga suya.

—¿Cree que han encontrado a Virgil? ¿Cree que lo han matado?

Wallace la miró fijamente.

—Ya sabe lo que creo.

Él le había hablado de los vínculos de Virgil con La Banda, y aunque ella no quería creerlo, sabía que lo que le había dicho Wallace era cierto. Virgil sentía furia contra el sistema durante los primeros años de encarcelamiento. Estaba empeñado en atacar al sistema de cualquier modo que fuera posible para él.

Aunque eso no le había dado ningún beneficio, por supuesto. Solo había servido para empeorar las cosas.

—Él no se ha escapado —dijo Laurel—. Nunca me abandonaría.

—Si ha vuelto con La Banda y se ha portado bien con ellos, no tendría ningún motivo para temer por su seguridad.

—Pero no sería libre. Él quiere salir definitivamente, alejarse de ellos. De lo contrario no estaría haciendo esto.

—Su hermano es leal, ¿verdad?

—Completamente.

—Eso es exactamente lo que quiero decir. Esos tipos, seguramente incluso el que lleva el arma, son familia para él, como usted. Cabe la posibilidad de que haya decidido que no puede vivir sin ellos. La vida es todavía más difícil sin amigos.

Ella misma se sentía sola. Estaba sola. Virgil y ella solo se tenían el uno al otro, y por eso, él tenía que estar bien.

—Me tiene a mí —dijo—. Siempre me tendrá a su lado. Y está cansado de luchar.

—Él nunca ha luchado, a menos que fuera víctima de algún ataque —dijo Wallace. No parecía que el hecho de angustiarla le preocupara demasiado. Él estaba igual de agitado que ella, y continuó hablando sin miramientos—. Cuando eres el hombre al que todo el mundo quiere quitar de lo más alto de la pirámide, te conviertes en blanco de los ataques. Pero él hizo algo más que defenderse. Hizo que los que lo atacaban lo pagaran caro.

–Eso era lo que tenía que hacer –replicó Laurel–. Y de todos modos, si ha hecho un trato con usted, cumplirá su palabra.

–Eso ya lo veremos. Por el momento, no está en su habitación del motel, y tiene que haber algún motivo para eso.

Ella se retorció las manos y volvió a pasearse de un lado a otro.

–Los de La Banda deben de haberlo encontrado.

–No pueden encontrarlo, a menos que él los haya llamado. Esos tipos no tienen equipos de alta tecnología como el FBI, por el amor de Dios.

Laurel se giró hacia él.

–Y, sin embargo, el FBI no puede parar a La Banda.

Él iba a seguir discutiendo, pero sonó su teléfono móvil. Lo tomó de una de las mesillas y se puso en pie.

–¿Diga? ¡Por fin! ¿Dónde has estado, en plena noche? No, no. Laurel está bien. La Banda la ha estado vigilando, pero ahora la he traído, a ella y a sus hijos, a otro lugar, sin que nos vieran. Sí, estoy seguro. Ella quiere hablar contigo... Sí. Un momento –dijo. Entonces, con una expresión de alivio, le pasó el teléfono a Laurel–. Es tu hermano.

A Laurel se le aceleró el corazón mientras se ponía el auricular en la oreja. Había sentido terror al pensar en que hubieran podido secuestrar o matar a Virgil. Tuvo un gran sentimiento de gratitud, pero al mismo tiempo, tuvo miedo al pensar en que todavía podía suceder lo peor.

–¿Virgil?

–Laurel, ¿estás bien?

A Laurel se le cayeron las lágrimas, y como no quería que Wallace la viera desmoronarse, volvió a situarse ante la ventana, mirando la calle.

–Estoy viva. Supongo que eso significa que estoy bien –respondió mientras trataba de controlar el temblor de su voz–. ¿Qué ocurre? ¡Estoy muy preocupada por ti!

—Lo siento. Sabía que esto iba a ser muy duro para ti, pero tienes que confiar en mí. Las cosas no se pueden hacer de otro modo.

—¿Y cuándo nos vamos a ver?

—No lo sé. En cuanto pueda terminar lo que me han encargado.

¿Y de qué se trataba, exactamente? Wallace había sido muy ambiguo al respecto. Le había dicho que Virgil estaba ayudando al gobierno a acabar con una banda mafiosa, una distinta a la suya. Sin embargo, Laurel no comprendía cómo era posible que un solo hombre tuviera un papel tan decisivo en aquella clase de tarea. Además, no era posible que el gobierno necesitara a su hermano más que ella. Había esperado demasiado tiempo.

—¿Van a ser días, o…?

—Seguramente, meses.

—¡No, Virgil, por favor! No lo hagas.

—Laurel, escúchame. No hay otra alternativa mejor, así que tienes que ser fuerte. Yo necesito saber que estás bien, y que estás a salvo. ¿Lo entiendes?

Ella se enjugó las lágrimas de las mejillas.

—Pero… ¿meses?

—Lo que haga falta para que podamos ser libres.

Laurel se dio cuenta, por su tono de voz, de que él estaba completamente decidido.

—De acuerdo. Entonces, ¿dónde estás? Iremos nosotros, para poder verte.

—Me van a meter otra vez en la cárcel, Laurel, y tú no puedes acercarte por allí.

¡Eso no era justo! ¡Acababan de soltarlo!

Laurel tuvo la tentación de arremeter contra Wallace. Era la persona idónea para culpar de todo aquello, pero también era el hombre que estaba intentando protegerla. No sabía qué hacer.

—¿Cuándo va a terminar esta pesadilla? —le preguntó a su hermano.

—Terminará algún día, tenlo por seguro. Ahora tienes que ser fuerte. Para mí, las cosas serán más fáciles si sé que tú estás aguantando la situación.

¿Aguantar? Se sentía ahogada por un mar de dudas, miedo y decepción. Su padrastro, el hombre a quien su tío Gary había matado a tiros, la pegaba con frecuencia. Cuando su madre cobró el dinero del seguro de vida y le dio a su tío Gary la mitad, en vez de contratar a un buen abogado para Virgil, ella había decidido escaparse. Tenía dieciséis años, y había pasado en las calles casi dos años más, intentando sobrevivir. Después se había casado con un hombre que resultó ser un maltratador, igual que su padrastro. Durante todo aquel tiempo, ella había luchado con todas sus fuerzas por salvar a su hermano, por conservar la cordura y, después, por satisfacer las necesidades emocionales y físicas de sus hijos. ¿Cómo iba a continuar resistiendo si estaba tan cansada?

Y, sin embargo, no podía causarle más sufrimiento a su hermano...

—Haré lo que pueda —dijo.

—Eso es. Estoy orgulloso de ti, Laurel.

—Este hombre que está aquí... Rick Wallace. ¿Puedo confiar en él?

Laurel sintió que Wallace la miraba fijamente. Sabía que no era precisamente educado hablar de él de aquel modo, cuando estaba presente en la habitación. Sin embargo, no le importaba. En aquella situación de supervivencia, no tenía importancia observar las normas de la cortesía más elemental.

—Él se ocupará de ti, siempre y cuando yo le dé incentivos para hacerlo. Si eso cambia... Si me ocurre algo, debes llevarte lejos a Mia y a Jake, y arreglártelas sola. Vete a un estado lejano, o a la Costa Este. Si yo desaparezco de escena, no creo que La Banda te moleste más. Pero he conseguido cabrear a gente muy concreta, así que no corras ningún riesgo.

Laurel cerró los ojos. ¿Cómo iba a empezar de nuevo? ¿De dónde iba a sacar el dinero? Ella nunca había podido ir a la universidad, ni a ningún curso de formación profesional, y desde que había seguido a Virgil a Colorado, se había ganado la vida, a duras penas, con su trabajo del hospital. Cuando Tom no pagaba la manutención de los niños, cosa que sucedía a menudo, ella casi no podía comprar comida. Y ahora que su exmarido no podría saber dónde estaban, ellos iban a perder incluso su contribución.

Y había otros problemas. ¿Qué iba a pasar con su identidad? Necesitaría una nueva identidad si quería escapar de La Banda. ¿Iba a proporcionársela el gobierno? De lo contrario, cualquier investigador privado podría encontrarla.

Como llevaba tanto tiempo intentando sobrevivir, sabía muy bien cuáles eran los requerimientos básicos. Sin embargo, no iba a mencionarle a Virgil aquellos detalles. Él ya tenía suficientes preocupaciones.

—Wallace no confía en ti —le dijo—. Cree que vas a traicionarlo.

—Se suponía que iba a quedarse en la habitación del motel. Cualquiera hubiera dudado de él —dijo Wallace, a su espalda.

Ella no respondió. Estaba escuchando lo que le decía Virgil.

—Si no me tuviera tan bien agarrado, tal vez lo hiciera.

—Entonces, ¿te están obligando?

—En cierto sentido, sí. Pero también es una buena oportunidad. Y podría ser la última para mí.

Laurel intentó aferrarse al significado de «oportunidad» para encontrar algo de esperanza. Sin embargo, había esperado tanto tiempo a que la verdad saliera a la luz, a que su hermano fuera exculpado, que soportar aquel nuevo golpe le hacía pensar que sus vidas nunca iban a ser suyas de verdad.

—Apareció un hombre armado en casa —dijo.

—Mia y Jake...

—Están bien. Él agarró a Mia durante unos segundos, le puso la pistola en la cabeza, pero... eso fue todo.

Hubo un momento de silencio, y Laurel pudo sentir la rabia de su hermano. Después, él preguntó:

—¿Cómo era?

—Bajo y musculoso. Tenía muchos tatuajes, tal vez por todo el cuerpo, porque tenía dibujos hasta en la cara. Llevaba la cabeza afeitada y tenía barba de chivo...

—Ink.

—Sí, así se llamó a sí mismo.

—¿Y qué dijo?

—Se refirió a ti con el nombre de Skin, y me preguntó si ibas a ensuciar la bandera.

—Si iba a tirar la bandera. Te estaba preguntando si voy a traicionarlos, si me iba a marchar.

—¿De la banda?

—Sí. ¿Qué más te preguntó?

—Quería que yo le dijera dónde estás.

—¿Y qué le dijiste tú?

—¿Qué iba a decirle? No lo sabía. Él me dio un mensaje para ti: que llamaras a un tal Pretty Boy. Pero tenías hasta ayer para hacerlo. Ahora es demasiado tarde.

—De todos modos no le hubiera llamado.

—¿Y qué van a hacer ahora?

—Si me encuentran, me van a matar. Y si pueden te matarán a ti también. Por eso necesito que hagas exactamente lo que te diga Wallace. Esto no es un juego. Es real. Él te meterá en el Programa de Protección de Testigos y te proporcionará una nueva vida. Sé que no estás muy contenta con eso, pero es nuestra única oportunidad.

–¿Y Tom? –preguntó ella.

–¿Tu exmarido? ¿Qué pasa con él?

–Los niños no volverán a ver a su padre.

–Él no es su padre. Lo único que hace es verlos un par de veces al año y enviarles unos cuantos dólares por Navidad.

–Pero de todos modos...

–Esto es un asunto de vida o muerte, Laurel. Es mucho más importante que cualquier otra cosa. Que todo lo demás.

–Pero, ¿será para siempre? No quiero decirles eso a los niños.

–Entonces, no se lo digas. «Para siempre» es mucho tiempo, hermana. Vamos a superar el presente. Después nos preocuparemos por el futuro.

–¿Por qué? –susurró ella–. ¿Por qué está sucediendo esto?

–Es culpa mía. Nunca pensé en cómo iban a afectarte a ti mis decisiones, y nunca pensé que saldría alguna vez de la cárcel.

–La culpa la tienen mamá y Gary, por lo que hicieron.

Sonó un pitido que indicaba otra llamada. Ella no quiso decírselo a Wallace porque la obligaría a dejar de hablar con Virgil, así que ignoró aquel sonido.

–¿Vamos a volver a hablar? ¿Estaremos en contacto?

–Seguramente no. Y no me escribas. No quiero que haya ningún vínculo entre nosotros, por si acaso me localizan.

–Pero, ¿cómo vamos a encontrarnos cuando todo esto termine?

–Wallace me dirá dónde estás. Te encontraré, no te preocupes.

Sonó otra vez la llamada y, de repente, ella no supo si quería seguir al teléfono. Si volvía a desmoronarse, conseguiría que Virgil se sintiera peor. Y estaba a punto de echarse a llorar.

–Hay otra llamada. Tengo que colgar.
–¿Laurel?
–¿Sí?
–Te quiero –dijo él. Sin embargo, ella ya estaba llorando y no pudo responder. Le pasó el teléfono a Wallace como si no lo hubiera oído.

Wallace le dijo a Virgil que esperara un momento y atendió la llamada en espera.

–¿Diga? Sí, soy Rick Wallace. ¿Cómo? ¡Maldita sea! ¿Cómo ha podido pasar? Les dijimos que fueran allí... Lo sé, pero es tan... innecesario... Esos desgraciados –dijo. Agachó la cabeza y se frotó la nuca con una mano–. Nosotros estamos bien. ¿Hay testigos? ¿Y alguna otra prueba? Fuera quien fuera, es alguien de La Banda. Por supuesto. Gracias por avisarme.

Wallace miró a Laurel mientras cambiaba a la otra línea.

–¿Virgil? Tengo malas noticias.
–¿Qué ha ocurrido? –murmuró Laurel.

Entonces, Wallace la tomó de la mano.

–Se trata de Trinity Woods.
–¿Mi niñera? –preguntó ella. No sabía cómo estaba reaccionando Virgil, porque no podía oírlo. Sin embargo, pensó en que aquel nombre no debía de significar nada para él. Ella nunca le había mencionado a Trinity; bueno tal vez alguna vez, en alguna carta.

Wallace cambió el peso del cuerpo de un pie al otro.
–Sí.

Y, entonces, ella lo supo. La policía no había impedido que Trinity fuera a la casa. No habían conseguido avisarla a tiempo. ¿Por qué no? Wallace los había llamado con una hora de antelación y les había explicado quién era ella y por qué era muy importante que alguien la interceptara. Sin embargo, tal vez ellos no hubieran considerado que aquello fuera urgente. No habían creído de verdad que ella pudiera sufrir algún ataque. Nadie tenía ningún motivo para hacerle daño, ni siquiera La Banda.

–No me diga que…
–Eso me temo.
Laurel comenzó a temblar.
–¿Le han disparado?
–Sí.
–¿Y está grave?
Él le apretó la mano.
–Es peor que eso, Laurel. Ha muerto. Alguien la ha tiroteado cuando estaba esperando en la puerta de su casa.

Capítulo 13

Laurel podría ser la mujer que había muerto aquella mañana. La hermana de Virgil estaba viva solo por la gracia de Dios. Sin embargo, la víctima tendría una familia, personas que la querían tanto como Virgil quería a Laurel.

Era una tragedia.

Peyton estaba en su terraza, bien abrigada, mirando hacia el mar mientras el viento le revolvía el pelo. Había estado intentando trabajar para distraerse, pero después de saber la noticia de la muerte de Trinity Woods, no podía concentrarse en nada. Solo podía pensar en lo que estaría sintiendo Virgil, solo en el motel, y preguntarse si estaba o no estaba a salvo.

Quería ir con él, y consolarlo si era posible, incluso llevarlo de nuevo a su casa. Sin embargo, sabía que no debía hacerlo, porque no podía controlar la atracción que había entre ellos. El día anterior había perdido la batalla, y corría el peligro de perderla también aquel día. No se atrevía a ir junto a él. En cuanto lo viera, todas sus buenas intenciones se desvanecerían, y terminarían en la cama por segunda vez. Tenía que evitar eso. Tal y como estaban las cosas, iba a resultarle muy difícil verlo el martes en la cárcel, llamarlo Simeon y fingir que no significaba para ella nada más que los otros reclusos de Pelican Bay.

Sin embargo, al pensar en que él pudiera necesitar a alguien, que pudiera necesitarla a ella, su determinación se debilitaba.

Estaba a punto de entrar en la casa para llamarlo y darle el pésame cuando vio que un coche se detenía en la calle de su casa. Al vivir un poco apartada de la ciudad, no solía recibir visitas.

Se asomó a la barandilla y reconoció el vehículo. Era una furgoneta Ford. Peyton estuvo a punto de soltar un gruñido. Aquel era el coche del sargento John Hutchinson, uno de los guardias de la cárcel, que se había divorciado recientemente, y que estaba demostrando un interés especial en ella. A ella le caía bien; era un hombre agradable, y atractivo también, con el pelo rubio, los ojos castaños y el mentón prominente. Sin embargo, llevaba un tiempo insinuando que le gustaría salir con ella a cenar, o ir al cine, o a Mendocino. Aparte de aceptar un sándwich dos semanas antes y de permitir que él le llevara la cena una noche, hacía un mes, Peyton había rehusado amablemente sus invitaciones. Ya le había explicado que no quería salir con nadie que trabajara en la cárcel, pero no parecía que él la escuchara.

—¡Hola! —dijo él, desde abajo, al verla asomada a la barandilla.

Ella sonrió forzadamente.

—¡Hola! ¿Qué pasa?

—Te he traído la cena.

Peyton suspiró. Intentó controlar la irritación que sentía a causa de su insistencia, y bajó las escaleras para decirle que no podía quedarse. Sin embargo, cuando ella llegó a la furgoneta, él estaba sacando varios platos tapados con papel de aluminio.

—Vaya, te has tomado muchas molestias —dijo ella al ver que había tres platos, aparte de un par de chuletas a la parrilla.

—No es mucho. Estoy impaciente por que pruebes mi marinada casera. Te vas a quedar boquiabierta.

—John, yo...

—Eh, ya conozco las reglas. No te estoy tirando los tejos. Solo es una cena. Los amigos pueden cocinar los unos para los otros de vez en cuando, ¿no?

—Por supuesto, siempre y cuando entiendas que...

—Relájate. Solo es la cena —dijo él—. ¿Qué te ha pasado en la pierna?

—¿En la pierna?

—Has cojeado.

—Ah, sí. Me torcí el tobillo.

—¿Cómo?

Ella repitió lo que le había dicho a Michelle.

—Me tropecé por las escaleras.

—¿Lo ves? Es mejor que haya venido. Necesitas buenos cuidados.

Mientras se decía que él no iba a quedarse demasiado, lo ayudó a llevar los platos a la cocina.

—Ha llamado Pretty Boy —le dijo Horse a Shady—. Ink ha matado esta mañana a una mujer en casa de la hermana de Skin.

Shady estaba en su garaje. Por fin lo había terminado. El resto de la casa era un tugurio. Su salón estaba lleno de aparatos de musculación. Sin embargo, el garaje era muy agradable. Le había puesto una barra de bar en un lado, había comprado una mesa de billar, había colgado algunos anuncios de cerveza por las paredes y había creado un lugar de honor para su antigua Harley en un rincón. Sin embargo, lo que más le gustaba eran los armarios de las armas, y las armas que contenían, por supuesto.

–¿Cómo?

Dejó la pistola Taurus Millenium de la serie PT 145 que había estado limpiando y se giró desde la mesa de trabajo hacia Horse. Era un hombre gigante, con la cara marcada de viruela y la nariz bulbosa. Llevaba la cabeza afeitada. Siempre conseguía que Shady se sintiera como un niño en comparación con él. A Shady le habían puesto aquel mote por su parecido al rapero Eminem; ambos tenían la misma complexión delgada y conservaban una cara joven. Aquel físico hacía difícil que lo tomaran en serio, por mucha musculación que hiciera. Por el contrario, Horse no necesitaba hacer pesas. Tenía músculos de sobra. Según Mona, la mujer con la que él vivía en aquel momento, Horse parecía una mala persona y un tonto. Tenía razón en lo de mala persona, pero no en lo de tonto. Ganaba casi tanto dinero con sus prostitutas como él ganaba vendiendo drogas.

–Que Ink se ha cargado a una tía –repitió Horse.

Shady se limpió las manos con un trapo y lo arrojó a la mesa.

–¿A la hermana de Skin?

–No, a otra. Laurel ya se había marchado cuando llegaron. Creen que la han puesto bajo la protección de la poli.

–Entonces, ¿para qué ha matado a otra?

–Por frustración. Ya sabes que tiene el gatillo flojo. Ink dice que quería que Skin supiera que va a ir por él.

–¿Y tenemos alguna pista de dónde está?

–No.

Eso respondía a las preguntas de todo el mundo, ¿no? Era evidente lo que estaba haciendo Virgil Skinner.

Soltó una maldición y, mientras se levantaba de la mesa, tiró la munición, las piezas de la pistola y las herramientas.

Horse ni se inmutó cuando todo cayó al suelo, pero el ruido atrajo a Mona, que asomó la cabeza por la puerta del garaje.

–Eh, ¿qué pasa?

Si le dijera que habían aterrizado unos marcianos en el patio, ella se lo habría creído. Estaba tan colocada que tuvo que agarrarse al marco de la puerta para no caerse de cabeza en la mesa de billar.

–¿Te he pedido que vengas?

Él le había dicho que quería que siempre pareciera una conejita del Playboy, algo ridículo debido a las estrías que ella tenía en el vientre, y a sus dientes torcidos. Sin embargo, tenía que concederle que lo estaba intentando. Solo llevaba un sujetador negro, un tanga y unos zapatos de tacón.

–¿Qué has dicho? –preguntó ella, arrastrando las palabras al hablar, mientras se mecía como si se fuera a caer, pese a sus esfuerzos por permanecer en pie.

Era una prostituta adicta al crack. Las autoridades le habían retirado la custodia de sus cinco hijos, lo cual era toda una hazaña para cualquier madre, por muy mala que fuera. Él solo la tenía en casa porque era agradable tener alguien con quien acostarse cuando lo necesitaba. Ella no se quejaba si él se ponía violento, ni tampoco si se la pasaba a los chicos, cosa que hacía a menudo para demostrarles que estaba dispuesto a compartir con ellos todo lo que poseía.

Sin embargo, estaba harto de la adicción de Mona.

–¡Entra! –le gritó–. ¡No quiero ver tu horrible cara!

Ella sonrió vagamente, se retiró y cerró la puerta como si él se lo hubiera pedido amablemente.

–¿Hay alguna posibilidad de que me libres de ella? –le preguntó a Horse.

–Puedo ponerla a trabajar.

–Llévatela, tío. Estoy cansado de ella.

—¿Tiene ropa?

—¿Y qué importa eso? En el sitio al que va no la va a necesitar.

—Necesitará algo con lo que esconder sus defectos. Pero bueno, yo me encargaré de eso. ¿Qué quieres que le diga a Pointblank?

—¿Hay algún testigo de lo que hizo Ink?

—No lo saben. Lo hicieron desde el coche. Tal vez alguien viera el vehículo, que era de alquiler.

—No los han detenido, ¿no?

—No, todavía no.

—Que Ink vuelva lo antes posible.

Horse se metió las manos en los bolsillos.

—Aquí lo busca la policía. Por eso lo mandaste lejos.

—Y ahora lo están buscando también allí, así que no va a servir de nada que se quede.

—No creo que deba estar en ninguno de los dos sitios.

—¿Qué quieres decir con eso?

—Que Ink cada vez es más problemático. Con toda la atención que suscita, se está convirtiendo en un peligro para todos.

Horse no era el único que pensaba así. Ink estaba tan loco que asustaba a todo el mundo.

—En cierto sentido es un problema. En otros es un tipo valioso.

Horse frunció los labios.

—Si nos meten a todos en la cárcel, ¿quién se va a ocupar del negocio?

—Si llegamos a ese punto, lo entregaremos a él.

Aquella respuesta satisfizo a Horse. Alzó los ojos y preguntó:

—¿Y qué hay de Pointblank y de Pretty Boy?

—Que se queden. Dile a Pretty Boy que busque a un tipo llamado Eddie Glover, que trabaja en la cárcel de Florence.

Horse se acercó a la mesa de billar y colocó las bolas en el centro con el triángulo de plástico.

—¿Crees que ese Glover sabrá dónde está Skin?

—Si hay alguien que puede saber lo que pasa con Skin, es Glover. Se dice que eran muy amigos.

Horse tomó uno de los tacos.

—¿Skin se hizo amigo de uno de los guardias?

—Parte de su cambio de parecer.

A Shady le irritaba el hecho de no haber podido convencer a los otros miembros del grupo de que Virgil no era tan fantástico como ellos pensaban. Virgil era el típico líder al que otros hombres seguían por instinto. Sin embargo, nunca había sido de los que aceptaban fácilmente las órdenes. Era un tipo independiente que se negaba a someterse incluso cuando era lo mejor para él. Por ese motivo, resultaba muy difícil de manejar, y tan peligroso para la organización como para sus enemigos.

Shady había comenzado a preocuparse cuando se enteró de que cabía la posibilidad de que Skin fuera exculpado del asesinato de su padrastro. ¿Quién no tendría la tentación de empezar desde cero? Skin no era un delincuente, en el fondo.

Al recordar lo empeñado que estaba en seguir su propio camino, les gustara a los demás o no, Shady agitó la cabeza. En algunas ocasiones, se había negado en rotundo a seguir las órdenes. Eso habría supuesto la muerte para cualquier otro, pero todos admiraban a un hombre capaz de luchar como luchaba Skin. Como era tan bueno cuando se involucraba en las peleas, se había salido con la suya en lo demás.

—¿Y cómo van a encontrar a Glover?

—Te lo acabo de decir. Trabaja en la cárcel de Florence.

—Hay muchos tipos trabajando ahí. ¿No tienes su dirección?

—Puedo conseguirla.

—¿Y cómo es?

—Mide un metro ochenta, aproximadamente, y pesará unos ochenta kilos. Es pelirrojo y lleva el pelo corto. Tiene pecas por todas partes. ¿Suficiente?

—Sí, supongo que sí. Conozco alguien de dentro que puede decirme qué turno tiene, lo cual también ayuda —respondió Horse—. Pero, ¿y si Glover no quiere hablar?

—Todo el mundo habla —dijo Shady—. Solo hay que darles el incentivo necesario.

El triángulo de bolas de billar se rompió con un ruido fuerte.

—¿Hasta dónde le digo a Pointblank que puede llegar?

—Hasta donde haga falta.

—Entonces, quizá sea mejor que Ink se quede por Colorado un poco más, ¿no te parece?

—¿Por qué?

—La policía ya lo está buscando, así que no importa que él haga el trabajo sucio.

—Buena idea. Que venga a casa cuando haya terminado.

—¿Y Laurel?

—Dame unos días. La encontraré.

Horse se colocó en posición para tirar de nuevo.

—¿Cómo?

—Voy a llamar a una detective privada que ha hecho algunos trabajos para mí.

Horse cerró un ojo y tiró, y coló la bola número trece por la esquina izquierda.

—¿Una investigadora privada que tiene acceso a la policía?

—Ella puede conseguir acceso a cualquier parte —respondió Shady con petulancia.

—¿Y cuál es su secreto?

–No es la típica persona que puedas vincular con nosotros, y está dispuesta a ser creativa.

Horse se sintió muy intrigado. Se irguió y olvidó su partida de billar.

–¿Y cómo la has conocido?

–Es la amiga de un amigo de un amigo de otro amigo. Conocerla no tiene importancia; el dinero es lo que importa. Por el precio adecuado, está dispuesta a hacer cualquier cosa.

–Has dicho que está dispuesta a ser creativa.

–Pues sí.

–¿En qué sentido?

Shady comenzó a recoger todas las cosas que había tirado al suelo.

–Tú deja que yo me preocupe de eso.

Peyton se estuvo preguntando, durante toda la cena, por qué no podía sentirse atraída por John. O al menos, por alguien como John. Alguien de buen carácter, civilizado, sin problemas de carácter. Shelley, su ayudante, pensaba que era un ídolo, y otras de las mujeres que trabajaban en la cárcel compartían esa opinión. Sin embargo, ella no sentía nada parecido a la emoción que le producía estar junto a Virgil.

¿Era el peligro lo que la atraía? ¿Era su modo de rebelarse de las restricciones que gobernaban su vida? ¿O acaso tenía cierta tendencia a la autodestrucción, esa tendencia que empujaba a ciertas personas hacia el borde del abismo?

Siguió haciéndose preguntas, intentando encontrarle un sentido a todo aquello. Sabía que no era de las que se enamoraban perdidamente de los chicos malos, sino más bien todo lo contrario. Elegía a hombres que encajaran con sus parámetros de seguridad, y después intentaba sentir más de lo que sentía.

El problema era que ella no había elegido a Virgil; no quería que él le gustara más que cualquier otro recluso. Y, sin embargo, no podía evitarlo. Había perdido el control de las decisiones que antes tomaba racionalmente, y ahora se veía dominada por el instinto, por las hormonas. Aquel era un modo muy poco lógico de elegir un amante.

Después de la cena, entró en la cocina para lavar los platos, y se sintió aliviada de poder escapar de su invitado, al menos por un rato. John solo llevaba una hora allí, pero a ella se le había hecho muy largo. Deseaba que se marchara, pero no se lo pedía porque el hecho de que él estuviera allí le impedía marcharse a ver a Virgil.

Cuando él entró en la cocina con las copas, Peyton volvió a sonreír forzadamente.

—Me he enterado de que Wallace estuvo aquí el viernes —dijo. Aunque por el tono de voz de John, parecía que solo quería mantener una charla intrascendente, Peyton se sintió incómoda. Wallace no había visitado la cárcel, así que, ¿cómo sabía John que había estado en la ciudad?

—¿Quién te lo ha dicho?

—Sandy lo vio en Raliberto.

—¿Sandy?

—Mi hermana.

Sandy había trabajado de enfermera en la cárcel, pero hacía un año, más o menos, había dejado su puesto para cuidar de sus hijos. Peyton se avergonzó al no haber recordado el nombre de la hermana de John. Agachó la cabeza y siguió lavando platos.

—Ah, claro. Es verdad.

—Me dijo que estaba con un tipo al que ella no conocía. Un hombre que llevaba una gorra de béisbol.

—¿De verdad?

Él frunció el ceño al ver que ella no seguía con la conversación.
—¿Tú no viste a Wallace mientras estuvo aquí?
—Brevemente.
—Oh, vaya.
Peyton miró a John.
—¿Por qué dices «oh, vaya»?
—Porque él no viene por aquí a menos que esté ocurriendo algo, o que haya algún problema. Casi me da miedo enterarme de qué se trata esta vez.
—De nada. Tuvo una reunión con el director de la cárcel. Eso es todo.
—Ahí es donde empieza todo. ¿Tú sabes de qué se trata? ¿O nos vamos a enterar en la reunión semanal?

A Peyton le pareció impertinente el hecho de que mostrara tanto interés, hasta que recordó que, dos semanas antes, había tenido que intervenir para separar a dos reclusos que se estaban peleando y había herido a uno de ellos. El caso estaba siendo investigado para determinar si había actuado adecuadamente o si había perdido el control de la situación, así que seguramente, John estaba preocupado por si le imponían una sanción disciplinaria como resultado de aquella investigación.

Decidió decirle lo justo para aliviar su ansiedad.
—Debido a algunas noticias que se han publicado últimamente en la prensa, en las que se apunta a que la Furia del Infierno puede ser la organización responsable de la muerte del juez García, de Santa Rosa, el Departamento de Prisiones de California quiere que redoblemos los esfuerzos para acabar con las actividades de las bandas mafiosas. Él no me lo dijo, pero estoy segura de que tiene algo que ver con eso.
—¿Y cómo vamos a redoblar los esfuerzos? —preguntó él—. Para conseguirlo, tendríamos que contar con un módu-

lo de aislamiento lo suficientemente grande como para acoger a todos los presos comunes. Y entonces, tendríamos que responderles a todos los activistas que dicen que el aislamiento es una forma de castigo cruel y poco común −dijo John, y agitó la cabeza con un desagrado evidente−. A nadie le gustan los problemas con los que nosotros nos enfrentamos día a día, pero tampoco les gustan las soluciones que funcionan de verdad.

¿Acaso estaba defendiendo el uso de la fuerza, o solo intentaba justificar su forma de comportarse durante aquella pelea?

−No hay respuestas fáciles −dijo ella. No tenía ganas de debatir. Con aquella preocupación, no.

−Entonces, ¿Wallace fue a la cárcel?

Peyton no sabía qué responder, así que se mantuvo lo más cerca de la verdad que pudo.

−No. Se reunió con el director para comer.

−¿Y tú no estabas con ellos?

−¿Cómo?

−Me pasé por tu despacho durante el descanso. Tu secretaria me dijo que te habías ido a la ciudad con el director.

La había sorprendido en un renuncio. Peyton intentó arreglarlo.

−Se suponía que tenía que ir a la reunión, pero me llamó una de mis amigas. Tenía una urgencia, así que tuve que dar una excusa y marcharme.

No era una buena explicación, porque cualquier reunión con Wallace era más importante que una llamada, pero Peyton esperó que funcionara. John sabía que ella tenía una amiga que estaba muriendo de cáncer.

Él se quedó mirándola fijamente durante unos segundos. Después se encogió de hombros.

−Entonces, ¿no tienes ni idea de quién es el otro tipo?

−No.

—¿Y quién piensas que puede ser?
—Nadie en especial.
—¿No estaba en la reunión?
—No, que yo sepa.
John se apoyó en la encimera mientras reflexionaba.
—¿Por qué estás preocupado por esto? —le preguntó ella—. Esa reunión no ha tenido nada que ver con la pelea en la que tú interviniste, si es lo que estás pensando. El director mencionó un problema de bandas.
—Es solo que no me imagino quién puede ser ese hombre.
—No es divertido comer solo. Tal vez Wallace lo conoció en el restaurante y terminaron compartiendo mesa. Tal vez, incluso, fuera otro de los guardias de la cárcel. Tu hermana no los conoce a todos, porque hemos contratado personal nuevo desde que ella se marchó.
—Me dijo que no parecía un guardia.
Peyton se echó a reír.
—No todos los guardias actúan de la misma manera.
—Pero tienen ciertas vibraciones...
—No estoy muy convencida de eso. De todos modos, ¿qué otra cosa puede ser?
—Un periodista.
A nadie que trabajara en prisiones le gustaba tener cerca a un periodista. Los medios de comunicación casi nunca alababan el sistema, ni a aquellos que lo dirigían. Los artículos sobre la cárcel casi siempre eran críticos. Eso solía provocar cambios, y todo el mundo odiaba los cambios, la pérdida de puestos de trabajo, las reducciones de presupuesto y las inspecciones ordenadas por los jueces. Para rematar, John estaba involucrado en un incidente que la prensa podía usar fácilmente para demostrar el maltrato que denunciaban los reclusos. No quería que lo mencionaran en una historia así. Nadie quería.

—¿Por qué piensas que puede ser un periodista?

—Mi hermana me dijo que Wallace hablaba en voz baja, y que se inclinaba hacia él. Intentó saludarlo, pero él la ignoró. Cuando se acercó, ellos dos se marcharon rápidamente.

—No creo que Wallace intentara congraciarse con un periodista invitándole a cenar tacos —dijo ella, intentando bromear. Sin embargo, John no sonrió.

—Desde que asesinaron a ese juez, ha habido muchos periodistas por aquí. Tal vez Wallace quisiera evitar que se escribiera otro artículo en el que se nos condena.

Si alguno de aquellos artículos lo condenara a él, seguramente su sanción disciplinaria sería más dura. Sin duda, él debía de estar pensando en eso.

—Estoy segura de que no era nada de eso, John. De verdad. El Servicio de Investigación todavía está estudiando el caso. El teniente McCalley no ha decidido nada todavía.

—¿Y cómo lo sabes?

—Porque me lo habría dicho.

Él sonrió ligeramente.

—Tú le hablarás bien de mí, ¿no?

Aquel era el motivo por el que no quería confraternizar con los guardias de la cárcel. No quería que las relaciones personales coartaran su capacidad de ser justa.

—Estudiaré los hechos y me aseguraré de que se haga lo apropiado.

A John no le gustó la respuesta. La sonrisa se le borró de la cara, pero él se comportó como si no esperara nada más.

Había unos cuantos cuencos vacíos todavía en la mesa, y Peyton los señaló:

—Tráemelos, por favor. Los lavaré para que te los lleves limpios a casa.

Él salió hacia el comedor, pero cuando volvió solo llevaba un plato y el teléfono móvil de Peyton.

–¿Por qué...?

Ella no pudo terminar la pregunta antes de que él se lo entregara.

–Te ha llegado un mensaje, así que te lo he traído –le explicó él.

Había recibido un mensaje de texto. De Wallace. Su iPhone emitía un zumbido corto a modo de aviso de cada uno de los mensajes que recibía, y exponía ese mensaje, directamente, en la pantalla.

Sintió ansiedad mientras leía lo que le había escrito Wallace. Acababa de convencer a John de que no pasaba nada, y, ahora, él había visto aquello:

Skinner está enfadado. Intenta calmarlo. La muerte de esa mujer ha sido culpa suya, no mía. Si él no se hubiera enrolado en primer lugar, no habría sucedido nada de esto.

Era fácil para Wallace decir eso. Su seguridad y su bienestar nunca habían corrido peligro. Él nunca había experimentado el miedo, el dolor y el estrés que había conocido Virgil, ya desde que era un adolescente. Sin embargo, la reacción de Wallace no era lo importante. A Peyton le preocupaba la mirada de curiosidad de John.

–¿Ocurre algo? –preguntó él, intentando descifrar su expresión.

Estaba claro que había leído el mensaje, y que sabía que era de Wallace. Su iPhone identificaba con claridad al remitente.

–Un amigo común tuvo un accidente de tráfico en el que murió el otro conductor –dijo ella.

–Eso es una tragedia.

—Pues sí.

Su explicación no era suficiente. Él debía de tener cientos de preguntas sin respuesta, porque esperó a que ella le explicara algo más. Ella no lo hizo. Se metió el teléfono al bolsillo, terminó de fregar y le dio las gracias por la cena. Después lo acompañó a su coche, con la excusa de que se había llevado trabajo para terminarlo en casa aquella noche.

Una vez a solas, volvió a leer el mensaje. Skinner no podía entrar en Pelican Bay. Aquella investigación estaba empezando a desenmarañarse.

Capítulo 14

Había mucha niebla. Peyton conducía con precaución mientras tomaba las curvas de la carretera de la costa rocosa. No veía el mar, a su derecha, ni las altísimas secuoyas del bosque de la izquierda. Apenas distinguía las luces traseras del coche que iba delante de ella.

Había esperado a que fuera tarde y nadie pudiera verla acercándose al motel. Cuando aparcó y torció la esquina, se acercó nerviosamente a la puerta de la habitación de Virgil. No sabía cómo iba a recibirla él.

—Soy yo —murmuró, después de tocar la puerta.

Él abrió sin decir nada. Dejó el cuchillo sobre la televisión, puesto que se había preparado por si acaso ella era otra persona, y se hizo a un lado para que Peyton pudiera pasar.

Cuando cerró la puerta, el calor de la habitación la envolvió. La televisión estaba encendida, pero Virgil no estaba viendo una de las muchas películas pornográficas de pago que ofrecía el motel, cosa que podría esperarse de un exconvicto, sino un programa sobre Egipto que emitían en el Canal Historia.

—He venido a ver si puedo conseguir que cambies de opinión —le dijo ella, sin rodeos.

—¿Sobre qué?

Aunque él estaba vestido, ella no podía dejar de imaginárselo sin camisa, tal y como lo había visto en su casa la noche anterior. Por la mente se le pasaron otras imágenes eróticas de ellos dos juntos, y eso le ponía muy difícil tratarlo con distancia.

—Sobre entrar en Pelican Bay.

Él se sentó en la cama.

—¿No dices nada?

—El asesinato de la niñera de Peyton me da más motivos para entrar, Peyton, no menos.

—Pero... no lo entiendes. La gente de aquí... Aquí no pasa nada en esta época del año. Y, debido al aislamiento, Crescent City es la típica ciudad pequeña donde todo el mundo se conoce la vida de los demás. Sobre todo, si tienen algo que ver con la cárcel en la que trabajan prácticamente todos.

—¿Y qué?

—Que aquí no se puede ser anónimo. La gente se fija hasta en los detalles más insignificantes. Y no solo se dan cuenta, sino que los comentan con los otros.

Él se levantó, tomó el mando a distancia y le quitó el volumen a la televisión.

—¿Es que alguien te ha dicho algo?

En la habitación hacía demasiado calor, así que Peyton se quitó la cazadora. Mientras, comenzó a explicarle lo que había ocurrido con John.

—Su hermana te vio en Raliberto con Wallace, y él leyó un mensaje de texto que Wallace me envió sobre ti —dijo, al llegar a la parte más importante.

—Yo voy a entrar con el apellido Bennett, no Skinner. Ese guardia nunca me relacionará con el mensaje. Y tampoco creo que me relacione con el hombre a quien vio su hermana en el restaurante.

—Puede que no, al principio. Pero él nota que hay cambios, y está haciendo preguntas. Eso me pone nerviosa.

—¿Y por qué tiene tanta curiosidad?

—Por aburrimiento, como todos los demás. Además, le han abierto un expediente disciplinario por haber herido a un recluso mientras separaba una pelea. El recluso terminó con una fractura de cráneo que no tenía nada que ver con la pelea. John va a recibir una sanción, así que está muy inquieto.

—¿Tiene una vena maltratadora, y teme que le cueste el trabajo?

—Si yo creyera que es un maltratador, no estaría trabajando en Pelican Bay. Tuvo pánico y usó más fuerza de la necesaria. No volverá a suceder.

—Bueno, lo más seguro es que, si reincide, tú no te enteres.

—¿Y cómo me lo iba a ocultar?

—Hay formas de hacer daño a la gente sin necesidad de romperle la cabeza.

—No te comportes como si supieras más que yo de Pelican Bay. Tú nunca has estado allí.

—No importa. Una cárcel no es muy diferente de las demás.

Ella negó con la cabeza.

—No quiero tener una discusión contigo. Solo he venido a decirte que no quiero que entres en la prisión. Eso es todo.

—Estás asustada por culpa de ese tipo, John. A mí no me va a pasar nada.

—Eso no lo sabes.

Él se levantó de la cama.

—De todos modos, no es decisión tuya.

Peyton respiró profundamente e insistió en su objetivo.

—¿Por qué no vas a buscar a Laurel y desapareces con ella?

—Porque no es tan fácil, sin dinero. Y, por si no lo sabías, un hombre que se pasa la vida en la cárcel no lo tiene sencillo para conseguir recursos.

—¿Te quieres quedar para conseguir el dinero de la indemnización?

—No. Con toda la burocracia, no tengo muchas oportunidades de conseguir ese dinero. Lo hago porque no quiero que mi hermana y sus hijos se pasen la vida huyendo. No es fácil de entender para alguien que siempre ha vivido en una torre de marfil, pero...

—¿Disculpa? Yo nunca he vivido en una torre de marfil.

—Tampoco has vivido como he vivido yo.

—Trabajo en el mismo tipo de lugar.

—Por elección propia. Pero al final de la jornada puedes marcharte a casa, y cobras un buen sueldo por todas las molestias. No me das pena.

—No quiero darte pena. Solo quiero ayudar.

—Yo no necesito tu ayuda, ya te lo he dicho. Deja de tratarme como si fuera un desvalido. Yo me valgo por mí mismo.

Ella se sintió como si acabara de darle una bofetada, y se puso muy tensa.

—Eres un idiota.

—Hago lo que está en mi mano para proteger a la gente que quiero, ¿entiendes? Si sale bien, Laurel tendrá una identidad nueva. Podrá casarse y vivir el resto de su vida sin miedo, y sin huir. Se lo debo.

—¿Por qué?

—Porque ella es la única persona que siempre ha estado a mi lado.

—¿Y cuándo te vas a preocupar de ti mismo?

Él frunció el ceño.

–No te entiendo.
–Entonces, te lo explicaré: ¡No quiero que sufras ningún daño!
Él puso los ojos en blanco.
–Vamos, por lo menos sé sincera. A ti no te importa lo que me pase. Ni siquiera somos amigos.
Virgil tenía motivos para estar enfadado, pero sus respuestas estaban siendo mucho más personales y más duras de lo que había pensado Peyton, y no estaba dispuesta a aguantarlo más.
–Olvídate de que he venido –le dijo.
Agarró su abrigo y se dio la vuelta para marcharse, pero él se acercó y puso una mano en la puerta para mantenerla cerrada.
–Déjame salir –dijo ella, pero sin demasiada vehemencia. No quería marcharse. Quería apoyarse en él, y que él fuera tan tierno como había sido la noche anterior.
Sin embargo, lo que sentía Virgil no parecía ternura. Peyton lo supo cuando habló. Lo hizo en voz baja, con un tono áspero.
–Pensaba que no salías con nadie que trabajara en la cárcel.
–Y no lo hago.
–Entonces, ¿qué hacía ese tal John en tu casa?
–No tengo por qué responder. Tú no puedes opinar en nada de mi vida.
–¿Te llevó un recuerdo para tu armario? –le preguntó, rozándole la oreja con los labios.
–Me llevó la cena, eso es todo. Y ahora, déjame salir.
–Antes me has dicho que le has rechazado cuando te ha pedido una cita.
–Y es cierto.
–Pues a mí no me parece que lo hayas rechazado esta noche –replicó él.

Le quitó la chaqueta y la lanzó a una silla, pero ella no se dio la vuelta. No sabía hasta dónde podía llegar aquella discusión si lo hacía. Apoyó la frente en la puerta.

–Él ya me había llevado la cena a casa, y no tuve valor para negarme. Acaba de divorciarse, y está solo. Creo que quiere tener una amiga.

Virgil le deslizó una mano por debajo de la camiseta, y le acarició la piel desnuda. Al ver que ella no oponía resistencia, metió la mano en sus vaqueros, y sus caricias se hicieron mucho más íntimas.

«Sal de aquí antes de que sea demasiado tarde». Él ya no estaba sujetando la puerta. Ella podía marcharse. Sin embargo, probablemente aquella era la última noche que iba a verlo antes de que entrara en la cárcel, y esperaba que se despidieran como amigos, de manera que pudieran sentirse bien cuando asumieran sus respectivos papeles.

–Él no quiere amistad de ti –murmuró Virgil–. Quiere esto.

Le pasó la lengua por la oreja mientras le hundía dos dedos en el cuerpo, con tanta fuerza que ella gimió. Pero Virgil no le hizo daño. Peyton sintió una descarga de placer por todo el cuerpo.

–¿Cómo lo sabes? –le preguntó en un susurro.

–Porque es lo mismo que quiero yo.

Peyton cerró los ojos con fuerza.

–No podemos cometer de nuevo este error –dijo.

No sabía con quién estaba hablando. Aquel comentario no era para él. Peyton estaba intentando aferrarse a su propósito. Pero él respondió.

–Ya me lo has dado una vez. ¿Qué es una vez más?

–Es una vez más.

–Me alegro de que seas demasiado amable como para decir que no.

Ella quiso corregirlo; no iba a hacer aquello porque fuera amable. Eso no tenía nada que ver. Sintió la ira de Virgil, pero no se quejó, ni siquiera cuando él le bajó los pantalones y comenzó a hacerle el amor de espaldas, sin ceremonias ni juegos preliminares.

Aunque nunca la habían tratado con tanta rudeza, el hecho de que Virgil diera rienda suelta a sus frustraciones hizo de aquel encuentro algo tan erótico que a ella le temblaron todos los nervios del cuerpo. Virgil se aseguró de tener el control de la situación, pero ella se sentía segura con él. Físicamente, al menos. Emocionalmente no se había sentido segura en ningún momento.

El ritmo de su encuentro aumentó tan rápido que se quedaron sin aliento en segundos. Entonces, terminó tan repentinamente como había empezado, y él se retiró como si ella no le importara en absoluto.

Peyton se quedó asombrada por tanta intensidad seguida por... nada, y se arregló la ropa mientras esperaba que él dijera algo. O la besara. O la abrazara. O intentara convencerla para acostarse en la cama.

Virgil no hizo nada de eso. Entró en el baño sin decir palabra y cerró la puerta.

Peyton se dio cuenta de que lo había hecho a propósito. Quería que lo odiara. Y, en aquel instante, lo odiaba.

¿Qué demonios acababa de hacer?

Virgil se estremeció al oír que la puerta de la habitación se cerraba de golpe, y al mirarse al espejo, se dio cuenta de que estaba demacrado. Quiso ir en busca de Peyton para disculparse, pero no lo hizo. Se merecía que ella se fuera y no volviera a dirigirle la palabra nunca más. Por otro lado, no tenía sentido seguirla. Ella no podía querer que él formara parte de su vida, y menos ahora. No se había comportado mejor que los demás reclusos a los que había conocido, lo cual, de un modo perverso, era exactamente lo que había querido hacer. No tenía nada que ofrecerle. Él mismo tenía que entenderlo, y ella también.

Lo había dejado claro, pero se sentía muy mal.

—Eres un completo imbécil, como te ha dicho Peyton —murmuró.

Se lavó la cara con agua fría, y después se apoyó en la pared, sin fuerzas. ¿De verdad pensaba que aquella muestra de poder iba a empequeñecer a Peyton, que iba a convertirla en menos de lo que era? ¿Acaso pensaba que la dureza de sus actos iba a conseguir borrar lo que había empezado a sentir por ella?

No, en realidad no. No quería que Peyton le importara tanto, así que había tomado medidas para apartarla de su vida. No era justo conocer a alguien como ella justo cuando estaba tan perdido, y menos después de todo lo que había tenido que pasar. Ojalá pudiera relegarla a una parte distinta de su cerebro, o ahuyentarla para siempre. Mientras le hacía el amor con aquella brusquedad, mientras estaba perdido en la lascivia y la ira, había pensado por un segundo que había erradicado todos los demás sentimientos.

Sin embargo, en el momento final, al acariciarle un pecho, había notado algo. Una cosa que le hizo entender que no había ganado la batalla que estaba librando, y que hizo que se sintiera peor que nunca.

Ella no había dejado el medallón en la vitrina de cristal, con los otros recuerdos. Lo llevaba puesto.

Capítulo 15

John Hutchinson vio a Peyton alejarse apresuradamente del Redwood Inn Motel. Ella no lo vio a él porque no prestaba atención a nada, salvo a lo que tenía delante.

¿Estaba disgustada? Eso parecía. Iba corriendo, pese a que tenía una torcedura en el tobillo. ¿Qué había ocurrido en el motel? ¿A quién había ido a ver? ¿Y por qué no había dejado el coche en el aparcamiento? Había mucho sitio...

Seguramente no quería que nadie supiera que estaba allí. Esa tenía que ser la razón. A John no se le ocurría ninguna otra.

La siguió a cierta distancia, y la vio torcer la esquina y entrar en su coche, que estaba frente a una casa oscura, una calle más allá. El hecho de que ella hubiera recorrido más de una manzana, con la torcedura de tobillo, y bajo la lluvia, le confirmaba lo que le había dicho su hermana: que ocurría algo extraño.

Por suerte, él se había pasado por casa de un amigo antes de ir allí, o no habría coincidido con Peyton. Como sabía que Wallace se alojaba normalmente en aquel motel, había ido a hablar con Michelle, porque tal vez ella pudiera decirle quién era el misterioso acompañante de Wallace.

Sin embargo, nunca hubiera pensado que iba a ver a Peyton. Ella se había despedido diciéndole que tenía mucho trabajo, y no le había explicado que tuviera que salir.

Y, sin embargo, allí estaba...

John esperó hasta que el coche de Peyton se hubo alejado. Después volvió al motel. Al verlo entrar en la recepción, Michelle sonrió de una manera muy personal.

–Hola, guapo. ¿Qué haces por aquí?

Michelle, al contrario que Peyton, sí respondía positivamente. Sin embargo, a él no le importaban sus atenciones. La gente que era tan obvia con respecto a su soledad parecía desesperada.

–He venido a saludar –dijo–. ¿Qué has estado haciendo últimamente?

–No mucho. Trabajar y cuidar de los niños.

¿Acaso no se daba cuenta de que aquello no tenía el más mínimo interés?

–Muy ocupada, ¿eh?

Ella se alisó el uniforme, como si sintiera un poco de vergüenza por la mancha que tenía en la pechera.

–Como siempre. ¿Y tú? ¿Va todo bien en la cárcel?

–Eso es lo que yo me pregunto.

–¿A qué te refieres? ¿Estás preocupado por lo que pasó hace dos semanas?

Michelle se refería a la pelea. Él detestaba el hecho de que fuera del dominio público. La mayoría de sus conocidos tenían cuidado de no mencionarlo, pero ella no tenía demasiado tacto.

–No. No tengo nada de lo que preocuparme, porque no hice nada malo.

–Y todo el mundo lo sabe –le aseguró ella rápidamente.

El teniente que estaba investigando el caso no estaba completamente convencido de eso, pero él no quería hablar del tema, y menos con Michelle, que decía todo lo que se le pasaba por la cabeza. Así pues, decidió ir directamente al grano.

—Mi hermana me ha dicho que ha visto a Wallace en la ciudad esta semana.

—Sí, se alojó aquí, pero solo una noche.

—¿Y el tipo que estaba con él?

—Él sigue aquí. Está en la habitación quince, por si quieres hablar con él.

Así pues, su hermana tenía razón. Wallace tenía un acompañante en Raliberto; no era nadie a quien hubiera conocido allí. Él lo había llevado a Crescent City. ¿Por qué le había mentido Peyton? ¿Y tenía algo que ver con el extraño mensaje que había recibido ella, en el que Wallace le pedía que calmara a alguien? ¿A quién? ¿A aquel individuo misterioso?

—¿Cómo se llama? —le preguntó a Michelle.

—No lo sé —respondió ella—. La habitación está reservada a nombre del departamento, y yo no lo he conocido. Ni siquiera lo he visto, a decir verdad.

—¿No ha salido?

—No, en mi turno no.

—¿Y las camareras? ¿No lo han visto?

—No. ¿Por qué te interesa tanto ese tipo? Wallace vuelve la semana que viene, si te sirve de algo. Ha reservado una habitación para el martes.

Aquello también era interesante. Wallace no volvería tan pronto si no tuviera algo importante entre manos. Y, fuera lo que fuera, Peyton no podía hablar de ello. Incluso le había mentido para ocultarlo.

Aquello no tenía nada que ver con el pederasta al que él le había roto la cabeza. Era más grande. Mucho más.

En cuanto llegó a casa, Peyton dejó las llaves en el

mostrador, sacó el teléfono móvil del bolso y se dejó caer en el sofá.

El hecho de que hubiera permitido que Virgil la usara demostraba que había perdido el control de la situación. ¿Dónde estaba el respeto por sí misma? Era como si no pudiera mantenerse alejada de él, y eso la asustaba. Tenía que hacer lo que fuera necesario por recuperar las riendas de su comportamiento. Y el único modo de conseguirlo era confesar lo que había hecho.

De todos modos, tendría que decir la verdad. No era tan hipócrita como para ocultar un secreto de aquel calibre y seguir actuando como si no hubiera hecho nada reprochable. No quería convertirse en una mentirosa.

Sin embargo, si decía la verdad, ¿perdería su trabajo?

Posiblemente. El Departamento de Prisiones lo consideraría una falta de ética profesional, y le impondría un periodo de prueba. Tal vez la trasladaran a otro lugar, o incluso la relegaran a un puesto de categoría inferior. Aquella falta de profesionalidad suya había complicado una investigación en la que el departamento y el propio gobernador habían puesto muchas esperanzas. Le habían dicho que Virgil y ella iban a trabajar juntos, y, no obstante, ella se había acostado con él.

Eso no estaba bien.

¿A quién debía confesárselo?

Mientras intentaba contener las lágrimas, miró la agenda del teléfono hasta que llegó al número del director de la cárcel. Teniendo en cuenta la jerarquía de mando, debía contárselo a él. Sin embargo, era casi medianoche, y no podía molestarlo a aquellas horas.

Como temía perder los nervios o intentar justificarse a sí misma si esperaba más, pensó en decírselo a Rick. Estaría despierto todavía; lo último que había sabido era que el alguacil había llegado a la casa donde estaba Laurel para protegerla, y que Wallace iba a tomar un avión para Sacramento. Le había dicho que era un vuelo directo, así que a aquellas horas ya habría aterrizado, o por lo menos, aterrizaría en cualquier momento.

—No quiero hacerlo —gimió.

Rick no se iba a poner contento al saber lo que había ocurrido. Sin embargo, era más joven que el director, y seguramente más flexible con aquel tipo de cosas. Además, ella tenía la sensación de que él también había cometido muchos errores. Tal vez eso le convirtiera en alguien más comprensivo.

Marcó su número con los dedos temblorosos, pero su llamada fue transferida al buzón de voz. Treinta minutos después, mientras estaba paseándose por el salón, mordiéndose las uñas, Rick le devolvió por fin la llamada.

—¿Qué ha pasado? —preguntó directamente—. ¿Has hablado con Skinner?

—¿Dónde estás?

—De camino al coche, ¿por qué?

—Por curiosidad —respondió ella. No quería que estuviera acompañado cuando le diera la noticia.

—¿Has sabido algo de Skinner, o no?

—Sí.

—¿Y?

—Está... bien.

—¿Y va a seguir con el plan?

—Sí, por supuesto.

Wallace suspiró de alivio.

—Bien. Tenía miedo de que todo se hubiera ido al traste.

Peyton se agarró el medallón de Peyton, que colgaba de su cuello, y reunió valor para hablar.

—Bueno, hay un... problema.

—¿Qué problema?

—Me temo que tengo algo que decirte. No te va a gustar.
—¿Sobre qué?
—Sobre Virgil Skinner.
—Has dicho que estaba bien.
—Sí, pero... he tenido una relación inapropiada con él.
Un silencio lleno de asombro.
—¿Rick?
—¿Significa «inapropiada» lo que creo que significa?
—Sí.
—¿Te has acostado con él?
A Peyton se le encogió el estómago.
—Sí —dijo. Y más de una vez.
—¿Por qué? Dios Santo, tú que eres tan rígida con las normas... Nunca se me habría ocurrido pensar que pudieras hacer algo así. ¡Si casi no lo conoces!
Ella se estremeció.
—Ya lo sé.
Entonces, Wallace comenzó a despotricar.
—¡No puedo creerlo! Tal vez, si tú fueras otra persona, lo entendería. Tu amiga Michelle está tan ansiosa por un buen revolcón que casi saliva cuando conoce a alguien...
—Deja en paz a Michelle —le dijo Peyton—. Lo ha pasado muy mal este último año.
Él continuó como si ella no hubiera hablado.
—Pero tú no. A ti no hay nada que te afecte.
—Yo no acabo de pasar por un divorcio doloroso, como ella.
—Cuando estuvimos en la biblioteca el otro día, ni siquiera parecía que Skinner y tú congeniarais.
Ella acarició el medallón de Virgil, sintió su calor.
—Lo siento.
El tono de voz de Wallace cambió. Se hizo más suave.
—No te obligó a nada, ¿verdad?
—No.

–¿No, en absoluto?
–No, en absoluto.
El silencio se alargó tanto que casi fue insoportable.
–Todavía no se lo he dicho al director. No quería despertarlo. Pero... hablaré con él por la mañana.
–No.
Ella se detuvo en seco.
–¿Cómo?
–Él ni siquiera sabe que Skinner es un exconvicto. Y que se lo ocultáramos fue idea tuya, ¿no te acuerdas?
–Fue tu idea, en un principio. Tú nos mentiste a todos.
–Pero estaba dispuesto a hacer partícipe del secreto a Fischer una vez que tú lo descubriste.
–Eso ya lo sé. No es demasiado tarde. Tal vez sea el momento de desvelarlo todo.
–No. No le digas nada a Fischer, ni a ninguna otra persona, ¿entendido?
–¿Por qué? No estoy orgullosa de lo que he hecho, y debo enfrentarme a las consecuencias.
–Consecuencias –dijo él, con una carcajada de amargura–. Déjame que te diga cuáles van a ser las consecuencias. Empezarán con una serie de reuniones bastante incómodas durante las que tendrás que explicar con detalle tu comportamiento.
Ella se estremeció.
–Estoy dispuesta a ser franca.
–¿Aunque eso termine con tu carrera profesional?
–No puedo actuar pensando en cuál será el castigo.
–Además, tú no serás la única afectada.
–¡Cómo?
–Aunque esto te estropee oportunidades en el futuro, tu reputación juega en tu favor. Eso significa que seguramente, podrás conservar tu puesto, al menos por el momento. En vez de echarte a ti, echarán a Virgil.

—Entonces, que echen a Virgil —respondió Peyton con alivio. Eso era exactamente lo que ella quería conseguir.

—No lo permitiré. Lo tenemos todo previsto y preparado —replicó Wallace. Él ya estaba escribiendo el discurso de agradecimiento para su siguiente ascenso.

—Tal vez lo mejor sea ponerle punto final a este proyecto. No creo que Virgil esté seguro en Pelican Bay.

Él levantó la voz.

—¡Has hecho esto para conseguir lo que querías desde el principio!

—¡Eso no es cierto!

—¿No? A ti nunca te gustó la idea.

—¡Pero eso no significa que la haya saboteado!

—Entonces, escúchame. Ya has informado de tu comportamiento. Te he reprendido, tú has prometido que no volverá a repetirse, y la cuestión ha sido zanjada. Olvídalo.

—¿Que lo olvide? ¿Eso es todo?

—Sí. Considera que has limpiado tu conciencia. ¿A quién le importa que estuvierais juntos? No afecta a nada. ¿Crees que voy a desmantelar toda la investigación solo porque tú quisieras darte un revolcón con un delincuente recién salido de la cárcel?

Peyton apretó los dientes.

—No es un delincuente, Rick. Él no mató a su padre. No es muy diferente a ti o a mí.

—Sí lo es, Peyton. Ha matado. Eso le hace muy distinto. Si crees que no es peligroso, estás muy equivocada.

—Tú no lo conoces.

—¡Ni tú tampoco! ¿Te crees que por haberte acostado con él ya eres una experta? ¿Es que te has encaprichado de él?

—No —dijo ella—. No creo. Estoy un poco confusa. Pero sé que no quiero que nadie resulte perjudicado.

–Los únicos que van a salir perjudicados son los de la Furia del Infierno. Y espero que de una forma irreparable.

–Tú no sabes si el problema terminará así.

–He invertido mucho esfuerzo en esta investigación, y no voy a permitir que se vaya al traste por una cuestión de sexo. Te acostaste con él. ¿Qué importa? Los dos sois adultos, y fue una relación consentida. Mira, yo mismo estaba pensando en contratar a una prostituta para ese pobre tipo, después de todo el tiempo que se ha pasado entre rejas. Ahora ya no tendré que hacerlo.

Peyton se irguió.

–Gracias por tratarme con respeto, pese a mi error –dijo, con un hilillo de voz–. Significa mucho para mí.

–Eh, ya me darás las gracias cuando vaya por allí.

–¿Qué quieres decir?

–Que, siempre y cuando lo des gratis, yo soy el siguiente de la fila –dijo él, y colgó.

Tenía que estar bromeando. Wallace estaba casado, y ella no iba a permitirle que se le acercara. Esperaba que lo entendiera, pero no importaba si lo entendía o no. Lo averiguaría. Así que solo tenía que mantener las distancias con Virgil, y recuperaría el control de su vida.

Dejó el teléfono en el sofá, se quitó el medallón y fue a guardarlo en un cajón.

Capítulo 16

Eddie Glover se sentía como un muerto viviente. Como su esposa acababa de empezar a trabajar por las tardes en una tienda de manualidades, él había pedido el turno de noche en ADX Florence. Alguien tenía que estar en casa para atender a las niñas por la tarde, cuando volvían del colegio. Sin embargo, solo había pasado una semana desde el cambio, y su cuerpo todavía no se había adaptado. Después de pasarse ocho horas de pie durante aquel tiempo en el que normalmente dormía, se sentía atontado y falto de capacidad de reacción.

Era evidente que no tenía capacidad de reacción, ni tampoco de observación. No se dio cuenta de que un coche iba acercándose por su calle. El vehículo se detuvo ante el césped de su casa, y de él bajaron tres hombres blancos, que llevaban jerséis de algodón muy grandes y gorros de lana ceñidos. Cuando entendió lo que estaba ocurriendo, se quedó boquiabierto, mientras el más alto de los tres blandía una pistola ante su cara.

—¿Glover?

Eddie ni siquiera se molestó en ocultar su identidad. Aunque llevaba un abrigo, su uniforme tenía una etiqueta de identificación, y sería muy fácil comprobarla.

–¿Qué ocurre?

Con la ayuda de los otros dos, el hombre que se había dirigido a él lo arrastró hacia el porche de su casa. Eddie no podía permitir que entraran. Su esposa y sus niñas estaban dentro.

La adrenalina barrió las telarañas de su cerebro, pero de todos modos no podía hacer mucho por evitar que aquellos tres matones armados entraran si querían. Tenía el teléfono móvil en el bolsillo, pero sabía que le pegarían un tiro en cuanto intentara sacarlo. Solo contaba con la cerradura de la puerta y con la capacidad de hacerles razonar.

En cuanto se dieron cuenta de que la puerta estaba cerrada, el más alto de los tres, que tenía una línea de pelo que le recorría la mandíbula, y una barbilla ligeramente puntiaguda que le recordaba a la imagen con la que se representaba al diablo, lo empujó.

–Saque las llaves.

Las llevaba en el bolsillo del pantalón, pero no hizo ademán de sacarlas.

–No.

–¿Está de broma? –preguntó Diablo.

–No, en absoluto. No voy a dejar que entren en mi casa.

Ellos se quedaron sorprendidos. Sin embargo, Eddie no entendió por qué. Si aquellos hombres pensaban que iba a dejar que entraran, no tenían ni idea de lo mucho que quería a su familia.

–¿Qué ha dicho? –preguntó Diablo.

–No puedo permitir que entren. Pueden hacer lo que quieran conmigo, pero eso no va a cambiar.

–¿Eres idiota? –le preguntó otro de ellos. Era un hombre mucho más bajo, cubierto de tatuajes incluso por la cara. Tenía una mirada salvaje que le puso nervioso. Había visto muchas veces aquella mirada en personas que consumían drogas, y a menudo precedía a la violencia.

Hizo un esfuerzo por mantener la calma. Respiró profundamente. El pánico no iba a servirle de nada. Sin embargo, sería más fácil desactivar aquella situación si entendía por qué estaba sucediendo. Él llevaba diez años trabajando en la cárcel, y nunca había tenido un incidente.

–No soy tan tonto como para dejarles pasar.

–Entonces, te pegaremos un tiro aquí mismo –dijo Ojos de Loco, y le clavó el cañón de la pistola entre las costillas.

Ojalá sus vecinos fueran madrugadores. Sin embargo, nadie había encendido la luz todavía. Y los que se hubieran levantado estarían duchándose, no mirando por la ventana para ver si él había llegado a casa sano y salvo. Incluso su casa estaba a oscuras.

–Si me dicen lo que quieren, tal vez pueda ayudarlos –dijo–. Tengo la cartera. Está aquí. Podemos ir a un cajero.

Por los tatuajes que llevaban aquellos hombres, supo que pertenecían a una banda mafiosa. El tercero de los hombres, de estatura media y complexión normal, tenía tatuado en la mano un trébol con las letras AB. Eddie lo identificó. Era un tatuaje de la Aryan Brotherhood, la Hermandad Aria. Pensó que querían dinero. Tenía que ser eso. La Hermandad Aria no tenía ningún motivo para acosarlo. Él tenía buenas relaciones con los reclusos de Florence. Eso no significaba que perdonara sus actos, pero en su opinión, alguien que esperaba que lo trataran como a un ser humano debía tratar a los demás del mismo modo.

Diablo apartó a su amigo de un codazo.

–Si no quiere entrar a casa, vamos a meterlo al coche.

El coche no era menos peligroso para él, pero al menos, alejaría aquella amenaza de su familia.

Diablo se puso al volante y arrancó el motor. Ojos de Loco empujó a Eddie al interior y entró tras él. Trébol, que no había dicho una palabra, ocupó el otro asiento.

—¿Vamos al banco? —preguntó Eddie, mientras salían a toda velocidad hacia la calzada.

Nadie respondió. Tomaron varias curvas a toda velocidad, y cuando se dio cuenta de que iban hacia las afueras de la ciudad, Eddie supo que aquello no era un robo.

Al cabo de un rato, encontraron un camino de tierra que entraba en el campo. Por cómo conducían, aquello debía de ser un coche robado. Sin embargo, no estaba muy estropeado...

Y olía a coche de alquiler.

Aquellos hombres no eran de la ciudad.

Eso aumentó su confusión. ¿Qué ocurría?

Cuando, por fin, llegaron a una zona boscosa, el coche se detuvo, y todos salieron. Caminaron hacia la espesura, y una vez ocultos entre las ramas de los árboles, lo apoyaron contra un tronco y alzaron sus pistolas.

A él comenzó a latirle salvajemente el corazón. Observó a sus secuestradores y se preguntó si era así como iba a terminar su vida. Tenía la impresión de que iban a matarlo sin darle, tan siquiera, una explicación.

Sin embargo, el tipo más alto de los tres se adelantó.

—¿Se da cuenta de lo grave que es esto?

—Sí, señor —respondió Eddie.

—¡Sí, mejor que lo llames «señor»! —gritó Ojos de Loco.

Eddie lo ignoró. Él siempre llamaba «señor» a los reclusos; lo hacía desde que había comenzado a trabajar en la cárcel. Había decidido que podía juzgar y odiar a los hombres a los que custodiaba, o podía tratarlos con amabilidad, como enseñaba su iglesia.

—Si le pegamos un tiro y nos vamos, nadie lo encontrará aquí, señor Glover —dijo Diablo, devolviéndole la cortesía con la que él lo había tratado.

—Puede que tenga razón en eso —dijo Eddie.

—Entonces, ¿por qué no nos ayuda?

—Si me dicen lo que pasa, veré lo que puedo hacer.
—¿Qué sabe sobre Virgil Skinner?

Oh, Dios... no tenía nada que hacer. Aquello tenía que ver con la vida de un amigo.

Intentó pensar rápidamente. Después, empezó a hablar con la esperanza de parecer colaborador y profesional.

—Cumplió unos años de condena en USP Tucson. Lo trasladaron a ADX por un problema de conducta. Estuvo con nosotros durante casi un año, pero no causó ningún problema. Pasó unos meses en Florence, sin altercados, hasta que se demostró su inocencia y fue liberado, la semana pasada.

—Muy bien —dijo Diablo—. Y ahora, dígame dónde podemos encontrarlo, y lo dejaremos marchar.

Eddie estaba sudando tanto que se le pegaba el uniforme al cuerpo.

—No sé dónde está.

Diablo dio un paso hacia él.

—No creo que sea amable por su parte mentir. Y usted es un tipo amable. ¿Por qué no lo intenta de nuevo?

Trébol intervino.

—Es un guardia de la cárcel, tío. No puede saber mucho. Skin no se relacionaría con un apestoso guardia.

Diablo escupió al suelo.

—Eso era antes de que supiera que iban a exculparlo —dijo. Agitó el arma y se dirigió de nuevo a Eddie—. He oído decir que era muy amigo suyo. ¿Es cierto?

Skinner era el hermano que él siempre había querido tener. Nunca había sentido tanta admiración por nadie. Sin embargo, era extraño que hubieran tramado amistad, y él solo podía aferrarse a eso.

—No sé si éramos muy amigos. A mí me caía bien. Me parecía horrible que lo hubieran tratado de una forma tan injusta. Pero... era solo un interno más, ¿sabe? Uno no puede hacerse amigo de todos.

—Entonces, ¿no mantiene el contacto con él?
—No, señor.

Pensaba mucho en él, echaba de menos sus conversaciones, pero no se había puesto en contacto con él. Sabía que no podía hacerlo.

Ojos de Loco le echó tierra en los zapatos a Eddie.

—¿Quién lo recogió cuando lo soltaron?

—Supongo que su hermana. Creo que solo la tiene a ella. Yo no estaba allí.

—No, no fue su hermana –dijo Diablo.

—¿No? Entonces no lo sé.

Devil no quedó conforme.

—No me lo trago. Usted lo conocía demasiado bien como para no estar presente en el gran día.

Eddie estaba presente, por supuesto, cuando Virgil salió de la cárcel. Sin embargo, tenía que negarlo.

—Yo quise ir, pero no pude. Tenía a mis hijas, y mi mujer no me permite que las lleve cerca de la cárcel.

—Tu mujer lleva los pantalones en tu casa, ¿eh? –le dijo Ojos de Loco.

—¿Qué clase de amigo es usted? –le preguntó Diablo.

—Yo hago mi trabajo y me voy. No me lo llevo a casa.

En eso había algo de verdad. Tratar a los presos con respeto era una cosa, pero convertirlos en parte de su vida era otra. Eddie había hecho una excepción con Virgil porque Virgil era un hombre excepcional.

Diablo escupió otra vez.

—No lo entiende, señor Glover. Sabemos dónde vive.

A Eddie le flaquearon las rodillas. Tenían que creerlo. Tenía que decir algo para conseguir que lo creyeran.

—Les ayudaría si pudiera, pero no puedo. Se lo juro.

—No me va a dejar salida. Mire a este hombre –dijo Diablo, señalando a Ojos de Loco–. ¿Lo ve?

—Sí, señor.

—Está loco. Está dispuesto a matar a cualquiera. Mujeres, niños... No le importa. Ya sabe a qué me refiero. Los habrá conocido como él, trabajando donde trabaja.

—Nunca he tenido problemas con un preso.

—Pues va a tener problemas con mi amigo, porque nosotros necesitamos darle algo de información a nuestro jefe. Tenemos que averiguar adónde ha ido Virgil. No es mago, así que no ha podido desaparecer. Ha tenido que ir a algún sitio. Y creo que usted sabe dónde.

Eddie recordó el día en que Virgil le había dicho que el Departamento de Prisiones de California, junto al Departamento Federal de Prisiones, le había ofrecido un trato. Querían que les ayudara a desmantelar una de las bandas mafiosas más fuertes de Pelican Bay, y él iba a hacerlo. Eddie respetaba su decisión. Respetaba a Virgil.

—¿Y por qué cree que yo lo sé?

—Usted no es el único que tiene amigos en Florence. Sabemos que eran amigos, por mucho que usted sea uno de los guardias. Virgil y usted estaban juntos todo el tiempo posible.

Él no había mantenido en secreto su amistad con Virgil. Nunca había pensado que tuviera motivos para hacerlo. En aquel momento, lo único que podía hacer era intentar minimizarlo.

—Nos llevábamos bien, sí, pero no he vuelto a verlo ni a hablar con él.

—Eso no resuelve nuestro problema.

—No puedo ayudarlos. Yo solo soy un guardia que conoció a Virgil Skinner. No es de mi familia, ni nada por el estilo.

Diablo chasqueó la lengua.

—No quería que llegáramos a esto —dijo, y le hizo un gesto a Ojos de Loco para que disparara.

Eddie cerró los ojos y comenzó a rezar.

Trébol intervino.

−Si lo matáis, no conseguiremos nada.

−De todos modos no quiere hablar. ¿De qué nos sirve? −replicó Diablo.

Eddie continuó rezando. No quería traicionar a su amigo. Sabía que, si Virgil estuviera en su lugar, preferiría morir antes que traicionarlo. Estaba seguro de ello.

−La última oportunidad −dijo Diablo−. ¿Va a decirnos dónde está Virgil, o no?

−Lo dejaron libre...

−¡Sabes algo más que eso! −gritó Diablo, y de repente, le dio una patada tan fuerte que Eddie se dobló hacia delante, aunque no sintió el dolor. Estaba entumecido a causa del terror.

−Esto no funciona −dijo Trébol−. Vamos a dejar a este tipo en paz. Larguémonos.

Ojos de Loco se giró como si fuera a pegarle un tiro a su compañero, pero después se detuvo.

−Voy a conseguir que este desgraciado hable.

−¿Qué vas a hacer? −le preguntó Diablo.

−Esto −dijo Ojos de Loco. Se acercó a Eddie y bajó la voz−. Dinos dónde está Virgil Skinner, o te llevaré a tu casa y te obligaré a mirar mientras violo y mato a todos los que encuentre allí. Niños, niñas, no me importa. ¿Lo entiendes? No se salvará nadie.

A Eddie se le cayó una gota de sudor de la frente.

−¿Vale tanto Virgil como su familia, señor? −le preguntó Ojos de Loco burlonamente.

A Eddie se le derramaron las lágrimas. No. Por mucho que quisiera a Virgil, quería más a su mujer y a sus hijas. Y por eso, finalmente, les dijo lo que querían saber.

Capítulo 17

Rick estaba en el coche, parado en la cuneta de la carretera Interstate 5, cerca del aeropuerto de Sacramento. A cada lado había amplias extensiones de tierra de cultivo, pero podía verse el contorno de la ciudad recortado contra el horizonte, en la distancia. No era seguro estar allí, porque había mucho tráfico. Era lunes por la mañana, y la gente iba a trabajar. Sin embargo, él no estaba de humor para ir a trabajar, ni tampoco para volver a casa. Ya había estado allí después de que aterrizara su vuelo, pero se había marchado, porque había tenido una pelea con Mercedes. Desde allí, había ido conduciendo hasta Redding, y después se había dado la vuelta. Y ahora, esto. Acababa de recibir una llamada de un detective de Colorado, a quien le habían asignado la investigación de un intento de asesinato. La víctima era un guardia de prisiones de ADX llamado Eddie Glover, que quería hablar con él.

Era difícil entenderlo, y por ese motivo, Rick se había detenido en el arcén. Así podía concentrarse en la conversación sin preocuparse de la conducción. A Glover le habían pegado un tiro en el pecho hacía una hora. La bala le había perforado el pulmón, pero había conseguido hacer una llamada con su teléfono móvil. En aquel momento estaba en el hospital, a punto de que le administraran la anestesia para operarlo, pero se negaba en rotundo a que los médicos lo durmieran hasta que pudiera hablar con Rick Wallace.

Rick no sabía de qué lo conocía Glover. No lo supo hasta que un policía le puso al habla con él, y el guardia le dijo que La Banda había averiguado que Virgil trabajaba para el Departamento de Prisiones.

Rick no sabía por qué motivo Virgil había confiado en Glover. El guardia no podía hablar mucho, así que él no se lo preguntó. De todos modos no importaba. Lo que verdaderamente importaba era que toda la operación estaba en peligro.

¿Qué iba a hacer? Se miró en el espejo retrovisor, con rabia. Tenía muchos planes para aquella investigación. Había puesto muchas esperanzas en ella.

Era difícil aceptar que hubiera terminado antes de empezar.

¿O no? ¿Tenía que retirar a Skinner y devolvérselo a los federales?

No era difícil adivinar lo que diría Peyton. A ella nunca le había gustado la idea de ingresar a Skinner en Pelican Bay, y pensaría que aquello era la gota que colmaba el vaso. Sin embargo, él no estaba tan seguro. Solo porque La Banda supiera que Virgil estaba trabajando para el departamento, no iban a saber también que iba a entrar en Pelican Bay. Rick le había preguntado varias veces a Glover si había mencionado el nombre de la cárcel, y Glover, entre jadeos de dolor, le había respondido que no.

Un hombre que se había tomado tantas molestias para ponerse en contacto con él, estando en su situación, no se equivocaría al responder a aquella pregunta.

El detective que se había puesto más tarde al teléfono se lo había explicado un poco mejor. Le había dicho que, desde el momento en que había encontrado herido a Glover, este había estado intentando decirle que La Banda sabía que Virgil estaba haciendo un trabajo de informante en California. Decía que él no había mencionado dónde, que estaba convencido de que los hombres que lo habían tiroteado no lo sabían, y aquel era el motivo por el que habían apretado el gatillo. Estaban frustrados por no haber conseguido más información.

El detective también le dijo que, según Glover, La Banda tenía una estructura muy fuerte en California, y que no tardarían mucho en averiguar el paradero de Virgil. Sin embargo, Rick no pensaba lo mismo. Virgil no estaba utilizando su verdadero nombre, y en California había muchas cárceles. La Banda tardaría en encontrar a su antiguo miembro. Tal vez nunca lo encontraran. No eran personas sofisticadas, y no tenían formación. Eran un puñado de perdedores que estarían dispuestos a matar a su madre a cambio de unas cervezas.

Así pues, ¿por qué dejarse llevar por el pánico? Aquella investigación había tenido un componente peligroso desde el principio, y todo el mundo lo sabía. En su opinión, el nivel de riesgo no había aumentado tanto. Skinner podría arreglárselas. No sufriría ningún daño. Los presos como él eran supervivientes.

Y si Skinner resultaba herido... Bueno, no podía decir que le importara mucho. Y menos después de que Peyton le hubiera llamado para decirle que había tenido una relación inapropiada con él.

Todavía no podía comprender que Virgil hubiera conseguido acostarse con una mujer con la que él había estado soñando durante meses. Era un don nadie, pero debía de tener algo que a ella le gustaba. Tenía que reconocer que Peyton nunca había demostrado el más mínimo interés por él.

Pero tal vez lo hubiera hecho, si él no estuviera casado...

Apoyó la cabeza en el respaldo y recordó que le había prometido a su mujer que acudirían a la consulta de un terapeuta para intentar salvar su matrimonio. Sin embargo, después de la discusión de aquella mañana, en la que habían estado a punto de llegar a las manos, sabía que nunca iban a conseguir que lo suyo se arreglara. Era demasiado tarde. Él ya no soñaba con Mercedes. No pensaba nunca en ella cuando estaban alejados el uno del otro, y durante sus relaciones sexuales, ella se convertía en Peyton...

Tal vez lo que necesitaba era un suceso tan horrible como aquél para darse cuenta de que su matrimonio estaba acabado. De no ser por Mercedes, él podría continuar con su vida y emparejarse con una mujer que le resultara atractiva, como Peyton.

Unas luces se reflejaron en el espejo retrovisor, y Rick se sobresaltó. Se irguió en el asiento y vio que detrás de su coche había parado un vehículo de la policía. Estaban comprobando el número de su matrícula. Segundos después, el oficial utilizó el altavoz para pedirle que saliera del coche.

Se sintió avergonzado por su apariencia. Tomó el carné de conducir y la documentación y bajó. Se había puesto unos pantalones de chándal y ni siquiera se había afeitado ni peinado. Además, no había dormido durante las últimas veinticuatro horas, con lo cual tenía un aspecto muy desaliñado.

−No es aconsejable conducir con somnolencia, ¿no? Tenía mucho sueño, por eso he parado en el arcén.

−¿Ha bebido?

−¿A las nueve de la mañana de un lunes? ¿Acaso parece que estoy borracho? ¿Huelo a alcohol?

Su enfado debió de convencer al policía, porque no le hizo el test de alcoholemia. Miró hacia el interior del coche y, al no ver nada sospechoso, dijo:

—Este no es buen lugar para descansar, señor Wallace. Los coches van muy deprisa. Con el más mínimo derrape, habría un accidente. Le sugiero que pare en un área de descanso —le aconsejó mientras le devolvía el carné y los papeles—. La siguiente está a cinco minutos de aquí.
—De acuerdo.

El policía volvió a su vehículo, y en aquel preciso instante, pasó un camión con remolque que les lanzó una ráfaga de aire helado y húmedo.

—Vaya día de asco —murmuró Rick, mientras entraba en su coche.

Puso el motor en marcha y se metió entre el tráfico a la primera oportunidad. No tenía ningún motivo para desmantelar la investigación.

Y tampoco iba a hablarle a Peyton sobre Eddie Glover.

Peyton pasó una noche muy mala. Cuando por fin consiguió conciliar el sueño, tuvo sueños desagradables que la despertaron una y otra vez. Y cuando llegó la hora de levantarse, ni siquiera la ducha caliente que tomó le sirvió para calmar la tensión. No podía dejar de pensar en lo que le había ocurrido con Virgil en el motel.

Tenía sentimientos contradictorios con respecto al incidente. No era por la brusquedad de la relación sexual; le había resultado excitante poder provocarle una respuesta tan visceral a un hombre que se pensaba demasiado hastiado de todo como para necesitar a alguien. No; lo que a ella le molestaba era el rechazo posterior.

Pero, ¿qué esperaba de él? Ella quería casarse algún día, y formar una familia. Sin embargo, un hombre como Virgil no era el candidato idóneo, y menos para la subdirectora de una cárcel.

Miró el reloj, y se dio cuenta de que debía apresurarse.

Aquella mañana tenía una reunión con el teniente McCalley, de la Unidad de Servicios de Investigación. Se suponía que tenían que tomar una decisión con respecto al comportamiento de John.

Se puso un traje de chaqueta y unos zapatos planos, puesto que el tobillo todavía no se le había curado completamente. Entonces, se dio cuenta de que tal vez llegara tarde. Sería la primera vez que eso ocurriera desde que había comenzado a trabajar en Pelican Bay. Estaba claro que conocer a Virgil le había vuelto el mundo del revés...

Necesitaba recuperar el control. Aparte de su carga de trabajo habitual, tenía que prepararlo todo para que su ingreso en prisión al día siguiente...

Tomó un café y un bagel, y salió por la puerta tan rápidamente que estuvo a punto de pasar por alto una flor que había sobre la mesa del jardín. Era una rosa con el tallo muy largo. Alguien debía de haberla comprado en una floristería, o en la gasolinera, puesto que ni siquiera estaban en verano, y además, en el bosque que había alrededor de su casa no crecían rosales. ¿Quién la había dejado allí?

Entonces vio que junto a la mesa había una tarjeta que el viento había arrojado al suelo. Se agachó a recogerla y la abrió.

El remitente no había puesto su nombre, pero no era necesario. Solo había dos palabras en el papel, escritas con letra masculina: *Lo siento*.

Peyton llevaba varios años sin ponerse tan nerviosa por una reunión con un preso. Estaba demasiado habituada a trabajar en una cárcel como para alterarse por eso. Normalmente, incluso los reclusos más peligrosos la trataban con respeto. Tenía la impresión de que les caía bien a la mayoría de los hombres; o tal vez fuera algo más sencillo, que ellos disfrutaban viendo a una mujer que no fuera vestida de uniforme, para variar.

Según un estudio sobre el efecto que tenía la presencia femenina en una cárcel de hombres, los internos tenían mejor conducta cuando las mujeres estaban presentes. Las mujeres simbolizaban la consideración con los demás y la suavidad, en contraste con la dureza de la vida en prisión. Y así era como habían funcionado las cosas desde que ella trabajaba en Pelican Bay. Hasta cierto punto, ella ayudaba a que el director, el señor Fischer, tuviera una imagen de autoridad. La rutina del policía bueno y el policía malo funcionaba bastante bien. Ella les daba a los hombres la esperanza de que pudieran expresar sus dificultades, sus miedos y sus quejas ante alguien comprensivo, y a menudo, los reclusos lo hacían. Claramente, ella era más comprensiva que Fischer.

Sin embargo, aquella no era una reunión normal. Había pedido al sargento Hostetler que fuera a buscar a Buzz Criven y lo acompañara a la sala de reuniones, y estaba esperando con impaciencia. El teniente McCalley acababa de marcharse. Después de revisar el informe médico y las declaraciones de los implicados y de los testigos de la pelea, habían llegado a una conclusión sobre el comportamiento del sargento Hutchinson. Ella no estaba precisamente deseosa de hacer partícipe a nadie de aquella conclusión, y menos a John. Después de lo que él le había dicho después de la cena del día anterior, Peyton sabía que no pensaba que hubiera hecho nada censurable. Sin embargo, había traspasado ciertos límites y debía recibir un castigo, o ella no estaría haciendo bien su trabajo.

Se encargaría de aquel asunto más tarde, cuando hubiera hablado con Buzz. Solo eran las once, así que tenía tiempo de sobra.

Alguien llamó a la puerta, más pronto de lo que esperaba, y se sobresaltó.

—¿Peyton?
—Adelante –dijo ella.
Entonces, Fischer pasó a la sala. Debía de haber estado buscándola, y la había encontrado. Cerró la puerta y dijo en voz baja:
—Quería que me confirmaras que todo va según lo previsto para el... proyecto de Wallace.
—Todavía estoy trabajando en ello, pero no se preocupe. Estaremos preparados.
Esperaba que Buzz fuera el hombre idóneo. De lo contrario, tendría que buscar a otro.
Ella se giró y volvió a la cabecera de la mesa.
—¿Por qué? ¿Ha hablado con Wallace?
—Me llamó esta mañana para decirme que él ya había solucionado algunos otros asuntos de su incumbencia, y que estará aquí mañana por la mañana.
—Bien. Me alegro de oírlo.
Sin embargo, que ella supiera, Wallace no se había ocupado de ningún otro asunto. Trinity Woods estaba muerta porque él no se había tomado en serio las advertencias de Virgil. Por otro lado, ella lo había llamado dos veces aquella misma mañana, y él no se había molestado en responder. Sabía que eso iba a dejarla preocupada, después de lo que le había revelado, y, sin embargo, la había ignorado y se había puesto en contacto con Fischer.
¿Significaba eso que estaba más molesto con ella de lo que había pensado? Era probable. Sin embargo, no podía hacer nada por solucionarlo. Pensó en decirle al director lo mismo que le había confesado a Rick, pero se dio cuenta de que era demasiado tarde. Como no podía convencer al director de que suspendiera aquella investigación, no sería inteligente mencionarlo. Solo serviría para dejar a Virgil sin aliados en un entorno hostil en el que ella podía ayudarlo.

Para bien o para mal, ella debía guardar silencio. Y celibato.

—Hay una cosa más —dijo el director.

—¿Qué?

—No has hablado con nadie de esto, ¿verdad?

La gravedad de su tono de voz le produjo una punzada de miedo.

—¿Se refiere a nuestra conversación de la biblioteca?

—Sí.

—Por supuesto que no, ¿por qué?

—Un par de guardias han mencionado que hay cierta tensión entre los presos comunes. Me pregunto por qué.

—¿Es eso todo lo que ha oído?

—Sí, todo —respondió él, encogiéndose de hombros. Sin embargo, el director se había tomado la molestia de ir a buscarla para confirmar que había tenido la boca cerrada, cuando podría haberla llamado más tarde, a su oficina.

—¿Ha hablado con Frank Rosenburg y Joseph Perry? —le preguntó.

—Sí.

—Me han asegurado que no le han dicho una palabra de este asunto a nadie.

—¿Y usted lo cree?

—Por supuesto que sí. Como te creo a ti.

Ella no tuvo oportunidad de decir nada más. El sargento Hostetler había llegado con Buzz.

Fischer asintió para despedirse y se marchó al mismo tiempo que entraban los recién llegados.

Peyton tuvo la tentación de decirle a Hostetler que podía hacer la entrevista a solas. Quería hacerle a Buzz varias preguntas, y estaba segura de que el recluso sería más proclive a responderlas sin la presencia del guardia. Sin embargo, no podía actuar fuera de lo corriente. Hostetler se daría cuenta de que había algo distinto, y lo comentaría con el resto de los guardias.

—Tengo un problema —anunció.

Buzz miró hacia atrás, pensando que ella se dirigía al guardia. Peyton se acercó a él desde la cabecera de la mesa.

—Hablaba contigo.

A causa de varias alergias alimentarias y del síndrome del colon irritable, a Buzz le costaba ganar peso. Tenía ojeras, de modo que aquel no había sido un buen día para él. Sin embargo, el hecho de que estuviera enfermo no significaba que fuera una persona inofensiva. Tenía una naturaleza inquieta, y Peyton temía que fuera demasiado impredecible para sus propósitos. Tenía tatuajes hasta en la calva, y en parte de la cara, y eso le confería un aspecto de hombre endurecido, curtido, como seguramente era.

¿Cómo reaccionaría si ella ponía a Virgil en su celda? Era mucho más delgado y bajo que él, y eso complacía a Peyton. Quería que Virgil pudiera ganar en caso de que se produjera una pelea.

—Siento que tenga un problema, subdirectora. De veras, lo siento mucho, pero no hay nada que pueda hacer por ayudarla.

Ella arqueó las cejas.

—Ni siquiera sabes lo que sucede. ¿Por qué no te sientas para que pueda explicártelo?

—No se ofenda, subdirectora, pero preferiría no meterme en eso. No puedo hacerle ningún favor. Voy a salir muy pronto. Solo quiero terminar mi condena y marcharme, ¿sabe?

Pese a su pertenencia a una banda mafiosa, Buzz no había dado problemas desde hacía años. Su deseo de alejarse de ella y mantenerse apartado de los problemas hizo pensar a Peyton que tal vez aquel recluso pudiera salir adelante en el mundo real.

—Claro que lo entiendo —respondió Peyton.

Buzz se relajó un poco. Hasta que Peyton comenzó a hablar de nuevo y él se dio cuenta de que no iba a ceder.

—Pero yo sigo teniendo un problema.

Él la miró fijamente.

—¿Y qué quiere de mí?

Peyton se sentó al borde de la mesa.

—Hay cierta inquietud entre los presos. Es algo sutil, pero... Entiendes que yo me preocupe, ¿verdad?

—Por supuesto. Su trabajo es tener las cosas bajo control.

—Sí, es una manera de decirlo. Otra forma de decirlo es que no me gusta que nadie resulte herido. Por eso esperaba que tú pudieras decirme qué es lo que tiene tan inquieta a la gente.

—No sé de qué está hablando —dijo él, quejándose—. No pasa nada entre los presos comunes. Si pasara, yo lo sabría.

—Por eso te he hecho venir.

—Pues... no tengo nada que decir.

—Entonces, ¿por qué estás tan nervioso?

Él se secó las palmas de las manos en las perneras del pantalón.

—Si usted estuviera en mi lugar, también se habría puesto nerviosa. Tener que venir a verla no es una buena cosa, y yo no quiero problemas.

—Yo tampoco. Por eso te he pedido ayuda.

—Pero es que ayudarla a usted es un problema. Yo no soy un soplón, subdirectora. Si lo cree así, me ha confundido con otro. ¿Entiende?

—¿Acaso informarme de lo que ocurre entre los presos comunes es lo mismo que delatar a alguien? Ahora sí que estoy preocupada —dijo Peyton, poniéndose en pie.

—Yo no he dicho eso.

—¿Y qué has dicho, entonces?

–Los muchachos están nerviosos, eso es todo. Ya sabe... por la niebla y el frío. El infierno no es la mejor época para estar en la trena.

–Así que no vas a decirme lo que pasa.

–No puedo decirle nada. Con una sola palabra de más, me considerarán un soplón, y eso es una sentencia de muerte segura. Usted lo sabe tan bien como yo.

–Muy bien. Si no quieres hacerme este pequeño favor, yo tampoco te haré favores a ti.

–¿Cómo?

–Mañana llegan algunos trasladados.

–Eso no tiene nada que ver conmigo.

–Ahora sí. Hay un hombre que se va a unir a nosotros, porque los buenos compañeros de Corcoran están cansados de tener que tratar con él.

–¿Es por mala conducta?

–Sí.

Buzz se puso en pie de un salto.

–No me diga que...

–Va a ser tu nuevo compañero de celda.

–¡Ah, no! No quiero ningún compañero de celda. Estoy muy bien como estoy. ¡Solo me queda un mes de condena! ¿Y si me toca un animal que me hace la vida imposible?

Hostetler le gruñó a Buzz que se calmara, pero Peyton le hizo un gesto al sargento para que se apartara.

–Necesitará a alguien que pueda dar un buen ejemplo, alguien que le enseñe a evitar los problemas. Tú eres el candidato perfecto.

–Póngalo en el Módulo de Aislamiento.

–Si no se comporta como es debido, allí es donde irá. Sin embargo, vamos a darle la oportunidad de que sea un hombre cabal. Ya sabes cómo funcionan las cosas aquí.

–Ese es el problema –gruñó Buzz–. Que sé cómo funcionan.

—Si quieres, podríamos hacer un trato...
—No, ni hablar.
—Muy bien. Entonces, mañana conocerás a tu nuevo compañero de celda.

Él soltó una imprecación entre dientes, pero Peyton no reaccionó, porque no pudo oírla, en realidad. El sargento Hostetler se acercó para llevarse a Buzz.

Cuando se quedó a solas, Peyton volvió a su asiento con cierta esperanza. Había encontrado para Virgil un miembro de la Furia del Infierno con el que ella se sentía más o menos conforme, y había establecido el contexto para su ingreso. Si no se había confundido al etiquetar a Buzz, él iba a quejarse hasta la saciedad, y todo el mundo estaría esperando a Virgil cuando apareciera.

Un momento después, un guardia llamado Gibbs se asomó por la puerta.

—Entonces, nos llega un tipo difícil, ¿no?

¿Cómo lo había oído? La puerta estaba cerrada. Seguramente, había intentado escuchar. Pero... tal vez no. La vida en la cárcel tenía un ritmo determinado, e incluso el más ligero de los cambios ponía a todo el mundo sobre aviso.

—Sí, uno de tantos.

Sonrió, como si no fuera nada del otro mundo. Sin embargo, no tenía ni idea de cómo iban a sacar adelante lo que estaban tratando de hacer, y menos ahora. El director la había asustado con sus preguntas sobre la inquietud de los presos comunes. Si los reclusos tenían alguna noticia de lo que iba a pasar, estarían más vigilantes que nunca. Y aquella tensión podía provocar cualquier cosa...

Capítulo 18

John Hutchinson era la última persona a la que quería ver Peyton, y menos en aquel momento, cuando estaba a punto de salir de la cárcel. Había trabajado más horas de lo normal, y eso, sumado al estrés que sentía y a lo que había ocurrido aquel fin de semana, la había dejado exhausta. Shelley, su secretaria, se había ido a casa hacía una hora. Ella quería seguir su ejemplo y marcharse, preferiblemente sin hablar con nadie.

Sin embargo, al ver la expresión de John, supo que no podía evitar aquella conversación. Debían de haberle dado las malas noticias.

–¿Puedo hablar contigo? –le preguntó John, en un tono cortante.

Ella se había puesto en pie en cuanto él se había asomado al despacho. No quería enfrentarse a las emociones de aquella situación en particular, y estuvo a punto de decirle que tenía que esperar hasta el día siguiente. Sin embargo, se sentía obligada hacia todos los trabajadores de la cárcel, y más hacia un guardia que estuviera tan disgustado. Se resignó a quedarse unos minutos más y respiró profundamente.

–Por supuesto. Pasa, por favor. ¿El teniente McCalley ha hablado contigo?

—Sí —respondió él.

Suponiendo que John iba a sentarse frente a ella, Peyton se hundió en su silla.

—Lo siento, John.

Sin embargo, él estaba tan agitado que no se sentó.

—Entonces, ¿vino a verte a ti? ¿Tú sabías esto?

—Por supuesto. Nos reunimos esta mañana. Después de revisar todo el expediente con el máximo cuidado, no he tenido más remedio que estar de acuerdo con él. Mereces la suspensión. Cometiste un error muy grave.

—¡Pero yo no quería hacerle daño a nadie!

—Fuiste demasiado lejos, John. ¿Y si Bentley Riggs hubiera muerto a causa de esa patada?

—No murió. Está perfectamente. Está tan bien que va diciéndole a todo el mundo que algún día me las hará pagar todas juntas.

Ella no se dejó manipular. Nadie estaba juzgando a Riggs en aquel momento.

—Se cayó y se rompió el cráneo cuando le diste la patada. Y hay... No, no importa.

—¿Hay qué?

Ella no quería entrar en aquello, pero sabía que le debía una explicación. Así pues, terminó la frase.

—Hay gente que dice que utilizaste la pelea como excusa para llevar a cabo la agresión.

—¿Me estás tomando el pelo? ¿Quién lo ha dicho? ¿Los otros presos? Como si ellos fueran a salir en mi defensa.

—No solo los presos —respondió ella. Y aquello era lo más sorprendente...

La mirada de John se volvió tan fría que Peyton se echó a temblar. Nunca lo había visto así.

—¿Quién, entonces? ¿Rathman? ¿Ulnig? ¿Mis compañeros? ¿Ellos dicen que me pasé de la raya?

—Prefiero no entrar en quién dijo qué. A nadie le gusta

lo que hay que hacer, y menos a Rathman y a Ulnig. Pero nosotros hemos hablado con todo el mundo, con los que era más probable que te defendieran y con los que era más probable que te acusaran de algo indebido. Has tenido un trato justo.

—¿Cómo voy a tener un trato justo cuando tú piensas que agredí deliberadamente a un preso?

—Si yo creyera eso de verdad, te habría despedido. Sabes que lo he hecho con otros. A ti te he concedido el beneficio de la duda.

Él apretó tanto el respaldo de la silla que se le pusieron blancos los nudillos.

—Hubo una pelea. Tenía que pararla, y rápido.

—La pelea había terminado, John. Todo el mundo dice que ya los habías separado. Nosotros no hemos podido determinar cuál era tu intención, y por eso hemos decidido suspenderte, y no despedirte.

—Si no hubiera actuado, esos dos habrían vuelto a pegarse.

—Pero ya tenías ayuda en ese momento. Y alguien te oyó decir que ibas a darle una lección a aquel desgraciado.

—Yo no dije eso.

—Hay dos testigos.

—Oh, vamos. Tú has sido guardia de prisiones. Ya sabes cómo son las cosas. Cuando tienes una descarga de adrenalina, actúas sin más.

—Como he sido guardia, comprendo las dificultades de este trabajo. Pero eso no cambia lo ocurrido. No puedes permitir que el mal humor o la adrenalina te hagan perder los estribos.

Él se rascó la cabeza con un gesto de frustración.

—Piensa en lo que vas a hacer. Si los periódicos se enteran de esto, no solo me van a arrastrar por el barro a mí. Irán detrás de la institución.

Peyton lo sabía. Ya lo había visto antes. Se habían producido malos tratos por parte de los guardias, y denuncias de torturas que habían dado lugar a querellas y juicios. Sin embargo, desde que ella había empezado a trabajar allí, había hecho todo lo posible por mejorar la reputación de aquella cárcel, e intentaba que los guardias fueran lo más honrados posible. No quería que Pelican Bay fuera conocida por la crueldad de sus métodos, y menos después de todo lo que había trabajado. Y tampoco por el hecho de que John no pudiera controlar su temperamento.

—El teniente McCalley y yo también hemos tenido en cuenta eso, John, pero lo que hiciste nos pone a todos en muy mal lugar.

Él la atravesó con la mirada.

—Espera… ¿me estás castigando a modo de seguro, por si se hace público el incidente, para que nadie pueda reprocharte nada a ti?

Ella se impacientó y se puso en pie.

—Te estoy castigando porque te lo mereces.

—No. Lo que pasó en esos pocos segundos podía haberte pasado a ti, o a cualquier otro.

Ella no lo creía, pero no tenía sentido seguir discutiendo. La próxima vez que él cometiera una falta como aquella, si eso sucedía, sería despedido, y John tenía que entenderlo.

—Tienes una segunda oportunidad, John. Deberías estar agradecido.

—¿Agradecido? —preguntó él, con una carcajada de amargura.

—La suspensión solo dura dos semanas. Te aconsejo que disfrutes de esos días libres y tomes fuerzas para volver al trabajo y hacerlo mejor.

—Decir eso es fácil para ti. Tú no estás pagando la manutención de tus hijos, ni intentando mantener dos casas con lo que gana un oficial de prisiones.

—Tienes algo de tiempo para prepararte para la pérdida económica. Tu suspensión no empieza hasta el mes que viene. Aparte de eso, me temo que no puedo hacer nada más por ti. Lo siento.

Durante un segundo, ella pensó que él iba a burlarse de ella diciéndole algo como «Seguro que sí», pero entonces, él hizo un esfuerzo por mejorar su tono de voz y su comportamiento.

—Estoy seguro de que has hecho todo lo posible por mí.

A Peyton no le gustó aquella respuesta. Él seguía intentando forjar lazos entre ellos, y ella no podía permitirlo.

—He hecho lo que haría con cualquiera en las mismas circunstancias.

—Claro, claro –dijo él, con una sonrisa irónica–. Tú nunca elegirías favoritos. Siempre eres muy… cuidadosa.

—Soy justa –dijo ella.

—Claro.

Peyton pensó que él iba a marcharse ya. No había nada más que decir. Lo ocurrido había creado mucha tensión en su relación. Dudaba que él le llevara más cenas. Sin embargo, John continuó allí, tamborileando los dedos sobre el respaldo de la silla. Entonces, se fijó en la rosa que le había regalado Virgil, y que ella había puesto en una taza alta con agua sobre su escritorio.

—¿Es de un admirador secreto?

Peyton no sabía por qué había llevado la rosa al trabajo. También se había quedado con la tarjeta. Claramente, no estaba haciendo lo idóneo para olvidarse de Virgil en el sentido romántico. Sin embargo, su disculpa era importante para ella. Seguramente, porque su casa no estaba cerca del motel, lo cual significaba que él había tenido que caminar durante horas.

—No. Es solo un toque de color.

—¿De dónde?

—La compré de camino al trabajo.

—Es muy bonita —dijo él, mientras se ajustaba el cinturón del uniforme—. ¿Y qué tal fueron las cosas anoche?

—¿Las cosas?

—Después de que yo me fuera. Dijiste que tenías mucho trabajo.

¿Adónde quería llegar con aquellas preguntas?

—Adelanté un poco. ¿Por qué?

—Es difícil estar bajo tanta presión todo el tiempo.

Lo que él le había hecho a Bentley Riggs no había facilitado su trabajo, precisamente.

—Lo sobrellevo.

—Me alegro de saberlo.

Por fin, él se encaminó a la puerta. Se despidió agitando la mano, pero Peyton se dio cuenta de que su sonrisa era falsa.

Ya no eran amigos.

Virgil no tenía ni idea de cómo iba a ser su recibimiento. En cierto modo, aquel era el último lugar al que debería ir. Y, sin embargo… era el único lugar en el que quería estar. No podía volver al motel antes de que oscureciera. Por muy sutil que fuera, había despertado cierta curiosidad en la gente de la recepción. Todo había empezado cuando él le había dicho a la camarera que no era necesario que limpiara, y la encargada le había llamado para preguntarle si todo estaba en orden.

¿Y por qué no iba a estarlo? No había hecho nada extraño; había más gente que rechazaba el servicio de habitaciones si tenía suficientes toallas. Así pues, ¿por qué se había vuelto tan solícita aquella tal Michelle de la recepción? Incluso le había hecho una broma, diciéndole que la gente estaba empezando a sentirse intrigada por el misterioso hombre del Departamento de Prisiones y Reinserción de California.

Él no podía permitirse suscitar aquel interés, y menos veinticuatro horas antes de entrar en Pelican Bay. Era más inteligente alejarse de la ciudad. Había tenido que darse una larga caminata, la segunda de aquel día, y ya llevaba dos horas esperando en la terraza de Peyton, pero allí, en el bosque, estaba más seguro, porque nadie podía verlo ni hacerle preguntas.

Sin embargo, después de lo que había ocurrido entre Peyton y él la noche anterior, dudaba que Peyton se alegrara de verlo en su casa. La flor y la tarjeta no estaban sobre la mesa, lo cual quería decir que ella las había encontrado, pero eso no quería decir que lo hubiera perdonado. Cabía la posibilidad de que no quisiera verlo. El día anterior había sido muy cruel. La frustración, y otras emociones, se habían apoderado de él, pero eso no era problema de Peyton. Seguramente, ella pensaba que él era un monstruo sin sentimientos.

Se preguntó qué pensaría Peyton si supiera que se trataba exactamente de lo contrario. Ella le hacía sentir demasiadas cosas, y aquella avalancha repentina de todo lo que le había faltado hasta entonces lo desequilibraba. Como todavía no había podido adaptarse al mundo exterior, su comportamiento estaba fuera de control.

Volvió a recordar el momento en el que había palpado su medallón entre los senos de Peyton. Había sentido una euforia que había coincidido con su clímax, y después, una oleada de arrepentimiento tan fuerte que casi no había podido mantenerse en pie.

Oyó el ruido del motor de un vehículo y se puso en pie. Peyton había llegado a casa. Se acercó a las escaleras para que lo viera y no se asustara, pero descubrió que no era ella. Era Rick Wallace. Aunque había oscurecido, Virgil distinguía perfectamente entre el Chevrolet Impala de Wallace y la furgoneta de Peyton.

Wallace aparcó junto a la acera, salió del coche y sacó su maletín del asiento trasero. Virgil estuvo a punto de avisarlo, pero estaba molesto con él. Lo había llamado varias veces aquel día, pero Wallace no se había molestado en devolverle la llamada. ¿Era mucho pedir que le explicara cómo estaba su hermana?

A Wallace no le importaban ni Laurel ni él. Estaba usándolos para ascender en su carrera profesional. Nada más.

Wallace llegó a la mitad de las escaleras antes de verlo. Se sorprendió tanto que estuvo a punto de caerse.

—¿Qué demonios? —gruñó, agarrándose a la barandilla.

Virgil se apartó para que él pudiera entrar en la terraza.

—¿No has podido llamarme para decirme cómo está Laurel?

—He estado muy ocupado.

Virgil tuvo la sensación de que había algo más. Wallace ni siquiera lo miraba. Aquel tipo se había tomado unas molestias absurdas para impresionarlo el viernes anterior. A Virgil le entraron ganas de reírse al acordarse de cómo había alardeado de su vida, de su trabajo y de todo el dinero que ganaba. Sin embargo, en aquel momento, Wallace parecía otro, casi estaba... taciturno.

¿Por qué estaba tan disgustado? ¿Acaso le había ocurrido algo a Laurel?

—¿Está bien Laurel? No me mentirías en eso, ¿verdad? ¿Está a salvo?

—Por supuesto que sí. Está a muchos kilómetros de Florence, en una casa protegida, con un alguacil de los Estados Unidos. Ella y sus niños. Nadie los va a encontrar, y mucho menos les va a hacer daño.

—¿Puedo hablar con ella?

–No.
–¿Por qué no?
–Es mejor que no tengáis contacto hasta que las cosas hayan terminado.

¿Mejor para quién? Para él no, y para Laurel tampoco. Virgil creía que podían comunicarse de una manera segura, por lo menos hasta que él estuviera dentro de la cárcel.

–Puedo utilizar una cabina telefónica.

Wallace alzó ambas manos.

–Mira, estoy agotado, así que no insistas.

Virgil se cruzó de brazos. Esperaba que Wallace le preguntara cómo sabía dónde vivía Peyton, y había pensado en decirle que ella lo había llevado a su casa para darle información sobre la Furia del Infierno. Eso era cierto. Su primera visita había sido muy inocente, aunque eso hubiera cambiado después. Sin embargo, Wallace no se lo preguntó, y Virgil se sintió todavía más incómodo.

–¿Qué ocurre?
–Nada –dijo Wallace.
–¿Es que viajar te estresa mucho?

Wallace lo atravesó con la mirada.

–Entre otras cosas.
–No me has preguntado qué hago aquí –dijo él.

La malevolencia de la mirada de Wallace le causó sorpresa. ¿Qué demonios le ocurría a aquel tipo? Nunca le había caído bien, pero no pensaba que hubiera animadversión entre ellos. Y de repente, ¿se habían convertido en enemigos?

Wallace sabía lo de Peyton. Tenía que saberlo, pero, ¿cómo?

Para ver mejor la expresión de su rostro, Virgil se acercó a él, pero Wallace se dio la vuelta.

–Esa es una buena pregunta –dijo–. ¿Qué estás haciendo aquí?

—Esta mañana, la encargada del hotel llamó para preguntarme si estaba bien.
—¿Y qué?
—Me dio la impresión de que tenía curiosidad, no de que estuviera preocupada, así que me marché.
—Eres un paranoico.
¿Acaso Wallace se había olvidado ya de Trinity Woods?
—Eso es lo que pensaste cuando te dije que mi hermana estaba en peligro. Tuve que presionarte para que fueras a buscarla a Florence. Si hubieras esperado hasta el lunes, tal y como habías planeado, ella habría muerto en vez de la niñera.
—Eso es distinto.
—¿Por qué?
—¿Por qué iba a sentir curiosidad la encargada del Redwood Inn? Tú solo eres uno de los clientes del establecimiento.
—No. La habitación está a tu nombre, y eso nos relaciona. Y hay mucha gente de esta ciudad que está pendiente de lo que tú haces, porque se ganan la vida en la prisión.
—¿Y qué? Yo me quedo siempre en ese hotel, y traigo gente frecuentemente a la ciudad, para asistir a una reunión o para enseñarles el centro penitenciario. ¿Qué ha hecho la encargada que pudiera parecerte sospechoso?
—Me dio una impresión rara y decidí marcharme de allí. ¿Por qué iba a arriesgarme?
Wallace suspiró, por fin, y puso el maletín sobre la mesa.
—¿Te vio bien?
—No, no creo que pudiera. Me escabullí mientras ella recibía un paquete postal.
—Y entonces, llamaste a Peyton para que fuera a rescatarte —dijo Wallace con un tono de desaprobación.
—Yo no he llamado a Peyton para nada. Ni siquiera tengo su número de teléfono.

—Si ella no te ha traído, ¿cómo has llegado hasta aquí?
—He venido andando.
—¿Has recorrido dieciséis kilómetros?
—Sí —dijo Virgil.

Había hecho el mismo recorrido la noche anterior, para dejarle la rosa a Peyton sobre la mesa. Había tardado unas dos horas de ida, y otras dos de vuelta. Sin embargo, no le importaba hacer ejercicio. Después de estar encerrado durante tanto tiempo, era gratificante poder ir donde quisiera.

¿Cómo iba a sentirse cuando estuviera de nuevo encerrado? No iba a ser fácil. La libertad de la que había podido disfrutar aquellos días era embriagadora.

El hecho de saber que Peyton iba a estar allí, en la cárcel, sería lo único que lo convertiría en algo tolerable. Virgil no quería analizar el motivo.

Wallace miró a su alrededor.
—¿Y dónde está ella?
—No la he visto.

Wallace consultó la hora en su reloj.
—Seguramente, todavía no ha llegado a casa del trabajo. ¿Estás listo para tu ingreso en la cárcel?
—Sí.
—¿Peyton te ha dado información sobre quién es quién en la Furia del Infierno?
—Sí. Me trajo aquí el viernes, me mostró fotografías y me contó todo lo que sabe de ellos.

Se oyó un coche que se acercaba. Rick se acercó a la barandilla, pero Virgil se quedó un poco apartado. Ninguno de los dos dijo nada mientras ella subía las escaleras. Seguramente, el coche de Wallace le había dado a entender que tenía compañía.

—¿Qué estás haciendo aquí? —le preguntó a Rick.

Entonces, Wallace tampoco se había comunicado con ella.

–He pensado que sería mejor que viniera a ocuparme de mis intereses.
–¿Y cuáles son?
–Que la operación tenga éxito, por supuesto.
–¿Y el venir hoy va a servir más que venir mañana?
–Aquí soy necesario –dijo Wallace, y señaló a Virgil–. Nuestro amigo tiene miedo de quedarse en el hotel. Supongo que Michelle ha demostrado algo de interés. Y yo no quisiera que él fuera una molestia para ti.

Cuando ella se giró hacia él, Virgil se dio cuenta de que todavía no lo había visto. Se le separaron los labios, pero aparte de eso, no demostró su sorpresa de ningún otro modo.

Gracias a Wallace, Virgil se sintió completamente expuesto. Podría haberse escondido sin aparecer por allí, tal y como él había dicho. Había ido a casa de Peyton porque quería verla, y eso tenía que ser evidente.

–Ahora ya ha oscurecido, así que puedo volver al hotel –dijo, y pasó por delante de ellos.

Ojalá Peyton hiciera algo para demostrarle que lo había perdonado. Pero ella no hizo nada. Apartó la mirada como si no pudiera soportar verlo, y dejó que se marchara.

Capítulo 19

Wallace observó a Peyton mientras Virgil se iba. Por cómo lo miraba, pensó que iba a salir corriendo tras él, y eso le molestó. Sin embargo, Peyton se contuvo, y Rick se colocó frente a ella para asegurarse de que no siguiera aquel impulso. Le indicó la puerta y dijo:

−¿Entramos?

−¿Qué estás haciendo? No puedes permitir que vuelva al motel.

−¿Por qué no?

−¡Porque no es seguro! Si Michelle lo tiene bajo su radar, no lo va a olvidar. No querrás que ella empiece a hablar. Si lo hace, todo Crescent City empezará a preguntarse quién es Virgil.

−Virgil.

−Así es como se llama.

Aquella muestra de familiaridad lo volvió loco.

−¿Y qué quieres que haga? ¿Que le reserve una habitación en otro sitio? ¿Y cómo sabemos que así no vamos a empeorar las cosas?

Ella se mordió el labio.

−No es necesario. Los dos podéis quedaros aquí. Estaremos un poco apretados, y será raro, teniendo en cuenta la situación, pero es solo una noche, y así sabremos que está a salvo. Eso es lo más importante.

—¿Es ese el verdadero motivo por el que quieres que se quede aquí? ¿Para que esté a salvo?

—¡No seas absurdo! Mi ofrecimiento sirve para proteger tu plan. Si él vuelve al motel, acudiré a la prensa si es necesario, pero impediré que ingrese en prisión. O hacemos todo lo posible para garantizar su seguridad, o lo liberamos de toda obligación y lo dejamos libre.

Rick no quería que Virgil Skinner se acercara a Peyton después de lo que había ocurrido mientras él no estaba. Necesitaba pasar algo de tiempo a solas con ella para hacerle entender que estaba disponible. En cuanto ella lo supiera, perdería el interés por Virgil. Por otra parte, ella podía ser muy obstinada, y tenía sentido que los tres se alojaran allí.

—Voy a buscarlo.

Estaba muy guapa a la luz de la luna. Él llevaba meses fantaseando con ella; seguramente, años. Entonces, ¿por qué no había explorado las posibilidades que había entre ellos? ¿Por qué no se había preparado para lo que quería en aquel momento, al menos flirteando con ella?

Porque era demasiado práctico. Con una noche de sexo barato con una stripper tenía suficiente para mantener el interés de su vida sexual sin hacer peligrar su trabajo. Sin embargo, ahora que iba a divorciarse de Mercedes, había llegado el momento de pensar cómo iba a sustituirla.

—Si lo traigo, ¿vas a estar agradecida? —le preguntó en tono de broma.

—¿Agradecida?

—Ya sabes, ¿vas a hacer que me alegre de haberlo traído?

En vez de devolverle la sonrisa, ella lo miró con extrañeza.

—No entiendo muy bien qué quieres decir.

Aquello era un cambio muy repentino, muy brusco. Rick decidió no presionarla.

—Solo era una broma.

—No, no es verdad. Me tratas de una forma distinta después de lo que te he contado sobre anoche.

—Pero no porque te lo reproche. Sé que sufres mucha presión, y llevas sin tener una relación sentimental casi desde que te conozco. No puedo culparte por aprovechar algo que tenías al alcance de la mano, algo tan fácil.

Rick pensó que ella se sentiría aliviada al oír aquello. En su opinión, era una respuesta muy generosa, pero no pareció que ella la apreciara mucho.

—No, las cosas no fueron así.

—Entonces, ¿cómo fueron?

—No quiero hablar de ello. No debería habértelo contado.

—Yo me alegro de que lo hicieras.

—¿Y por qué ibas a alegrarte? —preguntó Peyton. Parecía que se había quedado asombrada con su reacción, y era lógico. Ella no entendía que todo había cambiado.

—Porque eso demuestra que confías en mí, y me ha empujado a tomar una decisión que debía haber tomado cuando te conocí.

La tomó del brazo, y Peyton miró su mano como si fuera a salir corriendo.

—¿Qué decisión?

—Hoy he roto con mi mujer.

Ella se quedó horrorizada y disgustada, y él tuvo que admitir que la ruptura de su matrimonio había sido muy repentina. Nunca había dado ninguna señal de que pudiera tomar una decisión tan drástica; casi ni él mismo podía creerlo. Si Peyton no le hubiera contado lo que había ocurrido entre Skinner y ella, él habría seguido luchando con Mercedes indefinidamente, pero el hecho de saber que Peyton se había acostado con otro hombre, con un hombre tan poco digno de ella, le había empujado a actuar. Si no podía arreglar aquel matrimonio, ¿por qué seguía atrapado en él? Era mejor empezar de nuevo con alguien que no estuviera enfadada, amargada y abandonada. Alguien que entendiera su trabajo, que formara parte de él. Además, con su apoyo, ella también seguiría ascendiendo. Formar una pareja sería perfecto para los dos.

–¿Qué has dicho? –susurró Peyton.

–Que he dejado a mi mujer.

–¿Por qué?

–Porque mi matrimonio ya no funcionaba. Yo ni siquiera me había dado cuenta de lo desgraciado que era hasta esta mañana, cuando he comprendido lo diferente que podía ser mi vida –dijo. Y la de Peyton también, aunque de aquello no dijo nada.

–¿Y tus hijos?

–Tendremos la custodia compartida, como millones de parejas divorciadas. No era lo que quería para ellos, pero sobrevivirán. Yo sobreviví, ¿no? Y no puede haber un divorcio más amargo que el que tuvieron mis padres. Mercedes y yo no lo haremos tan duro.

Por suerte, ella no mencionó que él no podía controlar a Mercedes, que tal vez no tuviera forma de minimizar las dificultades. Contaba con el amor que su mujer sentía por los niños, pero ella se había deprimido tanto durante aquellos últimos años, que él no estaba completamente seguro de cómo iba a reaccionar.

Tampoco le gustaban las repercusiones económicas de la separación, pero imaginó que era preferible tragar con eso y comenzar de nuevo, mejor que permitir que aquel matrimonio siguiera deteriorándose, o hasta que tuviera mucho más que perder. Peyton ganaba un buen sueldo. Si se casaban, sus ingresos ayudarían a compensar el dinero que él tuviera que cederle a Mercedes.

—Pero... —murmuró ella—. Yo ni siquiera sabía que tuvierais problemas.

—No quería enfrentarme a ello. Pero ahora que he roto con ella, me siento un hombre nuevo.

Peyton no dijo nada.

—Además, hacía tiempo que lo nuestro estaba muerto —añadió él.

Cuando se lo había dicho a Mercedes, ella ni siquiera había llorado. Se había quedado aliviada, y así era como se sentía él también.

Peyton dejó su bolso y su maletín en la mesa, como si de repente le pesaran demasiado.

—Rick, noto algo extraño en todo esto. Por favor, dime que no ha tenido nada que ver conmigo.

—Tú no lo has provocado. Solo me has demostrado que las cosas no tenían por qué ser así.

—¿Y cómo? No entiendo ese cambio tan súbito.

—Como ya te he dicho, no es tan súbito como parece.

—No estoy hablando de tu divorcio. Me refiero a tu... actitud hacia mí. ¿De dónde sale?

—Me siento atraído por ti, Peyton. Y desde hace años.

—Pero...

—Nunca me había permitido pensar en ello. Si pensaba en ello, me asustaba, porque me sentía muy insatisfecho con Mercedes.

—Rick, no hagas eso...

Él tenía que detenerla antes de que tomara una decisión. Estaba cansada, estresada, preocupada, y no estaba asimilando de verdad lo que él le decía.

—Ya entiendo que esto es demasiado, además de todo lo demás que está sucediendo. Solo quiero que sepas que... estoy interesado, ¿de acuerdo? No tienes que conformarte con alguien como Virgil. Tienes otras opciones.

—¿Qué otras opciones? ¡Tú eres mi jefe!

—Yo no trabajo en la cárcel, y eso aliviaría las posibles dudas del departamento. El director no iba a alentar una relación, pero tú y yo sabemos que estas cosas pasan, y no significa necesariamente que haya que perder un trabajo. Creo que podríamos contar con el apoyo de Tillamont si empezamos a salir juntos. Después de eso, iremos paso a paso.

Ella se tapó la cara con las manos.

—Esto no puede estar sucediendo.

—Piénsalo, por favor.

—De acuerdo —dijo ella, y bajó las manos—. Lo pensaré, si tú me prometes algo a cambio.

—¿Qué?

—Quiero que mantengas en secreto todo lo que te conté, y que esperes a que termine esta investigación para que empecemos a tomar decisiones con cualquier cosa que pueda haber entre nosotros. En este momento, yo solo puedo concentrarme en la Operación Interna. Me asusta, como bien sabes. Y ahora, ¿podrías ir a buscar a Virgil?

El hecho de que ella siguiera llamándolo Virgil le provocó otro arranque de celos. Peyton podría mostrar, por lo menos, un poco de agradecimiento por el hecho de que él estuviera dispuesto a hablar con el director del Departamento de Prisiones para que ellos pudieran verse, ¿no?

Sin embargo, tal vez estuviera esperando demasiado. Ella estaba tan cansada como él. Así pues, controló las emociones negativas.

—Si eso te hace feliz, iré a buscarlo, sí.

—Si no te importa, déjalo aquí y ve al motel a recoger su bolsa. No creo que él deba volver por allí, ¿y tú?

Rick se dio cuenta inmediatamente de que entonces, se quedarían a solas. Sin embargo, sería una tontería preocuparse. Peyton no iba a desear a alguien como Virgil ahora que sabía que podía aspirar a algo mucho mejor.

–Seguramente, tienes razón –dijo, y se marchó.

–Dios, si conservo mi trabajo, será un milagro –murmuró Peyton mientras veía, desde la terraza, que el coche de Wallace se alejaba.

Se había quedado tan espantada con lo que él le había dicho, que no había sabido qué responderle. No estaba interesada en él. Nunca podría estarlo. Sin embargo, en aquel momento no había motivos para aclarárselo, por mucho que le apeteciera. Todos estaban en una posición precaria, y ella necesitaba tener a Rick de su lado por el bien de Virgil, entre otras cosas. Lo más inteligente sería pasar las siguientes semanas sin definir nada que pudiera alterar aquel delicado equilibrio de ego, deseo, celos, orgullo y ambición, e incluso de instinto de supervivencia, que había entre ellos. Si tenía contento a Rick, tendría más posibilidades de conservar el control de la situación en Pelican Bay, y eso significaba que Virgil tendría más posibilidades de superar su estancia en la cárcel.

Se dijo que Rick iba a volver pronto a Sacramento, y eso haría que fuera mucho más fácil ignorar todo lo que él acababa de decirle. Entró en casa para cambiarse y hacer la cena. Nunca hubiera pensado que iba a tener de invitados a Virgil y a Wallace, y mucho menos a la vez.

Sin embargo, sin saber por qué había inquietud entre los presos comunes de Pelican Bay, quería tomar todas las precauciones posibles con la seguridad de Virgil.

–Se lo has dicho, ¿no?

Peyton se giró y vio a Virgil en la puerta de la cocina. Estaba tan concentrada preparando el pescado que había sacado del congelador, que no le había oído llegar. Ni siquiera había oído el coche de Rick, pero en aquella parte de la casa, no siempre oía cuándo llegaba un vehículo.

–¿Está aquí? –le preguntó en un susurro, intentando ver más allá de él.

–No. Ha ido a buscar mis cosas al motel.

Peyton intentó no acusar la chispa que se encendía cada vez que lo tenía cerca. Pasó por delante de él hacia el salón, para poder mirar por una de las ventanas y asegurarse de que estaban a solas. La calle de entrada a su casa estaba vacía.

Virgil no se había movido de la puerta de la cocina, pero se giró para mirarla.

–¿Y bien?

–Sí, se lo he dicho –admitió ella.

Él soltó un juramento y se pasó la mano por la cara.

–¿En qué estabas pensando?

–Quería poner fin a nuestra... aventura, o como quieras llamarlo.

–¿Haciendo que me maten?

Aquellas palabras le pusieron los nervios de punta.

–No, claro que no.

–Le has dado la excusa perfecta para que me destroce la vida. ¿Es que no ves lo mucho que te desea? ¿No entiendes lo mucho que le molesta que yo te haya conseguido?

Ahora sí lo sabía. Rick acababa de explicárselo. Sin embargo, no quería rememorar aquella incómoda conversación. Le resultaba angustioso tener que enfrentarse a la atracción no correspondida de Wallace mientras intentaba controlar el deseo que sentía por Virgil.

–Él no es así. Tal vez no sea muy listo, ni muy humano, pero... no te pondría en peligro deliberadamente.

Virgil se echó a reír con ironía. El hecho de obligarle a ingresar en Pelican Bay ya era ponerlo en peligro.

–Mira, la verdad es que me arrepiento de habérselo dicho –dijo ella–. Sé que debería haber esperado. Si lo hubiera pensado bien, tal vez me hubiera dado cuenta de cómo era la situación en realidad. Sin embargo, anoche cuando llegué del hotel era tarde, y yo no me sentía muy bien con lo que habíamos hecho. Hubiera llamado al director, pero sabía que él no iba a estar despierto. Acudí a Rick porque quería ser honesta, y él estaba disponible a esas horas.

–Podías haberme llamado a mí, si necesitabas hablar.
–Tú eres el que causó el problema, ¿no te acuerdas?
Peyton vio su expresión de dolor. Virgil pensaba que le culpaba más a él que a sí misma.
–No quería ser brusco contigo. Me siento mal por lo que pasó.
–Lo he superado –dijo ella, pero eso era un eufemismo. En realidad, si quería ser sincera, tendría que haber dicho que había disfrutado de lo que ocurrió.
–Parece que no tan bien como yo esperaba.
–De todos modos, lo habría confesado –dijo Peyton–. Así es como vivo mi vida.

Entonces, Virgil entró al salón, pero no se dirigió hacia ella, sino a una de las ventanas, para poder mirar a la calle él también.

–¿Qué es exactamente lo que le has dicho?
–Fui imprecisa, pero le dije la verdad. Que había tenido una relación inapropiada contigo.
–¿Y cómo se lo tomó?
–No muy bien.
Él volvió a reírse, pero no dijo nada.
–Cuando le dije que iba a contárselo también al director, me dijo que no lo hiciera.
Eso sorprendió a Virgil.
–¿Por qué?
–Temía que pudiera interferir con nuestra operación.

—Sí. Acabar con la Furia del Infierno significa mucho para él.

—Quiere la gloria de haber conseguido algo que nadie más ha podido conseguir. Si esto sale bien, se convertirá en un héroe, y ser un héroe puede ser un gran impulso para la carrera profesional de un hombre —dijo ella. Recordó el pescado y volvió a la cocina—. ¿Qué te ha dicho a ti sobre... nosotros?

—Nada.

—Entonces, ¿cómo te has dado cuenta de que él lo sabía?

—Por su forma de tratarme.

—¿Cómo te ha tratado?

—Como si yo fuera su rival.

—Lo siento. No sabía que él iba a ponerse celoso. Me sentía culpable por haber sido irresponsable y quería acabar con cualquier posible tentación.

Él la siguió hacia la cocina.

—¿Hay alguna ley que dice que no puedas acostarte con un informante?

—Bueno, no hay ninguna ley, pero sí es una norma. Si mi comportamiento pone en peligro el dispositivo que ha organizado el Departamento de Prisiones para desmantelar a la Furia del Infierno, yo sería culpable de una falta de ética profesional, y ellos podrían despedirme.

—Y, aun sabiendo que podían despedirte, ¿se lo contaste a Wallace?

—No quiero fingir que soy una cosa si soy otra. Odio a los hipócritas. Pensé que confesando la verdad terminaría con el conflicto que estaba sintiendo.

—¿Cómo?

—No me atrevería a correr ese riesgo nuevamente.

—¿Y ha servido para resolver el problema?

No. No había dejado de sentir el magnetismo de Virgil.

Sin embargo, no estaba dispuesta a empeorar más la situación.

—Sí —dijo.

Él entró en la cocina.

—Mírame al decirlo.

Ella se obligó a mirarlo a los ojos.

—Sí —repitió.

Entonces, él la tomó suavemente por los hombros y le abrió un botón de la blusa. Peyton se preparó para alejarse si él intentaba desabrocharle más botones o acariciarla, pero enseguida se dio cuenta de que esa no era su intención. Virgil estaba buscando su medallón; quería saber si ella lo llevaba puesto todavía.

Al ver que no era así, bajó la vista hasta el suelo y se alejó.

—¿Puedes perdonarme por lo que pasó anoche? —le pidió.

Aquel remordimiento angustió a Peyton. Sabía que Virgil tenía que enfrentarse a muchas cosas.

—No seas tan amable —le susurró. No quería que nada consiguiera hacer mella en su resistencia.

Eso no era un «sí», pero era lo mejor que podía decirle. Él pensó que ella había rechazado sus disculpas y comenzó a alejarse, pero ella lo tomó del brazo. Quitarse el medallón solo había sido un gesto simbólico, que significaba que también lo estaba alejando de las partes de su vida a las que él no pertenecía. Sin embargo, en aquel momento lamentó haberlo hecho, tanto como lamentaba habérselo contado todo a Rick. Y ni siquiera sabía por qué.

—Superaremos esto, de alguna manera —le prometió a Virgil.

—Claro. Pan comido —respondió él.

Sin embargo, Peyton se dio cuenta de que su estado de ánimo no era tan bueno como quería aparentar. También se dio cuenta de que para ella era mucho más fácil ser optimista. Durante las próximas semanas, Virgil iba a tener que soportar cosas mucho más difíciles que ella.

¡Aquel era Rick Wallace!

John estaba sentado en su furgoneta. Cerró su ordenador portátil y se giró para ver mejor al subdirector del Departamento de Prisiones, que había dejado su Impala azul en el aparcamiento del motel y estaba caminando hacia la habitación quince.

—Vaya, vaya —murmuró John, dando palmaditas en el volante.

Después de todo, haber ido hasta Redwood Inn iba a dar sus frutos. Cuando había decidido que iba a vigilar el hotel para averiguar lo que estaba pasando con el Departamento de Prisiones, nunca hubiera pensado que obtendría resultados tan rápidamente. Creía que Peyton volvería más tarde, y quería ver lo que hacía, o intentar ver a la persona a la que ella había ido a visitar la noche anterior.

Sin embargo, aquello también era estupendo. Además, solo había tenido que esperar durante una hora, que había pasado navegando por Internet.

Con la esperanza de poder trabar conversación con Wallace, y echar un vistazo al interior de su habitación, bajó del coche y se acercó al edificio. Esbozó una sonrisa, que esperaba que transmitiera respeto y amabilidad, ignoró el cartel de *No molestar* que colgaba del pomo de la puerta y llamó.

—¿Quién es? —respondió Wallace. Parecía que estaba nervioso, como si no quisiera abrir la puerta.

—Soy el sargento John Hutchinson, señor.

—¿Quién?

¿Se habría enterado Wallace del incidente con Bentley Riggs? John no creía que le hubiera llegado la noticia tan rápido. Parecía que el subdirector del departamento acababa de llegar a Crescent City. Desde luego no estaba en la cárcel cuando él había recibido la mala noticia.

Sin embargo, había algo que hacía que Wallace se comportara con desconfianza.

–Hutchinson, señor. Soy guardia de la cárcel. Nos conocimos una vez, hace un año aproximadamente.

Después de unos instantes, John se dio cuenta de que la cortina de la ventana se movía ligeramente. Wallace había ido a mirar de quién se trataba. ¿Qué pasaba con él? ¿Acaso tenía miedo de responder?

John lo saludó amigablemente y esperó un segundo más. Entonces, la puerta se abrió.

–¿Qué puedo hacer por usted, sargento?

John sonrió, y decidió cambiar la excusa que había preparado. En vez de contarle que había parado el coche para decirle que las cosas habían mejorado mucho desde que él era subdirector, le pediría ayuda para resolver su problema por el asunto Riggs, porque si no se había enterado ya, se enteraría muy pronto, por medio de un informe. Si él mismo abordaba el tema, por lo menos tendría la oportunidad de convencer al subdirector de que había actuado sin mala intención.

–Pasaba por aquí en mi coche cuando lo vi a usted –dijo, y señaló el tráfico de la carretera.

–¿Y? –respondió Wallace con impaciencia. Era evidente que tenía prisa.

John se inclinó un poco hacia un lado, para ver si había alguien más en la habitación, pero parecía que estaba vacía. Había una bolsa verde oscura sobre la cama, pero no parecía que perteneciera a alguien como Wallace, que siempre llevaba trajes caros hechos a medida. Sin embargo, John no podía imaginar por qué motivo estaría Wallace haciendo el equipaje de otra persona.

–Esperaba que tuviera usted un minuto para hablar de un incidente que tuvo lugar hace dos semanas –dijo.

–¿De qué se trata?

La gravedad de su voz había captado el interés del subdirector, así que John se esmeró al describir lo ocurrido, de la forma más favorable posible para él.

–Me siento muy mal por ello –dijo finalmente–, pero no creo que mis actos fueran reprobables, señor. Solo estaba cumpliendo con mi deber.

–¿Y hay testigos que puedan corroborar su versión?

–Debería haberlos. Otros dos guardias de la prisión intervinieron para ayudar cuando se desencadenó la pelea, pero parece que todo el mundo tiene una versión distinta de lo que pasó.

–Entonces, no estoy seguro de lo que puedo hacer.

–Esperaba que pudiera convencer a la subdirectora jefe para que revise el caso. Merezco tener esta mancha en mi expediente, señor. Soy un buen oficial de prisiones, y no puedo permitirme perder la paga de dos semanas. Yo nunca usaría más fuerza de la estrictamente necesaria. Si no le hubiera dado una patada a Bentley Riggs, él no habría dejado de pelear.

–Castigar a un hombre por hacer su trabajo no es un buen mensaje –dijo Wallace.

–Exactamente, señor. La próxima vez que haya una pelea, yo tendré miedo de meterme en problemas, o tal vez termine yo mismo en el suelo con la cabeza rota, señor. O algo peor.

–No podemos atar de pies y manos a los guardias –convino Wallace–. Veré lo que puedo hacer.

–Gracias, señor. Se lo agradezco. Me alegro mucho de haberlo visto aquí. ¿Me permitiría que le invitara a cenar?

–Disculpe, pero tengo otros planes.

John se preguntó cuáles serían esos planes.

—No se preocupe —dijo. Después, señaló hacia la bolsa con un gesto de la cabeza—. ¿Quiere que le ayude a llevar sus cosas?

—No, no es necesario.

—¿Seguro?

—Sí, seguro.

—Muy bien. Entonces, buenas noches —dijo John.

Se marchó hacia su furgoneta y salió del aparcamiento para que pareciera que continuaba su camino. Sin embargo, esperó al final de la calle para ver qué sucedía después. Siguió al subdirector hasta casa de Peyton, donde Wallace bajó de su Impala y subió las escaleras portando la bolsa verde militar y una bonita maleta de ruedas. Entró en la casa, pero después, extrañamente, no salió.

John vigiló hasta que todas las luces se apagaron, y se dio cuenta de que Wallace se iba a quedar allí a dormir.

Por lo menos, ahora sabía por qué había conseguido Peyton sus ascensos. ¿Y ella pensaba que su comportamiento era censurable? Era una desgraciada, como su exmujer. Las mujeres eran unas interesadas. Solo hacían lo que las beneficiaba.

Sin embargo, él todavía no estaba seguro de lo que había estado haciendo el ocupante de la habitación número quince en Crescent City, ni qué relación tenía con Peyton y con Wallace. Ni dónde había ido.

Skinner está enfadado. Intenta calmarlo. La muerte de esa mujer ha sido culpa suya, no mía. Si él no se hubiera enrolado en primer lugar, no habría sucedido nada de esto.

Nada de esto estaría sucediendo… ¿Nada de qué?

Capítulo 20

Para Virgil era muy difícil dormir en casa de Peyton sin recordar lo que había pasado la última vez que había estado allí. Intentó no pensar en ello. Tenía que olvidar aquellos días y prepararse para lo que le esperaba en el futuro más próximo. Sin embargo, no podía quitarse los recuerdos de la cabeza. Y, al ser aquella su última noche de libertad, quería pasarla con ella, quería borrar lo que había hecho en el motel.

Ojalá pudiera convencerla de que él no era tan imbécil. Sin embargo, no podía hablar en privado con Peyton. Wallace los estaba vigilando desde el sofá, donde iba a pasar la noche.

«Olvídate de ella. Peyton no necesita a alguien como tú». Ella tenía muchas opciones mejores que él. Demonios, incluso Wallace era una opción mejor. Tal vez fuera arrogante y egoísta, y tal vez estuviera casado, pero nunca había matado a nadie, ni siquiera en defensa propia. Nadie estaba tratando de matarlo a él, ni a su familia. Y tenía una carrera profesional prometedora, un lugar en la vida, un futuro. Podía ofrecerle muchas cosas a una mujer, muchas más que él.

Oyó un crujido en el pasillo, y contuvo la respiración.

Alguien se había levantado. Ojalá fuera Peyton, que iba a verlo a la habitación de invitados.

–¿Virgil?

No era ella. Wallace llamó suavemente a su puerta.

–¿Qué?

¿Qué demonios quería aquel tipo en plena noche?

–¿Puedo entrar un momento?

–Siempre y cuando tengas un buen motivo...

La puerta chirrió al abrirse, pero Wallace entró caminando suavemente, como si no quisiera despertar a Peyton, y cerró la puerta.

Virgil se incorporó en la cama. No había cerrado la persiana, y con la luz de la luna llena que entraba por la ventana, pudo ver bien a Wallace. Llevaba un pijama caro, y parecía que su complexión delgada se debía a una cuidadosa dieta y no al ejercicio físico. Por un segundo, Virgil envidió las facilidades de su vida. Él también habría podido convertirse en un buen profesional, si hubiera tenido la oportunidad. Sin embargo, no merecía la pena lamentarse por lo que podía haber ocurrido. Él era quien era.

Rick se aclaró la garganta.

–Quería decirte que... sé lo que ocurrió entre Peyton y tú.

Virgil, que no quería confirmar ni negar lo que le había dicho Peyton, guardó silencio y esperó a que Wallace le revelara por qué había ido a verlo.

–Supongo que no puedo culparte por tomar lo que pudieras conseguir. Un hombre en tu situación tenía que estar loco por estar con una mujer, y Peyton es muy guapa. ¿Qué exconvicto no habría hecho lo mismo que tú? Sin embargo, hoy me he separado de mi mujer, y... las cosas van a cambiar. Pensaba que debías saberlo.

–¿Qué cosas?

–Las cosas entre Peyton y yo.

Virgil intentó mantener silencio. Ya tenía suficientes preocupaciones con Laurel y los niños, y con la duda de si iba a salir con vida de Pelican Bay. ¿Qué le importaba a él lo que tuviera que decir Wallace?

Y, sin embargo... le molestaba que Rick pensara que tenía derecho a hacer aquello, que pensara que podía conseguir lo que quería con unas cuantas palabras.

—A mí no me parece que ella esté interesada en ti, Rick.

Wallace se quedó boquiabierto.

—¿Qué has dicho?

—Lo que has oído.

—¿Crees que está interesada en ti, solo porque la pillaste en un momento de debilidad? Por la vida que lleva, seguramente estaba tan necesitada de sexo como tú. Peyton no es de las que van por ahí acostándose con tipos. Sin embargo, eso no significa que pueda gustarle un hombre que ni siquiera tiene posibilidades de conseguir un trabajo.

Lógicamente, Wallace había golpeado en su punto más vulnerable.

—Yo no esperaba tal cosa —respondió Virgil—. Al contrario que tú, no me hago falsas esperanzas.

—¿Falsas esperanzas? —dijo Wallace con un resoplido desdeñoso—. Tú no sabes nada.

—Sé quién es tonto y quién no. Y ahora, sal de mi habitación.

Virgil se dio la vuelta hacia la pared, pero Wallace no se marchó. Comenzó a hablar en tono amenazante.

—Voy a perdonarte esa respuesta, teniendo en cuenta tu pasado y el hecho de que no tienes ninguna formación. Que seas tan zafio demuestra que no eres digno de una mujer como Peyton.

—Como quieras. Pero te he dicho la verdad.

—Date por avisado.

—¿Avisado de qué?

—De que te mantengas lejos de ella.

—¿O qué? —preguntó Virgil, apoyándose en un codo y riéndose—. ¿Me vas a pegar?

—Yo no necesitaría tocarte —dijo Wallace, y se marchó.

Virgil se quedó mirando la puerta hasta mucho después de que Wallace la hubiera cerrado. Nunca le había caído bien el subdirector, y en aquel momento, menos que nunca. Tuvo ganas de ir al salón y agarrarlo por el cuello, y darle una lección que no pudiera olvidar nunca. Sin embargo, sabía que no podía tocarlo, porque la seguridad de Laurel y de los niños dependía de aquel tipo.

Pronto, todo aquello habría terminado. Laurel y sus sobrinos estarían a salvo y tendrían una vida nueva. Entonces, Wallace no tendría ningún poder sobre él. Sin embargo, mientras, Virgil tendría que cuidarse más que nunca.

Porque le había quedado bien claro que no solo La Banda quería su cabeza.

A la mañana siguiente, la tensión era palpable, y Peyton no sabía por qué. Al irse a la cama, la noche anterior, parecía que todo iba bien. O, al menos, todo lo bien que podía esperarse. Ella estaba tan cansada que se había quedado dormida enseguida, pese a que había temido que iba a pasarse la noche dando vueltas por la cama sin poder pegar ojo, con aquellos dos hombres en casa.

Sin embargo, en aquel momento estaba segura de que había ocurrido algo entre ellos, algo que ella se había perdido.

—¿Estáis bien? —les preguntó, mientras les ponía un plato de huevos revueltos delante a cada uno de ellos.

Rick había estado leyendo el periódico y tomando café mientras ella preparaba el desayuno.

—Sí, perfectamente. ¿Por qué?

Virgil no respondió. Se había sentado lo más alejado posible de Rick, y estaba mirando por la ventana, como si no estuviera seguro de que iba a volver a ver el cielo otra vez.

—Porque aquí hace más frío que ahí fuera —dijo ella, respondiendo a la pregunta de Rick—. ¿Qué sucede?

—Nada —dijo Rick, mientras dejaba el periódico sobre la mesa y tomaba la taza de café.

—¿Virgil?

Él la miró.

—No te preocupes —le dijo.

—Mirad, si hay algún problema...

—No hay ningún problema —respondió Rick, y le señaló la silla libre que había a su lado—. No te preocupes más y siéntate a desayunar. Hoy es el gran día.

Al hacer el comentario, miró con petulancia a Virgil. Virgil le devolvió la mirada sin disimular su desagrado, y Peyton temió ser el motivo del conflicto. Se sirvió una taza de café. Había sido un error mantener una relación con Virgil, pero había sido peor intentar arreglarlo acudiendo a Rick Wallace.

Se sentó a la mesa, pero no en la silla que le había indicado Rick, sino en otra que estaba a la misma distancia de Virgil que de él.

—¿Cómo vas a organizar el traslado?

Rick dejó de masticar y respondió.

—He hecho venir a un par de oficiales de prisiones de Santa Rosa para que lo lleven hasta Pelican Bay.

Ella sabía que Virgil estaba prestando atención a lo que se decía, pero no la miraba. Terminó de desayunar y siguió mirando por la ventana.

—¿Y esos oficiales saben que ya no está en el hotel? —le preguntó ella a Rick.

—Sí, lo saben. He hablado con ellos mientras tú estabas en la ducha, y les he explicado que, como estaba suscitando mucho interés, lo habíamos cambiado de alojamiento.

—Entonces, ¿tú no vas a ir a la cárcel?

—No es necesario. Quiero que esto parezca algo normal y corriente. Voy a esperar aquí hasta que lo recojan, y después volveré a Sacramento —dijo Rick—. A no ser que tú estés más cómoda si me quedo uno o dos días, para asegurarme de que todo marcha bien.

Él la miró fijamente. Quería que se comportara como si su presencia fuera apreciada. Sin embargo, Peyton sabía que él nunca se tomaría la molestia de reconfortarla. Solo decía eso para que Virgil lo oyera. Desde que había llegado, se había estado comportando como si fuera su dueño, acariciándola de vez en cuando y mostrándole mucha familiaridad cuando hablaba con ella. Sin embargo, Peyton no quería ni verlo. En aquel momento no soportaba su presencia.

—No, gracias, no es necesario —dijo, y sonrió, para que no fuera demasiado evidente que quería que se fuera. Miró la hora y se levantó—. Bueno, tengo que irme. No quiero llegar tarde.

—Pero si no has desayunado —protestó Rick.

No era capaz de comer. Estaba muy nerviosa, y la presencia de Virgil en la mesa la afectaba mucho.

—Tengo unas barritas energéticas en el cajón de mi escritorio, por si...

Por fin, Virgil la estaba mirando. Ella sintió su mirada. Sin embargo, cuando sus ojos se cruzaron, Peyton tuvo una sensación agridulce. En otro momento, en otro lugar, se habría enamorado de aquel hombre. Estaba segura de ello, aunque no tuviera sentido. Solo habían estado juntos durante unas horas, y provenían de mundos muy diferentes... pero él tenía algo especial.

Se dio cuenta de que había dejado de hablar, y volvió a prestarle atención a Rick.

—Por si tengo hambre —dijo. Sin embargo, aquella breve interrupción debió de delatarla, porque él había apretado la mandíbula—. Bueno, procura que todo salga bien, ¿de acuerdo?

Rick sonrió fríamente.

—No te preocupes por Virgil. Él ya ha matado a... ¿dos hombres? —dijo, volviéndose hacia él. Virgil lo atravesó como si sus ojos azules desprendieran rayos láser. Rick sabía la respuesta a su propia pregunta, y Peyton también. El mismo Rick había admitido que cuatro hombres habían asaltado a Virgil, pero eso no lo mencionó en aquel momento. Quería poner de relieve el pasado de Virgil, provocarlo delante de ella, no justificar sus actos—. Si tiene algún problema, volverá a matar a alguien.

—No habrá necesidad de violencia —dijo ella.

Entonces, dejó caer su bolso a propósito, mientras lo tomaba de la encimera de la cocina.

Al oír los golpes de los objetos, Rick se agachó para recogerlo todo del suelo, y Peyton tuvo la oportunidad que estaba esperando. Estiró una mano por detrás de la espalda para entregarle una nota a Virgil, y notó que él la tomaba rápidamente.

Cooley había aparecido. Por fin.

John bajó de su furgoneta a esperar al chico que llegaba por el camino de tierra en un viejo Corvette. Se había reunido con aquel tipo, en aquel bosque, un par de veces más, y esperaba que aquella tercera ocasión le reportara el mismo beneficio económico. Tenía la cuenta corriente en números rojos.

Cooley frenó tan bruscamente que derrapó, y estuvo a

punto de atropellarlo. John soltó un juramento mientras se apartaba. Cada vez que veía a aquel idiota, se prometía a sí mismo que sería la última, pero no podía permitirse el lujo de renunciar al dinero extra.

Cooley, un chico de unos dieciocho años, bajó del coche. Tenía la música a todo volumen. John le había pedido que fuera más discreto, pero Cooley quería fanfarronear y dar la imagen de que era un tipo duro, y no le preocupaba nada llamar la atención.

—¿Qué pasa, tío? —le preguntó a John.

Era alto y delgado, y tenía el pelo grasiento. Llevaba una camiseta, unos pantalones vaqueros ajustados y unas zapatillas de deporte. Parecía más un *skater* que el miembro de una banda mafiosa. Tenía los acostumbrados tatuajes, por supuesto, pero los tatuajes eran tan corrientes que ya no significaban nada. Cooley intentaba dar una imagen de dureza, y hablaba como si se hubiera pasado varios años en la cárcel, pero John sabía la verdad. El chico no era más que un recadero a quien había contratado Weston Jager, su hermano mayor.

—¿Por qué has tardado tanto? —le gruñó John, que sintió alivio cuando Cooley cerró la puerta de su coche y el sonido de la música *heavy metal* se amortiguó.

Cooley lo miró con irritación.

—¿Eso es lo primero que me dices? ¿Qué problema tienes, tío?

¿Qué pensaba aquel chaval? Él corría un gran riesgo reuniéndose allí con él. Si lo sorprendían haciendo negocios con miembros de la Furia del Infierno, él mismo iría a la cárcel.

—Nada. Dame lo que me debes para que pueda marcharme.

Cooley le mostró un sobre grueso, pero cuando John intentó tomarlo, el chico lo puso fuera de su alcance.

—Mi hermano tiene otro trabajo para ti. Si es que eres lo suficientemente hombre como para hacerlo.

—Hice lo último que me encargó, ¿no?

La Furia del Infierno quería a Bentley Riggs, y él se lo había entregado. Incluso le había dado una patada a aquel desgraciado, cuando la aparición de otros guardias le había obligado a intervenir para acabar con la pelea antes de que Weston pudiera terminar.

Cooley chasqueó la lengua.

—He oído decir que tuviste problemas con eso.

—¿Es que no entendéis todo lo que me arriesgo?

—Eso no tenía por qué haber sido arriesgado. Es que no lo hiciste bien. Westy dice que llegaste tarde.

Porque había estado a punto de acobardarse.

—Bien está lo que bien acaba —dijo, para disimular la vergüenza que sentía.

—¿Y eso es un buen final? —preguntó Cooley con una sonrisa.

—Riggs tuvo que ir a la enfermería con la cabeza rota, ¿no?

—Estoy hablando de lo que te ha pasado a ti, tío.

John no quería hablar de eso. Le molestaba demasiado. Sin embargo, tenía curiosidad por saber qué era lo que decían de él los de la Furia del Infierno.

—¿Y cómo sabes lo que me ha pasado?

—Dicen que te han suspendido.

Claramente, las noticias corrían como la pólvora en la cárcel.

—Y eso, solo por haber intervenido al final —dijo Cooley—. Si se enteran de que tú le serviste a ese pederasta en bandeja a Westy, te despiden.

—No, no me van a despedir. Saldré de esta.

—Es una pena que tengas que preocuparte por eso. Es lo malo del sistema. Nosotros solo intentamos acabar con la basura, ¿sabes? Limpiar el mundo. Los chiflados como Bentley Riggs no merecen vivir.

John oía aquello todos los días, a todas horas. Si la Furia del Infierno no le estaba presionando para que les consiguiera teléfonos móviles de contrabando, cigarros o drogas, o para que les concediera privilegios que no se merecían, le pedían que les llevara a los pederastas para que ellos pudieran tomarse la justicia por su mano, en nombre de las víctimas inocentes que habían sufrido sus abusos. Lo cual era bastante irónico, teniendo en cuenta todas las víctimas inocentes que habían sufrido a causa de la Furia del Infierno. Sin embargo, a él no le preocupaba la ironía. Él odiaba a los pederastas tanto como ellos.

–No podemos acabar con todos. Y yo ya no le voy a hacer más favores a tu hermano. Por lo menos, durante una temporada.

–¿Qué quieres decir con eso?

–¿Es que no lo ves? Estoy en cuarentena. Tengo que ser discreto.

–Bah. No te preocupes más. Mi hermano te va a librar.

John no supo si tomárselo en serio.

–Weston no puede hacer nada. El Servicio de Investigación ya me ha dado la notificación. Mi suspensión tiene el visto bueno de todo el mundo, incluida la subdirectora jefe de la cárcel.

–Esa subdirectora... –dijo Cooley, y soltó un silbido–. Está buena, ¿eh?

Peyton era atractiva, sí, pero era muy fría. A él le gustaban poco las mujeres de hielo como Adams. Ella siempre conseguía que él se sintiera... inferior.

–Sí, supongo que sí.

–Claro que sí, tío. Está como un queso. Lo que daría mi hermano por estar cinco minutos a solas con ella... –dijo Cooley, haciendo un movimiento obsceno con las caderas–. A mí ni siquiera me importaría que me metieran una temporada en la cárcel a cambio de un poco de eso, ¿me entiendes?

–Mira, si es eso lo que quiere Weston, dile que se olvide. Puede que yo necesite algo de dinero, pero no estoy loco.

–Cálmate. ¿Es que te crees que estamos locos? Si hiciéramos algo así, todo se vendría abajo, y el negocio se vería afectado muy negativamente. Eso no es necesario.

Detric Whitehead, el líder de la Furia del Infierno, los mataría a los dos si lo hicieran.

–Westy tiene un mensaje que quiere que le des a alguien, eso es todo –dijo Cooley.

–Lo haría, pero ahora tengo el agua al cuello. Necesito mantenerme apartado de todo esto durante una temporada.

–Ya te he dicho que mi hermano va a solucionar tu problema.

–No puede hacer nada.

–¿Es que no tienes fe, tío? Nosotros dirigimos el garito, ya lo sabes.

Aquella arrogancia molestó a John. La guerra no había terminado todavía. Peyton y el director estaban haciendo todo lo posible por deshacerse de todos los oficiales de prisiones corruptos. Tenían a Rosenburg trabajando horas extra, investigando cualquier cosa que fuera remotamente sospechosa. Sin embargo, con tantos reclusos que querían tantas cosas, había demasiadas formas de ganar un dinero extra. Él no era el único que se vendía.

–Sí, bueno, lo creeré cuando lo vea. ¿Vas a darme el dinero, o no?

En cuanto Cooley le entregó el sobre, John contó los billetes. Estaba todo: dos mil dólares por asegurarse de que Bentley recibiera su merecido y por meter en la cárcel un teléfono móvil. Habría sido un buen negocio si no lo hubieran suspendido de empleo y sueldo. De ese modo, iba a perder más de lo que acababan de pagarle.

−Estamos en paz −murmuró, y se dio la vuelta.

Cooley no se movió de donde estaba.

−Entonces, ¿no hay trato? ¿Le digo a Westy que no? A Deech no le va a gustar.

Deech era el alias de Detric Whitehead. Todos tenían un apodo, incluso el general.

−No puedo −dijo John.

Sin embargo, mientras subía a su furgoneta estaba calculando sus necesidades económicas, y sabía que dentro de pocos días iba a estar sin blanca otra vez. Le hizo una señal a Cooley desde el asiento, y bajó la ventanilla.

El chico se acercó.

−¿Ya has cambiado de opinión? Eres demasiado predecible.

−Cállate −le dijo John−. Solo dime lo que quiere Weston, y cuánto ofrece a cambio.

Capítulo 21

Había once torres de vigilancia rodeando la cárcel de máxima seguridad, que se erigía en medio de un terreno boscoso. Virgil se movió hacia la ventanilla e intentó ver todo lo posible, mientras los dos oficiales que habían ido a recogerlo a casa de Peyton, Nance y Parquet, se dirigían hacia la entrada principal del recinto. Pelican Bay tenía un terreno de ciento once hectáreas y estaba situada a unos quince kilómetros de la frontera con Oregón. De no ser por las tres vallas que rodeaban el perímetro, la primera y la tercera de alambre de espino, y la segunda, electrificada, aquel conjunto de edificios blancos de dos pisos habría parecido algo tan inofensivo como un polígono industrial.

Otra de las muchas ironías que Virgil había notado desde que había llegado. La mitad de los hombres que vivían en aquel polígono industrial cumplían cadena perpetua, así que tenían poco que perder. Y, debido a la masificación de las cárceles de California, había dos guardias por cada trescientos reclusos.

Sobrevivir allí no iba a ser fácil, aunque consiguiera mantener su propósito en secreto...

–Es impresionante, ¿eh? –le preguntó Nance, que iba al volante, mientras se detenía en el aparcamiento del edificio de administración. Después, se giró para ver cuál era la reacción de Virgil.

Virgil no respondió, pero arqueó las cejas. No podía evitar sentirse impresionado.

—Es casi una ciudad —añadió Parquet, desde el asiento del copiloto—. Tiene su propia brigada de bomberos, una depuradora de agua y una estación eléctrica. Tiene incluso un departamento médico con cientos de empleados sanitarios, y un departamento de educación con sus profesores y un director de distrito propio.

Nance aceleró un poco.

—No es de extrañar que mantenerlo cueste ciento ochenta millones de dólares al año.

—Con tanto presupuesto, las condiciones tienen que ser magníficas aquí, ¿no? —comentó Virgil.

Nance y Parquet se rieron al oír su sarcasmo. Exteriormente, el centro parecía limpio y tranquilo, pero Pelican Bay tenía la reputación de ser brutal. Los dos policías no tuvieron ocasión de responderle, no obstante. Habían llegado a la entrada, que estaba rodeada de jardines bien cuidados.

Más ironía...

Nance bajó la ventanilla y le mostró la documentación al guardia, y firmó el registro de entrada al recinto. El oficial, que debía de tener unos veintitrés o veinticuatro años, se inclinó para mirar al interior del vehículo e identificarlos a todos. Observó atentamente a Virgil.

—Ya me habían avisado de que iban a traer a este. Te gusta causar problemas, ¿no?

Virgil no se dignó a responder. Obviamente, aquel guardia era un idiota, como muchos de los oficiales de prisiones que él había conocido. Los de Pelican Bay, además, tenían fama de ser racistas y crueles. Ellos lo negaban, por supuesto. Además, durante aquellos últimos años, la administración había luchado por limpiar su imagen. Sin embargo, a Virgil le costaba aceptar que los rumores fueran infundados.

Nance respondió por él.

—Problemas de la peor clase.

—Pues será mejor que tenga cuidado –dijo el chico–. Esta es la horma del zapato de los tipos como él. Aquí no consentimos estupideces.

El oficial Nance estaba bromeando. Virgil se dio cuenta por su tono de voz. Sin embargo, el joven del uniforme verde hablaba en serio. Parecía que estaba deseoso de conquistar, de castigar, y Virgil tuvo la tentación de demostrarle que no era tan fuerte, ni mental ni físicamente, como pensaba.

—¿No tienes nada que decir? –le provocó el guardia.

«Vete a la mierda», fue lo que le vino a la mente, pero no podía dejarse llevar por la ira.

Cerró los ojos y colocó a aquel tipo en la categoría de gente por la que no merecía la pena molestarse. El chico hablaba mucho, pero saldría corriendo si Virgil se enfrentara a él cara a cara.

—Yo creo que hay personas a las que es mejor no provocar –dijo Nance.

—No me da miedo –replicó el guardia–. Tenemos mil cuatrocientos tipos duros como este –dijo, y con una sonrisa petulante, revisó el interior y los bajos del coche.

—Vaya imbécil –dijo Nance, cuando el chico les hizo una señal para que continuaran hacia la segunda puerta.

Virgil agachó la cabeza para mirar el edificio que había ante ellos. Era el Módulo de Aislamiento, y tenía forma de equis. Estaba situado en uno de los lados de la instalación. Los módulos de los presos comunes estaban al otro lado. Eran bloques de ocho celdas que partían, como si fueran los radios de una rueda, de un patio de una hectárea y media.

Aparcaron junto al autobús que había llevado a los otros presos. Parquet salió y abrió la puerta de Virgil.
—Bienvenido al infierno del siglo veintiuno.

Cuando Virgil salió del coche, la cadena que conectaba sus muñecas con sus tobillos tintineó. Él se quedó mirando al edificio en el que iba a vivir, a la luz del atardecer. El viento helado que soplaba por el terreno, en el que no había ningún árbol, le recordó lo fría y estéril que podía ser la vida en la cárcel.

Sin embargo, él ya había estado en el infierno. No le asustaba. Por lo menos, Laurel y los niños estaban a salvo. Además, en aquella ocasión, tenía algo que no iban a poder arrebatarle. Tenía los recuerdos de la noche que había pasado con Peyton, la esperanza de verla dentro de aquellas paredes de cemento, y el número de teléfono que ella le había dado después del desayuno.

Peyton miró por la ventana el patio vacío y la cancha donde los reclusos jugaban al baloncesto. No veía el edificio de ingresos desde el de administración, pero sabía que Virgil había llegado detrás del autobús que les había llevado a treinta hombres de otras cárceles del estado. Los oficiales que iban a recibirlos la habían llamado, tal y como ella les había indicado.

Normalmente, a los nuevos reclusos se les entregaba ropa interior, sábanas, una manta y una muda del uniforme. Después se les instalaba en un módulo separado al que llamaban «gimnasio», donde podían observar su comportamiento y decidir dónde iban a recluirlos. Sin embargo, el gimnasio también acogía a quienes tenían una condena corta, y en aquel momento estaba muy masificado. Toda la prisión lo estaba. Había sido construida para dos mil doscientos ochenta presos, pero en aquel momento cumplían condena en ella tres mil doscientos ochenta. Eso le daba a Peyton una buena excusa para ponerlo entre los presos comunes desde el principio. Era importante que se infiltrara rápidamente. Ella no estaría tranquila hasta que él pudiera salir de aquel lugar.

—Subdirectora jefe, ¿podría hablar un momento con usted?

Peyton se sorprendió al tener compañía. Se dio la vuelta y vio al teniente McCalley en la entrada de su despacho. Shelley no estaba en su escritorio; seguramente había salido a fumar, y Peyton había dejado la puerta abierta. Estaba demasiado nerviosa como para encerrarse, y quería ver y oír todo lo que pasaba a su alrededor, aunque el edificio de administración estaba fuera del perímetro electrificado en el que se custodiaba a los presos de nivel cuatro. Nunca podría enterarse de ningún problema concerniente a Virgil desde donde trabajaba.

—Claro —dijo. Ella se preocupó al darse cuenta de que el teniente estaba preocupado, y le indicó que se sentara—. ¿Qué ocurre?

—Han salido a la luz más detalles de la investigación sobre John Hutchinson.

—¿Qué clase de detalles?

—Uno de los guardias que ayudó a acabar con la pelea ha venido a verme esta mañana.

—¿Quién? ¿Ulnig?

—No, Rathman.

—¿Y?

—Ha cambiado su declaración.

—¿Por qué?

McCalley, que no se había sentado, comenzó a dar vueltas por el despacho y se detuvo ante la fotografía de su padre, pese a que ella sabía que la había visto ya muchas veces.

–Ni idea. Dice que le entendí mal. Que no cree que Hutchinson traspasara los límites. Ahora dice que Riggs quería atacar a Hutchinson con un cepillo de dientes afilado. Dice que, si Hutchinson no hubiera agredido a Riggs, Riggs lo hubiera apuñalado.

–Pero si Riggs no tenía ningún arma. Ya hemos comprobado eso.

El teniente se pasó una mano por el pelo y se apartó los rizos de la frente.

–Rathman me dio el cepillo de dientes que supuestamente tenía Riggs.

–Pero... fue Riggs el que sufrió el ataque de Weston Jager. También es Weston quien tiene antecedentes violentos, tanto dentro como fuera de la prisión. ¿Por qué iba a tener Riggs un cepillo de dientes afilado?

–Rathman dice que Riggs sabía lo que se avecinaba y quería estar preparado. Cuando ocurrió, por fin, decidió que ya era hora de alejarse de los presos comunes y de entrar en el Módulo de Aislamiento, donde no correría peligro. Si eso significaba que tenía que apuñalar a un guardia, estaba dispuesto a hacerlo.

Peyton frunció el ceño mientras intentaba asimilar aquella información.

–¿Y por qué no explicó Rathman todo esto antes?

–Me dijo que me dijo lo que creía que había sucedido, pero que después se dio cuenta de que había cometido un error. Dijo que a Riggs debió de caérsele el arma después de golpearse la cabeza. Weston Jager debió de recogerla, y cuando Rathman vio a Weston con ella, no creyó que fuera de Riggs.

–Eso puedo entenderlo.

–Y Rathman ha podido demostrar que el arma era de Riggs, no de Jager.

–¿Cómo?

—Riggs no tiene ningún cepillo de dientes en su celda, para empezar. Y su compañero dice que pasaba horas y horas, por la noche, afilando algo que no quería enseñarle.

—Oh, vaya —dijo Peyton. Se frotó las sienes mientras intentaba pensar qué debía hacer—. ¿Has hablado con Hutchinson sobre el cepillo de dientes? Quiero decir que... si vio a Riggs con él y se sintió amenazado, si ese es el motivo por el que reaccionó con esa violencia, ¿por qué no lo dijo?

—No lo sé. Todavía no he hablado con él. Quería hablar primero con usted para informarle de que tal vez tengamos que hacer una nueva evaluación.

—¿Una nueva evaluación de qué? —preguntó el director, asomándose por la puerta.

Peyton se había reunido con él un poco antes, para asegurarle que todo estaba listo para el recibimiento de Simeon. También habían hablado del caso Hutchinson, pero ahora parecía que todo había cambiado.

El director entró en el despacho con el ceño fruncido.

—¿Qué sucede?

Peyton oyó la voz de Shelley en el pasillo, y cerró la puerta. Cuando terminó de darle las explicaciones al director, Fischer soltó un juramento.

—Me da la impresión de que no ha investigado lo suficiente —le dijo a McCalley. Después se giró hacia Peyton—. Y tú no te has cerciorado de que el teniente investigara lo suficiente. Eso significa que los dos habéis cometido una negligencia.

—Es la primera vez que oímos que Riggs tuviera un arma —dijo Peyton.

—Deberíais haberlo sabido antes, deberíais haber seguido investigando hasta que tuvierais toda la información antes de tomar una decisión.

En el momento de la toma de decisión ellos creían que

tenían todos los datos. Habían entrevistado a todo el mundo, habían hablado varias veces con John y habían retrasado el veredicto hasta que estuvieron seguros de que adoptaban las medidas más justas.

—Hutchinson es uno de los nuestros —dijo Fischer—. Eso significa que se merece contar con el beneficio de la duda.

Pero justo aquella mañana, el director había dicho que tenían que dar ejemplo con él, puesto que no podían tolerar los abusos. Él había reaccionado de la misma manera que ellos ante la información que tenían en su poder, lo cual significaba que también había cometido una negligencia.

Aunque Fischer no iba a admitirlo. Él siempre se comportaba como si no cometiera errores, incluso después de que quedara claro que había cometido alguno.

—Sí, señor —dijo ella—. Así pues, ahora que la situación ha cambiado, ¿qué sugiere que hagamos?

—Es evidente, ¿no crees?

Ella cerró la boca y esperó a que él se explicara.

—Llamad a Hutchinson, pedidle disculpas y decidle que no habrá ninguna sanción disciplinaria. Y, de paso, dadle las gracias por arriesgar la vida intentando mantener el orden en la prisión.

McCalley miró a Peyton, y después se dirigió al director.

—Pero todavía quedan muchas preguntas sin respuesta, señor. ¿No deberíamos seguir investigando?

—¿Y llamar más la atención sobre el hecho de que habéis suspendido a un hombre sin tener las pruebas suficientes? ¡No! No quiero que los oficiales piensen que no vamos a apoyarlos cuando más nos necesitan. Somos una familia. Riggs tenía un arma, y Hutchinson actuó para desarmarlo. Eso es todo lo que tenemos que saber, nosotros y todos los demás.

—John no dijo nada sobre un cepillo de dientes afilado, señor —repuso ella—. Estoy segura de que si hubiera sido una amenaza real, él lo habría mencionado.

—Ya tenemos suficientes preocupaciones sin tener que perseguir a los nuestros —dijo Fischer—. Como nadie puede probar que John se extralimitó, vamos a asumir que no lo hizo —zanjó. Después se dio la vuelta para salir del despacho. Sin embargo, Peyton lo llamó.

—Señor...

Él se giró hacia ella.

—¿Acaso no me he explicado bien, Peyton?

—Sí, señor, pero...

—Haz lo que he dicho y deja de protestar, para variar —le espetó el director, y se marchó.

Parecía que aquel caso de brutalidad le había hecho olvidar lo que hubiera ido a decirle en primer lugar. O tal vez no quisiera hablar de ello delante de McCalley. O tal vez estuviera tan decepcionado con respecto a su gestión del caso Hutchinson que ya no quería hablar más con ella. Últimamente disentían a menudo. Ella tenía que usar toda su fuerza de voluntad para poner en marcha algunas de sus directrices.

—Ya has oído —le dijo a McCalley—. Llama a Hutchinson.

—Me parece que está cometiendo un error —dijo el teniente.

Ella recordó cómo se había comportado John la tarde anterior, cuando había ido a verla a su despacho. Si Riggs hubiera tenido un arma, y John lo sabía, habría utilizado ese argumento para defenderse.

—A mí también.

Ink no iba a marcharse de Colorado, ni siquiera aunque

Shady le hubiera ordenado que volviera a Los Ángeles. Estaba demasiado furioso por el hecho de que Eddie Glover hubiera sobrevivido. Ya habían obtenido toda la información posible de aquel guardia, así que no debería importarle nada, pero para Ink, matar a Eddie se había convertido en una obsesión. Hablaba de ello constantemente, decía que quería hacerse otro tatuaje con la imagen de sí mismo pegándole un tiro a aquel desgraciado de oficial. Estaba sediento de sangre. En opinión de Pretty Boy, era un psicópata. Sin embargo, no parecía que eso le importara a nadie.

Por suerte, en el hospital había demasiada actividad como para poder rematar a Eddie, y no iban a correr el riesgo de hacerlo solo porque Ink quisiera vengarse. Pointblank le había dejado bien claro que todos los miembros de La Banda iban a hacer cola para matarlo si los exponía de esa manera. Así pues, Ink había dejado de rabiar por Eddie y se había concentrado en Laurel otra vez. Habían estado hablando de cómo iba a conseguir matarla durante todo el día.

—No vamos a encontrarla –dijo Pretty Boy, que estaba tendido sobre la cama del motel barato en el que se habían ocultado después del tiroteo–. No hay ningún motivo para que se haya quedado en Colorado. Que sepamos, podría estar al otro extremo del país.

Pointblank, que estaba en la otra cama, estaba viendo la televisión. Al oír aquello, se dignó a participar en la conversación.

—Nos quedamos hasta que nos digan que volvamos.

—A Ink le han dicho que vuelva –observó Pretty Boy.

Pointblank hizo un gesto hacia Ink, que estaba jugueteando con su pistola sobre la mesa.

—Ese es su problema. Tendrá que responder ante Shady. Tú no. Así que no te preocupes por eso.

—Shady no se va a enfadar conmigo cuando haya hecho el trabajito —dijo Ink.

—¿Y cómo piensas hacerlo, si ni siquiera sabes dónde está? —preguntó Pretty Boy.

Estaba desesperado por librarse de él, y fantaseaba con meterle una bala entre ceja y ceja. Tal vez el hecho de matar a Ink provocara una reacción violenta dentro de La Banda. Los jefes no iban a bendecir aquel golpe. Sin embargo, Pretty Boy tenía la sensación de que estaría haciéndole un favor al mundo. Y a Skin, también. Salvo que no estaba seguro de que su motivación fuera la lealtad que todavía sentía hacia él. ¿Qué debía sentir hacia su antiguo compañero de celda? ¿Estaba dándole Skin la información sobre ellos a las autoridades, tal y como pensaba todo el mundo?

De lo contrario, ¿por qué no se había puesto en contacto con ellos?

Tal vez no podía hacerlo. Tal vez estuviera ocurriendo algo distinto...

—Shady la va a encontrar —dijo Pointblank—. Ya has oído lo que nos dijo cuando llamó. Tiene contactos en el Departamento de Prisiones de California.

—Ya veremos —dijo Pretty Boy.

Se levantó para fumar un cigarro. Antes, él no fumaba. Había comenzado pocos días antes. La nicotina le calmaba los nervios, y el hecho de llevarse un cigarro a los labios le daba algo que hacer con las manos. Además, también le proporcionaba una buena excusa para darse un paseo cada dos horas.

El teléfono de Pointblank vibró sobre la mesa. Ink lo tomó y se lo lanzó para que pudiera responder.

—¿Sí? ¿De verdad? No, no lo había oído nunca. ¿Dónde? Sí, sí, lo tengo. Por supuesto. Bueno, de todos modos es un paso en la dirección correcta. Si no es un pueblo grande, la encontraremos nosotros... Claro. De acuerdo.

Cuando colgó, se levantó de la cama y comenzó a meter sus cosas en su bolsa.

—Vamos, moveos —les dijo—. Nos vamos.

Pretty Boy permaneció inmóvil.

—¿Adónde?

—A un pueblo llamado Gunnison.

—No lo había oído nunca —dijo Ink—. ¿Está cerca?

—No muy lejos. A unas dos o tres horas.

La mente de Pretty Boy comenzó a trabajar febrilmente. ¿Los federales no habían podido llevar a la hermana de Skin más lejos? ¿En qué estaban pensando?

Habían subestimado a La Banda y a todos sus contactos. No habían pensado en que los miembros del grupo tenían mujeres y novias con trabajos normales, y que podían acceder a información valiosa.

—¿Es allí donde está Laurel? —preguntó, aunque ya sabía la respuesta.

—Según Shady, sí.

—Así que su contacto ha funcionado —dijo Ink, que obviamente estaba impresionado.

Pointblank entró al baño.

—Claro. Ya te lo dije. Shady va en serio. Cumple con su parte.

Ink se metió el arma en la cintura del pantalón.

—¿Significa eso que tenemos una dirección?

—Todavía no —respondió Pointblank desde el baño.

Pretty Boy lo oía recogiendo el champú, la cuchilla y la espuma de afeitar y el resto de sus cosas.

—¿Cuándo nos la van a dar?

—Shady no está seguro de poder conseguirla. Espera que la encontremos nosotros.

Pretty Boy sintió esperanza.

—Eso no va a ser fácil —dijo.

Pointblank asomó la cabeza por la puerta del baño y sonrió.

—No creas que va a ser difícil. Gunnison solo tiene cinco mil habitantes.

Pretty Boy se aferró a su optimismo y respondió:

—Pero si está escondida, no habrá...

—No puede esconderse para siempre, tío —dijo Pointblank, y volvió a desaparecer dentro del baño—. Casi nadie puede estar siempre metido en su casa. Si no pasa nada, se aburrirá, y saldrá al supermercado, o a la iglesia, o a llevar a los niños al parque.

—Además, es nueva en ese pueblo —añadió Ink, con los ojos brillantes—. Eso significa que llamará la atención.

—Y nosotros también —dijo Pretty Boy.

Sonó la cisterna del inodoro, y Pointblank salió del baño subiéndose la cremallera de los pantalones.

—Nosotros vamos a estar buscándola, pero ella a nosotros no. Eso nos da ventaja. Además, Gunnison solo es algo temporal, hasta que el gobierno decida dónde la va a poner, así que está en una casa de alquiler.

Pretty Boy perdió las esperanzas en aquel momento.

—¿Eso es lo que ha dicho el contacto de Shady? ¿Que Gunnison es algo temporal?

—Sí, eso es lo que le ha dicho.

—¿Y qué se supone que tenemos que hacer cuando la encontremos?

Ink, que estaba haciendo su bolsa de viaje, miró a Pretty Boy.

—¿Tú qué crees, idiota?

Pretty Boy intentó evitar otro enfrentamiento con el psicópata y miró a Pointblank.

—Me refiero a los niños. No quiero matar niños. Ni tampoco a un alguacil de los Estados Unidos. Eso es pedir guerra.

Pointblank se colgó la bolsa del hombro.
—Ya lo pensaremos cuando lleguemos allí. Primero tenemos que encontrarla.

Sin embargo, Pretty Boy pensó que eso no les iba a llevar demasiado tiempo. Llegarían a Gunnison antes de que anocheciera. ¿Cuántas casas de alquiler podía haber en un pueblo tan pequeño?

Capítulo 22

–Creo que deberíamos poner algunas normas –dijo Buzz.

Virgil se estiró en su camastro. No había mucho que sacar de la bolsa cuando a uno solo le permitían tener ciento sesenta y ocho decímetros cúbicos de pertenencias.

–¿Como por ejemplo…? –preguntó Virgil, y volvió la cabeza hacia su compañero, que estaba mirando malhumoradamente hacia la galería.

–En realidad, solo es una norma. Tú me dejas en paz a mí, y yo te dejo en paz a ti. Así de fácil.

Pese a todos los tatuajes de demonios que llevaba en la piel, Buzz no era especialmente aterrador. No era grande, y no parecía que tuviera mucha fuerza. Sin embargo, eso no significaba que no fuera peligroso. Hacía mucho tiempo que Virgil había aprendido que no debía subestimar a nadie, al menos hasta que no supiera cómo era esa persona por dentro. Algunos de los hombres más malos con los que había luchado Virgil pesaban menos de ochenta kilos. Y algunos de los otros, de los que eran enormes, no valían para nada a la hora de dar puñetazos.

–Vamos a simplificarlo todavía más –dijo Virgil–. Tú me dejas en paz, y si no, yo haré que te arrepientas.

Quería empezar a recabar información. Ahora que estaba allí, solo podía pensar en salir, y no podía salir hasta que tuviera algo para Wallace. El olor de aquel sitio, que era diferente, pero a la vez tan parecido al de otras cárceles en las que había estado, le resultaba asfixiante. Sin embargo, para conseguir la información tenía que ganarse la credibilidad ante Buzz. Si intentaba hacerse amigo suyo antes de conseguirlo, malgastaría la oportunidad. O peor todavía; conseguiría exactamente lo contrario de lo que deseaba.

Primero tenía que vender su imagen, y hacerlo bien. Para infiltrarse en la Furia del Infierno necesitaba un padrino. Esperaba que su compañero de celda le ayudara, pero Buzz necesitaba un motivo para confiar en él, para admirarlo. Si no lo tenía, no iba a mover un dedo por él. Virgil se había relacionado lo suficiente con el mundo mafioso como para entenderlo bien.

—Así que eres un tipo duro, ¿eh? —le preguntó Buzz.

Era evidente que no creía las cosas por un mero acto de fe. Eso era algo que tenían en común.

—No tienes por qué aceptar mi palabra —dijo, y se sentó en la cama para ver si su compañero de celda quería ponerlo a prueba.

Sin embargo, Buzz apartó la mirada. No iba a lanzarle ningún desafío, al menos por el momento.

—No quiero problemas —murmuró—. Salgo en menos de un mes. Si me causas alguna dificultad, tendrás una sorpresa en el patio, por muy duro que seas. Y eso es una promesa.

Se refería a que iban a apuñalarlo cuando menos lo esperara.

—Tú eres el que me estás molestando —le dijo—. Si no quieres tener problemas, deja de pedirlos.

—Es que estoy cabreado. No tengo por qué aguantar esto.

—¿Qué es lo que no quieres aguantar?
—A ti, tío.
—Entonces, no me aguantes. Creía que ya habíamos resuelto eso.

Buzz miró de nuevo hacia la galería, en la que había algunas mesas de cemento y un par de teléfonos. Había otras diecinueve celdas que se abrían a ella. Los presos podían jugar a las cartas y socializar cuando no había orden de aislamiento en celda.

Virgil pensó que la conversación había terminado, así que volvió a tumbarse y cerró los ojos. Después de la semana que había pasado en el mundo real, estaba agotado. Sin embargo, Buzz no podía callarse, porque estaba muy nervioso.

—¿Qué hiciste? —le preguntó a Virgil—. ¿Por qué te han metido en la trena?
—Eso no es asunto tuyo.
—Déjame ver tus papeles.

Buzz quería saber si estaba afiliado a alguna banda. Eso era muy normal.

—No.
—De acuerdo. Por lo menos, dime dónde estuviste cumpliendo condena antes de venir aquí.
—Eso tampoco es asunto tuyo —dijo Virgil. Cuanto menos hablara sobre sí mismo, menos tendría que recordar después para no contradecirse, y más les costaría a los demás demostrar que estaba mintiendo.
—Va a ser un mes muy largo —suspiró Buzz.

Virgil se echó a reír.

Por la manera en que Buzz se giró hacia él, Virgil supo que aquel tipo tenía un arma escondida en algún sitio. De lo contrario, teniendo en cuenta la diferencia de estatura que había entre ellos, se habría movido con más cautela.

—¿Qué es lo que te hace tanta gracia?

—Deja de lloriquear. Por lo menos, tú vas a salir —dijo Virgil. Y después, para demostrar que desdeñaba cualquier amenaza que pudiera proferir Buzz, se tumbó de costado y le dio la espalda.

—Podría matarte en dos segundos —gruñó Buzz, que evidentemente, se sentía ofendido por el hecho de que Virgil no le tuviera miedo.

Por mucho que tuviera la libertad condicional al alcance de la mano, Buzz podía agredirlo por varios motivos: para dar una buena impresión a sus amigos de la Furia del Infierno, o para desahogar su ira y su odio. Sin embargo, Virgil tenía que dejar clara su superioridad, y la manera más rápida de hacerlo era obligarlo a luchar, o a que se retirara desde el principio. Esa forma de abordar la situación también iba a revelarle ciertos aspectos de la personalidad de Buzz: si era una persona volátil, si realmente actuaba cuando estaba acorralado, y no solo se dedicaba a fanfarronear, y hasta dónde estaba dispuesto a llegar por orgullo.

Virgil esperó atentamente cualquier movimiento que pudiera ponerlo sobre aviso. Sin embargo, Buzz prefirió mitigar la tensión.

—Esos tatuajes que llevas…

Virgil se giró hacia él de nuevo.

—¿Qué pasa con ellos?

—¿Perteneces a La Marca?

—No.

Buzz se refería a la Hermandad Aria, la banda mafiosa más peligrosa que había en las cárceles. Era un grupo pequeño, pero despiadado. Apenas aceptaban nuevos miembros. Virgil había oído decir que Tom Mills y Tyler Bingham, dos de sus líderes más poderosos, estaban encarcelados en Pelican Bay. Seguramente, en el Módulo de Aislamiento.

—Entonces, eres de otra banda. Lo sé.

Virgil no llevaba tatuada ninguna insignia reconocible

de La Banda. No estaba tan adoctrinado. Era la mejor sociedad que había en UPS Tucson, y en el pasado, Pretty Boy, Shady y un tipo al que llamaban Tucker, que había muerto en un tiroteo con la policía, se convirtieron en sus hermanos. Le había resultado duro separarse de ellos. Echaba de menos a Pretty Boy, y un par de ellos más. Sin embargo, sus tatuajes no eran de la misma calidad que uno podía hacerse en el exterior, y cualquiera que supiera eso se daría cuenta de que representaban algún tipo de afiliación.

–¿Qué quieres decir? –preguntó Virgil.

–Que lo mejor que puedes hacer es unirte a un grupo rápidamente.

–¿Por qué?

–Va a pasar algo –dijo Buzz con el ceño fruncido–. Yo tenía la esperanza de poder salir de aquí antes de que ocurriera, pero... Creo que no va a tardar mucho.

–¿Y qué es? ¿Algún problema con Nuestra Familia?

–¿Qué sabes tú sobre Nuestra Familia?

–Son los que mandan aquí, ¿no?

–¡Pues claro que no! ¿Quién te ha dicho esa idiotez? Ellos nos temen.

–¿Y quiénes sois vosotros? ¿El Enemigo Público Número 1?

Buzz se remangó el brazo y le mostró el tatuaje de una horca.

–La Furia del Infierno, esos somos nosotros. Los que dirigimos este lugar.

–¿Y qué es lo que va a pasar?

Buzz agitó la cabeza.

–No sabría decirte.

Virgil le concedió unos segundos para pensar antes de hablar de nuevo.

–¿Y con quién debería unirme?

–Con alguien en quien puedas confiar, tío.
–¿Y si no puedo confiar en nadie?
–Eso es problema tuyo.
No hubo tiempo de hablar más. Se oyó un timbre fuerte, y las puertas se deslizaron para abrirse. Era la hora de comer.

Virgil estaba sentado solo en una mesa del comedor, con la espalda contra la pared, para poder defenderse si era necesario. Observaba a los demás presos. Era importante saber quién iba con quién, dónde se sentaba cada grupo, cómo interactuaban. Los próximos días iban a ser los más peligrosos de su vida, más peligrosos incluso que cuando ingresó en prisión por primera vez. Ahora era más capaz de defenderse, pero eso podía empujarle a correr riesgos innecesarios. O, como esperaba poder cambiar su vida y tenía planes para el futuro, tal vez tuviera el problema contrario. Puede que titubeara cuando no debía, que demostrara su reticencia ante la lucha, o a la hora de matar, y destruyera cualquier posibilidad de ganarse el respeto que necesitaba. Aunque no podía ser demasiado temerario, tampoco podía ser demasiado cauto, no podía perder el impulso que le había proporcionado siempre la ira. Los que tenían el poder, a ambos lados de la ley, querrían encasillarlo en un lugar de su jerarquía, y el único modo de determinar quién era y lo que podía hacer era ponerlo a prueba.

Virgil no quería tener que demostrar todo eso. Aunque consiguiera sobrevivir y convencer a Buzz para que lo apadrinara, tendría que agredir a un enemigo de la Furia del Infierno para su iniciación, y hacerlo de manera brutal, para que resultara creíble y decisivo. Eso sería difícil de orquestar sin hacerle daño a nadie. Tendría que hablar de los detalles con Peyton, si querían que un apuñalamiento falso pareciera real. Él no estaba seguro de que pudiera representarse algo así.

Además, coordinarse con ella no iba a ser fácil. Cuanto más contactara con Peyton, más peligro correría de que lo descubrieran. No podía llamarla, a menos que les permitieran salir a la galería. Y, si había tanto nerviosismo entre los presos como decía Buzz, tal vez no tuviera ocasión de utilizar el teléfono. En Pelican Bay podían dar la orden de aislamiento en celda y permanecer así durante meses. Aquel centro penitenciario aplicaba aquel tipo de medidas a menudo. Wallace se lo había dicho durante el viaje desde Sacramento a Crescent City. Además, todas las conversaciones por teléfono eran grabadas. Virgil ya lo sabía, por supuesto, pero el subdirector se lo había advertido de todos modos. Wallace le había contado muchas cosas... incluyendo lo mucho que deseaba a Peyton.

Virgil intentó quitársela de la cabeza. Le costaba un gran esfuerzo, pero pensar en ella le ponía más nervioso de lo que ya estaba. Sobre todo, sabiendo que Wallace estaba decidido a hacer realidad sus deseos, y que él no iba a estar allí para impedírselo.

Mientras bebía un poco de leche, pasó la mirada por el comedor. Los negros comían en una esquina, y los mexicanos en otra. En medio había algunos rezagados, homosexuales, inadaptados y travestidos.

Buzz estaba comiendo con un grupo de blancos al otro lado de la habitación. No todos tenían tantos tatuajes como Buzz, pero la tinta que se les veía asomar por debajo de las mangas y del cuello de la camisa aumentaba el efecto de intimidación. Ellos contaban con eso. En parte, ese era el motivo por el que se hacían tantos tatuajes.

Mientras Buzz hablaba con los que estaban a su alrededor, señaló a Virgil con la cabeza. Cuando el grupo se dio cuenta de que les estaba mirando, varios de ellos se levantaron y se dirigieron a él.

—Te crees que eres un tipo malo, ¿eh?

Virgil quería ignorarlos y seguir cenando, pero no podía hacerlo. Un comportamiento tan agresivo era el equivalente a dar el primer puñetazo. Le estaban faltando el respeto para ver cómo reaccionaba. Si no se vengaba, después sería mucho más difícil ganarse su consideración. Tal vez fuera imposible. Y, si no podía conseguir ningún poder allí, no tendría ningún sentido que se quedara. Todo habría terminado, para Laurel, para los niños y para él.

Así pues, en vez de terminar su cena, apartó la bandeja de un manotazo y, con una sonrisa, les mostró el dedo corazón.

Por suerte, Peyton no se había marchado todavía de la cárcel. Se había quedado trabajando hasta tarde, y después había permanecido en su despacho, intentando dar con la manera de ver a Virgil antes de irse a casa. Sin embargo, antes de que pudiera organizarlo, recibió la llamada del oficial George Robinson, que la avisó de que había habido un altercado en el comedor del Módulo A. Cuatro hombres habían atacado a uno solo, a Simeon Bennett, que estaba herido. Robinson le dio también los nombres de los demás, y ella supo que se trataban de miembros de la Furia del Infierno. Virgil había entrado en escena nada más llegar y había creado un problema, porque eso era lo que tenía que hacer.

O conseguía lo que quería, o moriría en el intento.

Ella temía que ocurriera lo segundo.

—¿Está grave? —preguntó.

—¿Cuál de ellos? —quiso saber Robinson.

—El nuevo, Simeon Bennett.

Peyton sabía que era extraño que se interesara por uno recluso en particular, pero no le importó. Tenía que saber que él estaba bien.

—No sabría decirle —respondió el oficial—. Está cubierto de sangre. Sabremos más cuando lo hayamos limpiado.

—Ahora mismo voy —dijo ella, intentando mantener un tono de voz frío, pese a que tenía el corazón acelerado y un nudo en la garganta.

El guardia ni siquiera se molestó en responder, y colgó el teléfono.

Peyton salió al pasillo y comenzó a recorrerlo apresuradamente, hasta que oyó que el director de la cárcel la llamaba.

—¿Peyton?

Ella no quería parar, y pensó en ignorarlo, pero no pudo hacerlo. Era evidente que podía oírlo.

—¿Sí? —dijo, volviéndose hacia él.

—¿Puedo hablar un momento contigo?

—Me temo que tengo prisa, señor. ¿Podríamos dejar la conversación para mañana?

Su expresión le dio a entender que el director no apreciaba demasiado su respuesta.

—¿Adónde vas?

—A la enfermería.

Él abrió mucho los ojos.

—¿Por qué? ¿Hay algún problema?

—Ha habido una pelea en el Módulo A, señor —dijo ella, sin poder evitar que su voz tuviera un tono de acusación. Ella había intentado advertirle al director que Virgil no estaría seguro en Pelican Bay. Se lo había advertido a todos.

—¿Cuántos han participado?

—Cinco, por lo que he podido saber.

Él agitó la cabeza.

—¿Y ha sido muy grave?

—No lo sé. Los guardias lo tienen bajo control, pero hay varios hombres heridos. Simeon Bennett es uno de ellos.

A Peyton le pareció que Fischer podría mostrar un poco de preocupación yendo a la enfermería con él. Virgil ni siquiera se merecía estar en la cárcel. Estaba arriesgando la vida para salvar a su hermana y a sus sobrinos, y para acabar con la Furia del Infierno. Sin embargo, a Fischer no le importaba eso. A nadie le importaba.

—Si todo está bajo control, entonces no hay nada que tú puedas hacer.

—Quería... ver qué tal... están.

—Dale al médico la oportunidad de hacer su trabajo. De todos modos, no voy a tardar mucho. ¿Te importa?

Sí le importaba, pero sabía que no tenía más remedio que escuchar. Apretó los puños y lo siguió hasta su despacho.

—¿Sí, señor? —preguntó en cuanto él cerró la puerta.

—Hoy me ha llamado Rick Wallace.

—¿De veras?

—Sí. Me ha contado que su esposa y él van a divorciarse.

—Sí, señor. A mí también me lo dijo. Es una lástima.

—Eso depende de cómo lo mires.

—¿Disculpe?

—¿Es que no sabes que está interesado en ti?

Oh, demonios. ¿Rick ya había hablado con el director? Ella el había pedido que esperara hasta que hubieran terminado con la Operación Interna, antes de abordar sus asuntos personales.

—Por supuesto, tenía cierta idea, pero le dije que no iba a funcionar, y que el departamento no iba a permitirlo.

—Pues yo no estoy muy seguro de eso. Yo estoy completamente a favor. Trabajas demasiado. Has permitido que tu trabajo ocupe toda tu vida, cuando hay muchas más cosas. Creo que vosotros dos haríais la pareja perfecta.

Peyton se preguntó si también pensaría lo mismo de Virgil, pero no iba a preguntárselo. Tampoco iba a hablar de Rick con él.

—Dudo que salga nada de todo esto, señor. Pero de todos modos, gracias.

—No te des demasiada prisa en rechazarlo. Ese chico va a llegar muy lejos.

Y, seguramente, le había pedido a Fischer que intercediera por él, lo que irritó a Peyton más todavía. Tal y como le había dicho a Rick, aquel no era el momento más propicio para solucionar sus asuntos personales.

—Lo tendré en cuenta —dijo, y miró el reloj para recordarle que tenía prisa—. ¿Hemos terminado?

—Por ahora sí.

—Entonces, será mejor que me vaya a la enfermería. Eh... señor...

—¿Sí?

—Si Simeon Bennett sobrevive a esto, ¿tengo su permiso para trasladarlo fuera de aquí?

—Eso es cosa del Departamento de Prisiones, no mía.

Sin embargo, Wallace no iba a permitirlo.

—Nosotros deberíamos oponernos a esta operación.

A Fischer no le gustó su tono de voz, y se lo hizo saber con el tono de la suya.

—Ya te he dicho que eso es cosa del Departamento de Prisiones —dijo. Después, sonrió forzadamente y se despidió—: Buenas noches.

Virgil no tenía buen aspecto. Tenía los ojos cerrados y estaba inmóvil, mientras una enfermera, que ya le había quitado la camisa, le limpiaba el torso manchado de sangre. La enfermera trabajaba demasiado deprisa como para tener delicadeza, y eso molestó a Peyton. Sin embargo, Virgil no reaccionaba, pese a su brusquedad.

Peyton esperaba que no estuviera gravemente herido, tal y como parecía. Era evidente, por la hemorragia, que lo habían apuñalado en el estómago. Además, tenía la mano izquierda cerca del cuerpo, como si le doliera.

Al oír abrirse la puerta, la enfermera se volvió hacia ella.

Era Belinda, una mujer joven y guapa, madre de dos niños, que debía de estar esperando al médico. Al ver a Peyton, se irguió de la sorpresa.

—Subdirectora. Eh... ¿puedo hacer algo por usted?

Virgil abrió los ojos y la miró. Ella, que estuvo a punto de lanzarse hacia él, se quedó junto a la pared.

—No se detenga —le dijo Peyton a la enfermera—. No quiero interrumpirla.

—Esta noche estamos un poco cortos de personal —dijo la enfermera—, pero el médico vendrá en cuanto pueda.

Virgil había recibido una puñalada, ¿y el médico no estaba allí?

—¿Dónde está?

—Con el otro recluso, en la sala de al lado.

—¿Quién?

—Weston Jager. Y hay otros dos al final del pasillo. Todos estaban en la pelea.

—¿Las heridas de Weston son más graves que las de este interno?

—No...

—Entonces, ¿por qué está el médico con él?

—Eh... Jager pidió que lo atendieran primero. Y era más fácil que aguantar sus insultos —admitió la enfermera.

Peyton no estaba dispuesta a tolerar el autoritarismo de Weston.

—Él puede esperar, y sus amigos también. Llámelo.
La enfermera titubeó.
—¿Quiere que atiendan primero a este interno?
—Se llama Simeon Bennett, y sí, eso es exactamente lo que quiero —dijo, y después buscó una excusa para explicar su interés—. Es el hermano de una amiga mía.
—¡Ah! ¿Lo conoce? —preguntó la enfermera, que parecía aliviada de haberlo entendido, por fin.
—Personalmente no —dijo Peyton—, pero le he prometido a mi amiga que su hermano estaría bien aquí, y quiero cumplir esa promesa.
—Por supuesto, por supuesto. Voy a avisar al doctor Pendergast.
Belinda le dio a Virgil un pedazo de gasa para que se tapara la herida que tenía junto al ombligo y se marchó.
—Buena historia —murmuró Virgil.
—¿Qué historia?
—La de que soy… el hermano de una amiga tuya. Buena excusa para explicar… nuestra asociación.
¿Asociación? El pánico que sentía Peyton iba más allá de lo que le hubiera suscitado una mera asociación.
—Ah, sí. Espero que se lo haya creído.
Él consiguió sonreír.
—No te preocupes más, ¿de acuerdo? Todo va bien.
—¿Esto va bien? —preguntó ella, señalando sus heridas—. Tienes muy mal aspecto.
—He conocido días mejores. Y peores también —dijo Virgil. Su sonrisa se convirtió en un gesto de dolor al recolocarse sobre la mesa.
—¿Y los otros tipos? Espero que estén peor que yo.
—No he ido a verlos. Quien me preocupa eres tú.
Su venda ya estaba empapada en sangre. Ella tomó una nueva e intentó contener la hemorragia, pero él le apartó la mano antes de que pudiera tocarlo.

–No llevas guantes.
–¿Crees que podría contagiarme de alguna enfermedad?
–¿Y para qué vas a correr el riesgo?
–Es un poco tarde para eso, ¿no?
Él volvió a hacer un gesto de dolor.
–No me preocupa mi sangre.
–¿Qué ha pasado?
–¿Es que no es evidente?
–Te has metido en una pelea. Eso es evidente, sí. ¡Pero solo llevabas dentro unas horas!
–Tuve que superar el primer obstáculo. Cuando haya conseguido establecerme, creo que tendremos menos oportunidades de vernos aquí.
La nueva gasa estaba tan saturada como la primera. Como Virgil apenas tenía fuerzas, ella misma le apartó el vendaje y se lo colocó sobre la herida.
–Te he dicho que no toques…
Ella no le permitió que la detuviera.
–Lo tengo. Tú relájate.
Él cerró los ojos, y Peyton temió que su estado fuera peor de lo que Virgil quería hacerle ver. Le costaba mucho hablar, pero siempre y cuando estuviera despierto, ella se sentía más tranquila. Por eso, siguió hablando con él.
–¿Los atacaste tú? –le preguntó.
–¿A cuatro hombres? –preguntó Virgil. Quería reírse, pero no pudo–. Ellos me atacaron a mí. Yo solo… los invité a que lo hicieran.
–Muy buen modo de comenzar las cosas.
–Cálmate. Estoy bien.
–Estás bien, ¿eh? ¿Por cuánto tiempo?
–Por ahora.
–Por favor, dime que has conseguido lo que querías conseguir con esto.

—Es demasiado pronto para saberlo.
—Así que esto puede pasar otra vez. Y otra.
—Tal vez. Eso depende.

Ella examinó la herida, y frunció el ceño al ver que continuaba sangrando. ¿Con qué le habían apuñalado? ¿Le habían clavado un cepillo de dientes afilado? ¿Alguna pieza de metal que habían sacado de los talleres y que habían afilado durante días? ¿Y dónde estaba aquel maldito médico?

—Dios, dime que no es profunda.
—No lo sé. No esperaba que tuvieran... un arma. Al principio nadie la tenía. Creo que debió de pasársela Buzz.
—¿Buzz estaba metido en esto?

¿El hombre a quien ella había seleccionado cuidadosamente para que fuera su compañero de celda?

—Él se retiró cuando la pelea se puso seria. Está empeñado en salir de la cárcel, y no quiere echar a perder su oportunidad. Pero sí... el fue el instigador, y el único que no... resultó herido.

—Entonces, te cambiaré a otra celda.
Él negó con la cabeza.
—Es la única forma de que estés seguro.
—No.
—Si no te cambio de celda, quiero que salgas de la cárcel.
—No, por supuesto que no.
—Pero...
—Peyton, ya basta.

Peyton miró hacia atrás para asegurarse de que seguían solos.

—No puedo parar.
Él le cubrió una mano con la suya.
—Sí, sí puedes. Esta es... mi única posibilidad.
A ella se le llenaron los ojos de lágrimas.

—Pensaremos en otra cosa.
—Es demasiado tarde. Wallace no me lo permitiría. Dejaría a Laurel sin protección si yo hiciera algo en contra de su voluntad. Está esperando cualquier excusa.
—No debería habérselo dicho. No quiero que estés aquí.
—Pero no puedo marcharme.
Ella se secó las lágrimas de la cara con la mano libre.
—¿Crees que Wallace permitiría que le hicieran daño a Laurel? ¿Es así de vengativo?
—Sí, estoy seguro. Cualquier hombre se vuelve vengativo si tiene suficiente motivación.
—Yo no soy suficiente motivación para Wallace. Ni siquiera entiendo por qué está tan interesado, de repente.
—Porque sabe que yo también te deseo. Es por la competitividad, por el hecho de que piensa que tiene más derecho que yo.
—¡Pues sal de aquí y protege tú mismo a Laurel!
—¿Y cómo voy a poder hacerlo si… me acusan de otro crimen? ¿Y si me encierran para siempre?
—¿Pueden hacerlo?
—Pueden intentarlo.
—¿Qué ocurrió cuando mataste a esos hombres, Virgil?
Él tragó saliva con un gesto de dolor.
—Más o menos… lo que ha pasado aquí.
—¿Te atacaron cuando estabas en UPS Tucson?
Él asintió.
—Entonces fue cuando me trasladaron a… Florence. Fue por eso. Pero… ellos no querían solo pelea. Todo ocurrió muy deprisa. Yo… hice lo que tenía que hacer para sobrevivir.
Ella lo creyó.
—Entonces fue en defensa propia.
—Solo es defensa propia si puedes demostrarlo.
—¿Y por qué tú no puedes demostrarlo?

—Porque los otros dos hombres que participaron en la pelea dijeron lo contrario.

—¿Y qué? Es tu palabra contra la de ellos. Nunca podrían demostrar los cargos.

—Si pudiera estar seguro de que iba a tener un juicio justo, tal vez me arriesgara. Pero... no tengo mucha fe en el sistema judicial. Además, tengo reputación de pendenciero y pertenecía a una banda mafiosa. No quiero seguir esa vía. He llegado muy lejos, y quiero terminar esto. Déjame terminar.

—No me estás dando ninguna opción.

Él le apretó suavemente los dedos de la mano.

—Te necesito. Necesito tu apoyo.

—¿Y si mueres?

—Entonces, moriré. Pero tengo que... hacerlo.

—¿Lo dices en serio? ¡Esto es una locura! Yo tenía miedo de que sucediera algo así.

—Y... dejaste bien claras tus objeciones. Tienes la conciencia tranquila.

—¡No es la conciencia lo que me molesta!

Él abrió los ojos y la atravesó con la mirada.

—Ten cuidado...

Se le volvieron a llenar los ojos de lágrimas. Sabía que estaba angustiada, pero no sabía cuánto, hasta aquel momento. Se sintió frustrada por su propia reacción, y le espetó a Virgil:

—¿Cuidado con qué?

Él sonrió.

—Estás comportándote como si te importara.

—¡Y me importa!

—Como si te importara yo —matizó él, y se puso serio.

Aquellas palabras eran una pregunta. Le estaba preguntando si su preocupación iba más allá de lo que sentiría por cualquier otra persona que estuviera en aquella situación.

¿Y era cierto? Peyton estaba casi segura de que sí. Sin embargo, ¿hasta qué punto iba más allá? ¿Y qué debía responderle?

–Lo único que sé es que no puedo dejar de pensar en ti –le dijo–. Cada vez que cierro los ojos, tú estás ahí.

Ella no esperaba admitirlo así. Sin embargo, una vez que lo hizo, pensó que iba a agradar a Virgil. Sin embargo, él frunció el ceño como si acabara de cambiar de opinión.

–No podemos hacer esto. Solo vamos a conseguir que sea mucho más difícil para los dos.

La enfermera debía de haberle dado un analgésico, porque de repente, le costaba menos hablar, pero estaba empezando a arrastrar las palabras.

–Tengo que hacer esto, Peyton. No puedo cambiarlo. Y aunque pudiera, aunque ya tuviera una nueva vida, no tengo nada que ofrecerle a una mujer como tú.

Ella volvió a mirar hacia fuera. El pasillo estaba vacío.

–¿Como yo? ¿Crees que tienes que ofrecerme? Yo no estoy buscando que me aseguren el futuro.

–Entonces, ¿qué estás buscando? ¿A un tipo que ha pasado catorce años en la cárcel?

–Tú no tienes control sobre lo que hicieron tu madre y tu tío…

Él no le permitió que le interrumpiera.

–¿O es el hecho de que haya pertenecido a una mafia lo que te resulta atractivo? ¿Y si no puedo librarme de La Banda? ¿Y si van por ti, a causa de tu asociación conmigo? El hecho de que te preocupes por mí te hace correr riesgos. ¿Es que no lo entiendes? Y a mí me da mucho más que perder.

–Tú no tienes miedo de perderme. Lo que te da miedo es sentir algo.

–No puedo permitírmelo. Ahora no.

Peyton recordó la ternura con la que la había acariciado

el sábado por la noche. Tal vez él no quisiera sentir nada, pero lo sentía. Era tan susceptible de sentir amor, miedo y dolor como cualquier otro hombre.

—Ya. Buen intento —le dijo.

Aunque lo que él acababa de decirle fuera cierto, Peyton no sabía qué hacer al respecto. Se sentía muy atraída por él, y el deseo no desaparecía. Por muy repentino e inoportuno que fuera, ella quería estar con Virgil. Su pasado no podía cambiar lo que ella sentía, porque la lógica no tenía lugar en todo aquello.

En aquel momento se oyeron pasos que se acercaban, y el médico y la enfermera entraron en la estancia. Peyton se fue hacia el lavabo para lavarse las manos, como si solo hubiera estado ayudando en ausencia de la enfermera.

El médico reconoció a Virgil durante varios minutos, mientras ella miraba. Sin embargo, cuando el doctor Pendergast comenzó a coserle la herida, ella tuvo que apartar los ojos. Se mareó, aunque normalmente la sangre no le causaba reparos.

—¿Se va a recuperar? —le preguntó ella.

El médico continuó suturando mientras respondía.

—Va a quedar como nuevo.

—¿Seguro?

—Sí, seguro. Dígale a su amiga que puede estar tranquila. Él va a tener una cicatriz más, y seguramente terminará en el Módulo de Aislamiento por haber participado en una pelea, pero sobrevivirá.

Ella se cruzó de brazos.

—No, no va a ir al Módulo de Aislamiento. Nadie empieza una pelea de uno contra cuatro.

—Él les ha hecho tanto daño como ellos a él.

—No importa. Él no comenzó la pelea. Y no era el que tenía el arma.

—Pues eso no es lo que dicen los demás. Dicen que fue

él quien empezó, y que ellos le quitaron el cepillo de las manos.

Porque el que tenía el arma tendría más problemas que los demás. Era un buen motivo para acusar al contrario.

Peyton no contradijo al médico. No era asunto del doctor Pendergast. Ella misma se encargaría de aquel caso.

–Llegaré al fondo de la cuestión –prometió.

Después se marchó a ver qué les había ocurrido a Weston y a los otros dos. Buzz no tenía más que unos cuantos moretones. Si él había comenzado aquella pelea, se merecía tener más, pero por lo menos, Peyton sintió cierta satisfacción al visitar a los demás. Westy tenía la nariz hinchada, un labio roto y un corte en el ojo, un corte que iba a necesitar un par de puntos. Ace Anderson, el compañero de celda de Westy, tenía la mano hinchada sobre el regazo. Y Doug Lachette juraba y perjuraba que tenía las costillas rotas, además de la boca ensangrentada y varios dientes partidos.

–Bien hecho –murmuró entre dientes Peyton, aplaudiendo silenciosamente a Virgil mientras salía de la enfermería.

Sin embargo, sabía que la próxima vez que hubiera una pelea, alguien podía salir hacia la morgue metido en una bolsa.

Y ese alguien podía ser, fácilmente, Virgil.

Capítulo 23

El coche de Wallace estaba aparcado en su casa cuando Peyton llegó. Después del día que había tenido, él era la última persona a la que quería ver. Sobre todo porque le había dejado claro que prefería que él se marchara a Sacramento. ¿Por qué no se había ido? ¿Por qué pensaba que podía quedarse en su casa indefinidamente?

Para ella, se trataba de una invasión de su privacidad, pero él no lo entendería. Aquella mañana, cuando se había ido a trabajar, había dejado allí a Wallace y a Virgil solos, como si eso no le importara, pero en realidad, prefería mil veces que Virgil estuviera en su espacio, y no Wallace.

El hecho de preferir a Virgil le parecía una locura. Conocía mejor a Rick, y Rick no tenía un pasado difícil…

–Dios, ¿qué me ocurre? –se preguntó con un gemido.

Tomó el maletín y el bolso del asiento del coche y respiró profundamente antes de salir. Tenía la tentación de exigirle a Wallace que sacara a Virgil de la cárcel, pero Virgil nunca se lo perdonaría. La culparía si lo acusaban de asesinato y lo condenaban a la cárcel de nuevo, o si Laurel terminaba sufriendo algún daño. Él prefería manejar la situación a su manera y, aunque ella lo respetaba, se sentía angustiada.

Así pues, ¿qué era lo que debía hacer? ¿Qué podía hacer? ¿Dejar que la Operación Interna siguiera su curso? ¿Permitir que Virgil siguiera arriesgando la vida? ¿O sacarlo todo a la vida y dejar a Crescent City sin trabajo?

Ojalá el director le quitara aquella difícil decisión de las manos. Él tenía más poder que ella. Sin embargo, Fischer había decidido apoyar las decisiones del Departamento de Prisiones y Reinserción de California y estaba haciéndolo con los ojos cerrados.

—Allá voy —murmuró, mientras subía las escaleras de su terraza.

Rick se estaba paseando por su salón. Estaba al teléfono, en mitad de una acalorada discusión, y apenas la miró cuando entró.

Aparte de saludarlo con la mano, ella también lo ignoró, y entró en la cocina. Dejó sus cosas en la encimera y abrió la nevera en busca de algo de cena. Ojalá hubiera salido. De haber sabido que Wallace no se había marchado, se habría quedado a cenar fuera para llegar más tarde a casa.

—¡Imbécil! —gritó Rick—. ¡No puedes marcharte de California! ¡Ni se te ocurra! ¡Me opondré con todas mis fuerzas! ¡También son hijas mías!

Peyton se estremeció al oír sus gritos y su furia, y puso los ojos en blanco. Ella no tenía por qué soportar eso. ¿No le había dicho Rick que quería que su divorcio no fuera tan amargo como el de sus padres? Pues no parecía muy probable. Y ella tenía que tragarse sus discusiones...

No podía soportarlo. Cerró la nevera y tomó su bolso. Rick ni siquiera se dio cuenta de que se iba. Estaba concentrado en una sola cosa: destrozar verbalmente a la que pronto sería su exmujer.

Con la cabeza agachada, Peyton fue apresuradamente

hacia el coche y se alejó de su casa. Pensó en ir a ver a Michelle. Necesitaba desconectar y pensar en otra cosa. Sin embargo, no fue a casa de su amiga. Fue a la ciudad y tomó una hamburguesa vegetariana. Después, pasó por delante de la casa de Michelle de camino a la cárcel.

Un ruido despertó a Laurel en medio de la noche. En realidad, solo había sido un crujido suave, y sin embargo... la había sacado de un profundo sueño.

«Es el alguacil», pensó. Cada noche, antes de retirarse, Jimmy Keegan, el alguacil de los Estados Unidos que Wallace había dejado a su cuidado, llamaba a su esposa, veía la televisión durante una hora y se acostaba. Solo llevaban juntos tres días, pero ya habían establecido aquellas costumbres. Seguramente, porque no había mucho más que hacer. No podían ir a ninguna parte. Aunque Keegan salía de vez en cuando, durante breves periodos, para comprarles algún dulce o algo de leche, ni siquiera dejaba jugar a los niños en el patio porque era demasiado arriesgado. Era así de estricto.

A Laurel no le importaba. Se sentía segura por primera vez en mucho tiempo. El alguacil era un hombre muy vigilante, y ella no podía imaginar que nadie lo tomara por sorpresa. Así pues, se despreocupó de lo que había oído y volvió a cerrar los ojos. Sin embargo, volvió a abrirlos al oír que alguien arrastraba los pies por el pasillo. ¿Qué estaba sucediendo?

La luz de la luna se filtraba por las rendijas de la persiana e iluminaba suavemente a su hijo, que estaba durmiendo en la cama de al lado, contra la pared. Mia estaba acurrucada contra ella. El calor de su hija era reconfortante. Jake y Mia estaban bien.

Sin embargo, algo iba mal.

Con cuidado de no despertar a la niña, tomó el teléfono móvil de la mesilla y miró la hora: las dos y media de la noche. Era tarde.

Oyó otro crujido...

Se le cortó la respiración. Tenía que ser Jimmy, ¿verdad?

Por supuesto. Si La Banda los hubiera seguido el día anterior a Rick Wallace y a ella, ya la habrían atacado. No tenían ningún motivo para esperar. Sin embargo, los ruidos que oía estaban fuera de lugar. No había solo una persona moviéndose; eran dos.

Sintió una descarga de adrenalina que la empujó a levantarse de la cama. Atravesó la habitación y entreabrió la puerta para poder mirar al pasillo. Estaba demasiado oscuro como para ver algo, pero oyó a un hombre quejarse, entre juramentos, de que estaba cubierto de sangre.

¿De sangre? ¿De sangre de quién?, se preguntó. Sin embargo, en el fondo ya lo sabía. No estaba segura de lo que le había pasado al alguacil, pero sí estaba segura de que no iba a poder ayudarla.

Si había muerto, o estaba herido, a ella solo le quedaban unos segundos. ¿Debía invertirlos llamando a la policía? ¿O sacando a los niños de la casa?

No tenía elección. Debía ocuparse de sus hijos. Si se ocupaba de ellos inmediatamente, tendrían más oportunidades de sobrevivir. Cerró la puerta silenciosamente y puso el pestillo. Después despertó a Jake, indicándole que estuviera callado. Sin embargo, él no lo hizo. Estaba somnoliento y confuso, y no se dio cuenta de que tenía que obedecer.

–¿Qué pasa, mamá?

Por lo menos, había susurrado.

–No hables –le dijo al oído–. Hay unos intrusos en casa, y tal vez sean peligrosos. Haz exactamente lo que yo te diga. Voy a ayudarte a salir por la ventana. Ve a la casa de los vecinos y llama a la puerta. Explícales lo que ocurre y pídeles que llamen a la policía. Después, quédate allí hasta que yo vaya a buscarte.

–¿Y Mia? –preguntó el niño con preocupación.

La niña estaba empezando a moverse.

–Ella va a ir contigo. No le sueltes la mano, y protégela. Pero sal tú primero.

Jake se levantó con valor, y se puso los zapatos y el abrigo sin que ella tuviera que pedírselo.

Justo cuando ella abría la ventana, oyeron unos pasos que se acercaban... Entonces, el pomo de la puerta giró. Clic, clic, clic.

Oh, Dios...

Uno de los hombres habló.

–No me importa. Tírala de una patada.

Por suerte, consiguió abrir la ventana sin un solo ruido, y mientras Jake subía a la cama para salir a la calle, Mia se despertó y se frotó los ojos.

–¿Adónde vas?

Laurel se puso un dedo en los labios.

–Shh...

Su hija frunció el ceño.

–¿Por qué no puedo hablar?

–Vas a salir con tu hermano, ¿de acuerdo? –le dijo Laurel, y la tomó en brazos–. No te separes de él. Yo iré con vosotros en un minuto.

–¡Pero si fuera hace mucho frío!

–¡Cállate! –le ordenó Laurel.

En aquel momento, alguien golpeó la puerta con fuerza, y Mia se quedó petrificada. Con los ojos muy abiertos, se colgó del cuello de Laurel.

Hubo otro golpe en la puerta, que sacudió toda la casa. Laurel no sabía lo que iban a hacer aquellos hombres cuando consiguieran derribarla, pero no quería que sus hijos estuvieran allí.

Le hizo un gesto a su hijo, que estaba sobre la cama, mirándola con terror.

—¡Date prisa! Vamos, Jake.

Lo tomó de los brazos y lo dejó caer, suavemente, sobre la hierba. Después hizo lo mismo con Mia. Al caer al suelo, la niña no quiso soltarle las manos.

—¿Y tú, mamá?

—Yo voy ahora. Tú márchate con Jake.

—¡No! ¡Quiero que tú vengas también!

No había tiempo para ser tierna. Se zafó de su hija y vio que la niña tenía las mejillas llenas de lágrimas.

—¡Abre la puerta, o estás muerta! —gritó un hombre.

Mientras, ella vio alejarse a los niños, y después cerró la ventana. Supo que quien había gritado era el hombre de los tatuajes, Ink, el mismo que la había amenazado antes. Ojalá no se diera cuenta de que sus hijos se habían marchado por el jardín. Esperaba que se concentrara tanto en ella que no se diera cuenta de su ausencia hasta que ellos estuvieran bien lejos.

Se lanzó por el teléfono para intentar llamar a la policía, y ya estaba marcando el número cuando la puerta cedió y se hizo astillas contra la pared.

—¿Cómo? —le preguntó Peyton a la enfermera Regina Murray, que había sustituido a Belinda en el cambio de turno.

El aspecto y las peculiaridades de aquella enfermera le recordaban a Peyton a la enfermera de *Misery*, la novela de Stephen King. Pero, aunque fuera muy difícil que Regina agradara a alguien, Peyton intentaba tratarla siempre cordialmente.

—Que ese idiota se ha empeñado en que lo llevaran a su celda —dijo, señalando la habitación en la que habían curado a Virgil.

—Pero... si solo hace un par de horas que ha estado aquí.

—Ya lo sé. No lo entiendo. La mayoría de los presos dicen que están enfermos con tal de entrar aquí. Eso es una distracción para ellos, y además, tienen un poco de atención femenina.

En realidad, no era atención femenina lo que querían, sino que les recetaran analgésicos. Y Regina no atraía a nadie. En vez de silbarla o admirarla, hacían comentarios desagradables sobre ella.

Peyton se alegraba de que Regina no se enterara de aquel comportamiento, puesto que no había forma de pararlo. Por lo menos, ella lo intentaba, negándoles privilegios a los hombres que persistían. Cuando ella había comenzado a trabajar de oficial de prisiones, había un recluso que se masturbaba delante de ella siempre que tenía ocasión, sin miedo, porque el director se negaba a castigarlo. «Eso es lo que vas a ver en una cárcel de máxima seguridad», le decía. Los oficiales de prisiones no eran tan igualitarios dieciséis años antes. La mayoría pensaban que las mujeres no tenían por qué trabajar en un centro penitenciario. Y había algunos que seguían pensándolo.

—El preso no quería quedarse —estaba diciendo Regina—. Decía que se encontraba bien.

—¿Por qué estaba tan empeñado en marcharse?

—¿Quién sabe? En cuanto el médico le suturó la herida y le hizo una radiografía de la mano, saltó de la camilla y pidió que lo acompañaran. Nosotros no obligamos a nadie a quedarse aquí en contra de su voluntad, a menos que sea un imperativo por causa de su salud.

—¿Tenía la mano rota?

–No. Tenía un esguince.
–¿Tenía algo roto?
–No, nada. Ese es muy duro. Les hizo tanto daño a los otros presos como ellos a él –añadió Regina con una risita.

Peyton había comprobado eso por sí misma, y le causaba aprensión. ¿Y si la Furia del Infierno intentaba atacarlo de nuevo para vengarse? ¿Habría empezado Virgil una guerra? ¿O acaso estaba abriéndose camino en el grupo, tal y como pretendía?

Ambas cosas eran posibles...

Miró a la camilla de nuevo.

–Tenía una herida de arma blanca. Eso debería haber sido motivo suficiente para tenerlo aquí varios días.

La enfermera interpretó el comentario como una crítica, y se irguió.

–Por suerte, la herida no era profunda.
–¿Y hay riesgo de infección?
–Está tomando antibióticos. Si no se mete en líos, estará bien.

Sin embargo, Peyton no estaba segura de que Virgil no fuera a meterse en líos. No quería que tuviera otra pelea, con una herida tan grave en el estómago, porque no tendría ninguna oportunidad de salir con vida.

–¿Y Weston?
–Él también volvió a su celda. Todos se marcharon. El señor Anderson fue el último, porque tuvo que esperar a que el doctor Pendergast le escayolara la mano.

Así que había habido un hueso roto a causa de la pelea. Por lo menos, no era de Virgil.

–Muy bien. Gracias.

En la salida, el doctor Pendergast la detuvo.

–¿Subdirectora?
–¿Sí?
–Me alegro de verla. Creo que tenemos un problema.

—¿Qué clase de problema?
Él le indicó que se reuniera con él en su despacho.
—He oído a Weston Jager hablando con Doug Lachette.
—¿Y?
—Creo que van a ir por el recluso nuevo otra vez.
—¿Se lo ha dicho a Bennett? ¿Le avisó de que era mejor que se quedara aquí?
—Lo intenté. Le dije que no debía pelearse con nadie, puesto que los puntos podrían saltársele, y se le abriría la herida. Sin embargo, habríamos tenido que atarlo para conseguir que se quedara aquí, y eso no tenía mucho sentido.
—Se acabó —dijo ella—. Weston se acaba de ganar el billete para el Módulo de Aislamiento.
Quería enviar también a Virgil a aquel módulo, porque sabía que allí estaría a salvo. Sin embargo, Wallace y Fischer no se lo permitirían. El hecho de aislar a Virgil impediría que lograran su propósito.

John no estaba en el comedor cuando se había producido la pelea. Sin embargo, había oído los detalles en boca de otras personas. Todos los guardias hablaban sobre el nuevo preso, que les había dado una paliza a tres mafiosos curtidos. Seguramente habría ganado la pelea si no lo hubieran apuñalado. John lamentó no haberlo presenciado, sobre todo después de saber que Westy estaba involucrado. Él no creía que Westy hubiera perdido nunca una pelea. Las amañaba, si era necesario.
Parecía que no había amañado la que había tenido con aquel hombre.
John intentó disimular la satisfacción que le producía aquello mientras esperaba junto a la celda de Westy. Acababa de recibir órdenes de llevárselo al Módulo de Aislamiento. Eso era una buena noticia; cuando Westy estuviera

aislado y separado de los demás, necesitaría su ayuda más que nunca, para llevar y traer mensajes y pasarle cosas de contrabando, lo cual significaba que los precios iban a subir.

—Bueno, ¿y qué ha pasado? —le preguntó, mientras Westy recogía sus cosas.

Westy le lanzó una mirada asesina, pero no respondió.

—Me han dicho que ese tipo sabe pegarse.

Ace Anderson estaba tumbado en su camastro, mirando los dedos que sobresalían de su nueva escayola. Llevaba un año de compañero de celda de Westy.

—¿Es que no te lo dice la cara de Westy?

Cuando Ace se rio de su propia broma, Westy le arrojó una camisa hecha una bola.

—¡Cierra la boca! ¡Por lo menos yo no me he roto la mano!

Ace se quitó la camisa de la cara.

—Ese tipo tiene la cabeza muy dura.

—Bueno, ¿y cómo se llama? ¿De dónde ha venido?

John estaba impaciente por verlo. Tenía que ser tan grande como una casa, a juzgar por cómo hablaba de él todo el mundo.

—¿Y qué importa? —respondió Westy, mientras tomaba su camisa—. Pronto va a ser hombre muerto. Eso es lo que sé.

—¿No tienes ya suficientes enemigos con los negros y los mexicanos?

Westy se detuvo a mirarlo.

—No me digas cómo tengo que llevar mi negocio.

John se encogió de hombros.

—Solo era un comentario.

—No quiero oír tus comentarios, ¿está claro?

—Ojalá nos hubiéramos preparado antes de enfrentarnos a él —dijo Ace.

—¿Y cómo se prepara uno mejor que siendo cuatro contra uno?

John sabía que aquella pregunta iba a enfurecer a Westy, pero no pudo resistirse.

—Éramos tres contra uno, ¿te enteras? A Buzz solo le queda un mes para salir. No quiere luchar para no tener problemas. Y además, no íbamos en serio. Solo queríamos enseñarle un poco de qué va esto.

«Sí, claro», pensó John. Pero no dijo nada.

—Ahora sé por qué no vino en el autobús —dijo Ace—. Ese tipo es uno de los malos.

Al oír eso, John se volvió hacia el preso.

—¿Por qué dices que no vino en el autobús? Todos los traslados vienen en el autobús.

—Este imbécil no —refunfuñó Westy, y se puso a hacer la bolsa de nuevo.

—Vino al mismo tiempo que los demás, pero lo trajeron dos policías —le explicó Ace a John.

—¿Y cómo lo sabes?

—DeWitt estaba en la entrada. Él... eh... tenía que darme un paquete —dijo Ace, sonriendo—, y mencionó que habían traído a un tipo duro de Corcoran en transporte privado. Tiene que ser este tío.

—¿Y cómo es? —preguntó John.

Westy había terminado de recoger todas sus cosas.

—Mide un metro noventa, más o menos, y debe de pesar unos ciento diez kilos. Es rubio y lleva el pelo corto, a lo militar. Ojos azules. Tiene las palabras «Amor» y «Odio» tatuadas en los nudillos.

—Ese tipo hace pesas, está claro —añadió Ace, pero John apenas lo oyó.

¡Aquel preso era el hombre que le había descrito su hermana! El que ella había visto cenando con Rick Wallace...

A John se le aceleró el corazón. Había resuelto el misterio. Había encajado las piezas del rompecabezas y había averiguado lo que estaban escondiendo Peyton Adams y Rick Wallace. Habían infiltrado a un soplón en la cárcel. Habían encontrado a alguien que podía plantarles cara a los mafiosos y a otros perdedores peligrosos por el estilo. Tal vez esperaban que así sobreviviera.

Estaban arriesgando la vida de un hombre, y por eso necesitaban mantenerlo en secreto.

John sonrió. Tenía lo que quería, y era muy bueno.

De repente, tuvo mucha prisa.

—Bueno, vamos ya, ¿eh? No tenemos por qué estar aquí todo el día.

Westy lo miró como queriendo decir que preferiría matarlo antes que obedecer, pero a John no le preocupó. Westy iba a perdonarlo muy pronto.

—Vamos —dijo.

Ace se puso en pie.

—Tío, te voy a echar de menos —le dijo a Westy—. Me pregunto a quién me van a traer ahora.

Westy ni siquiera respondió. Estaba demasiado enfadado.

John mantuvo la boca cerrada hasta que estuvieron fuera del edifico. Sin embargo, estaba demasiado emocionado como para esperar más.

—Tengo algo para ti —murmuró—. Algo muy bueno. Pero vas a tener que pagármelo.

—¿Qué es? —preguntó Westy.

—El dinero antes.

—¿Es que te crees que voy a pagarte sin saber de qué estás hablando?

—Hazme caso. Merece la pena.

—¿Cuánto?

—Cinco mil.

—¿Estás loco?
—¡Te digo que merece la pena!
—Yo seré quien juzgue eso.
—Bueno, ¿entonces tenemos un trato, sí o no?
—Si lo que me das es valioso, te lo pagaré. Pero no me voy a comprometer hasta que lo sepa.
—Está bien. Ese tipo con el que os habéis pegado...
—¿Sí?
—Es un soplón.
Westy se detuvo en seco.
—¿Cómo?
—Que es un poli.
—No...
—Sí, es cierto.
—No puede ser. Yo huelo a un poli a un kilómetro de distancia.
—Es una especie de topo que trabaja para las autoridades.
Westy miró a John con escepticismo.
—¿De qué estás hablando?
—Shhh...
John le hizo caminar de nuevo.
—¿Cómo sabes que es cierto? —le preguntó Westy.
—Mi hermana lo vio cenando en un restaurante con Wallace, la semana pasada.
—No me jodas.
—Es cierto.
Se acercaba otro guardia, que pasó junto a ellos. Cuando se alejó, John siguió dándole explicaciones.
—Tal vez te estés inventando todo esto —dijo Westy cuando terminó—. Tal vez es que no te cae bien ese tipo, y quieres que nos lo carguemos.
—No quiero que esté aquí, como tú —le dijo John—. ¿Quién sabe lo que le contará al director?

Westy empezó a reírse.

−Ah, ya lo entiendo. Puede hablar sobre ti tan fácilmente como sobre mí, y por eso quieres que te pague cinco mil dólares y que mate al tipo.

−Si me delata a mí, ¿quién te traerá tu dosis?

Westy no pudo replicar nada, y se puso serio.

−Necesito algo más que lo que me has dicho.

−¿Qué?

−No sé. Algo para estar seguro. No quiero que Deech se meta en esto, que arriesgue el trasero ordenando dar un golpe si esto es solo algo que te has inventado para ganar un dinero rápido.

Habían llegado al Módulo de Aislamiento.

−Veré lo que puedo hacer.

Westy se detuvo antes de que fuera demasiado tarde para seguir hablando.

−Espera un segundo…

−¿Qué?

−Va a ser fácil.

John sujetó la puerta.

−¿Qué es lo que va a ser fácil?

−Haz lo que te digo, y sabremos si es un topo en menos de veinticuatro horas.

Capítulo 24

Después de salir de la enfermería, Peyton fue a su despacho. Estaba demasiado nerviosa como para volver a casa y encontrarse a Wallace, y necesitaba relajarse durante unos minutos. Sin embargo, empezó a revisar unos cuantos documentos y estuvo trabajando durante dos horas. Cuando por fin recogió sus cosas para marcharse, estaba muy cansada.

Sonó el teléfono. Se preguntó quién sabía que estaba allí a esas horas. Miró la pantalla de identificación y comprobó que era una llamada interna.

—¿Diga?

—¿Peyton? Soy John, el sargento Hutchinson.

Peyton hizo una mueca. McCalley ya le había comunicado a John que no habría sanción disciplinaria contra él. Ella no se sentía bien con esa decisión del director, así que no quería hablar con John.

—¿Sí?

—Acabo de trasladar a Weston Jager al Módulo de Aislamiento, tal y como pediste —dijo.

Había vuelto a ser el John de antes, el que intentaba hacerse amigo suyo. Sin embargo, no sabía por qué había pensado que debía informarla de eso. Él tenía su propio supervisor.

–Gracias. ¿Qué tal tenía la cara?

John se echó a reír.

–Como si lo hubiera atropellado un tren. Ese nuevo recluso sabe pegar.

Peyton pensó en la puñalada que le habían dado a Virgil.

–Creo que él se llevó la peor parte.

–Bueno, pero para ser tres contra uno, se las arregló bastante bien.

Peyton apretó los dientes.

–Bueno, John, tengo que dejarte. Estaba a punto de marcharme a casa.

–Está bien, pero te llamaba para decirte que Weston me pasó una nota cuando lo estaba trasladando.

–¿Una nota? ¿Y qué decía? –preguntó ella con un bostezo–. ¿Que él no tenía la culpa de nada?

–No. Quiere que vayas a verlo a su nueva celda lo antes posible.

Ella no quería volver a la cárcel.

–¿Y dice esa nota por qué?

–Dice que tiene algo muy importante que contarte.

–Entonces, ¿por qué no te lo dijo a ti?

–No lo sé. Tal vez no quería que yo me enterara. Parecía que tampoco quería que nadie se enterara de que quiere hablar contigo. Me dio la impresión de que puede ser algo interesante.

–No me digas que la expectativa de pasarse el resto de su condena en el Módulo de Aislamiento le ha hecho cambiar de opinión en cuanto a sus actividades mafiosas.

–Es posible. Tal vez quiera dejar la banda.

Ella lo dudaba. Las cosas nunca eran tan fáciles, y menos con alguien tan curtido como Weston.

–Lo creeré cuando lo vea. Sin embargo, me pasaré por su celda antes de irme. ¿Algo más?

—Nada, solo quería darte las gracias.
—¿Por qué?
—Por retirarme la suspensión —dijo—. Este asunto me ha hecho parecer de un modo que no soy, y estoy dispuesto a hacer todo lo posible por demostrártelo.
—Me temo que no fui yo, John. Fue Fischer. Él no tuvo en cuenta mis recomendaciones.
—Ya entiendo —dijo él, nuevamente en un tono frío—. Bueno, fuera como fuera, estoy agradecido.
—Tienes una nueva oportunidad. Aprovéchala, ¿de acuerdo?
—Gracias por tener tanta fe en mí —replicó él.

El sarcasmo de aquella despedida le resonó en la cabeza a Peyton hasta mucho después de haber colgado. John tenía algo que no le gustaba, aunque no sabría decir exactamente de qué se trataba. Sin embargo, tal vez fuera demasiado dura con él. John había intentado ser agradable con ella, y cualquiera podía cometer un error, sobre todo en un momento difícil.

Esperaba que solo se tratara de eso, de un simple error, y que no volviera a repetirse. Porque, dentro de una cárcel, errores como aquel podían costar vidas.

La hermana de Skin era su viva imagen, y eso le ponía a Pretty Boy las cosas aún más difíciles. No podía creer que por fin estuviera frente a ella, y que tuviera que ser en aquellas circunstancias. Durante aquellos años, se había imaginado su encuentro de una manera muy distinta. Como a su propia familia, él no le importaba nada, Skin había sido muy generoso y había compartido con Pretty Boy las cartas y las fotografías de su hermana. Pretty Boy tenía la sensación de que la conocía, y de que ella le habría gustado incluso si no fuera guapa, por lo mucho que él admiraba a

Skin. Alguna vez había pensado que tal vez, en un futuro, terminarían juntos. La idea de ser el cuñado de Virgil, de ayudar a cuidar de Laurel y de sus hijos, hacía que se sintiera útil, como si tuviera un lugar en el mundo.

¿Y ahora tenía que matarla? Solo habían pasado dieciocho meses desde que Virgil y él eran compañeros de celda en Tucson. Poco después de que a él lo soltaran en libertad condicional, a Virgil lo habían trasladado a Florence, y se había empezado a hablar de su exoneración. Pretty Boy recordaba lo mucho que había deseado que fuera cierto, porque eso significaría que podían verse mucho más a menudo. El futuro parecía brillante, hasta que todo se había vuelto del revés. Ya nada podía cambiar las cosas. Skin había traicionado a La Banda, y lo había traicionado a él. Tenía que creer eso, o no podría hacer lo que tenía que hacer. Los otros lo creían, ¿no? Además, si él no cumplía con el juramento de deber y lealtad que le había hecho a La Banda, sería el siguiente en morir. O tendría que pasarse el resto de la vida huyendo, sin amigos, sin familia, sin trabajo, siempre con miedo de que alguien se le acercara por la espalda y su pasado lo alcanzara...

Ojalá hubiera podido predecir aquello.

—Oh, vaya, mira lo que he encontrado —dijo Ink, que pasó por delante de él a la habitación—. Qué guapa es, ¿verdad?

Laurel se encogió en un rincón.

—¿Me vas a decir otra vez que no sabes nada de tu hermano? —le dijo Ink, acercándose a ella—. Es evidente que él ha tramado algo, si tú estás aquí con un alguacil de los Estados Unidos.

—¿Do-dónde está el alguacil? —preguntó ella, temblando.

—¿Dónde crees tú?

Aunque estaba aterrorizada, le lanzó una mirada de

obstinación y desafío como la que Pretty Boy había visto tantas veces en Virgil.

—¿Ha muerto?

—Sí —dijo Ink—. Pointblank se ha cerciorado de ello.

—¿Y la muerte de un hombre no significa nada para ti?

Ink sonrió.

—Nada en absoluto. Había salido en silencio a averiguar qué era un ruido que había oído, y al segundo siguiente...

Silbó mientras dibujaba una línea horizontal sobre su cuello.

Laurel palideció.

—Eres un animal. Eres el argumento perfecto para la pena de muerte.

Pretty Boy tuvo que contener el impulso de interponerse mientras Ink sacaba el arma y avanzaba hacia ella. Tenía que dejar que aquello sucediera, volver a California rápidamente y olvidarlo todo. No le quedaba otro remedio.

Sin embargo, Ink no disparó. Se detuvo, miró hacia las camas y después abrió el armario.

—¿Dónde están los niños?

Ella le lanzó otra mirada de odio y no respondió.

—He dicho que dónde están los niños.

Laurel debía de haberlos sacado de la casa, porque habían estado allí en algún momento. Las sábanas estaban revueltas, y había marcas en las tres almohadas. Claramente, ella no dormía sola en aquella habitación. Pretty Boy no sabía cómo lo había conseguido en tan poco tiempo.

«Bien hecho», pensó. Esperaba que Jake y Mia estuvieran ya lejos de la casa. No podía soportar pensar que Ink iba a matar a dos niños, y menos a aquellos dos niños.

Los había visto crecer a través de las fotografías de Skin. Tener que presenciar lo que Ink le iba a hacer a Laurel ya era suficientemente malo.

A Ink se le hincharon las venas del cuello.

—¡Respóndeme, zorra!

—¡Si crees que voy a decirte algo, es que estás más loco de lo que yo creía! —gritó Laurel. Después se tapó la cabeza con los brazos, como si pensara que era lo último que decía.

Ink la agarró del pelo y la arrastró hacia sí, y le puso el cañón de la pistola en la sien.

—Dímelo o te reviento la cabeza.

Ella tenía la respiración entrecortada, pero no rogaba que le perdonara la vida. Seguramente no quería darle ese gusto a Ink.

Virgil estaría orgulloso de ella...

Ink la golpeó con el arma.

—¡Dímelo!

—¡No! —dijo ella, y los sorprendió a los dos al escupir a Ink en la cara.

—Esto lo vas a pagar muy caro.

Antes de que Ink pudiera cumplir su amenaza, Pointblank asomó la cabeza por la puerta de la habitación.

—¿No habéis acabado todavía? Vamos, tenemos que irnos, ¿eh?

—Los niños no están —dijo Ink.

Pointblank había limpiado la hoja de su cuchillo, pero sus dedos y el mango todavía estaban manchados de sangre del alguacil. Le había cortado el cuello cuando habían conseguido que saliera de la casa, y la arteria había saltado como un géiser y le había salpicado la cara y la camiseta a Pointblank. En aquel momento, el cadáver del alguacil servía de tope para la puerta, y se había formado un charco rojo en el porche trasero.

—¿Y qué?

—Shady dijo que acabáramos con todos.

Pointblank hizo una mueca de desagrado.

—Si solo son unos niños.

—¡Son familia de Skin! No hemos llegado tan lejos para dejar el trabajo a medias, ¿no? A Shady no iba a gustarle. Además, esta zorra me acaba de escupir en la cara. Quiero que los vea morir.

Pointblank soltó un juramento y guardó el cuchillo en su funda.

—Está bien. No pueden haber ido muy lejos. Iré a buscarlos. Pero no hagas un espectáculo de esto. Mátala ahora y hazlo rápidamente. ¿A quién le importa que te escupiera? Es solo un trabajo.

Esa era la diferencia. Pretty Boy se dio cuenta de por qué soportaba a los demás miembros de La Banda, pero no a Ink. Para Ink, la violencia y el crimen no eran un medio de conseguir algo. Él disfrutaba haciéndoles daño a los demás.

Para asegurarse de que Pointblank no encontrara a los niños, Pretty Boy se encaminó hacia el pasillo. Sin embargo, antes de que pudiera llegar a la puerta, Ink le puso en las manos el arma.

—¿Qué demonios haces? —le preguntó Pretty Boy, e intentó devolvérsela—. Yo tengo mi propia pistola.

—Sujétamela.

—¿Para qué?

Ink se estaba desabrochando el pantalón, lo cual dejó bien claras sus intenciones.

—Vamos, tío. No seas idiota.

—Se lo merece. Y quiero que Shady lo vea. Saca ese teléfono tuyo y grábalo en vídeo.

—Ah, qué listo eres. Si el vídeo cae en las manos equivocadas, te meterán de nuevo en la cárcel y tirarán la llave.

Ink se dio la vuelta.

—¿Y quién se lo va a dar a la gente equivocada? ¿Tú?

—Solo digo que no crees pruebas que puedan incriminarte en esto, tío.

—Por eso no vas a sacar mi cabeza, ¡idiota!

—¡Vete a la mierda! Toma tu pistola —dijo, e intentó devolverle otra vez el arma, pero Ink no la aceptó.

—¡Que lo grabes! —repitió.

Tiró a Laurel al suelo y empezó a levantarle el camisón.

Laurel no iba a rendirse sin luchar. Estaba frenética. Pateaba, arañaba y mordía, pero no gritó. Seguramente, no quería que sus hijos la oyeran y se acercaran a ayudarla, si seguían cerca de la casa.

Pretty Boy estaba horrorizado, casi tanto como ella. De ningún modo iba a filmar aquello. Había visto muchas cosas espantosas en su vida, y podía soportarlo casi todo, salvo a un hombre pegando a una mujer o a un niño. No se suponía que ser parte de La Banda fuera así. En la cárcel, ellos atacaban a los violadores y a los pederastas, los castigaban por sus actos. ¿Y ahora iban a ser como ellos?

—¿Tienes esto? —le preguntó Ink con un gruñido.

Pretty Boy abrió la boca para intentar convencer a Ink de que dejara lo que estaba haciendo, pero antes de que pudiera hablar, Pointblank gritó desde la puerta de entrada.

—¡He encontrado a los niños!

La casa se llenó de sollozos. Pointblank iba a llevar a los niños a la habitación, seguramente para que Ink pudiera matarlos. Pretty Boy no creía que Pointblank quisiera hacer daño a los niños, pero tenía una buena posición en La Banda, tenía poder, y haría cualquier cosa por conservarlo.

—Estaban en el porche del vecino, temblando —explicó riéndose, mientras se acercaba—. No había nadie en casa, pero no se les ha ocurrido ir a otra casa. Seguían llamando al timbre.

¿Y qué esperaba? Solo eran unos niños.

A Pretty Boy le caían gotas de sudor por la frente, y los ojos le escocían. No podía permitir que sucediera aquello, y no quería tener nada que ver con gente que pudiera hacer aquello. Ni Ink ni Pointblank le llegaban a Virgil a la suela del zapato, por mucho que Skin hubiera traicionado a La Banda después de salir de la cárcel.

Ink no se preocupó demasiado de que Pointblank hubiera encontrado a los niños. No parecía que le hubiera oído, ni que hubiera oído el llanto de los niños. Había conseguido quitarle las bragas a Laurel, y estaba concentrado en conseguir que abriera las piernas para poder violarla. Lo demás no le importaba.

–Te dolerá menos si dejas de resistirte –le dijo a Laurel, entre jadeos, y empezó a ahogarla.

Ella hacía todo lo posible por liberarse, pero no servía de nada. Un segundo más e Ink habría conseguido su objetivo...

La voz de un niño, llena de miedo, resonó por la habitación.

–¡Mamá! ¡Mamá!

Y eso fue lo último que oyó Pretty Boy antes de apretar el gatillo.

Su brazo derecho retrocedió con la fuerza del disparo. El balazo le vibró en los oídos, y el olor a pólvora le invadió las ventanas de la nariz. Pestañeó varias veces para comprobar que le había pegado un tiro a Ink, que no se lo había imaginado. No había sangre, como cuando Pointblank le había cortado el cuello al alguacil, pero Ink estaba inmóvil sobre Laurel.

Pretty Boy pensó que iba a sentir arrepentimiento, o tal vez miedo por lo que iba a desencadenar aquel acto suyo. Sin embargo, sintió satisfacción al haber resuelto el conflicto que le estaba obsesionando. Había hecho su elección. Tal vez lo lamentara más tarde, pero no lo lamentaba en aquel momento.

Pointblank entró en la habitación, arrastrando a los dos niños. Tardó un segundo en darse cuenta de que el disparo que había oído había causado la muerte de Ink. Cuando Laurel consiguió salir de debajo del cuerpo inerte, Pointblank se quedó boquiabierto y miró a Pretty Boy.

—¿Qué has hecho?

—Lo que tenía que hacer —respondió Pretty Boy con calma.

—¿Te has vuelto loco? —le preguntó Pointblank, y echó mano de su cuchillo—. Shady te va a matar por salvarla. ¡Y a mí también!

Pretty Boy no había pensado en aquella parte. Pointblank le caía mejor que Ink, pero para salvar a Laurel y a los niños, no tenía más remedio que disparar contra él.

—Entonces, supongo que le haré un favor y me ocuparé yo mismo —dijo, y apretó dos veces el gatillo.

Los niños gritaron. Laurel se puso en pie, pero le temblaban tanto las piernas que volvió a caerse al suelo. Sin embargo, intentó proteger a los niños con su cuerpo. No entendía el motivo por el que él había hecho eso. No lo conocía de nada. Debía de pensar que era presa de una furia asesina...

Pretty Boy alzó una mano para darle a entender que todo había terminado, y se metió la pistola de Ink en la cintura, junto a la suya. Mia y Jake tenían la cara llena de lágrimas, pero estaban demasiado aterrorizados como para llorar. Habían visto mucho más de lo que debería ver cualquier niño, pero por lo menos, su madre se había salvado, y ellos también.

—No lo entiendo —dijo Laurel—. Tú... estabas con ellos. ¿Por qué...?

Él se dirigió hacia la puerta y se volvió a mirarla.

—Virgil fue mi mejor amigo en la cárcel —dijo—. Y para mí, siempre lo será. Cuando lo veas, dale recuerdos de parte de Pretty Boy.

—¿De Pretty Boy? —repitió ella.

—De Rex McCready —se corrigió él. Ya no era Pretty Boy. Aquél era el apodo que le habían puesto en La Banda.

Laurel respiró profundamente y se pasó la mano por las mejillas mojadas.

—¿Y por qué has venido con ellos, si no...?

—Alégrate de que lo hiciera —la interrumpió él—. Y, hagas lo que hagas, no te quedes en Colorado. Llévate muy lejos a tus hijos, y si quieres estar a salvo, no vuelvas más por aquí.

Capítulo 25

Era casi la una de la madrugada. Salvo por algún susurro, por el sonido ocasional de una cisterna o el tintineo de unas llaves, el Módulo de Aislamiento estaba silencioso a aquellas horas. Sin embargo, no estaba a oscuras. Nunca estaba completamente a oscuras. Se bajaba la potencia de la luz después de las diez, pero eso era todo.

Peyton estaba recorriendo un pasillo al que daban ocho celdas. Desde dentro de aquellos habitáculos, el módulo parecía más pequeño de lo que era en realidad. El edificio era grande. Tenía dos pisos, y un puesto de mando central que estaba por encima de las dos galerías. Sin embargo, era pequeño en términos de alojamiento. El Módulo de Aislamiento de Pelican Bay era uno de los más grandes y más antiguos del país, y podía acoger a mil doscientos hombres en celdas grises. En ellas, todo estaba hecho de cemento: cama, silla, escritorio... todo, salvo el lavabo y el inodoro de acero inoxidable. Las celdas no tenían barrotes, como en las viejas cárceles. Las puertas eran de acero pintado de naranja, y tenían agujeros del tamaño de una moneda y una rendija para que los guardias pudieran meter la comida de los presos.

La mayoría de los reclusos de aquel módulo vivía solo,

pero debido a la masificación, algunos tenían compañeros de celda. Dependiendo de quién fuera el compañero, a veces era mejor estar solo.

Peyton no se imaginaba cómo podía ser el hecho de estar veintidós horas y media al día encerrada en un espacio tan pequeño, con la misma persona, año tras año. Se preguntó cuántos matrimonios, incluso los felices, podrían soportar aquella clase de cercanía.

Sin embargo, tampoco era fácil pasar sin el contacto humano. En Pelican Bay no había ventanas, solo una hendidura vertical en cada celda. Los presos no podían ver más que unos centímetros de la tierra y del cielo. No podían ver el exterior del edificio donde estaban confinados, ni a otros presos, porque las celdas no estaban una frente a otra.

Dos veces al día, los oficiales les llevaban las bandejas de comida. Cada tres días les repartían jabón, champú y pasta de dientes en pequeñas tazas de papel. Aparte de eso, en el Módulo de Aislamiento los reclusos tenían muy poco contacto con los guardias, y casi nunca recibían visitas. Para empezar, la familia y los amigos tenían que llamar con antelación y pedir una cita, y conseguir un permiso, lo cual dificultaba mucho las cosas. Para continuar, Pelican Bay estaba muy lejos de todo. La mayoría de los reclusos eran de Los Ángeles, que estaba a dos días en coche. Y, si alguien recibía una visita, tenían que sentarse a ambos lados de una pantalla de Plexiglás y hablar por teléfono. Había hombres allí que no habían recibido una visita desde hacía años.

Algunos psiquiatras afirmaban que aquel aislamiento extremo llevaba a los hombres al límite, que los volvía locos. Pelican Bay recibía muchas críticas de aquel tipo. Y, después de lo que había visto, Peyton no podía negarlo. Pensaba que no podía ser sano pasarse años en el Módulo de Aislamiento, y que no servía para que aquellos hombres estuvieran menos enfadados, o se volvieran menos violentos. De hecho, tenía el efecto contrario. Sin embargo, ella no tenía una mejor opción para reprimir la actividad de las bandas mafiosas. En cuanto el gobierno le proporcionara la manera de conseguirlo, ella la pondría en marcha gustosamente.

Aquella era una de las cosas que quería conseguir en un futuro próximo. Quería llevar a cabo programas de reinserción para ver si disminuía la reincidencia de los delincuentes que salían de Pelican Bay. Si realmente funcionaban, las medidas serían adoptadas por otras cárceles. Todo el sistema penitenciario necesitaba una buena puesta al día. Para empezar, Peyton pensaba que el estado debería implementar un programa de reinserción e integración para los reclusos que salieran de recintos como aquel. Al noventa y nueve por ciento de los que cumplían condena en el Módulo de Aislamiento podría concedérsele la libertad condicional, y eso significaba que algún día serían libres.

Weston no tenía compañero de celda. Peyton prefería que estuviera solo, para que pudiera reflexionar sobre lo que le había llevado hasta allí. Esperaba también que, al sacarlo de entre los presos comunes, Buzz quedara también aislado, y que el paradigma de placer cambiara. De ese modo, Virgil podría hacer progresos en la investigación.

De todos modos, el sitio de Weston estaba en el Módulo de Aislamiento. Los jueces no eran quienes enviaban a los condenados a aquel lugar. Allí solo iban quienes tenían mala conducta en la cárcel o se unían a una banda mafiosa.

Ella se aclaró la garganta y se detuvo ante la nueva celda de Weston.

—¿Por qué me ha hecho esto, jefa?

—Ya sabes por qué.

—¡No, no lo sé!

Peyton se ajustó las gafas de bucear que se había puesto para protegerse los ojos. Aquella era una precaución necesaria, puesto que muchos reclusos fabricaban proyectiles y los lanzaban con la goma de la ropa interior. Las puntas de aquellos proyectiles estaban manchadas con semen, orina o heces, cualquier cosa que pudieran usar para extender el sida y la hepatitis. Además, Peyton llevaba también un chaleco para protegerse de esos proyectiles. Aquel chaleco cubría los órganos vitales por si alguien trataba de apuñalarla sacando un objeto afilado por alguno de los agujeros de las puertas.

—Vamos. Tú eres el que provocaste esa pelea en el comedor.

—¿Y quién dice que fui yo?

Peyton vio algo blanco, y supo que Weston ni siquiera se había molestado en vestirse para la entrevista. Solo llevaba una camiseta y unos calzoncillos. Los residentes del Módulo de Aislamiento casi nunca se ponían el mono amarillo que les proporcionaba la prisión, ni siquiera durante el día. Lo que Weston llevaba puesto en aquel momento era lo que iba a llevar puesto al día siguiente. No tenían muchos incentivos para vestirse, cuando no iban a ver a nadie. Algunos de los hombres del Módulo Psiquiátrico se negaban a ponerse nada.

—¡Díselo tú, Wes! —gritó alguien.

Con tan pocos estímulos sensoriales, los presos se hacían muy sensibles a cualquier cambio en su entorno, y ansiaban incluso la más pequeña de las distracciones. Sin duda, el hombre que acababa de gritar no era el único que había estado escuchando. Sin embargo, Peyton no tenía que preocuparse de que Detric Whitehead oyera algo. Había tenido buen cuidado de poner a Weston en una galería distinta a la de su líder. Aunque eso no significaba que Detric no se enterara de lo que había dicho Weston, sobre todo si se extralimitaba.

—¿Me estás diciendo que no fuiste tú? ¿Que tú no iniciaste la pelea?

—No, señora, no fui yo. Fue el nuevo, Bennett.

—¿Bennett empezó una pelea contra ti y tres de tus amigos?

—¡Sí! ¡No estoy mintiendo!

Claro que mentía. Eso era lo que hacía cada vez que le convenía.

—¿En su primer día aquí, cuando no sabe quién eres tú, ni lo que haces, ni cuáles podrían ser las consecuencias? Me resulta un poco difícil de tragar.

—Pues entonces, ¡trágate esto! —gritó alguien, y otros se rieron.

—No conozco a muchos tipos que quieran meterse en algo así —dijo Peyton.

—¡Porque los otros tipos no saben pelear como este! No se asusta de nada. Ya ha visto lo que me ha hecho a mí, y lo que les hizo a Doug y a Ace.

Peyton suspiró.

—¿Me has hecho venir hasta aquí para esto? ¿Para quejarte y gimotear?

—¡Para decirle que no es justo! ¿Por qué soy el único al que ha castigado?

—Porque eres el jefe.

—¡Mentira!

Ella estaba cada vez más impaciente, así que dijo:

—Es muy tarde, y estoy muy cansada. ¿Tienes algo que decirme, o no?

—¿Y qué es lo que quiere oír? ¿Acaso pensaba que iba a convertirme en un traidor? ¿En un soplón?

Su tono de voz era beligerante, pero de repente, su ojo desapareció del agujero, y él deslizó un pedazo de papel doblado por debajo de la puerta.

—¿Va a dejar que me vuelva loco aquí dentro? Esto es un infierno.

—Sobrevivirás —dijo ella.

—Tengo claustrofobia —insistió Weston—. No puedo cumplir la condena aquí.

Ella tomó la nota y se la metió al bolsillo de la falda.

—Entonces, te sugiero que controles tus instintos violentos.

—¿Es todo lo que va a decirme? ¿Solo eso? Oh, esto es una mierda —dijo él, y siguió quejándose, pero cuando Weston volvió a su camastro, ella tenía su mensaje verdadero en el bolsillo.

Virgil quería dormir un poco. El analgésico que le había dado el doctor le producía somnolencia. Además, necesitaba curarse para poder enfrentarse a lo que sucediera al día siguiente. Sin embargo, no estaba dispuesto a cerrar los ojos con aquella rata en la misma celda que él. Buzz se estaba paseando de un lado a otro sin dejar de murmurar. Después de lo que había ocurrido en el comedor, Virgil no creía que Buzz lo desafiara, y menos estando a solas con él. Sin embargo, si la Furia del Infierno le había ordenado que lo apuñalara mientras dormía, Buzz tendría que hacerlo aunque se arriesgara a perder la libertad condicional que iban a concederle dentro de un mes. Buzz tenía acceso al nuevo enemigo de la banda, y eso lo situaba en el lugar perfecto. Si no cumplía las órdenes, sus compañeros lo matarían antes de que pudiera salir de la cárcel. Si las cumplía, las autoridades lo acusarían de asesinato y lo condenarían a otra larga estancia en un centro penitenciario, seguramente en aislamiento. Sin embargo, así era pertenecer a una banda mafiosa. El bienestar del grupo siempre estaba por encima del bienestar del individuo.

Para mitigar la tirantez de los puntos, Virgil se cambió de postura en la cama mientras Buzz pasaba de nuevo entre el inodoro y la puerta.

—¿Qué problema tienes? —le preguntó por fin.

Buzz lo miró, pero no dejó de andar.

—Ninguno.

—Entonces, ¿por qué no te tumbas y te duermes?

—Tengo muchas cosas en la cabeza.

—Piénsalas tumbado.

—¡No es tan fácil! Tenerte aquí no es nada bueno, tío. Lo noto. Y solo me quedan cuatro semanas para salir.

Virgil se encogió de hombros.

—¿Y qué es lo peor que puede ocurrir?

—Tú te comportas como si no te importara tu propio bienestar, pero, ¿sabes una cosa? Cuando vengan por ti sí te va a importar. Has hecho que enviaran a mi hombre al Módulo de Aislamiento. Y por eso, él te va a colgar de las pelotas.

—Creo que ya lo han intentado.

—Todavía no has visto nada.

—¿Es que la próxima vez vais a ser ocho? ¿Cuántos gallinas necesitáis venir para hacer el trabajito?

—¡Tío, parece que quieres que te maten! —gritó Buzz.

Entonces, sorprendió a Virgil al reírse y agitar la cabeza como si no pudiera creer que hubiera llamado «gallinas» a los miembros de la Furia del Infierno.

Aquella ligera muestra de acercamiento era lo que estaba esperando Virgil.

—Si lo que he visto en el comedor es lo mejor que sabéis hacer, tus amigos y tú no me dais miedo —dijo—. De todos modos, tal vez la próxima vez que vengáis por mí ya tenga apoyo de los míos.

Buzz dejó de reírse.

—¿Qué significa eso?

—Tú eres el que me dijo que hiciera amigos. ¿Queréis causar problemas? Me uniré a Nuestra Familia y os daré problemas a vosotros.

—Esa banda es de mexicanos. No te aceptarán.

—¿Seguro? Siempre podría decirles que tengo sangre mexicana por parte de madre.

Buzz se inquietó de nuevo.

—¿Y es cierto?

—Si estoy dispuesto a hacer lo que haya que hacer y soy leal, no importa, ¿no?

—Pero... ¿qué clase de racista eres tú? ¿No crees en la supremacía blanca?

—Un racista que va a luchar contra quien sea con tal de quedar en lo más alto. Nadie me va a acosar aquí, ¿entendido? Ni siquiera los de mi propia clase. Ellos, menos que nadie.

Buzz reflexionó unos instantes, y dijo:

—¿Qué te parece si hablo con Weston para que él te reclute para la Furia del Infierno?

Si dijera que sí rápidamente, sería sospechoso. Virgil tenía que resistirse.

—No, ni hablar. Acabáis de clavarme un pincho.

Buzz no intentó que cambiara de opinión. Sin embargo, se sentó en su camastro como si ya tuviera la solución a todos los problemas, lo cual dio esperanzas a Virgil.

Mientras recordaba lo que le había dicho Peyton en la enfermería, fue quedándose dormido.

«Lo único que sé es que no puedo dejar de pensar en ti. Cada vez que cierro los ojos, tú estás ahí».

No importaba cómo terminara todo aquello. Al menos, tenía eso.

Wallace todavía estaba despierto. Parecía que estaba enfadado, y estaba utilizando su mando a distancia para cambiar de canal en su televisión. Peyton se sintió muy molesta con su presencia. ¿Por qué no se había marchado? ¿O por qué no se había alojado en el motel?

Tenía que ser diplomática. Tal vez Virgil o ella necesitaran su apoyo durante las siguientes semanas. Así pues, esbozó una sonrisa forzada y entró en el salón.

–Hola, ¿qué tal? –dijo en un tono amistoso.

Él dejó el mando a distancia en el sofá y apoyó los codos en las rodillas.

–Te estaba esperando. Me sentí mal por estar al teléfono cuando llegaste a casa, antes. No quería echarte.

–Tú no me has echado. ¿Cómo han ido las cosas con tu mujer?

–Ya sabes cómo son las relaciones. En un determinado momento, las cosas van bien, y al segundo siguiente... –dijo Wallace, y chasqueó la lengua–. Ella tiene muchas exigencias y muchas estipulaciones.

–Los divorcios nunca son fáciles.

–Quiere llevarse a las niñas a vivir cerca de sus padres. ¿Puedes creértelo? Ellos se mudaron a una ciudad pequeña de Wyoming hace un par de años, y ella quiere convencerme de que sería el lugar perfecto para criar a las niñas. Sería perfecto para ella, porque nunca tendría que verme, pero yo tampoco podría ver a las niñas.

–¿Y a ella no le importa eso?

–Dice que, de todos modos, siempre estoy demasiado ocupado para verlas. Ella nunca ha entendido toda la presión que tengo que soportar.

–Es difícil de entender a menos que la experimentes –dijo Peyton.

Sin embargo, sospechaba que Wallace tenía tendencia a poner sus necesidades y sus deseos por delante de todo lo demás, y ese era el verdadero problema. No su trabajo.

–Un segundo –dijo. Fue a la cocina, dejó el bolso sobre la encimera y puso a cargar la batería del teléfono móvil.

–Ponme al día –le pidió él–. ¿Cómo han ido las cosas con Skinner hoy?

—No tan bien como yo esperaba. ¿Te apetece una copa de vino? —le dijo ella. Sin embargo, con una rápida mirada a la nevera, descubrió que él había tomado ya la cerveza que John se había dejado cuando había ido a cenar con ella.

—No, gracias.

Peyton se sirvió un poco de vino y fue con la copa al salón.

—¿Y qué es lo que ha ocurrido? —preguntó él.

—A Virgil ya lo han apuñalado —dijo ella.

Él arqueó las cejas.

—No han tardado mucho. ¿Está grave?

Peyton se sentó frente a él, porque no podía soportar sentarse a su lado.

—Se pondrá bien, pero tuvieron que darle veintiséis puntos de sutura. Le atacaron cuatro hombres en el comedor.

—¿Cuatro? Tiene suerte de seguir con vida. ¿Qué hizo él?

—Mandó a tres de ellos a la enfermería. Tienen que estar impresionados. Aunque todavía tenemos que ver si el daño que ha infligido consigue que quieran reclutarlo o matarlo. Y hay más.

—Soy todo oídos.

—Weston Jager me ha pasado un mensaje.

—¿Quién es?

—Un miembro importante de la Furia del Infierno.

—Es cierto. Te he oído mencionarlo más veces.

—Es uno de los que atacó a Virgil.

—¿Podrías llamarlo de otra manera?

—¿Por ejemplo?

—Skinner, o Bennett. Cada vez que lo llamas Virgil, es como si... lo consideraras tu igual.

¿Aquello era lo que le había llamado la atención, en vez del mensaje de Weston?

—¡Él es nuestro igual! ¿Por qué siempre tienes que rebajarlo?

—¿Y por qué tú siempre tienes que defenderlo?

—Nunca debería haberte dicho lo que ocurrió entre nosotros. No puedes olvidarlo.

—¡Podría, si no dejaras entrever tus sentimientos cada vez que mencionas su nombre! ¿Es que es tan bueno en la cama?

—Estás dándole demasiada importancia —mencionó ella.

—¿De veras?

—¡Sí!

—De acuerdo. Es solo que... —Wallace se pellizcó el puente de la nariz—. Tal vez sea él. No me gusta cómo te mira.

—No sé de qué estás hablando.

—Esta mañana, durante el desayuno, te miraba con puro deseo, como si fuera a hacerte el amor allí mismo, delante de mí. Y no le importaba si a mí me molestaba o no.

¿Y por qué iba a importarle? Wallace pensaba que el mundo giraba en torno a él. Lo que había ocurrido entre Virgil y ella no tenía nada que ver con nadie más. No tenía nada que ver con lo que estaba intentando conseguir Virgil, ni con lo que ella quisiera hacer. Solo estaba... allí. Era inesperado, inconveniente, aterrador en cierto sentido, pero ineludible.

Para evitar la discusión, Peyton intentó reconducir la conversación.

—¿Podemos hablar de lo que de verdad importa?

—Estoy en mitad de un divorcio, Peyton. Estoy intentando que entiendas que me interesas, y tú no puedes dejar de estar obsesionada con alguien que sería terrible para ti. ¿No te das cuenta de que emparejarte con un tipo como ese echaría por tierra toda tu carrera?

Ella tuvo ganas de preguntarle a Wallace por qué podría

Virgil terminar con su carrera profesional. Siempre y cuando esperaran al final de la investigación, todo iría bien. Sin embargo, Rick no había matizado su frase. Si ella elegía a Virgil, y no a él, ¿intentaría él sabotearla desde el Departamento de Prisiones?

Sospechaba que sí, que era muy probable. Y eso le resultó escandaloso e insultante, e intensificó su desagrado por él. Sin embargo, Virgil estaba en peligro, y debía mantener la paz con Rick por su bien.

—Te acabo de decir que Weston Jager me ha pasado una nota. ¿No tienes ni la más mínima curiosidad por lo que dice en ella?

—¿Qué dice? —preguntó él, aunque Peyton se dio cuenta de que seguía enfrascado en sus celos.

Ella se sacó el papel del bolsillo y se lo entregó.

—«Sácame de aquí, y yo meteré a tu hombre».

Wallace la miró.

—¿Qué demonios…?

—Metí a Weston en el Módulo de Aislamiento por la pelea. No quería que sus compañeros y él tuvieran ocasión de volver a atacar a Virgil. Me pareció que los demás no lo harían si Weston no estaba ahí para ordenárselo. Y aunque lo hicieran, Virgil tendría un oponente menos. Sin embargo, Weston tiene miedo de pasar demasiado tiempo en el Módulo de Aislamiento. Cree que ese fue el motivo por el que su amigo fue a parar al psiquiátrico para siempre. Así que quiere salir de allí, y nos ha ofrecido un trato.

—Entonces, ¿lo sabe?

—Eso es lo más extraño. No creo que lo sepa.

—Pero, esa nota…

—Weston nunca traicionaría a su grupo. En este momento tiene demasiada fuerza y está demasiado enfadado. Si lo supiera, iría por Virgil de un modo distinto. Se lo habría tomado en serio desde el principio.

–¿Es que no se lo ha tomado en serio? Lo han apuñalado.

–Fue una pelea. Solo estaban poniéndolo a prueba, comprobando lo que tenía. Virgil admite que contribuyó a provocarla.

–Piensas que Weston está haciendo una comprobación.

–Basándome en su comportamiento general, sí. Y llevo muchos años trabajando en prisiones como para fiarme de lo que me dice el instinto. En la cárcel hay todo tipo de murmuraciones y conjeturas, y el más mínimo cambio puede causar estas reacciones. Tal vez nuestro viaje a la biblioteca del otro día haya suscitado especulación. Weston ha podido oír algo, ha visto al nuevo y ha desconfiado.

–¿Estás convencida de que es un farol?

–Sí. De lo contrario, ya habría sacado a Virgil de allí. Weston no lo sabía cuando se peleó con Virgil en el comedor, o el resultado habría sido diferente. Y que lo haya averiguado en cuestión de horas es... improbable. Se pasó casi todo el tiempo aislado en la enfermería.

–Creo que te equivocas –dijo Rick–. Lo sabe. ¡Lo dice aquí mismo!

–No, no puede saberlo. Solo se lo hemos dicho a unas cuantas personas, y son personas de fiar, que no tienen nada que ganar con el fracaso de esta investigación.

–¿Y cómo sugieres que reaccionemos ante esto? –dijo él, señalando el papel, que había dejado en la mesa de centro–. ¿Lo dejamos en el Módulo de Aislamiento?

–Creo que sí. Nos reímos de él y le decimos que está loco. Aunque lo sepa, creo que eso le hará cuestionarse la información que tenga.

Rick se cruzó de piernas, posó las manos en su regazo y se apoyó en el respaldo del sofá.

–Creo que deberías tener una reunión con Weston.

Ella se puso en pie de un salto.

–¿Cómo?

–No te disgustes. Escúchame. Si podemos conseguir su ayuda, Virgil se convertirá en miembro de la Furia del Infierno en un abrir y cerrar de ojos. Este otro tipo al que has mencionado, Buzz, su compañero de celda... tiene un rango mucho menor, ¿no?

–Sí, pero...

–Además, está a punto de salir en libertad condicional. Weston sería mejor padrino para Virgil. Es más creíble. Y nos está dando una oportunidad. Yo digo que la aprovechemos.

–No –dijo ella–. Si Weston averigua que Virgil es un topo, Virgil está muerto.

–No tenemos una bola de cristal, Peyton. Esto ha sido arriesgado desde el principio. Tú misma lo dijiste con vehemencia. Si contamos con la ayuda de Weston, avanzaremos más rápidamente.

–No me estás escuchando.

–Lo que estoy escuchando es que tú no sabes ninguna de las dos cosas con certeza.

–Me da la sensación de que sí. Yo trabajo con estos hombres todos los días. Weston habría manejado la situación de forma distinta si...

–¡Si cometes un error, estarás firmando la sentencia de muerte de Virgil!

–Eso lo entiendo. Pero no puedo confiar en Weston. No puedo.

Él apretó la mandíbula.

–¿Estás diciendo que no quieres?

Aquello era un desafío, y ella se quedó callada. Él estaba haciendo valer su superioridad.

–¿No vas a responder?

–No sé qué hacer.

–Entonces, haz lo que te digo. Que yo sepa, soy el que

dirige esta operación —respondió Wallace. Sonrió, pero Peyton supo que sus palabras iban en serio.

—¿Y si te equivocas?

—Entonces, aceptaré la responsabilidad. Soy adulto. Podré enfrentarme a ello.

Pero, si le ocurría algo a Virgil, ¿sería ella capaz de superarlo?

—Muy bien. Me reuniré con Virgil mañana por la mañana —dijo.

Capítulo 26

Peyton durmió mal, y se despertó antes de que sonara la alarma. Permaneció tumbada en la cama, intentando convencerse de que las pesadillas que había tenido con Virgil no eran un mal presagio. Él estaba bien. Si hubiera sufrido otra agresión, alguien de la cárcel la habría llamado...

Con ganas de volver al trabajo, donde al menos estaría cerca de él, se levantó y bajó silenciosamente las escaleras para ir a la cocina. Wallace estaba durmiendo en la habitación de invitados, y ella no quería despertarlo. Quería tener aquel tiempo para sí misma.

Cuando estaba preparando el café, su teléfono móvil vibró. Le sorprendió que alguien llamara tan temprano y tomó el teléfono. No reconoció el número, pero salió a la terraza. Al oír la voz de la persona que llamaba, bajó rápidamente las escaleras y fue hacia el bosque. No quería que Wallace supiera que estaba hablando con Virgil.

—Oh, Dios mío —dijo ella con un jadeo—. Dime que estás bien.

—Estoy bien.

—De acuerdo. Ahora que ya puedo respirar... A estas horas de la mañana todo el mundo está en su celda. ¿Cómo me estás llamando?

—Le he prometido a Buzz que le daría cincuenta pavos si me prestaba el móvil.

¿Buzz tenía un teléfono móvil? Como directora de la cárcel, aquello no la hizo feliz. Sin embargo, por mucho que hubieran intentando acabar con el contrabando, seguía sucediendo. Y, en el aspecto más personal de la cuestión, estaba feliz de que Virgil hubiera hallado la manera de comunicarse con ella.

—¿De dónde has sacado los cincuenta dólares?

—¿De dónde crees tú?

El dinero que le habían dado al salir de la cárcel. A todos los que obtenían la libertad condicional se les entregaba doscientos dólares al ser liberados.

—Le dije que tenía que llamar a mi novia —añadió él, con una carcajada.

Ella sonrió.

—Entonces, ¿yo soy tu novia?

Hubo una ligera pausa, como si él no supiera qué responder.

—Tú eres la única con la que sueño.

Al recordar su beso, al revivirlo, Peyton se humedeció los labios.

—Seguramente, eso sería más halagador si pudieras tener acceso a otras mujeres.

—Lo único que me importa es tener acceso a ti.

Aquel era un Virgil muy distinto. Le estaba mostrando su lado tierno. Las heridas debían de haberlo debilitado, o se sentía fatalista, o deprimido.

—¿Es que te afectan las medicinas, y por eso dices esas cosas? —le preguntó—. Porque la última vez que hablamos, me rechazabas.

—Las medicinas no pueden cambiar lo que siento, pero... tal vez sí estén cambiando lo que estoy dispuesto a decir. No debería decirte que me importas. Soy un idiota por desearte.

Mientras giraba sobre sí misma, saboreó el olor del bosque y supo que nunca olvidaría aquel momento.

–Entonces, los dos somos idiotas, porque yo también te deseo.

–No estás hablando en serio.

–Sí.

–¿Lo ves? Eso me va a volver loco, porque no puedo estar contigo. ¿Y cuánto tiempo va a esperar una mujer como tú?

La solidez de su medallón, que ella había vuelto a ponerse la noche anterior, la reconfortó. Lo tomó entre los dedos y se alegró de tener algo tangible que le perteneciera a Virgil.

No creo que vaya a ninguna parte. Nunca había conocido a nadie que me hiciera sentir de este modo.

De repente, el tono de Virgil se volvió cauteloso.

–Viene alguien. Tengo que colgar.

–¡No, espera! Necesito hablar contigo...

–Ahora no puedo. Solamente quería que supieras, por si me ocurriera algo, que has sido la mejor parte de mi vida.

Aquellas palabras brotaron en un segundo; después, él había colgado.

A Peyton se le cayeron las lágrimas al mirar el teléfono. Virgil había arriesgado la vida para decirle eso. Si Buzz llamaba a aquel número para averiguar con quién hablaba él y oía el mensaje de su buzón de voz, o respondía ella misma, y él reconocía su voz, Virgil quedaría al descubierto.

Sin embargo, saber que ella era tan importante para él hacía que Virgil fuera mucho más importante para ella.

¿Importante? No; sus sentimientos eran más fuertes. Peyton estaba bastante segura de que se estaba enamorando de él.

Cambió el mensaje del buzón de voz por uno automático, por si acaso, y volvió rápidamente a casa.

–Parece que estás de mucho mejor humor –dijo Rick, cuando entró en la cocina y se encontró a Peyton sonriendo ante un bagel y una taza de café.

Ella carraspeó e intentó quitarse la expresión embobada de la cara.

–Sí, eh... me siento mucho mejor.

Él la observó atentamente.

–Debes de haber dormido muy bien.

–Pues sí, ¿y tú?

–Como un tronco.

–Me alegro –dijo ella, y le puso leche al café–. ¿Qué planes tienes para hoy?

–Voy a ir a casa. No recogí suficiente ropa.

–Además, tendrás trabajo acumulado, ¿no? –preguntó Peyton, mientras fingía que estaba muy interesada en el periódico.

–En realidad, no. Ayer avancé bastante por Internet. Los ordenadores son maravillosos, ¿verdad?

No para ella, que prefería que él se marchara a la oficina...

–Umm, mmm.

–¿De dónde has sacado eso?

Peyton estaba jugueteando con el medallón de Virgil. Cuando Rick le preguntó por él, ella se lo metió por debajo de la blusa.

–Ah, lo compré en un mercadillo de San Francisco, hace mucho tiempo. ¿Por qué?

Él se encogió de hombros.

–Es un poco masculino, ¿no?

–Sí, tal vez un poco –dijo ella. Se levantó y se dio la vuelta–. ¿Qué te apetece desayunar?

—Una taza de café me vale. Tengo un trayecto largo por delante; compraré un sándwich en cualquier lugar.

—De acuerdo.

Ella le estaba dando la taza, cuando él le dijo:

—Vuelvo mañana.

La taza tembló sobre el plato, pero ella disimuló su reacción fingiendo que tosía.

—¿Vas a volver directamente?

—Sí. Será mejor que trabaje desde aquí durante unos días.

—¿En mi casa?

—Si no te importa...

Sí le importaba. Aquello era pedir demasiado. Sin embargo, pensó que podían hablar de ello cuando él volviera. En aquel momento no quería darle ninguna excusa para que retrasara su viaje.

—¿Mercedes no quiere que...? Ya sabes, ¿que recojas tus cosas y te mudes?

—No hay prisa. Vamos a darles la noticia a las niñas esta noche. La semana que viene puedo hacer el equipaje —dijo él, y posó una mano en su hombro—. Prefiero estar aquí para apoyarte en lo que estás haciendo. Sé que soportar la ansiedad no te resulta fácil.

Ella tampoco le contradijo en aquello. Estaba muy contenta de que se marchara, aunque fuera por poco tiempo.

Sonrió forzadamente.

—Espero que todo vaya bien en casa.

—Me temo que no hay muchas posibilidades.

Peyton lamentaba que su divorcio estuviera siendo difícil, pero no entendía por qué tenía que destrozarle la vida también a ella.

—Con suerte, todo se habrá vuelto rutinario en la cárcel cuando vuelvas.

—No tengo por qué marcharme ahora mismo. ¿Prefieres

que vaya a la cárcel contigo esta mañana? Podríamos ir juntos a la reunión con Weston.

—No, no es necesario. Será fácil.

Él suspiró y se sirvió un poco de café.

—No vas a permitir que me acerque a ti, ¿verdad?

Ella comenzó a enjuagar los platos.

—¿De qué estás hablando?

—Estás cerrada en banda. Ni siquiera me estás dando una oportunidad.

—Estamos en un momento muy estresante, Rick. Ya hemos hablado de esto. Preferiría que lo dejaras por ahora, ¿de acuerdo?

Él alzó la taza a modo de saludo.

—Tienes razón. Todo va a cambiar cuando Virgil ya no esté aquí. No tendrás que preocuparte más por él. Él se irá a vivir su propia vida, y aquí las cosas recuperarán la normalidad.

—Sí, claro. Lo primero es lo primero.

—Llámame después del trabajo —le dijo él, y después, le dio un beso rápido en los labios, antes de recoger su maletín—. Piensa en eso cuando me haya ido.

En cuanto él se marchó, ella se pasó una servilleta por la boca. Tal vez fuera un gesto infantil, pero no le importó. Tomó sus llaves y se fue apresuradamente a Pelican Bay.

Un guardia fornido fue a buscar a Virgil a su celda, con el recado de que la subdirectora jefe de la cárcel quería verlo. El oficial le dijo que tenía que ver con la pelea. Buzz se lo creyó, pero Virgil sabía que ese no era el motivo.

—¿Qué te pasa, tío? —le preguntó Buzz—. Si quisiera mandarte al Módulo de Aislamiento ya lo habría hecho.

Virgil se dio cuenta de que estaba frunciendo el ceño. No era porque no quisiera ver a Peyton; era porque quería verla con todas sus fuerzas. Había caído en la trampa que quería evitar a toda costa.

—Dile que estoy ocupado —le soltó al guardia.

El oficial blandió su porra extensible.

—Vamos ahora mismo —dijo, tartamudeando.

Si aquello hubiera sido una amenaza creíble, tal vez Virgil se hubiera negado a obedecer y hubiera obligado al pobre chico a pasar por el estrés de llevárselo usando la fuerza. ¿Por qué no? Aquel guardia no podía hacer nada peor que lo que Virgil se había hecho a sí mismo. Enamorarse de la subdirectora jefe de Pelican Bay era lo mismo que arrancarse el corazón de cuajo. Aunque ella creyera que también lo deseaba, las cosas no podían durar.

Sin embargo, aquel pobre guardia tenía que ser nuevo. Estaba tan asustado que Virgil no podía obligarle a que usara la fuerza.

Se maldijo a sí mismo por ser tan estúpido y permitió que el chico le pusiera la cadena alrededor de las manos, los pies y la cintura. Después, salió de la celda.

El guardia lo llevó hasta un despacho en cuya puerta figuraba el nombre de *Joseph Perry, Subdirector*. Peyton estaba sentada en el escritorio. Llevaba un traje parecido al del viernes anterior, y a él se le encogió el corazón. Nunca había visto una mujer tan guapa...

Ella le ordenó al guardia, el oficial Dean, que se marchara. Entonces, Virgil entendió por qué había elegido a un guardia con tan poca experiencia.

—Pero... Subdirectora —respondió Dean—. Este hombre no tiene buena conducta.

—No te preocupes. Tengo el botón de alarma aquí mismo —dijo, y se sacó el dispositivo del bolsillo—. Además, he sido oficial de prisiones muchos años. Sé manejar la situación.

—¿Está segura de que no quiere que...?

—Sí, muy segura —le interrumpió ella—. Quiero que le resulte fácil hablar, si es que quiere hacerlo.

—Ah... —el chico asintió—. Entiendo.

Cuando el guardia se marchó, Virgil la miró fijamente.

—Espero que no hagas esto con el resto de los presos —le dijo.

—No. No me muero de ganas por estar a solas con los demás presos —respondió ella, y rodeó la mesa para echar el pestillo de la puerta.

—¿Quién es Joseph Perry, y por qué estamos en su despacho?

—Es uno de los directores adjuntos. Mi despacho está fuera de la valla, así que era mi mejor opción, a menos que quisiera utilizar una sala de juntas.

—¿Y si vuelve?

—No va a volver. Tiene el día libre. Voy a quitarte eso un minuto —dijo ella. Sacó la llave de las esposas de su maletín, pero no miró a Virgil mientras la usaba. Parecía que estaba nerviosa. Y, por algún motivo, él también lo estaba.

—¿Por qué me has traído aquí? —le preguntó en un murmullo.

—Tengo que enseñarte una nota que me dio Weston. Necesito saber qué crees que podemos hacer.

El olor de su perfume le nubló el pensamiento. Lo recordaba perfectamente del sábado pasado, cuando estaba pasando los labios por su piel. Lo que le avivó el recuerdo de su carne suave contra su propio cuerpo, en la cama, y de sus pechos bajo él, a la luz de la luna...

—¿Qué has dicho? —le preguntó.

Su cuerpo había reaccionado a sus pensamientos, y tenía rígidos todos los músculos.

Cuando ella lo miró a los ojos, debió de darse cuenta de que él estaba demasiado ahogado en el deseo como para entender ninguna otra cosa, porque no intentó hablar más de la nota.

−Dios, cuánto me alegro de verte en pie −le dijo.

Entonces, las esposas se le cayeron de las manos, y él tuvo la libertad de acariciarla.

Peyton no podía dejar de besar a Virgil. Por el momento, él estaba a salvo y entre sus brazos, y eso era lo único que importaba. Sabía que había mucho peligro, pero en aquel momento estaban alejados de él. Las preocupaciones estaban al otro lado de aquella puerta.

−Te deseo −le dijo él, mientras tiraba de la falda para subírsela.

−No... no podemos. No tenemos tiempo.

−Pero tal vez no vuelva a verte.

Ella lo miró a los ojos.

−No digas eso −le pidió. No podía soportar pensarlo−. No te va a pasar nada. Saldremos de esta.

−Deja que te acaricie...

Ella cerró los ojos y echó la cabeza hacia atrás mientras él metía los dedos bajo sus braguitas y le pasaba los labios por el cuello. Peyton sabía que tenía que parar aquello antes de que llegara demasiado lejos, pero no podía. Nunca había sentido nada tan exquisito. Todo su cuerpo ardía por él...

Sin embargo, Virgil retrocedió de repente.

−¿Por qué? ¿Por qué yo? −le preguntó, atravesándola con la mirada.

No podía confiar en nada ni en nadie, no podía aceptar ninguna atención positiva sin examinarla por si entrañaba peligro. Llevaba tanto tiempo teniendo que defenderse a sí mismo que no sabía dejar de hacerlo. A Peyton le recordaba a un animal herido, que quería esa atención, pero que le rugía a cualquiera que intentara dársela.

Posó la mano en su mejilla y le acarició el labio con el dedo pulgar.

—Porque eres mucho más de lo que piensas.

Entonces, él apoyó la frente en el hombro de Peyton.

—Limpiaré mi vida —le prometió—. Puedo hacer cosas, te lo juro. Me haré a mí mismo, y después cuidaré de ti.

—Tú no tienes que cuidar de mí. Y no tienes que convencerme de tu potencial. Yo ya creo en ti. Solo tienes que protegerte a ti mismo para que pueda dormir por las noches mientras estás aquí.

Virgil la besó suavemente, moviendo la lengua con tanta lentitud contra la de ella, que Peyton tuvo la impresión de que quería memorizar su sabor, atesorar hasta el último segundo. Entonces, comenzó a acariciarla más íntimamente, y deslizó los dedos en su cuerpo.

Ella gimió en su boca, y sintió que los músculos del cuerpo se le tensaban. Aquello era una locura, y tenían que parar. Sin embargo, ya tenía la falda alrededor de la cintura, y él, con la mano libre, le estaba desabotonando la blusa.

—Virgil, si nos pillan...

—Solo quiero verlo —susurró él.

—¿Ver qué?

—Mi medallón colgado de tu cuello.

Ella sonrió.

—Ahí está.

Cuando él le devolvió la sonrisa, ella no pudo contener una carcajada. Virgil tenía una expresión de euforia en el rostro, como si acabara de ganar el mejor premio del mundo. Sin embargo, antes de que pudiera besarla de nuevo, alguien llamó tímidamente a la puerta.

—¿Subdirectora?

—Oh, no —susurró Peyton. Dean no se había marchado.

—¿Va todo bien? —preguntó el guardia—. Me estoy preocupando por usted.

—Todo va perfectamente —respondió ella. Besó a Virgil por última vez antes de arreglarse la ropa y el pelo, y de ponerle de nuevo las esposas.

—Tenemos que hablar sobre lo de Weston —le dijo, mientras guardaba las llaves en el maletín—. Está actuando como si hubiera averiguado que eres un infiltrado. Quiere hacer un trato con nosotros. Dice que, si lo sacamos del Módulo de Aislamiento, él te meterá en la Furia del Infierno.

—¿Puede saberlo?

—El instinto me dice que no, que es un farol...

—Entonces, no lo hagas.

Ella asintió. No estaba segura de cómo iba a desobedecer las órdenes de Rick, pero no tenía tiempo para preocuparse de eso en aquel momento. Alguien volvió a llamar.

—Disculpe... eh... ¿Subdirectora? —llamó el oficial.

—¡Ya voy! —dijo ella.

Atravesó la habitación, pero antes de que pudiera llegar a la puerta, el pomo se movió.

Pensando que era Dean, presionó el botón del bloqueo del pestillo. Sin embargo, la voz que provenía de la antesala no era la del guardia. Era la de Wallace.

Capítulo 27

En vez de darle inmediatamente una excusa, Peyton fingió que el hecho de que la puerta estuviera cerrada con llave no tenía ninguna importancia.

−¿Qué estás haciendo aquí? −le preguntó−. Creía que te habías ido a casa.

Wallace no respondió. Miró a Virgil. Parecía que el guardia acababa de dejarlo allí, pero Peyton dudaba que a Wallace le agradara verlos juntos en el despacho de Perry.

−Ya puedes volver a tu trabajo −le dijo a Dean, con la voz cortante.

−Sí, señor −dijo el chico, y se alejó con expresión de alivio.

Se hizo un silencio lleno de desaprobación, mientras Virgil y Rick se miraban el uno al otro.

Peyton carraspeó.

−¿Quieres pasar?

−¿Vas a echarlo a él y a cerrar la puerta con llave si lo hago?

Ella ignoró la insinuación y se sentó al borde de la mesa.

−Nadie ha cerrado a propósito la puerta, Rick. El botón debió de saltar solo.

−Sí, claro. Seguro que saltó justo antes de que tú te quitaras la ropa –dijo él con una risotada, que no tenía nada de buen humor–. O tal vez tengas el pelo revuelto porque ha habido un huracán repentino aquí dentro.

Peyton se metió algunos mechones detrás de las orejas.

–A veces se me suelta.

Él entró y cerró la puerta de golpe.

–¿Por qué estás haciendo esto? ¿Por qué estás poniendo en peligro mi investigación?

–¿Tu investigación?

–Era mi proyecto, mi idea.

–Esto no tiene nada que ver con el éxito profesional, Rick, ni con conseguir un ascenso impresionando a tus superiores. Se trata de salvar vidas. Y no solo la de Virgil. Mucha gente podría resultar herida si se desata una especie de guerra.

–¡Todo iría perfectamente si lo dejaras en paz! Pero te estás portando como una perra en celo.

Virgil apretó los puños, pero Peyton se interpuso rápidamente entre los dos hombres. Tenía que controlar aquella situación.

–Tienes que calmarte. No sabes lo que estás diciendo.

Rick se aflojó la corbata.

–¡Sí, claro que lo sé! Ya te he explicado todo lo que puedo ofrecerte. Y no estoy hablando solo de una vida acomodada y una buena carrera profesional. Tienes razón, esto no es solo sobre el trabajo. ¿De veras preferirías estar con él que conmigo? ¿Estás tan interesada en acostarte con este asesino?

Peyton notó la tensión que irradiaba de Virgil, y temió que las cosas terminaran mal. Lo tomó del brazo mientras intentaba aplacar a Rick.

–Vamos a dejar los asuntos personales aparte, ¿de acuerdo? He hecho venir a Virgil porque quería hablar con él sobre el ofrecimiento de Weston. Es su vida la que corre peligro, no la tuya. Él tiene una apreciación mejor de lo que está pasando, y sabe lo que puede hacer la Furia del Infierno. Sabe lo que puede esperarse de los miembros de una banda –dijo, y señaló hacia la nota de Weston, que había dejado en la mesa antes de que llegara Virgil–. Solo quería mostrarle lo que me dio Jager, y preguntarle lo que cree que debe hacerse. Eso no tiene nada de malo.

–¿Y decidiste empezar enseñándole un poco del escote?

Virgil se apartó de ella.

–¡Ya está bien!

–Tú no te metas en esto –dijo Rick–. No tienes nada que ver.

–Vas a ver lo mucho que tengo que ver si sigues hablando así.

Peyton intentó mantenerlos alejados.

–Por favor, los dos os estáis comportando como locos...

–Yo no –dijo Rick–. Te he pedido que no permitieras que tus sentimientos personales interfirieran en la operación.

–¿Pero los tuyos sí pueden interferir? –le preguntó Virgil.

Rick se giró hacia ella.

–No tenías ningún motivo para traerlo aquí. No tenías por qué hablar con él de esa nota. Yo ya te he dicho lo que tienes que hacer.

–Estaba recabando más información. Quiero estar segura de que es la decisión más correcta.

Él bajó la mirada y ella se dio cuenta de que tenía el primer botón de la blusa desabrochado. Se le veía parte del sujetador, y el medallón.

–Así que, ¿son los hombres peligrosos los que te excitan, Peyton? ¿Ese es el secreto? ¿Prefieres revolcarte con una basura de la cárcel a tener una relación legítima con un ciudadano íntegro? ¿Con cuántos otros reclusos de esta cárcel te has acostado?

Peyton tuvo que agarrar de nuevo a Virgil. No creía que corriera peligro si se peleaba con Wallace, pero temía cuáles podían ser las consecuencias.

—No —le dijo—. ¿No ves lo que está haciendo?

—Claro que lo veo. No voy a hacerle daño a este imbécil, aunque se lo merece. Lo que voy a hacer es darle exactamente lo que quiere.

—¿Y qué es? —preguntó Rick sorprendido.

—Al hombre que ordenó el asesinato del juez García. Y lo conseguiré sin hacer tratos con Weston Jager.

Aquello aplacó a Rick.

—¿Aunque él pueda ayudarte desde dentro?

—Si confiamos en él, todo está acabado.

—¿Puedes infiltrarte por ti mismo en la Furia del Infierno?

—Ese era el plan desde el principio, ¿no? Estoy haciendo progresos con Buzz. Te daré las pruebas para acusar a la Furia del Infierno del asesinato de ese juez. Lo único que tienes que hacer tú es proteger a Laurel y a los niños, y dejar tranquila a Peyton.

Rick lo fulminó con la mirada.

—Peyton no es asunto tuyo.

—Entonces, ábreme las esposas —dijo Virgil, tendiendo las muñecas—. Yo encontraré otro modo de proteger a mi hermana y empezar una nueva vida.

Peyton había estado esperando a que Virgil abandonara la operación. Abrió el maletín y sacó la llave, pero Wallace la detuvo. Él ya había destrozado su matrimonio, y tenía que haberse dado cuenta de que no iba a conseguirla a ella. ¿Por qué no se aferraba a lo que había querido conseguir al principio? Teniendo en cuenta lo mucho que le preocupaba su trabajo, eso era mejor que nada.

—Está bien —dijo él, pasándose una mano por el pelo—. Tal vez tengas razón. Vamos a... tomarnos las cosas con más calma. Tenemos que pensar muy bien todo esto.

—Yo no necesito pensarlo —dijo Virgil—. Sé lo que quiero.

Rick señaló a Peyton.

—Y lo que quieres la incluye a ella.

—Si no puedes aceptarlo, dilo ahora mismo, y haremos cambios.

Se hizo un silencio tenso en el despacho. Virgil y Rick se atravesaron el uno al otro con la mirada. Peyton esperó, con la respiración contenida.

—No. Vamos a terminar. Es lo único que podemos hacer en este punto.

Virgil no accedió rápidamente.

—No habrá una segunda oportunidad. Si le haces a Peyton algo que no me guste, todo habrá acabado, ¿entendido? Puede que sea una basura de la cárcel, pero yo cuido de lo mío.

—Si piensas que tu relación con ella va a durar, estás delirando —dijo Rick con desprecio.

Virgil la miró. Ella detectó cierta inseguridad en él. Temía que Rick estuviera en lo cierto. Sin embargo, estaba empeñado en no dejar entrever lo que sentía.

—Ya me ocuparé yo de eso.

—Así que, ¿dejamos a Weston en el Módulo de Aislamiento? —preguntó Rick.

—Exacto.

El subdirector sonrió como si deseara que todo aquello les explotara entre las manos.

—Muy bien. Como gustes.

Virgil sonrió, aunque sin amabilidad.

—Sí, así ese como me gusta.

—No estés tan seguro —replicó Rick—. Tus amigos de La Banda han encontrado a Eddie Glover y le han pegado tres tiros.

—No...

—Yo no mentiría sobre algo así.

—¿Ha muerto? —preguntó Virgil, con la voz ahogada.

—No. Va a salvarse.

—Entonces, La Banda sabe dónde está Virgil —dijo Peyton—. Y tú lo sabías.

—Eddie juró y perjuró que no les había dicho dónde está.

—Entonces es que no lo hizo —dijo Virgil—. Él no me delataría.

Rick no terminó ahí.

—Hay algo más que deberías saber.

—¿Y qué es?

—La Banda también encontró a tu hermana, anoche.

Virgil palideció. No se movió. No emitió ningún sonido. Y Peyton percibió la intensidad de su reacción.

—¿Y Laurel y los niños están bien? —preguntó. Temía lo que pudiera hacer Virgil si no lo estaban.

—Un poco asustados, pero por lo demás sí, están bien —respondió Rick—. Ojalá pudiera decir lo mismo del alguacil que estaba protegiéndolos.

A Peyton se le formó un nudo en el estómago.

—¿Ha muerto?

—Sí. Le cortaron el cuello.

Aquello era precisamente el tipo de suceso que más temía Peyton. Se tapó la boca con ambas manos mientras intentaba asimilar la noticia.

—¿Estás seguro de que Laurel y los niños están bien? Porque si me estás mintiendo...

Wallace sacó su teléfono móvil y le mostró el mensaje de texto que acababa de recibir.

—Compruébalo por ti mismo. Han salido de Colorado y están bajo custodia nuevamente.

Virgil miró al suelo durante unos segundos antes de responder.

—¿Y cómo consiguieron salvarse?

—En la casa entraron tres hombres, y uno de ellos acabó volviéndose contra los otros dos.

—¿Quién?

—¿No lo sabes? Tú eras uno de ellos.

A Virgil no le gustó la sonrisa desdeñosa de Wallace.

—Ni siquiera sé quién estaba allí.

—Pretty Boy, Pointblank e Ink. ¿Reconoces sus apodos?

—Pretty Boy.

—Exacto. Él le dijo a Laurel que es tu mejor amigo —dijo Rick, y miró a Peyton—. Tienes a todo un hombre aquí. Sus contactos con la *créme de la créme*.

—¿Es que quieres destrozar por completo la opinión que tengo de ti? —le preguntó ella.

—¿Por qué no? Tú has destrozado la que yo tenía de ti.

Virgil no reaccionó ante aquella conversación. Era difícil saber lo que estaba pensando.

—¿Dónde está Pretty Boy? —preguntó.

—Si lo supiera, ya estaría arrestado —dijo Rick.

—¿Por salvarle la vida a Laurel?

—No, por matar al alguacil.

Virgil miró fijamente a Wallace.

—Es una pena que no fueras tú el que estaba de guardia.

Rick se congestionó de ira.

—¿Cómo?

Virgil no se molestó en repetirlo.

—¿Y Pointblank e Ink?

—Pointblank ha muerto. Ink está en la UCI, custodiado por dos policías.

Virgil irguió los hombros.

—¿Se va a salvar?

—¿Quién sabe? En este momento, su vida pende de un

hilo. Bueno, ¿y qué hay de ese cambio que íbamos a hacer? ¿Sigues pensando que es mejor actuar sin conseguir la confianza de Weston Jager?

–Un momento. No pensarás que va a volver a la cárcel después de saber que Eddie...

–Eddie no les dijo nada –la interrumpió Virgil–. Y si me rindo ahora, el dolor de Eddie, el miedo de mi hermana, la pelea del comedor y lo que hizo Pretty Boy... no habrán servido de nada.

–Pero, aunque Weston no supiera nada de ti antes, seguramente ahora sí lo sabe –argumentó Peyton–. Tal vez Eddi no se lo dijera, pero ellos han encontrado a tu hermana de alguna manera. Tiene que haber un soplo.

–Es un riesgo que tengo que correr.

–No, no es verdad. Las consecuencias podrían ser mucho peores.

Él hizo caso omiso de su preocupación.

–Tendré que ser más convincente –dijo. Con un tintineo de cadenas, señaló hacia el teléfono–. Llama a un guardia. Me vuelvo a mi celda.

No era fácil concentrarse. Virgil estaba jugando al ajedrez con Buzz en la galería, intentando mantener las apariencias, pero la herida le dolía mucho, y no podía dejar de pensar en Peyton y en lo que había ocurrido en aquel despacho. Tenía mucho por lo que preocuparse, y sin embargo, ella ocupaba su mente. ¿Tenía razón Rick Wallace? ¿Sería él capaz de conservarla a su lado? No tenía demasiada fe en ello, y, sin embargo, no podía dejar de desearla, no perdía la esperanza...

Por lo menos, pensar en ella aliviaba un poco su sentimiento de culpabilidad. Pretty Boy le había hecho el mayor favor del mundo, había salvado a sus seres queridos, pero al hacerlo, se había puesto a sí mismo en una situación terrible. Y todo por una amistad que Virgil no podría mantener. ¿Dónde habría ido Rex después de salir de la casa protegida? No tenía ningún sitio al que ir. No podía volver con La Banda; ellos le pegarían un tiro.

«He convertido en un infierno las vidas de todos los que me importan», pensó. Sin embargo, no había modo de salir de la tela de La Banda sin dejar un agujero en ella. ¿Se había equivocado al aceptar el ofrecimiento del gobierno? Había justificado su decisión pensando en que debía poner a Laurel y a los niños por delante de sus hermanos de La Banda. Él nunca había creído en su ideología. No quería ser como ellos, ni quería continuar asociado a ellos. Sin embargo, eso no significaba que no quisiera a algunos de sus miembros. Pretty Boy había formado parte de su vida durante catorce años, y Pointblank, durante seis. En la cárcel, la línea entre la bondad y la maldad se desdibujaba mucho, sobre todo durante tantos años.

Él había pensado que valía la pena hacer ciertos sacrificios para obtener las recompensas que había al otro lado. En aquel momento, ya no estaba seguro de si Laurel, Rex o él iban a poder llegar al otro lado. Al tratar de conseguir un futuro mejor, les había fallado a quienes más quería. Y ellos se merecían algo mejor. Rex era tan decente como Eddie, pero provenía de una familia horrible que lo había ahuyentado de su seno, y el chico se había juntado con los miembros de una banda en vez de ir a la universidad y conseguir un trabajo.

Virgil pensó de nuevo en Peyton. ¿Iba a fallarle a ella también? Como mínimo, podía suceder que Rick Wallace intentara despedirla por su culpa.

Debería haberla dejado en paz, lo sabía muy bien. Sin embargo, solo su olor lo embriagaba...

—Eh, ¿vas a mover, o no? —le espetó Buzz.

No le interesaba mucho aquella partida; Buzz no era muy bueno al ajedrez. Sin embargo, Virgil deslizó su reina en diagonal y le robó la torre a Buzz.

—Oh, magnífico. Gracias.

—Si no quieres que te la quite, protégela.

Su compañero de celda movió su propia reina para proteger al alfil.

—Vaya, parece que alguien está de mal humor.

—¿Y cómo sabes que no soy siempre así?

—Porque no eras así anoche, ni siquiera después de la pelea.

—Tal vez es que me gusta luchar.

—¿Cuatro contra uno? Estás bromeando, ¿no?

—No —dijo Virgil, con una sonrisa petulante. Sin embargo, era todo fachada. Se sentía peor a cada minuto que pasaba. Notaba las gotas de sudor en la espalda.

Buzz agitó la cabeza.

—Tío, estás loco.

Varios miembros de Nuestra Familia estaban sentados por las mesas, mirándolo y hablando en voz alta.

—¡Uno por uno, les habría pateado el culo a todos!

—Me gustaría verlo luchar con el mismo Whitehead.

—Si fuera listo se uniría a nosotros, ¿me oyes? Esta es una banda donde se aprecia el talento para luchar.

—No les estarás haciendo caso, ¿verdad? —le preguntó Buzz—. No creo que te tomes en serio todas esas chorradas de antes.

Virgil se encogió de hombros.

—Yo me tomo en serio lo que me sirva para conseguir mis propósitos —respondió.

Como sabía que la Furia del Infierno sospechaba de él, era imposible demostrar interés por unirse a ellos. Su única opción era hacerse el duro, obligarlos a que fueran ellos quienes lo persiguieran. Si lo hacían. Aquel curso de acción podía tomarle mucho más tiempo del que había pensado pasar en la cárcel, pero por lo que veía, la única forma de convencer a la Furia del Infierno de que era un tío legal era rechazar lo que ellos pensaban que quería.

Buzz bajó la voz.

—Ya te lo he dicho. Voy a hablar con Westy. Te voy a meter en el grupo.

Por suerte, no parecía que Buzz tuviera sospechas sobre él. Eso le daba esperanzas.

—Westy está en el Módulo de Aislamiento, tío.

—No importa. Le enviaré un mensaje. O a Detric. Deech es el que decide en última instancia, de todos modos.

—¿Y cómo te vas a comunicar con él? También está en el Módulo de Aislamiento.

Buzz miró brevemente a dos guardias que estaban hablando en un rincón.

—¿Cómo crees tú? Contrataré un poco de ayuda.

Virgil necesitaba saber en qué guardias confiaba La Banda, así que olvidó el dolor de la herida y prestó toda su atención.

—¿Esos tipos te ayudarán?

—Si pagas un precio, sí. No lo hacen porque les caigamos bien.

—Es bueno saberlo, por si cambio de opinión.

—Entonces, ¿estás interesado?

—No, en este momento no.

Buzz se puso serio.

—¿Cómo? ¡No es posible! Vas a necesitar un grupo aquí dentro. ¿De qué te sirve saber luchar? Nadie quiere estar sin amigos.

—Si te crees que voy a apuñalar a gente por ahí para la Furia del Infierno, estás muy equivocado.

—¡Es mejor que apuñalar gente para Nuestra Familia! Tú dijiste que te gusta luchar.

—Cuando tengo un motivo, sí.

Buzz se inclinó hacia él.

—Mira, sé que no eres un novato. Tienes experiencia, y se te tratará con respeto.

Virgil no disimuló su sorpresa.

—¿Y qué significa eso?

—Significa que no tendrás que pagar la novatada.

—¿No habría iniciación?

—No estoy seguro de eso, pero lo sugeriré.

Virgil puso los ojos en blanco.

—¿Que lo sugerirás? Habla conmigo cuando tengas algo de autoridad. Tal vez entonces considere lo que me estás ofreciendo. A propósito, eres malísimo al ajedrez. Me he hartado de esto.

Dejó la partida a medio terminar, se levantó y se dirigió a su celda. Tenía que tumbarse, porque temía que, de lo contrario, iba a desmayarse. El médico le había dicho que descansara, pero él no había obedecido. Aquella tarde no tenía elección. Tenía que parecer que era inmune al dolor y a las heridas.

Notó que alguien lo seguía, pero fuera quien fuera, no se movía rápidamente, así que no se giró. No quería actuar con nerviosismo, pero esperaba que no lo atacaran en aquel momento; nunca se había sentido más débil. Parecía que la cuchillada le había afectado al organismo y no podía recuperarse...

—¿Cómo te encuentras?

Era el guardia rubio que estaba hablando con otro un minuto antes, en una esquina.

Virgil no quería que lo vieran confraternizando con un oficial. Eso no iba a ayudar a su causa. Además, necesitaba espacio y privacidad para enfrentarse a lo que estaba sucediéndole. Así pues, le indicó con la mirada al tipo que se alejara de él.

—Debes de estar aburrido, porque no creo que te preocupe de verdad cómo me encuentro.

Él no reaccionó como esperaba Virgil. El tipo entró en su celda, algo que los guardias no hacían nunca si no tenían refuerzos, y le susurró:

—Lo estás haciendo estupendamente. Todo resulta muy creíble.

La descarga de adrenalina alivió un poco el mareo de Virgil.

—¿De qué estás hablando?

—Si no supiera la verdad, pensaría que eres de fiar.

—¿Qué?

—Me manda Peyton. Quería que te dijera que si alguna vez tienes alguna información que pasar, puedes confiar en mí. Yo la transmitiré por ti.

¿Podía ser cierto eso? Peyton no le había mencionado que fuera a confiar en un guardia. Y Buzz acababa de decirle que aquel guardia en concreto era sobornable. Sin embargo, si no se lo había dicho ella, ¿quién se lo había dicho?

Virgil quería admitir que necesitaba al médico, pero lo que le había dicho Buzz minutos antes le detuvo. No podía confiar en aquel tipo.

—Sal de aquí —le dijo, con todo el mal humor posible—. Te has equivocado de hombre.

El guardia, que según su etiqueta de identificación se llamaba Hutchinson, miró hacia atrás por encima de su hombro antes de continuar.

—¿Lo ves? —susurró, con los ojos brillantes de excitación—. ¡Eres muy creíble! ¡Esto me parece una gran idea!

Virgil le echó de allí.

—Estás loco, tío. De remate. No sé quién es Peyton.

—Sí, claro —dijo el guardia, y le guiñó un ojo—. Estoy por aquí, si acaso necesitas algo.

Cuando el oficial se marchó, Virgil intentó entender qué demonios acababa de suceder. Sin embargo, estaba muy mareado. Tuvo que apoyarse con una mano en la pared para no caerse al suelo.

Entonces se dio cuenta de que la herida le sangraba de nuevo. Estaba mirando su propia sangre cuando oyó a Buzz hablando con alguien. Se acercaba a la celda.

Se giró para que su compañero de celda no viera la mancha roja de su camiseta, y se dejó caer en el camastro, en vez de tumbarse con cuidado, como quería hacer. A los pocos segundos pagó el precio de aquella fanfarronada. El dolor le quemó por dentro, como si fuera una bola de fuego, tan intenso que le produjo náuseas.

¿Se le estaba infectando la herida? Las cárceles no eran los sitios más limpios del mundo...

Sabía que tenía que ir a ver al médico.

También sabía que no estaba dispuesto a solicitarlo.

Capítulo 28

Rick estaba sentado en la terraza de Peyton, con la silla pegada a la pared, para protegerse de la llovizna bajo los aleros. Tenía puesta su gabardina, con el cuello subido, y estaba mirando al mar gris mientras esperaba. Se había pasado la mayor parte de la tarde en reuniones con el director, tratando varios asuntos, pero ya habían terminado, y no tenía excusa para permanecer allí un día más.

En cuanto el director se marchó a su casa, después de la jornada de trabajo, Rick había tomado su coche y se había puesto de camino a Sacramento. Entonces había cometido el error de contestar a una llamada de Mercedes. Se habían gritado el uno al otro por las niñas, por la casa, por sus posesiones y por quién tenía la culpa del fracaso de su matrimonio, hasta que él no había podido soportarlo más y había colgado. Acto seguido había recibido una llamada de su madre, y había descolgado pensando que iba a contar con su comprensión. Mercedes y ella nunca habían estado demasiado unidas. En vez de eso, su madre le había expresado su tristeza por las niñas y le había rogado que luchara por su matrimonio, que buscara apoyo psicológico y que aguantara a toda costa.

«Mercedes es una buena esposa y una buena madre. No

dejes a una mujer así. ¿Dónde vas a encontrar a alguien que quiera dedicarse así a las niñas y a ti?».

Él no quería oírlo, ni tampoco quería oír lo mucho que ella lamentaba su propio divorcio. Ya era tarde para cambiar las cosas. Él odiaba a Mercedes, y creía que llevaba años odiándola sin saberlo. ¿Cómo podía haber estado tan ciego? ¿Por qué había tardado tanto en pensar que Peyton podía ser una alternativa, en vez de una tentación extramatrimonial? Ojalá se hubiera dado cuenta antes de que ella conociera a Virgil...

Había llegado hasta Trinidad, a cien kilómetros, antes de darse la vuelta. Por mucho que quisiera ver a sus hijas, no podía volver a casa. Sabía que las cosas se pondrían muy desagradables con Mercedes. También sabía que, si se marchaba de Crescent City ahora, perdería a Peyton para siempre.

Miró el reloj. Eran las nueve. ¿Dónde estaba ella? ¿Iba a quedarse en la cárcel toda la noche?

Pensó en acercarse a Pelican Bay para ver qué estaba sucediendo, cuando sonó su móvil. El código de zona le dio a entender que la llamada provenía de Los Ángeles, pero no reconocía el número.

–¿Diga?

–¿Hablo con Rick Wallace, del Departamento de Prisiones de California? –preguntó un hombre de voz ronca.

–Sí...

—Me alegro, porque tengo una oferta que hacerle.

–¿Quién es? –preguntó él con desconcierto.

—Podría ser su mejor amigo. O su peor enemigo. Usted decide.

Rick se puso en pie.

—No sé qué significa eso.

—Tal vez esto le sirva de ayuda. Queremos a Virgil Skinner. Díganos dónde está, y se lo recompensaremos.

—¿Es usted de La Banda? —preguntó él. Nunca lo hubiera previsto.

—Es obvio que he dado con la persona adecuada.

Sabían que él estaba involucrado. ¿Cómo? ¿Cómo habían conseguido aquella información?

—¿Quién le ha dado este número?

—La niña con la que acabo de hablar en su casa. Por motivos de seguridad, le aconsejo que su número no aparezca más en la guía.

Al oír su risa, Rick se imaginó a una de sus hijas recitando los siete dígitos del número de teléfono a aquel tipo, sintiéndose muy orgullosa de sabérselo de memoria. La gente que había matado a la niñera de Laurel, los que habían intentado matar a Eddie Glover, ¡habían hablado con su hija!

Sintió náuseas.

—Será mejor que no hayan...

El otro hombre lo interrumpió.

—Solo ha sido una llamada. Por ahora.

¿Qué significaba eso? ¿Acaso estaba en peligro su familia? ¿Iba a convertirse en objetivo de La Banda? Él nunca hubiera imaginado que ocurriera algo así. Estaba en el lado administrativo de las prisiones. Nunca se había relacionado con presos y nunca había recibido una amenaza.

—¿Qué quiere decir, exactamente?

—Que usted va a encontrar a Virgil Skinner, de un modo u otro. Si nos hace este favor, le daremos unos cuantos billetes por las molestias, y no volverá a saber de nosotros.

Rick se llevó una mano al corazón, para poder calmar sus latidos.

—¿Por qué cree usted que yo puedo hacer eso?

—¡Vamos! No se trata de un juego.

Mentir no iba a servir de nada. Ellos ya sabían demasiado. Y era una pérdida de tiempo pedirle a aquel hombre que le revelara su fuente, porque no iba a hacerlo.

−¿Qué dice, señor Wallace? Le gusta su vida, ¿no? Le gusta sentirse a salvo por las noches.

Rick recordó cómo había aterrorizado La Banda a Laurel antes de que él la sacara de Florence. Después, pese al hecho de que ella estuviera bajo protección, habían conseguido dar con ella. Aquella banda estaba bien organizada y contaba con más recursos de los que él hubiera supuesto. Y ahora, después de matar a Trinity Woods y al alguacil Keegan, de herir a Eddie Glover y de intentar matar a Laurel y a sus hijos, ¡estaban en su casa!

Al idear la Operación Interna, le había parecido que podía ser una buena solución, algo que podía ayudarle a ascender. Ahora temía que todo acabara mal. Peyton había intentado advertírselo, pero él no la había escuchado. Había cometido un error al llevarlo allí. Tal vez, con el tiempo, Virgil pudiera conseguir las pruebas necesarias para condenar a quien hubiera ordenado el asesinato del juez García, pero no había garantía de ello. Y de todos modos, no merecía la pena arriesgar la vida de sus hijas por eso. Ni pasarse el resto de su existencia mirando hacia atrás por encima del hombro. Ni perder a Peyton por un hombre que no era digno de ella.

Aunque no estuviera con él, no quería que se quedara con Virgil.

−Necesito una respuesta −dijo el tipo.

Rick cerró los ojos con fuerza. Con solo dos palabras, Pelican Bay, Virgil ya no sería un problema para él, y la amenaza que suponían los amigos de Virgil desaparecería. Sería casi como si nunca se hubiera visto involucrado en aquello.

−Cinco mil dólares, señor Wallace. Piense en las vacaciones que le podrá pagar a su familia.

—No quiero su dinero —le espetó él. Y era cierto. Aquello solo serviría para crear vínculos entre La Banda y él, unos vínculos que los demás podrían descubrir.

Si le contaba a aquel tipo lo que quería saber, ¿quién iba a enterarse? Y después, todo lo que había salido mal desde el comienzo se arreglaría al instante.

De todos modos, no tenía otra opción. Iban a encontrar a Virgil de todos modos, y era mejor que ocurriera antes de que alguien más resultara herido.

—Está en Pelican Bay.

—¿Y qué está haciendo allí?

Aquella respuesta era más difícil. Rick sabía que la Furia del Infierno tenía mucha más facilidad para alcanzar a Virgil que La Banda...

Sin embargo, recordó a Virgil en el despacho, con Peyton, alto y orgulloso pese a sus cadenas, y supo que estaba tomando algo que él le había advertido que no debía tomar. Rick se dio cuenta de que tenía la oportunidad de vengarse, y la aprovechó.

—Lo infiltramos allí para que investigara a la Furia del Infierno y nos dijera quién había matado al juez García en Santa Rosa —dijo, y colgó.

«Si es tan buen luchador, que salga de esta...».

Shady sonrió al colgar el teléfono.

—¡Lo tenemos! —le dijo a Horse y a Meeks.

Don Mechem, Meeks, estaba sentado en el garaje, junto a Horse. Era un miembro mayor de la banda. Tenía cuarenta y cinco años y el pelo canoso, aunque se mantenía en forma. De no haber sido por la muerte de Pointblank, seguramente no habría solicitado una reunión. No aparecía en los eventos de la banda, normalmente; sin embargo, Pointblank había sido como un hermano pequeño para él, y no estaba dispuesto a dejar aquel asesinato sin castigo.

—Y ahora, Skin lo va a pagar caro —dijo.

Horse alzó su copa para hacer un brindis.

—Por Pointblank.

—Y por Ink —dijo Shady.

Aunque a nadie le caía bien Ink, su muerte también era un motivo de venganza. En cierto modo, Pointblank había sido el más afortunado de los dos. Según los médicos de Ink, no iba a ser el mismo cuando saliera del hospital. En aquel momento estaba entubado en una camilla y había estado dos veces al borde de la muerte. Si sobrevivía, no podría volver a caminar. Además, lo juzgarían por lo que les había hecho a aquellas prostitutas, y por otros crímenes violentos. Eso significaba que le impondrían cadena perpetua.

Lo que había ocurrido en aquella casa protegida era lamentable. Sin embargo, había tenido algunos puntos positivos. Había servido para unir más a La Banda y para reforzar su autoridad. Todo el mundo quería atrapar a Virgil y a Pretty Boy. Todo el mundo estaba moviendo sus contactos y consiguiendo información, porque todos querían castigar a Virgil y a Pretty Boy por haberlos traicionado.

—¿Cómo lo hacemos? —preguntó Horse, después de apurar la copa.

—Iremos a Crescent City y tendremos una reunión con Detric Whitehead. Formaremos una alianza con la Furia del Infierno —dijo él.

—Mierda, ¿es que no sabes lo lejos que está eso? ¡Es un viaje de catorce horas! —se quejó Horse.

—¿Es que te preocupa tanto el tiempo? —gruñó Meeks—. ¿Sabiendo que Ink está en el hospital, y que podría morir en cualquier momento? ¿Y que a Pointblank lo van a enterrar esta semana?

Horse miró al suelo.

−No, no lo decía por eso. Claro que estoy de acuerdo con el plan.

−No es necesario que vayamos los tres a Crescent City −intervino Shady−. Alguien tiene que quedarse aquí, a cargo de las cosas. Además, todavía tenemos que encontrar a Pretty Boy. Seguramente, él vendrá a Los Ángeles.

−Entonces, ¿quieres que me quede? −preguntó Horse.

−Sí. Encuéntralo mientras nosotros estamos fuera.

−Haré lo que pueda.

−¿Cuándo nos vamos? −preguntó Meeks.

−¿Te parece bien esta noche? −le respondió Shady−. Con suerte, podemos estar allí antes de la hora de visita, por la tarde.

Meeks se puso en pie.

−¿A quién vamos a ir a ver?

−A Detric Whitehead −contestó Shady−. Como ya he dicho.

Cuando Peyton vio el coche de Rick junto a su casa, se enfadó. En aquella ocasión iba a decirle que tenía que marcharse. No le importaba las repercusiones que pudiera tener en su trabajo; ningún jefe tenía derecho a hacer lo que estaba haciendo él. Si era necesario, lo denunciaría por acoso sexual.

Sin embargo, antes de llegar a la terraza y enfrentarse a él, lo vio bajar apresuradamente por la escalera. Él le dijo que tenía que marcharse a casa.

−¿Vas a Sacramento? ¿Tan tarde? −preguntó ella.

Él abrió la puerta del coche y dejó el maletín en el asiento.

−Sí. Escucha, quería hablar contigo, y te he estado esperando un rato. Sé que me he comportado como un idiota últimamente, y lo siento. De verdad. Mañana podemos hablar por teléfono. Acabo de acordarme de que... tengo que hacer una cosa.

—No hay problema —respondió ella.

Tenía tantas ganas de que se marchara que no se preguntó por el motivo de su prisa, hasta que él se hubo marchado. Entonces, se extrañó. ¿Qué habría estado haciendo durante aquellas cuatro horas? No tenía ni idea, pero tampoco le importaba, en realidad.

Al darse cuenta de que por fin tenía la casa para ella sola, suspiró de alivio. Subió las escaleras con ligereza. Ya había cenado, así que se daría una buena ducha caliente y se acostaría. No sabía si podría dormir, porque estaba muy preocupada por Virgil, pero tenía que intentarlo.

Cuando estaba bajo el chorro de agua caliente, el teléfono sonó en la encimera del lavabo. Salió, empapada, para responder a la llamada, porque recordó que Virgil había usado un teléfono de contrabando para ponerse en contacto con ella.

—¿Diga? —respondió, casi sin aliento por la esperanza y la impaciencia.

No respondió nadie.

—¿Diga? —repitió.

—¿Quién es? —le preguntó un hombre.

¡Era Buzz! El corazón estuvo a punto de parársele. El miedo la impulsó a colgar el teléfono, pero no lo hizo. Eso no sería bueno para Virgil. Volvió a la ducha para que el ruido del agua amortiguara el sonido de su voz, y fingió que era alguien más ronco, y más enfadado.

—¿Quién es usted? —espetó.

No obtuvo respuesta, pero Buzz todavía estaba escuchando. Ella notaba su presencia al otro lado de la línea.

—¿Dónde está Simeon? —preguntó.

—Durmiendo —dijo Buzz, y colgó.

Peyton se quedó temblando, en la ducha, hasta mucho después de que Buzz hubiera colgado. ¿Se había creído su actuación, o la había reconocido por la voz?

¿Qué iba a hacer?

Rex no tenía respuestas. Había vuelto a Los Ángeles porque era la única ciudad a la que podía llamar su hogar, pero no podía pasar por ninguna de las casas ni de los bares que le eran familiares. La Banda era la propietaria de esos lugares, o los frecuentaba, y él sabía lo que iba a ocurrirle si lo encontraban. Sin duda, ya habían dado la orden de que le pegaran un tiro si alguien se cruzaba con él.

Tenía una cosa a favor: odiaba a su familia y todo el mundo lo sabía, así que era improbable que los miembros de la banda los amenazaran. Virgil era su única familia, y La Banda ya estaba persiguiéndolo antes de que él los traicionara también. Lo que había hecho no iba a afectar para nada a la situación de su amigo.

Tal vez fuera el momento de pasar a la legalidad. ¿Debía cambiar su vida? Llevaba años dándole vueltas a aquella idea. Eso tenía que ser lo que estaba haciendo Virgil. Sin embargo, Virgil tenía la ventaja de que su pasado estaba limpio. Él no. Además, no tenía ningún medio para ganarse la vida legalmente. Llevaba un coche robado. Acababa de matar a dos hombres de su propia banda, y seguramente, lo acusarían de complicidad en el asesinato del alguacil y en el tiroteo de Eddie Glover. En su opinión, no tenía ninguna posibilidad de conseguir una vida nueva y alejada del crimen.

Por eso, cuando anocheció, pasó por delante del club ilegal que regentaba Horse en el cruce de la calle Sixtieth con la calle Vermont. No era por las drogas, ni por las prostitutas, ni por las máquinas tragaperras ni por las armas de fuego. Era por la familiaridad del lugar. Se había sentido muy solo desde Gunnison, muy perdido, y eso le hacía comportarse de una forma temeraria. No dejaba de pensar en entrar al club de Horse y enfrentarse con él y con todos los demás. Sabía que no saldría vivo de allí. Todos estarían armados. Pero por lo menos, moriría como un hombre, y tal vez incluso pudiera llevarse por delante a algunos de aquellos desgraciados. Estaba seguro de que no quería pasarse el resto de la vida huyendo...

Estaba sentado en el coche, al otro lado de la calle, con el motor del coche encendido, pensando en si lo hacía o no, cuando paró un Honda Civic y dejó salir a la novia de Shady. Rex reconoció a Mona al instante. Siempre le había dado pena aquella mujer. Shady la pegaba, se la pasaba a sus amigos y la insultaba de una forma horrible.

El conductor del Honda no se dio cuenta de que él estaba allí. Estaba gritándole a Mona que sería mejor que no le hubiera contagiado el herpes, o que volvería y le exigiría que le devolviera los veinte dólares. Después le tiró la ropa interior por la ventanilla, junto al dinero, y se marchó a toda velocidad.

Mona intentó recoger los billetes, pero se cayó al agacharse, y no pudo levantarse. Se quedó sentada en medio de la carretera, mirando al cielo como si quisiera que se la tragara. Entonces empezó a llorar.

Shady la había dejado. De lo contrario, ella no estaría en el club de Horse. Sin embargo, tampoco iba a durar mucho allí. Tenía una adicción demasiado fuerte a las drogas como para ser una buena prostituta.

Había tocado fondo. Era lo más patético que Rex hubiera visto en su vida. Se dijo que no tenía por qué mirarla, que debería irse de allí y olvidarse de Mona, de Shady y de Horse, y de todos los demás. Sin embargo, los sollozos eran tan desgarradores que no pudo hacerlo.

Bajó la ventanilla y silbó para llamar su atención.

Ella alzó la cabeza y lo vio.

—Deberías largarte de aquí —le advirtió al reconocerlo—. Horse te va a matar si te ve.

—Ya lo sé.

—Entonces, ¿por qué has venido?

—Por lo mismo por lo que tú estás aquí.

No tenía ningún otro sitio al que ir. Era la historia de su vida. Siempre había buscado su lugar, siempre, desde que tenía uso de razón.

—¿Qué quieres? —le preguntó ella.

Empezar de nuevo. Salir. Como Virgil. Ojalá supiera cómo...

—Sube. Te llevo a un refugio.

—¿Y si no quiero ir a un refugio?

—Tienes que ir a alguna parte, ¿no? Aquí no vas a sobrevivir mucho tiempo más.

Ella también lo sabía.

—Tengo una hermana —admitió después de un largo silencio.

—¿Y querrá ayudarte?

—Puede que sí. Nunca le he dado la oportunidad.

—Entonces, ¿no crees que ya es hora de pedírselo?

Ella se puso en pie lentamente, y se acercó al coche.

—¿Dónde está su casa? —le preguntó él, cuando ella entró y se puso cinturón.

—En Beverly Hills.

Él arqueó las cejas.

—¿De verdad?

—De verdad —respondió ella con una sonrisa.

Les costó encontrar la dirección. Ella no la recordaba bien. Sin embargo, finalmente encontraron la casa de su hermana, y él esperó hasta que ella fue a la puerta. Cuando la mujer que abrió abrazó a Mona, él supo que todo iba a salir bien. Al menos por el momento. Estaba a punto de marcharse cuando ella volvió al coche.

–¿Quieres quedarte a dormir esta noche? –le preguntó a Rex–. Mi hermana te dejará el sofá.

–No, gracias –dijo él.

–¿Estás seguro?

–Sí.

–Bueno. Te agradezco mucho que me hayas traído. Buena suerte –le dijo ella–. ¿Sabes? No estoy segura de si debería contarte esto… Llevo pensándolo todo el camino, pero…

–¿Qué es?

–Han encontrado a Skin.

Rex no podía creerlo.

–¿Qué has dicho?

–Es cierto. He oído a Horse hablando de ello hace un rato.

–¿Cómo?

–Un pez gordo del Departamento de Prisiones se lo ha dicho todo. Rick Walrus, o algo así. Todos se estaban riendo de lo rápidamente que entregó el pescuezo de Skin.

Qué desgraciado…

–¿Y dónde está Skin?

–En Pelican Bay. Está informando sobre la Furia del Infierno. Nadie sabe por qué. Supongo que la poli le ofreció algún trato. Pero al final… no va a conseguir nada. Shady y Meeks van hacia Crescent City en este momento –dijo Mona, y se estremeció–. Sé que respetas a Skinner, así que esto no es una buena noticia para ti. Pero de todos modos, pensé que querrías saberlo.

–Gracias –dijo.

No tenía palabras para transmitir lo que estaba sintiendo. Se imaginó a Virgil, en Pelican Bay, sin saber que uno de los tipos buenos del gobierno, en quien se suponía que él podía confiar, acababa de venderlo.

Capítulo 29

Rick Wallace no respondía al teléfono ni le devolvía los mensajes, así que Laurel no se esperaba que respondiera tampoco en aquella ocasión. Se quedó sorprendida.
—¿Señor Wallace? —dijo.
—¿Sí?
Ella se aclaró la garganta.
—Soy Laurel Hodges.
—¿Quién te ha dado este número?
—Usted, ¿no se acuerda? Dijo que lo llamara si necesitaba algo.
—Es cierto. Aquella noche, en Gunnison —dijo él, y suspiró—. Parece que sucedió hace años.

Parecía que estaba estresado, y ella se sintió culpable por molestarlo. Sin embargo, no creía que él tuviera más problemas que ella.
—A mí no me lo parece —respondió—. Me siento como si me hubiera atrapado un tornado y todavía estuviera dándome vueltas, sin saber cuándo me va a dejar en el suelo, ni dónde.

Aunque los dos alguaciles de los Estados Unidos que se habían hecho cargo de los niños y de ella la habían trasladado a otra casa protegida, en aquella ocasión en Albuquerque, en Nuevo México, el que se había quedado a custodiarla le había dicho que no era algo permanente. El gobierno todavía estaba puliendo los detalles de su nueva identidad, de manera que ella todavía no podía ubicarse en ningún sitio. No tenía trabajo, ni amigos, nada salvo sus hijos para distraerse, y se estaba volviendo loca. El alguacil se pasaba la mayor parte del tiempo en su habitación.

–Lo siento, pero llego tarde a una reunión –dijo Wallace. No le importaba su situación–. ¿Qué puedo hacer por ti?

–Quisiera que me diga cómo está mi hermano. Si no me permite ponerme en contacto con él, al menos quiero que me ponga al día periódicamente. Estoy en una casa que no es la mía, en una ciudad que no conozco. La Banda ha matado al último alguacil que nos protegía, y yo vi a un hombre tirotear a otros dos. Creo que es comprensible que esté agitada y que necesite adaptarme a todo esto.

–Bueno, no sé qué decirte. No puedes llamarme todos los días. Estoy ocupado. Yo también tengo problemas, ¿sabes?

–Entonces, déme otro número. El de alguien con quien pueda hablar de vez en cuando. Si sé que Virgil está bien, puedo continuar. Pero si no estoy segura...

–Te avisaremos si le sucede algo –dijo él–. Ya sabes, la falta de noticias es una buena noticia.

–No, señor Wallace. Para mí no es suficiente.

–No estoy en la cárcel. No sé lo que está ocurriendo allí. No estoy tan implicado en esta operación como tú crees.

–Entonces, ¿quién lo está? ¿Puede darme el número del director de la cárcel? No creo que haya ningún peligro en eso. Él podrá decirme cómo está mi hermano.

–No lo entiendes. No puedo...

–No me diga eso, por favor. No sabe lo horrible que es no saber si estoy tan sola como me siento. Si es necesario, lo llamaré noche y día hasta que...

—¡Espera! Ya lo tengo. Puedes llamar a Peyton Adams. Ella está en la Prisión Estatal de Pelican Bay.

¿Allí era donde habían llevado a Virgil? ¿Wallace acababa de decírselo? No esperaba que le diera tanta información.

—¿Y cuál es el número?

—Espera. Voy a darte su número de móvil.

Laurel no tuvo ocasión de preguntar quién era Peyton. No le importaba, siempre y cuando aquella persona pudiera hablarle sobre Virgil.

—Me voy a alegrar mucho cuando acabe todo esto... —murmuró Rick Wallace. Después, recitó los diez dígitos del número de teléfono móvil de Peyton, y colgó.

Peyton nunca hubiera pensado que iba a recibir la llamada de la hermana de Virgil. Acababa de salir de una reunión de presupuestos, y respondió solo porque tenía la esperanza de que fuera Virgil. Tenía que advertirle que la Furia del Infierno estaba haciendo todo lo posible por comprobar su identidad; por lo menos, ella pensaba que la llamada de Buzz se debía a eso. Y, como seguramente el teléfono de Buzz no era el único de la prisión, Virgil podía estar llamándole desde cualquier número.

—¿Quién eres? —preguntó Laurel, después de identificarse y de asegurarse de que estaba hablando con alguien llamado Peyton.

—Soy la subdirectora jefe.

—Ah, ahora lo entiendo. ¿Cómo está Virgil? Estoy muy preocupada por él. Necesito que alguien me diga que todo va bien.

Peyton entró en el servicio de señoras que había de camino a su despacho. Allí podía contar con un poco de privacidad, puesto que a aquellas horas, todo el mundo estaba recogiendo sus cosas para marcharse a casa.

—Está bien —le dijo a Laurel—. Al menos, todo lo bien que cabe esperar en su situación —añadió. Pensó en mencionar sus heridas, pero decidió hacerlo más tarde y satisfacer su propia curiosidad—. Tengo que admitir que me sorprende haber recibido tu llamada. ¿Cómo has conseguido mi número?

—Me lo dio Rick Wallace —respondió Laurel—. Espero que no te moleste. Él no quería hacerlo, pero yo no acepté su negativa. Él no sabe lo que es estar esperando sin saber nada. Ni siquiera estoy en un lugar que me resulte familiar, ¿sabes?

—Sí, lo sé.

Peyton intentó mostrarse comprensiva, porque sabía lo que había tenido que sufrir Laurel. Sin embargo, no estaba concentrada en aquella conversación. Virgil le había dejado claro que no quería que Laurel supiera dónde estaba, que no quería ningún nexo de unión entre ellos. Temía que La Banda pudiera aprovechar aquella información de algún modo. Así pues ¿por qué Wallace le había dado aquella información como si ya no le preocupara en absoluto? ¿Y por qué no le había respondido a las llamadas de aquel día? Ella quería que le proporcionase información sobre La Banda. La policía debía de tener detalles sobre sus capos. Tal vez tuvieran fotografías, incluso. Después de lo que le había pasado a Laurel, Peyton pensó que sería inteligente averiguar todo lo posible sobre los enemigos de Virgil. Eso podría servir para protegerlo. Como mínimo, ellos deberían enviarle descripciones a la policía local y pedirles que estuvieran alerta. Era algo muy sencillo de hacer y, en su opinión, debería haberse hecho ya. Se lo había dicho a Rick en sus dos últimos mensajes, pero no había obtenido respuesta. Era casi como si la estuviera evitando.

Tal vez se avergonzara de su comportamiento. Debería avergonzarse, desde luego. Sin embargo, él no era tan duro consigo mismo. Lo más probable era que estuviera enfrascado en su divorcio.

–Virgil es mi única familia –estaba diciendo Laurel.

–Él también está muy preocupado por ti –dijo Peyton.

–Ya lo sé. ¿Puedes decirle que estoy bien? Bueno, no estoy bien, en realidad. Algunas veces me siento hundida. Pero aguanto. Me las he arreglado hasta ahora.

–¿Cómo te trata el alguacil? –le preguntó Peyton.

–Bien. No habla mucho. Hace rondas de vigilancia a cada hora, y después se pasa el resto del tiempo en su habitación, viendo películas.

–¿Y por qué va a su habitación?

–Porque no quiero que mis hijos vean las películas violentas que a él le gustan, sobre todo después de lo que han tenido que ver ya.

–¿Cómo están Jake y Mia?

–¿Sabes sus nombres?

–Sí. Y he visto sus fotografías. Son unos niños muy guapos.

–Van tirando. Les he dicho que los hombres a los que vieron eran unos actores, y que nada era de verdad. Son muy pequeños, y puede que se lo hayan creído. Ahora piensan que estamos de vacaciones. Es lo único que se me ocurrió.

–Esto va a terminar muy pronto, ¿de acuerdo?

–¿Lo sabes de veras? –preguntó Laurel, en un tono esperanzado–. ¿O lo dices solo por decir?

–Yo estoy rezando por ello, como tú. Debemos tener fe.

–Sí, lo entiendo. Bien. ¿Puedes hacerme un favor?

–Haré todo lo que pueda.

–Dile a Virgil que lo quiero. No se lo dije por teléfono, cuando hablamos. No… pude.

–Eso puedo hacerlo. Claro.

—Y... ¿puedo volver a llamarte? Solo para asegurarme de que todo va bien.
—Claro. Llama siempre que te apetezca.
—Gracias —dijo Laurel, y colgó.
Peyton no se marchó inmediatamente a su despacho. Se apoyó contra el lavabo e intentó imaginarse por qué le había dicho Rick Wallace a Laurel dónde estaba su hermano.

—Vaya, ¿otra vez te vas a quedar trabajando?
Shelley estaba en la puerta de su despacho. Peyton sonrió amablemente para no dejar entrever su molestia por aquella interrupción.
—No me voy a quedar mucho más —dijo.
Había encontrado una información estupenda sobre La Banda en Internet. Un policía de Los Ángeles había hecho una página web sobre las bandas mafiosas de la ciudad, con su historia, sus colores, su filosofía, sus líderes conocidos, y había dedicado un apartado completo a La Banda.
—Bueno, yo me voy —dijo Shelley—. Pero antes, quería ver si tú puedes encargarte de esto.
—¿De qué?
Shelley se acercó a su escritorio y le entregó una pila de mensajes.
—¿Qué es esto?
—Son todos del mismo tipo. Rosalee me los dio en el cambio de turno. Dice que ha estado intentando ponerse en contacto con el director todo el día.
Rosalee era la secretaria del director.
—¿Y Fischer no ha hablado con él?
—Está muy ocupado. Y, seguramente, este hombre es un familiar de uno de los presos, que llama para quejarse porque estamos violando sus derechos constitucionales por no servir flan de postre —dijo Shelley, y se echó a reír—. Pero

dice que es muy urgente, y ha sido tan insistente, que Rosalee me pidió que te preguntara si tú podías hablar con él la próxima vez que llame.

Peyton no estaba demasiado interesada. Ella también tenía mucho entre manos; sin embargo, le pareció extraño que aquel hombre fuera a llamar de nuevo, y miró los mensajes. Había unos diez, pero ni uno incluía un número de teléfono.

—¿No ha dejado ningún número para que podamos ponernos en contacto con él?

—Ha dicho que no tiene teléfono. Llama desde cabinas. ¿No te parece patético? Seguramente va drogado. Todo el mundo tiene teléfono móvil hoy día.

Si estaba drogado, ¿por qué no había dejado de llamar después de dos o tres intentos? Había llamado cada hora, durante todo el día. Eso era algo demasiado regular, demasiado coherente, para alguien que no podía pensar con claridad.

—¿Dijo de qué se trataba?

—No. Vaya chiflado, ¿eh?

—Rex McCready —dijo Peyton, leyendo el nombre en voz alta. No le decía nada. ¿O sí?

Volvió a fijarse en el monitor y fue pasando la página web hasta que encontró aquel nombre: Rex McCready, Pretty Boy. El hombre que había salvado la vida a Laurel y a sus hijos. ¿Qué podía necesitar? ¿Y por qué estaba tan empeñado en hablar con el director? Era evidente que sabía que Virgil estaba allí. De lo contrario, ¿por qué iba a llamar? Y si él lo sabía, La Banda también. ¿Era eso lo que quería decirles? De ser así, por el momento las cosas iban bien. La Banda no podría llegar a Virgil mientras él estuviera allí recluido.

Sin embargo, algunas veces, las bandas formaban alianzas si tenían intereses comunes. Y La Banda sabía que Virgil no se llamaba Simeon Bennett. Sabían que no era un verdadero preso, porque había sido absuelto de todos los cargos, y lo habían liberado de la cárcel de ADX Florence. Lo único que tenían que hacer era compartir aquella información con la Furia del Infierno, y con eso, unido a lo que sospechaba Weston, ya sabrían toda la verdad.

A Peyton se le aceleró el pulso. Dejó los mensajes en la mesa y miró a Shelley.

−Hoy es jueves, ¿verdad?

−Sí, es jueves. ¿Pasa algo?

Sí, sí pasaba algo. Los jueves eran los días de visita en el Módulo de Aislamiento. ¿Cabría la posibilidad de que...?

−Necesito que me hagas un recado antes de irte.

−¿Qué? −preguntó Shelley.

−Ve a visitas y tráeme la lista de todos los visitantes de hoy. Pregunta específicamente si alguien ha venido a ver a Detric Whitehead o a Weston Jager.

−Será una lista muy corta. ¿No puedes llamar por teléfono?

Peyton no tenía tiempo para discusiones. Un preso estaba en su momento más vulnerable a la hora de cenar, o en el patio. Y era la hora de cenar.

−Quiero una lista de todas las visitas, y quiero que tú vayas a buscarla ahora mismo. Si no mueves el trasero, búscate otro trabajo.

Aquella respuesta hizo que Shelley abriera unos ojos como platos.

−Bueno, bueno. No estaba diciendo que no fuera a hacerlo. Solo decía que si solo quieres una lista de los visitantes del Módulo de Aislamiento, no habrá más que dos o tres nombres −refunfuñó, y se marchó.

Peyton no respondió. Estaba analizando febrilmente todas las posibilidades. Esperaba que no fuera demasiado tarde para sacar a Virgil del comedor, si era necesario. Podía enviarle el aviso a los guardias para que fueran a buscarlo, pero tenía miedo de estar fabricando una situación peligrosa donde no existía.

Sin embargo, sus sospechas se confirmaron cuando Shelley le llevó la lista. No reconoció el nombre de ninguno de los visitantes, pero detectó algo muy significativo. Después de pasarse años sin recibir ni una sola visita, aquel día Detric Whitehead se había reunido con un hombre llamado Donald Mechem, hacía unas cinco horas.

Capítulo 30

Virgil pensaba que tenía fiebre. Tenía náuseas, y un sudor frío le cubría la piel. Sin embargo, no iba a permitir que la Furia del Infierno supiera que no estaba en forma. Y menos, teniendo en cuenta que ellos estaban reunidos en el mismo rincón que la noche en que lo habían atacado.

Algo había cambiado. No sabía qué, pero incluso Buzz, que le había prometido que iba a introducirlo en su banda, se mantenía alejado de él. Varios miembros de Nuestra Familia se habían acercado para invitarle a que se uniera a ellos, pero Virgil se daba cuenta de que la Furia del Infierno estaba esperando cualquier excusa para agredirlo, y no quería que aquello fuera el detonante. No se sentía bien ni siquiera para ponerse en pie, así que mucho menos para pelearse.

Acababa de decidir que iba a hacer una visita a la enfermería, cuando el mismo guardia que se había acercado a él en la celda, Hutchinson, se dirigió a él.

—Eh, ¿cómo te va? —le preguntó, haciendo globos de chicle mientras hablaba.

Virgil respiró profundamente.

—No muy bien —dijo—. Creo que se me ha infectado la herida.

—Eso puede ser grave —dijo.

A Virgil le parecía que hablaba en voz muy alta, pero lo achacó a su estado febril. Al ver que no respondía, Hutchinson se inclinó sobre él y le susurró:

—¿Quieres que avise a Peyton? Ella puede sacarte de aquí, ¿sabes? Puede llevarte a un buen hospital. Los médicos de la enfermería dan asco. Y no es de extrañar. Si tú fueras un buen médico, ¿querrías trabajar aquí?

Virgil apartó la bandeja.

—¿Vas a llevarme a la enfermería, sí o no?

—Eres un bastardo y un arrogante, ¿lo sabías? —le dijo el guardia—. Claro, te llevaré. Cuando todo el mundo haya salido, yo mismo te acompañaré.

Virgil no puso objeciones. Se dio cuenta de que debería haberlo hecho cuando el comedor comenzó a vaciarse, y él no fue el único que quedaba atrás. Uno de los guardias les hizo una señal a los miembros de la Furia del Infierno para que comenzaran a moverse, pero Hutchinson dijo:

—No te preocupes, Greg, yo me ocupo de esos.

Greg se dio la vuelta y salió con el resto de los presos.

Entonces, Virgil supo que tenía problemas. Hutchinson dijo:

—Si vais a hacerlo, que sea ahora, y rápido. Porque esta vez no puede salir vivo.

Peyton sintió cierto alivio cuando llamó al Módulo A y le aseguraron que la cena había terminado y que los hombres habían vuelto a sus celdas. Pensó que tal vez Buzz intentara algo cuando estuviera a solas con Virgil, pero seguramente, esperaría hasta que Virgil se hubiera dormido para tener alguna oportunidad contra él.

Sin embargo, eso no significaba que fuera a dejarlo en una posición vulnerable a un ataque sorpresa. Iba a sacarlo de Pelican Bay en cuanto pudiera. Ahora que La Banda lo había encontrado, y seguramente había echado por tierra su tapadera, la Operación Interna ya no tenía sentido. Solo esperaba poder sacarlo de allí sin demasiado escándalo. Sabía que a Fischer no iba a gustarle que los empleados supieran lo que habían estado haciendo, porque eso crearía desconfianza entre ellos, al no haber sido avisados de la investigación. Y, para dirigir con éxito una cárcel, había que salvaguardar la moral de los guardias. Así pues, ella tenía que gestionar aquello tan rápidamente y tan discretamente como fuera posible.

—Por favor, tráigame a Simeon Bennett —le dijo al sargento Hostetler, que todavía estaba hablando por teléfono con ella—. Necesito hablar con él.

—¿Hay algún problema? —preguntó él.

—No, no es nada grave. Solo son unos rumores que necesito aclarar.

—Sí, claro que sí. Espere un momento, por favor.

Un momento después, Hostetler tomó el auricular de nuevo.

—Parece que no ha llegado todavía a su celda. Lo acompañaré a su despacho en cuanto lo vea.

Peyton miró el reloj. La mayoría de los presos volvían a su celda, después de la cena, antes de las seis. Así pues, ¿por qué no había llegado Virgil todavía?

—No espere. Vaya a buscarlo.

—¿A buscarlo? Aparecerá en cualquier momento. No puede ir a ninguna parte.

La urgencia de su voz había desconcertado al sargento. Ella acababa de decirle que lo que quería no era nada importante. Sin embargo, en aquella ocasión no trató de disimular el miedo que sentía.

—¡He dicho que vaya a buscarlo! —gritó, y colgó de golpe.

No podía fiarse de que el guardia se diera toda la prisa necesaria, puesto que no sabían cuál era la gravedad de la situación, así que salió corriendo, atravesó el patio y entró en la prisión.

«Voy a morir», pensó Virgil. Gracias a una herida infectada, a un guardia corrupto y a tres mafiosos, no iba a salir vivo de aquel comedor.

Al aceptar el trato que le había ofrecido el gobierno, sabía que entrañaba riesgos. Aquel ataque no le sorprendía. Así era como había pensado que iba a morir a los dieciocho años, al entrar en prisión por primera vez. Lo que realmente le había sorprendido era todo lo demás. La absolución, conocer a Peyton, enamorarse de Peyton. Y ahora, aquella esperanza iba a extinguirse.

¿Qué pensaría Peyton? Había luchado mucho contra aquello. ¿Y qué les pasaría a Mia, a Jake y a Laurel?

–¡Cabrón! –gritó Buzz. Tenía un objeto punzante. Parecía un bolígrafo bien afilado.

Sin embargo, su compañero de celda no le había agredido todavía. Virgil notó su reticencia. Solo le faltaban cuatro semanas para ser libre, y no quería que lo condenaran otra vez. Eso alimentaba su furia, en parte. Culpaba a Virgil de la situación, y no a sus jefes de la Furia del Infierno por obligarle a hacer aquello.

–¡Y yo que quería que te convirtieras en uno de nosotros!

–¿Estás seguro de que quieres otros diez o quince años por asesinato?

–Yo hago lo que tengo que hacer –dijo Buzz, dándose golpes en el pecho con el puño–. ¡Soy leal! ¡Soy de la Furia del Infierno!

Virgil intentó ponerse en pie.

—¿Y crees que Detric Whitehead iba a sacrificar una década de su vida por ti? Eso no es cierto, tío. A él, tú no le importas. No se preocupa de nadie, más que de sí mismo. Te está utilizando.

—¡Acabad con él! —gritó Hutchinson—. Solo tenemos unos segundos. ¡Si volvéis a causarme problemas, yo le diré a la policía quién mató a ese juez!

Buzz avanzó hacia Virgil, con los ojos desorbitados.

Virgil consiguió esquivar el primer pinchazo. Casi no tenía energías, pero su propia descarga de adrenalina se lo permitió. Después, fue por el guardia. El guardia era su única esperanza, porque no esperaba ser atacado. Nadie esperaba que lo atacara, en realidad. Pero el guardia tenía un bote de spray de pimienta en el cinturón. Si Virgil quería usar sus últimas fuerzas para algo, necesitaba ser efectivo contra más de una persona.

Buzz volvió a intentarlo justo cuando Virgil iba a agarrar el spray, pero Virgil lo vio y, con un movimiento instintivo, tiró de John y se lo colocó delante del cuerpo.

El guardia se balanceó y estuvo a punto de caerse. Después gritó, cuando el pincho se le clavó en el cuello.

Virgil no tenía fuerzas para sujetar el peso del guardia. Tuvo que dejar caer su escudo humano mientras los otros se adelantaban para terminar lo que había empezado Buzz.

Otro guardia apareció corriendo, y les gritó a los presos que se agacharan. Virgil oyó sus pasos y los gritos de otros hombres, que sonaban en la distancia. Esperaba que el oficial que estaba más cerca tuviera tiempo suficiente para actuar. Él no sabía lo que estaba ocurriendo y necesitaría unos segundos preciosos para entender cuál era la situación.

Virgil consiguió agarrar el bote de pimienta, pese a las violentas sacudidas que John estaba dando en el suelo. Lo sacó del cinturón del guardia y consiguió rociar a sus enemigos, pero después de que alguien le clavara el pincho en el costado.

Cuando Peyton llegó al comedor y vio a Virgil tirado en el suelo, sintió pánico. Era demasiado tarde. Tenía sangre en la camisa. Lo habían apuñalado otra vez, en aquella ocasión, en el costado derecho.

¿Estaba muerto? No se movía...

John Hutchinson estaba a su lado, retorciéndose de dolor. Tenía un pincho clavado en el cuello. Estaba jadeando para respirar, mientras el guardia que había respondido al sonido de la alarma ponía a Buzz, a Ace Anderson y a Félix Smith contra la pared.

—El personal sanitario viene para acá —le dijo Hostetler a Peyton.

Era profesional y eficiente. Había resuelto la situación ciñéndose fielmente a las normas. Sin embargo, aquel no era un episodio de violencia común que tuvieran que catalogar de acuerdo a un montón de reglas. Una de las personas afectadas en aquel incidente lo era todo para ella.

Entre lágrimas, se agachó y le tomó la mano a Virgil. Había tardado treinta y seis años en enamorarse, y entonces, lo había hecho contra toda la lógica y en cuestión de días. ¿Había terminado todo antes de comenzar?

—¿Virgil? —susurró, acariciándole la mejilla.

Notó la sorpresa y la atención de los demás, y sus ojos clavados en la espalda, pero no le importó. Apretó dos dedos en su cuello y notó un pulso débil. ¡Estaba vivo!

—Virgil, ¿me oyes? Estoy contigo.

—¿Lo conoce? —preguntó alguien.

—Eso parece.

El equipo médico entró rápidamente en el comedor e intentó apartarla del herido, pero ella no se lo permitió.

—Subdirectora —dijo el médico, en un tono de reproche.

—No voy a estorbar, pero tampoco lo voy a dejar, doctor.

Se alegró de no haberlo hecho cuando lo colocaron en la camilla y él abrió los ojos y la miró.

—No llores —le susurró con una tierna sonrisa.

Cuando Peyton consiguió sacar a Virgil de Pelican Bay e ingresarlo en el Sutter Coast Hospital, ya era de noche. Los médicos dijeron que tenía septicemia y le recetaron unos antibióticos más fuertes que los que estaba tomando, y le dieron más puntos de sutura. No le aseguraron que pudiera sobrevivir, puesto que su estado no era bueno. Podía haber muerto a causa de la infección, sin necesidad del segundo pinchazo. Sin embargo, ella tenía esperanzas. Por lo menos, estaba fuera de la cárcel y tenía la mejor atención médica posible. Y ella ya no tenía que fingir que no le importaba. Mucha gente había visto cómo había reaccionado al verlo herido. Eso le había quitado un gran peso de encima.

Ella estaba dormitando en una silla, junto a la cama, cuando él comenzó a moverse. Peyton abrió los ojos para comprobar que estaba bien, y lo encontró mirándola, con la suave luz que entraba desde el pasillo.

—Hola —dijo, levantándose y acercándose más a la cama.

—Hola —respondió él—. ¿Qué ha pasado?

Peyton se inclinó y puso su cara a pocos centímetros de la de Virgil.

—Estás bastante enfermo, por si no lo sabías.

—Se me ha infectado la herida.

—Y tú lo sabías, ¿no? —le reprochó ella, tomándole de la mano—. Los médicos han dicho que llevabas así veinticuatro horas, o más.

—Lo sospechaba.
—Y no dijiste nada.
—Lo que estaba intentando hacer era muy importante, y lo sabes.
—No importa. Habría sido mejor que lo comunicaras antes, Virgil. Ahora, la infección se te ha pasado a la sangre.
Él sonrió irónicamente.
—Entonces, ¿me voy a morir?
—Deja de hacerte el gracioso. Podría suceder.
—Vamos. Me voy a curar.
Ella le besó los nudillos.
—Eres tan temerario...
—Tú también, o no estarías aquí conmigo. ¿Qué haces aquí, por cierto?
—¿Qué quieres decir?
—Es muy tarde, para empezar.
—¿Y qué?
—Ya hemos hablado de lo demás.
—No te molestes en darme otra lista de tus defectos, por favor —replicó ella—. Ya me he decidido.
—¿De verdad? —preguntó él con seriedad, y la observó atentamente—. ¿Y qué has decidido?
—Que a menos que seas un canalla en secreto, completamente distinto a lo que aparentas, eres exactamente lo que quiero.
—Me da miedo que no duremos —admitió él.
—Sí, bueno, estar juntos es un riesgo para los dos, ¿no?
—¿Y estás dispuesta a correr ese riesgo? ¿Lo has pensado bien, Peyton?
—Durante estos últimos días no he pensado en otra cosa.
Él alzó la mano y le acarició la mejilla con un dedo.
—Por tu propio bien, ojalá pudiera convencerte de lo contrario. Pero, por mi bien... ¿Lo ves? Tal vez sea un completo egoísta.

—Tienes derecho a ser feliz —dijo ella. Apoyó la cabeza en su pecho, y oyó los latidos de su corazón. Él le acarició el pelo—. ¿No te importa que tal vez no pueda tener hijos? —le preguntó, por fin.

—¿Estamos hablando de hijos?

Ella alzó la cabeza para mirarlo.

—Si quieres tenerlos, debes reflexionar sobre ello.

—¿Me estás haciendo un examen previo al matrimonio? —le preguntó Virgil, riéndose.

—Solo quiero aclarar unas cuantas cosas antes de que sigamos adelante.

—¿No crees que es un poco pronto?

—¿Con tus posibilidades de tener una larga vida? Lo mejor será que empecemos a mover las cosas ahora mismo —dijo ella, moviendo las cejas.

—Quiero tener hijos. Pero si no se puede, nos tendremos el uno al otro.

—¿Estás seguro?

—Estoy seguro —dijo él. Después se quedó en silencio, pero siguió acariciándole el pelo—. ¿Sabes si Laurel está bien?

—Sí, estoy segura de que está bien, pero volveré a comprobarlo mañana por la mañana. Ella me llamó esta tarde.

—¿Cómo?

—Wallace.

—¿Él le dio tu número?

—Sí. Ella se empeñó en conseguir noticias tuyas.

—De todas formas, es un desgraciado. Le dije que no le diera ninguna información a mi hermana.

Claramente, Rick estaba exasperado y no había querido atender a Laurel. Su divorcio le estaba poniendo la vida muy difícil... Sin embargo, era casi como si Rick supiera mucho antes que ellos que la Operación Interna había terminado.

–Laurel te echa de menos. Me pidió que te dijera que te quiere.

–Me voy a alegrar cuando no tenga que preocuparme por ella. ¿Qué le ha pasado a Buzz?

–Está en el Módulo de Aislamiento, con sus amigos. Todos van a ser acusados de intento de asesinato.

–Ya puede despedirse de la libertad condicional.

–Bueno, por lo menos va a ser como su héroe.

–¿Como Detric Whitehead?

–¿Qué otro podría ser?

Ella jugueteó con sus dedos.

–¿Y el guardia?

–¿John Hutchinson? Está aquí, en el hospital. Está más grave que tú, incluso. Los médicos están luchando por salvarle la vida.

Él cerró los ojos, y volvió a abrirlos. Estaba demasiado cansado, demasiado hastiado de todo aquello, y sin embargo, siguió hablando.

–Es un corrupto. Lo sabes, ¿verdad?

Peyton lo sospechaba. Poco después de que ella llegara al hospital, había tenido una llamada de Rosenburg, que estaba investigando lo ocurrido en el comedor. Le dijo que los guardias presentes durante la pelea, sobre todo Greg Mortenson, tenían la sensación de que Hutchinson y la Furia del Infierno tenían algún tipo de trato que había hecho posible aquel incidente.

–Lo investigaré. Ya no va a trabajar más en la cárcel, pero que se convierta o no en un recluso dependerá de lo que podamos demostrar.

–Él me vendió.

–Entonces, testificarás contra él en el juicio. Si sobrevive.

–Yo…

–Ya es suficiente. Ahora descansa un poco, ¿de acuerdo?

Él no podía descansar. Estaba empeñado en que Peyton escuchara lo que tenía que decir.

—Él puede decirnos quién mató al juez, Peyton.

—¿Cómo lo sabes?

—Dijo algo así cuando pensó que yo no iba a sobrevivir. John... Al pensar en todo lo que había hecho, Peyton sintió repugnancia. ¡Qué hipócrita! Ella siempre había esperado mucho más de él.

—Se lo diré a la policía. Si conozco bien a John, estará dispuesto a soltar cualquier información con tal de que le facilite las cosas —le dijo a Virgil. Le apretó suavemente la mano y susurró—: Vamos, ahora descansa un poco.

—Espera. Hay una cosa más...

—No hay nada más importante que tú, Virgil. Tienes que descansar.

—Es que no entiendo cómo ha sucedido. Todo iba bien. Buzz todavía estaba intentando reclutarme. La Furia del Infierno estaba interesada. Y, de repente, todo se vino abajo.

—Fue La Banda —le dijo ella—. Averiguaron dónde estabas y le hicieron una visita a Detric Whitehead para avisarlo.

—¿Cómo?

Ella recordó a su amigo Rex McCready, que había llamado tantas veces a la cárcel para intentar avisarlos. Sin embargo, no lo mencionó. Virgil ya estaba suficientemente agitado, y quería sentarse en la cama.

—¿Qué estás haciendo? —le preguntó Peyton, empujándole para que volviera a tumbarse.

—Si La Banda sabe dónde estoy, tenemos que salir de aquí.

—¡Pero si no puedes moverte! ¡Te morirías!

Él la agarró por los brazos.

—No lo entiendes. No van a dejarlo, Peyton. Para ellos

es una cuestión de orgullo. Su líder, Shady, siempre se ha sentido amenazado por mí. Vendrá por mí una y otra vez, solo para demostrar su superioridad. Y si saben que tú estás conmigo, intentarán llegar a mí a través de ti.

–Entonces, pediré que pongan a un policía en la puerta –le dijo ella.

Virgil estaba demasiado enfermo como para seguir luchando, y se desplomó sobre la cama.

–Muy bien, pero entonces no puedes separarte de mi lado. Tengo que saber dónde estás todo el tiempo.

–No, no me voy a ir –dijo ella.

Era la única manera de conseguir que se relajara. Sin embargo, sabía que era una promesa que no iba a poder cumplir. No podía dejar de vivir la vida. Tenía que ir a casa, ducharse, cambiarse e ir a trabajar. Y tenía que hacer todo eso dentro de muy pocas horas.

Capítulo 31

Eran las siete de la mañana cuando sonó el teléfono de Peyton y la despertó. No quería que el ruido molestara a Virgil, así que salió al pasillo entre los dos policías cuya presencia había solicitado tres horas antes, y respondió. Rick Wallace. Por fin. Su último intento de comunicarse con él había sido un mensaje de texto en el que le decía que Virgil había sufrido otra agresión en la cárcel.

–¿Dónde has estado? Ayer te llamé una docena de veces –se quejó Peyton.

–He estado muy ocupado. Estoy pasando por un divorcio, ¿no te acuerdas?

–¿Has visto mi mensaje? La Operación Interna ha terminado.

–Sí, lo he recibido. Es un asco.

–Virgil sufrió otro ataque –repitió ella, al ver que él no se interesaba por el estado de su informante.

–¿Está bien?

–No mucho.

–Vaya. Estas cosas pasan. Supongo que no se puede culpar a nadie.

Sí había culpables en todo aquello. La Furia del Infierno, La Banda y quien les hubiera dado la información.

Y... ¿cómo podía zanjarlo todo con un «Estas cosas pasan»? Virgil había estado a punto de morir, y era Wallace quien había presionado para que se llevara a cabo aquella investigación. Ella le había dicho, incluso, que John Hutchinson sabía quién había matado al juez García, y que, si podía hablar, tal vez no todo hubiera sido en balde, y aun así, ¿él se estaba desentendiendo de todo?

—Te estás comportando... de un modo extraño —le dijo—. ¿Qué te ocurre?

—Ya te lo he dicho. ¡Estoy en medio de un divorcio! Cualquiera tendría un comportamiento raro. Los divorcios no son agradables, por si no lo sabías.

Tampoco lo era el hecho de sufrir un ataque, pero sus problemas siempre eran peor que los de los demás.

Peyton se hizo a un lado para dejar pasar a una enfermera.

—Ya me lo supongo. Pero de todos modos, no podemos lavarnos las manos en esto.

—¿Por qué lo dices?

—Creo que tenemos un soplón en el departamento.

Silencio, y después:

—No...

—¡Sí! De lo contrario, ¿cómo es posible que La Banda nos haya descubierto? Hay alguien que ha estado hablando.

—Tal vez. Pero no hay manera de demostrarlo.

—¿Y cómo lo sabes? Que sea difícil no significa que no tengamos que intentarlo. El que delatara a Virgil tiene las manos manchadas de sangre.

—No seas melodramática, Peyton. La Banda ha podido encontrarlo de muchas formas.

—¿Sin información del exterior? Dime una.

—¡No lo sé! Tienen una red de información muy amplia.

—Bueno, pues quien les está ayudando ha causado un

problema muy grave. Ahora que saben dónde está Virgil, no van a parar hasta que lo maten.

—Entonces, tiene que largarse de ahí.

Por mucho que ella no quisiera ver marcharse a Virgil, la sugerencia de Rick era lo más lógico.

—Tiene que entrar en el programa de testigos protegidos lo antes posible —dijo.

Al menos, en cuanto estuviera lo suficientemente bien como para viajar. Sin embargo, ¿cómo iban a protegerlo hasta ese momento? No quería pensar en lo fácil que sería para un pistolero entrar en el hospital y pegarle un tiro. Tampoco quería pensar en lo que iba a significar el programa de testigos protegidos para ella.

—Lo organizaré todo en cuanto el médico me dé la autorización —dijo Rick.

—Tenlo preparado para antes de ese momento.

—Creo que sé hacer mi trabajo —le espetó él, y colgó.

No le gustaba que ella estuviera tan preocupada por Virgil. Sin embargo, a ella también le molestaba mucho constatar lo poco que le preocupaba a él. «Esas cosas pasan...». ¡Muy fácil de decir cuando le pasaban a otro!

Peyton volvió a la habitación de Virgil y tomó su bolso. Él continuaba durmiendo. Entonces, ella le lanzó un beso y salió apresuradamente. Tenía que volver al trabajo. No podía dejar a todo el mundo en la estacada.

—¡No puedo creerlo! —gritó Shady—. ¿Cómo es posible que la pifiaran? Eran tres contra uno, tenían la ayuda de un guardia, ¿y no han podido hacer el trabajo? ¿Quién ha dicho que la Furia del Infierno son malos? ¡Son unos gallinas, eso es lo que son!

Don le hizo un gesto para que bajara la voz. Estaban caminando por el muelle, junto a una fila de barcos que se mecían en el agua. Había muy poca gente por allí, porque hacía frío, aunque fuera mediodía. Sin embargo, alguien podía oírles.

—Tranquilízate, tío. Él es mucho más fuerte que cualquier otro recluso.

Shady tenía las manos en los bolsillos de los pantalones vaqueros, y estaba caminando hacia el final del muelle, pero al oír aquello, se volvió hacia Meeks, que estaba siguiéndolo.

—¡No me digas tonterías! Ese tipo no es mejor que nosotros. Es un traidor. Eso es lo que es. Y lo voy a destripar.

—Ya tendremos nuestra oportunidad, ¿eh? Tienes que calmarte. Últimamente has tomado demasiado *speed* y te alteras con facilidad. Tienes que dormir más. Y todos tenemos que ser más pacientes.

—Y un cuerno. Esto va a pasar muy pronto. Yo no me he venido hasta el fin del mundo para volver a casa con el rabo entre las piernas, ¿me oyes? ¿Qué les voy a decir a Horse y a los demás cuando lleguemos?

—Que esto no ha terminado, porque no ha terminado.

Shady negó con la cabeza.

—No, quieren saber que he hecho el trabajo, y eso es exactamente lo que va a ocurrir. No voy a permitir que Skin me deje como un tonto delante de mis hombres.

Se dio la vuelta y comenzó a caminar hacia el agua nuevamente. Sentía demasiada furia como para quedarse quieto.

—Creo que te lo estás tomando demasiado a pecho, Shade —le advirtió Meeks—, y te vas a meter en un lío.

—¡No me eches sermones!

Meeks alzó la mano con un gesto conciliador.

—Yo he estado ahí antes, hermano. Tienes que escucharme.

–Lo que pasa es que tú llevas mucho tiempo apartado del negocio, y has perdido impulso. Yo te digo que no me voy a ir de aquí hasta que Skin no esté a tres metros bajo tierra.

Meeks apretó la mandíbula al ver la falta de respeto con la que le trataba Shady, pero Shady estaba tan agitado que no le importó. No había dormido apenas en tres días, pero las drogas le hacían sentirse poderoso. Era poderoso. Y no sentía miedo. Podía hacer cualquier cosa.

–Te estás comportando como un loco.

–¡Tal vez lo esté! Virgil Skinner se está riendo de nosotros, porque nos está dejando como unos idiotas. Tenemos a una banda entera contra él... ¡A dos bandas! Y no hemos sido capaces de tocarle un pelo.

–No creo que Skin se esté riendo. El tipo de la Furia del Infierno que llamó me dijo que no tenía buena cara cuando se lo llevaron. Está en el hospital. Eso quiere decir algo.

–Que lo curarán, si se lo permitimos. Tenemos que liquidarlo cuando todavía esté débil.

–¿Y cómo quieres que hagamos eso? ¡Tiene dos policías armados en la puerta de la habitación! Yo mismo los he visto esta mañana, cuando he intentado entrar.

–Tiene que haber una manera de llegar a él –dijo Shady–. Hasta el momento no hemos conseguido nada. Gracias a Pretty Boy, y a lo que hizo en Gunnison, tenemos menos que nada.

Sonó el teléfono móvil de Meeks. Con el ceño fruncido de frustración, se lo sacó del bolsillo.

–¿Diga?

Comenzó a caminar con la cabeza agachada. A Shady le dio la impresión de que iría caminando hasta Los Ángeles, si pudiera. Pero no iba a zafarse de aquello. Él había querido formar parte, y seguiría hasta el final, o sufriría el mismo destino que tenía preparado para Virgil.

−¿Quién te lo ha dicho? −preguntó Meeks−. ¿Cuándo? No fastidies... ¿Qué coche tiene ella? ¿A qué hora sale normalmente? Muy bien. Estamos en ello.

−¿Quién era? −preguntó Shady, cuando Meeks colgó.

−Un mensajero de la Furia del Infierno.

−¿Qué quieren de nosotros ahora?

−Quieren a Skin, tanto como nosotros.

−Deberían. ¿Y qué te han dicho?

Meeks se metió el teléfono al bolsillo.

−¿Estás decidido a hacerle daño a Skin?

−Sí.

−Pues ya tenemos la forma de conseguirlo.

−¿Por una mujer?

−La subdirectora jefe de Pelican Bay en carne y hueso.

−No puede ser...

Shady no podía creerlo. Alguien como ella estaba demasiado alto como para interesarse por un preso. Salvo que Virgil no tenía el aspecto de un criminal, y técnicamente, no lo era. Se había cambiado de bando. Y siempre conseguía que la gente lo admirara...

−¿Cómo la conoció? −preguntó con escepticismo.

−¿Quién sabe? Seguramente, por el trato que hizo con el Departamento de Prisiones. El director, y algunos más, debían de estar implicados, ¿no?

−Pero si él solo lleva una semana aquí.

−Tal vez ella sea horrorosa y él estuviera desesperado, pero corre el rumor de que la subdirectora se echó a llorar al ver que Virgil estaba herido. Y antes de eso, le había pedido a un guardia que los dejara a solas en un despacho. Esos rumores deben de tener una base.

O no. Para Shady, era algo descabellado. ¿Hasta qué punto podía importarle a Virgil una mujer a la que acababa de conocer?

Sin embargo, matándola le harían saber a Skin que no

iban a ceder, que no se iba a librar. Y no tenían nada mejor que hacer hasta que pudieran acercarse a él.

—¿Cómo podemos encontrarla?

—Solo hay una carretera hacia la prisión. Esperamos a que pase una furgoneta Volvo blanca con una mujer al volante y la seguimos hasta su casa.

Por fin. Algo para calmar su ansiedad.

—Vamos.

En cuanto subieron al coche, Shady se metió otra dosis de *speed*. Prefería estar colocado cuando conociera a la subdirectora de la cárcel. Nunca había matado a una mujer, y menos tal y como iba a matar a aquella.

Quería que su muerte le causara a Virgil una impresión que no pudiera olvidar nunca.

Había sido un día difícil. Peyton no había conseguido sacar tanto trabajo adelante como normalmente. Había tenido que ocuparse de muchos detalles relacionados con todo lo que había ocurrido la semana anterior. A primera hora de la mañana tuvo una reunión con el director y con Rosenburg, para analizar lo ocurrido en el comedor, para hablar de lo que John Hutchinson podía saber sobre la muerte del juez García y para dilucidar cómo iban a sacar a Virgil de Crescent City.

Después habían tenido una videoconferencia con Rick Wallace, para confirmar la entrada de Virgil en el programa de testigos protegidos y para hablar de la filtración, pero eso no había durado demasiado. Parecía que Rick estaba distraído y solo quería terminar la conversación. Por insistencia de Peyton, había accedido a quedarse para que pudieran hablar en grupo con Laurel y explicarle cuál era la situación.

Laurel se sintió muy aliviada al saber que Virgil había

salido de la cárcel casi de una pieza. Por sus conversaciones con los médicos, Peyton ya estaba segura de que Virgil iba a curarse, puesto que estaba respondiendo muy bien a los antibióticos. Estaría curado dentro de pocos días.

Si Virgil entraba en el programa de testigos protegidos... Peyton no sabía lo que eso iba a significar para ella. Pese a sus bromas sobre el matrimonio, no lo conocía lo suficientemente bien como para tomar decisiones a largo plazo. Tenía que pensar en lo que estaba dispuesta a sacrificar y en lo que no. Y, sin embargo, si Virgil se alejaba de ella, su relación terminaría. Él había pasado por tantas cosas horribles en la vida que no creía que algo tan bueno como lo que sentían el uno por el otro pudiera sobrevivir. Peyton sabía que él atesoraría el tiempo que habían pasado juntos y, sin embargo, renunciaría a lo demás. Se justificaría a sí mismo diciéndose que no quería estropear los recuerdos de lo que habían compartido.

Había tantas preguntas que responder... Sobre ella, y sobre Virgil. Y sobre su trabajo también. Le había confesado a Fischer su relación con Virgil. El director se había reservado su opinión, y solo le había dicho que se tomara las dos semanas siguientes de vacaciones pagadas. Le había dicho que necesitaba el descanso. Sin embargo, ella sabía que era porque quería reflexionar sobre su conducta y decidir si se merecía una reprimenda.

También había algunas preguntas menos personales. Por ejemplo, ¿cómo había conseguido La Banda encontrar a Virgil tan rápidamente? Se suponía que nadie sabía dónde estaba. Ni siquiera Fischer había conocido su verdadero nombre ni su pasado hasta aquel mismo día. Tenía que haber alguien, dentro del departamento, que había filtrado aquella información. Si no, ¿cómo podían haberlo encontrado?

Aunque a Rick Wallace no le interesaba demasiado

averiguar la identidad del traidor, ella quería que el departamento realizara una investigación. La persona que había ayudado a La Banda era culpable de los intentos de asesinato de Laurel, sus hijos y Virgil. Y también había provocado que murieran otras personas, un alguacil de los Estados Unidos, un miembro de La Banda, y que otro de ellos hubiera quedado en coma.

Peyton pensaba que Rex McCready podía tener la información para esclarecerlo todo. Era una pena que no hubiera vuelto a llamar. Sin embargo, ya se preocuparía más tarde de lo demás. En aquel momento solo quería ver a Virgil de nuevo. A él no le había hecho ninguna gracia que se hubiera marchado después de decirle que no iba a hacerlo. La había amenazado con salir del hospital si ella no volvía inmediatamente. Sin embargo, ella ya tenía planeado volver, en cuanto despejara su escritorio.

Reprimió un bostezo y miró el reloj del salpicadero. Eran las cinco. Había conseguido salir pronto, afortunadamente. No quería perderse la cena con Virgil, y todavía tenía que pasar por casa para cambiarse. Además, tenía que preparar una bolsa con lo necesario para ir a dormir al hospital. Por fortuna, tendría el día siguiente para recuperar el sueño perdido. Sus vacaciones empezaban inmediatamente.

Tal vez se fuera con Virgil cuando él dejara Crescent City, por lo menos hasta que terminaran sus días libres. En aquellas dos semanas, tal vez los dos averiguaran lo que necesitaban saber...

Con aquellos pensamientos felices, entró en la calle de su casa, dejó el bolso en el asiento, puesto que iba a volver enseguida, y subió rápidamente las escaleras de la terraza.

—Ahora es la nuestra —dijo Shady.

Habían aparcado al final de la calle, en una carretera de

tierra alejada de la autopista, y habían visto a la mujer parar frente a su casa. Ya sabían dónde vivía.

–Yo te espero aquí, vigilando –dijo Meeks, mientras Shady salía del coche.

Shady se volvió a mirarlo.

–¿Qué dices?

–Es nuestro trato, tío. Yo te ayudo a matar a Skin y te ayudo a matar a Pretty Boy, porque ellos han faltado a su compromiso con la banda y merecen morir. Pero yo no mato a mujeres.

¿Qué era aquello? Más charlas de cobardes. Tenía razón al pensar que Meeks había perdido su impulso. Aquel tipo se había vuelto débil como esos imbéciles de la Furia del Infierno, que no habían sido capaces de acabar con Skin. ¿Para qué iba a discutir? Si tenía que hacer aquello, sería mejor que lo hiciera con un buen colocón.

–Muy bien. No te necesito.

Meeks lo llamó.

–¿Qué pasa con esto? –le preguntó, y le mostró una de las pistolas que llevaban escondidas debajo de los asientos.

–Lo que necesito lo llevo aquí –dijo, y se sacó un cuchillo de una funda que llevaba amarrada a una de las pantorrillas.

–Pero si aquí nadie va a oír los disparos. Puedes utilizar la pistola sin problemas.

–Prefiero cortarle el cuello.

No fue fácil subir las escaleras de la subdirectora sin que la madera crujiera, pero hacía viento, lo cual amortiguaba el ruido. Subió cada peldaño con cuidado, y supo que ella no había oído nada cuando se encontró la puerta entreabierta.

Por la cristalera, comprobó que ella no estaba ni en la cocina, ni en el salón, ni el comedor. Seguramente, había ido a su habitación a cambiarse.

De ser así, él iba a demostrarle que no tenía ningún motivo para vestirse.

Cada minuto que Virgil pasaba esperando a Peyton le parecía una hora. Aunque se había pasado todo el día durmiendo, y no había podido pensar en demasiadas cosas, desde que ella le había llamado para decirle que estaba de camino y él sabía que ya no contaba con la seguridad de la prisión, se sentía muy nervioso. Ella no entendía lo que podía hacer La Banda, lo cerril que podía llegar a ser Shady...

Descolgó el auricular del teléfono de la mesilla y llamó a su móvil, pero ella no respondió.

Cuando hizo un segundo intento, y ella tampoco respondió, comenzó a preocuparse más. ¿Por qué no respondía?

¿Era porque no podía?

Solo con pensar en que Shady le pusiera las manos encima se sentía aterrorizado. No quería ser la causa de la destrucción de la única cosa bella que había encontrado en su vida. Aquel era el motivo por el que no sabía si mantener una relación con ella. No quería manchar lo que era Peyton, no quería arrastrarla hacia el abismo con él si La Banda lo encontraba alguna vez.

Estaba a punto de llamar a la policía y pedirles que fueran a buscarla, o intentar que los guardias de la puerta de su habitación acudieran a su casa, cuando sonó el teléfono. Supuso que era ella, y respondió más tranquilo. Sin embargo, no era Peyton.

—¿Skin?

Pretty Boy. Virgil no podía creerlo. Cuando había salido de Florence, se había resignado a no volver a ver a su amigo. Sin embargo, debería haber sabido que las cosas no podían terminar así entre ellos.

—Hola, tío, ¿cómo estás?

–Sobrevivo. ¿Y tú?
–Yo también.
–He oído decir que estás enfermo.
–Ya no. ¿Y tú, dónde estás?
–Estoy aquí, en Crescent City –gruñó él–. Solo tú podías hacerme conducir durante horas y horas. He tenido que parar a vomitar dos veces.
–Qué niñato –bromeó Virgil.
–He venido a ayudar. No sé lo que puedo hacer, pero cuando ese maldito director no respondió a mis llamadas, seguí conduciendo sin más. Y antes de darme cuenta... estaba aquí. Pensé en presentarme en la puerta de su casa para obligarle a escucharme, pero todo sucedió antes de que yo pudiera llegar.
–Bueno, ¿y cómo me has encontrado? ¿Cómo has sabido que estaba en el hospital?
–Toda la ciudad sabe que estás en el hospital. Lo que pasó en la cárcel ha salido en las portadas de los periódicos. En los artículos decía que tú, con el nombre de Simeon Bennett, y un guardia, tuvisteis un altercado anoche, y que ahora tú estabas en la UCI, protegido por dos guardias armados. En la UCI –repitió–. Cuando leí eso, pensé que tal vez no lo consiguieras.
–Así que me has llamado.
–No sabía con qué nombre habías ingresado, así que le dije a la telefonista que me pusiera con el chico al que estuvieron a punto de matar anoche en la cárcel.
–¿Y ella ha pasado la llamada? –le preguntó Virgil, riéndose.
–Le dije que era tu hermano.
Hasta aquel momento, Virgil no se había dado cuenta de lo mucho que echaba de menos a Rex. Era estupendo oír su voz y sentir su apoyo. Rex le había salvado durante los primeros años que había pasado en la cárcel. Su amis-

tad había hecho que mereciera la pena vivir durante aquellos catorce años.

—Estoy en deuda contigo por lo que hiciste por Laurel y por los niños.

—Ni lo menciones —dijo Rex—. De todos modos, Ink nunca me cayó bien.

Pero Pointblank sí. Rex estaba intentando quitarle importancia, pero Virgil sabía lo que le había costado el hecho de proteger a Laurel y a los niños. Toda su vida había cambiado.

—¿Vas a estar bien sin La Banda?

—No necesito a La Banda. Te tengo a ti, ¿no?

Virgil sonrió.

—Sí, me tienes a mí.

—Bien. Entonces, ya no estaré tan solo. Iría a verte ahora mismo, pero eso de los guardias armados sonaba un poco desmoralizante. No quisiera tener que matarlos, ¿sabes? Eso no sería forma de empezar una vida decente.

—No tienes por qué meterte en problemas. Voy a salir muy pronto de aquí. Entonces nos pondremos al día —dijo. Entonces, volvió a pensar en Peyton, y se le formó un nudo en el estómago—. Pero, ¿podrías hacerme un favor?

—Lo que quieras.

—Tienes coche, ¿no?

—He tomado prestado un coche, sí, señor Skinner.

Virgil se echó a reír otra vez. Robar un coche no era precisamente la mejor manera de empezar una vida decente, pero sabía que Rex no tenía muchas opciones, y si devolvía el coche cuando hubiera terminado, tal vez eso no se sumara a la lista de acusaciones que habría contra él si lo atrapaban. Lo que había hecho en aquella casa había sido para proteger a una mujer y dos niños. Si él no había matado al alguacil, seguramente podría resolver sus problemas legales sin cumplir una condena demasiado larga.

—Mi… mujer no ha venido por aquí, y me estoy preocupando…

—¿Tu mujer? —le interrumpió Rex—. Vaya, tío, tú sí que vas deprisa.

—Solo estoy recuperando el tiempo perdido. ¿Te importaría ir a comprobar que está bien? —le pidió Virgil, y le dio la dirección de la casa de Peyton.

Capítulo 32

Peyton no estaba segura de qué era lo que le había llamado la atención. Estaba metiendo algo de ropa en una bolsa de viaje, contenta y emocionada porque iba a ver a Virgil, y, al momento siguiente, sintió una punzada de miedo en el estómago. Tal vez fuera un crujido de la madera, un crujido distinto a los demás. Lo que la había puesto sobre aviso no era grande, porque no podía identificarlo. Sin embargo, tenía la impresión de que no estaba sola.

Se irguió sobre la bolsa de viaje y escuchó con suma atención. ¿Estaba imaginándose las cosas? Virgil estaba asustado por ella, y no quería que estuviera sola. Sin embargo, La Banda no podía encontrar su casa e ir por ella tan rápidamente.

O tal vez sí...

Miró por la cama, por la mesilla de noche, por el suelo, en busca del móvil, e incluso se palpó los bolsillos de los pantalones vaqueros que acababa de ponerse, cuando recordó que había dejado el bolso en el coche. Corrió hacia el teléfono fijo y marcó el número de la policía. Sin embargo, antes de que respondieran, oyó pasos en el piso de arriba, y sintió terror. No quería estar atrapada en su habitación. No tenía puerta al exterior, y la ventana era fija. Tendría que romper el cristal, que daba al mar, e ingeniárselas para salir, o tendría que marcharse por donde había venido: por las escaleras.

Entonces oyó un sonido distinto, mucho más cercano, y supo que no podía usar las escaleras. Alguien ya estaba bajando por ellas. Vio las zapatillas de deporte de un hombre, y las perneras de los pantalones vaqueros, justo antes de una mano tatuada que agarraba un enorme cuchillo.

–Servicio de Emergencias. ¿Puede decirme de qué se trata, por favor?

Ella intentó tomar aire para poder hablar.

–¡Hay un hombre en mi casa! –gritó.

En cuanto la encontró, Shady se agarró a la barandilla para bajar el resto de los escalones de un salto. Esperaba poder llegar a la habitación de la subdirectora antes de que ella cerrara la puerta, pero no lo consiguió. Ella soltó el teléfono y dio un portazo justo cuando él aterrizaba. Eso le enfureció. Ahora quería matarla solo por intentar resistirse. Y lo haría. La tenía acorralada; solo necesitaba derribar aquella frágil barrera.

–Hola, nena. Virgil te envía una sorpresa –le dijo–. Quiere que te enseñe lo que se siente cuando te viola por detrás uno de esos idiotas de la cárcel en la que trabajas –gritó.

Él había sido una de las víctimas de aquel abuso hacía muchos años. El tipo que lo usaba se parecía mucho a Virgil, pero las similitudes acababan ahí. Shady nunca había oído decir que Virgil hubiera tenido una relación homosexual. Siempre había conseguido defenderse, aunque había ingresado en prisión mucho más joven que él. Y por eso, Shady lo odiaba incluso más.

Empujado por la necesidad de distanciarse de aquellos recuerdos, volvió a golpear la puerta. ¿Acaso aquella zorra pensaba que podía dejarlo fuera? Estaba loca. Iba a entrar. La puerta ya estaba empezando a astillarse.

—¡La policía viene de camino! —le gritó—. Márchese de aquí, a menos que quiera pasarse el resto de la vida en una cárcel.

¿Estaba dispuesto a dejarse atrapar con tal de conseguir lo que quería? ¿Sería un error quedarse allí? Tal vez. Sin embargo, sabía que no iba a poder vivir tranquilo si se marchaba en aquel momento. Su autoestima no le toleraría semejante derrota.

Bajó el hombro, volvió a arremeter contra la puerta y, por fin, oyó un ruido estruendoso al conseguir derribarla.

Cuando Rex encontró la cabaña de Peyton, su coche blanco estaba aparcado en la calle de abajo. Todo estaba en orden. Seguramente, Skin se había preocupado demasiado sin necesidad. Sin embargo, ya que había llegado hasta allí, iba a decirle que Virgil estaba inquieto por ella, y que había estado intentando llamarla. Tal vez su teléfono móvil se hubiera quedado sin batería, y a ella se le había olvidado cargarlo...

Paró detrás del Volvo y salió del coche. Justo cuando llegaba a las escaleras, oyó el grito de una mujer en el interior de la casa.

¡Desgraciados! Se sacó la pistola de la cintura del pantalón y subió los escalones de dos en dos. Sin embargo, antes de poder llegar al descansillo, sonó un disparo desde el bosque.

Horrorizado, Rex se agachó y miró a través de la valla de madera para ver quién era. Sonó otro disparo, y en aquella ocasión, Rex sintió un dolor lacerante en el pecho, y la mano con la que sujetaba el arma se le quedó entumecida.

Fuera sonaron dos disparos, y Peyton se preguntó si realmente quería salir de casa. ¿Qué ocurría? ¿Acaso la policía estaba enfrentándose con La Banda? De ser así, no quería salir en medio de la batalla. De todos modos, no podía hacerlo. Había lanzado todo tipo de objetos contra la ventana, pero solo había conseguido hacer algunas grietas en el cristal de seguridad. No había tenido tiempo para hacer un agujero.

Todavía tenía la lámpara en las manos. Era su única arma. La puerta se rompió, y ella se giró para enfrentarse a su atacante. Era Shady, el líder de la La Banda del que le había hablado Virgil. Llevaba el nombre tatuado en el brazo.

–Vaya, vaya –dijo él–. Qué sorpresa. No eres fea, después de todo.

Ella sujetó la lámpara para golpearle si era necesario.

–¡No se acerque a mí!

–Tenía que ser Virgil el que se hiciera con una joya como tú –dijo él, relamiéndose mientras la miraba de arriba abajo–. No se puede decir que no tiene buen gusto.

–No sé de qué está hablando.

–¿Tú no eres la novia de Skin?

–¡No, claro que no! Está perdiendo el tiempo.

–Entonces, ¿por qué llevas puesto su medallón?

¡El medallón! No se le había ocurrido pensar que La Banda pudiera reconocerlo. Normalmente lo llevaba debajo de la ropa, pero cuando se había cambiado, se lo había puesto por encima del jersey de cuello alto.

–Él me lo dio como… soborno.

–Sí, claro –dijo el mafioso.

La hoja de su cuchillo resplandeció contra la luz del atardecer. La puesta de sol era impresionante desde su ventana. Pronto habría oscurecido. ¿Viviría para ver un día más, o sería aquel el último?

—Podemos hacerlo fácil, o podemos hacerlo difícil —le dijo él, guiñándole un ojo—. El modo fácil requiere que tú dejes la lámpara.

—Váyase al infierno.

Se oyó otro tiro. Peyton se sintió esperanzada, sobre todo al ver que Shady inclinaba la cabeza para escuchar. Él tenía tanta curiosidad como ella por aquellos disparos. Le pusieron nervioso, tanto que dejó de juguetear y se acercó a Peyton con los ojos brillantes.

—Parece que vamos a tener que saltarnos los juegos preliminares e ir directamente al grano.

—¿Y cuál es?

—Despedirme de ti para siempre.

Peyton gritó cuando él se lanzó hacia ella, y giró la lámpara con todas sus fuerzas, pero Shady se agachó y el impulso que había tomado la lámpara hizo que ella perdiera el equilibrio. Shady aprovechó la ocasión y agarró el pie de la lámpara con la mano libre. Se la arrancó de las manos y la lanzó a un lado al mismo tiempo que abatía el cuchillo sobre ella.

Peyton sintió un dolor increíble en el brazo. Miró la sangre que brotaba de la herida. Su mente la urgió a seguir luchando; él estaba a punto de acuchillarla nuevamente. Sin embargo, ya no podía usar el brazo derecho. En el último segundo, intentó bloquear la cuchillada con el otro brazo. En aquella ocasión, él intentó dañarle algún órgano vital, pero ella lo esquivó saltando a un lado.

Por fin, él se había apartado del camino hacia la puerta, así que ella intentó llegar a las escaleras. Su única posibilidad de sobrevivir era salir. Sin embargo, se tropezó con la lámpara y cayó, y él consiguió agarrarla del pelo. Peyton estaba segura de que iba a atravesarle el estómago o el pecho, y no iba a poder detenerlo. Estaba en sus manos.

–Virgil lo matará por esto –dijo, y se preparó para lo peor.

Sin embargo, sonó un cuarto disparo. En aquella ocasión, fue tan alto que le retumbaron los oídos. Entonces, Shady se desplomó.

Gritando y llorando, se alejó de él tan rápidamente como pudo. No sabía si estaba muerto, y no quería que volviera a apuñalarla. Además, quería ver quién le había disparado.

El hombre que entró tambaleándose en su habitación tuvo que apoyarse en la pared. Tenía la camisa empapada en sangre, y el brazo derecho le colgaba inerte. En la otra mano llevaba una pistola. Tenía los brazos cubiertos de tatuajes y estaba muy pálido, y daba tanto miedo como Shady. Sin embargo, era mucho más guapo, y ella supo que todo iba a ir bien cuando cerró los ojos, respiró profundamente para poder hablar y dijo:

–No tengas... miedo. Soy... el mejor amigo de Virgil.

Epílogo

Dieciocho meses después...

Virgil observó a Peyton cuando ella se levantó de la tumbona y entró en casa para buscar más bebidas. Estaban cerca de la fecha de nacimiento de su bebé, y eso hacía que se preocupara por ella. Le había pedido que se tomara una temporada sabática del trabajo; él había recibido su indemnización de setecientos mil dólares del gobierno, y su propio negocio iba tan bien que no necesitaban tantos ingresos. Sin embargo, ella se había negado. Era demasiado nueva todavía en el centro penitenciario de Cumberland, Maryland, y todavía quedaban dos meses antes de que tuviera que tomarse la baja maternal. No quería mostrar debilidad. Y no había forma de convencerla de lo contrario.

Por lo menos, ahora trabajaba con delincuentes comunes. Parecía que disfrutaba del trabajo, y decía que se sentía muy bien. Verdaderamente, tenía muy buen aspecto. Pero para Virgil, siempre había sido así. A medida que avanzaba el embarazo, ella se quejaba de la retención de líquidos y del aumento de peso, pero él sabía que estaba muy emocionada por haber podido tener aquel hijo, y lo único que veía era a la mujer a la que amaba.

Rex le señaló el artículo que Virgil había encontrado en

Internet aquella mañana y lo imprimió para mostrárselo a los demás.

—Así que Rick Wallace ha sido condenado, por fin.

—Sí, y todo gracias a Mona —dijo Virgil, riéndose—. ¿Quién lo iba a decir?

Si Mona no le hubiera dicho a Rex cómo había averiguado Shady el paradero de Virgil, seguramente Wallace se habría librado del castigo por lo que había hecho.

—Han tardado bastante —comentó Rex.

Virgil tomó su cerveza. Su hermana, Laurel y los niños, estaban en el jardín, jugando en una piscina hinchable. Habían ido a la fiesta, pero aparte de eso, se veían muy a menudo. Ella vivía en la misma calle.

—Perder su trabajo y pasarse cinco años entre rejas no va a ser fácil para él. Pero es una pena que vaya a cumplir la condena en una cárcel de seguridad media, y no de máxima seguridad como las que nosotros conocemos.

Rex frunció el ceño.

—En mi opinión, se merece más de lo que le ha caído. ¿Por qué crees que han sido tan suaves con él?

—No tenía antecedentes, y no fue él quien informó de dónde estaba Laurel. Y a menos que cuentes a Meeks y a Shady, no murió nadie como resultado de sus actos. Si hubieran podido responsabilizarlo de la muerte del alguacil, entonces la historia habría sido muy diferente.

—Ojalá pudieran averiguar quién les dijo dónde estaba Laurel.

—Sí, ojalá. Pero parece que eso no va a suceder.

Rex miró de nuevo a Laurel, que estaba rellenando la piscina.

Virgil le dio una patadita por debajo de la mesa.

—¿Qué? —dijo Rex.

—Podías disimular un poco.

Su amigo lo miró ceñudo.

−No sé de qué estás hablando.

−Lo dices en broma, ¿no? Se te cae la baba cada vez que mi hermana se acerca a tres metros de ti.

Rex se tapó la boca con la lata de cerveza para que Laurel no viera lo que decía, y bajó la voz.

−¡Cállate! Te va a oír.

−En serio, Rex. Hace más de un año y medio que os conocisteis. Deberías pedirle que salga contigo.

−Cuando esté lista, me lo hará saber.

Virgil se levantó para vigilar las hamburguesas y los perritos calientes que había en la barbacoa.

−Después de todo lo que le ha pasado, tal vez ni siquiera se dé cuenta de cuándo está preparada −murmuró−. Tienes que dar el paso.

Rex silbó suavemente.

−Es muy especial, ¿eh?

−Es de armas tomar. No se la desearía ni a mi peor enemigo −dijo Virgil, en broma−. Pero yo ya sé que eres un masoquista, así que no me vas a hacer caso.

Rex estiró las piernas para poder cruzar los tobillos.

−Vamos, ¿qué estás diciendo? Tú darías tu vida por ella.

−Es cierto. Por eso me gustaría verla con alguien como tú.

Rex arqueó las cejas.

−¿Quieres decir un exconvicto? A mí nunca me han absuelto...

−Deja de sentirte inferior. Tú has rehecho tu vida.

−¿Y si nos alcanza el pasado?

−La Banda nunca nos va a encontrar aquí. Tenemos nuevas identidades y estamos viviendo al otro extremo del país.

−Si es que podemos acostumbrarnos a nuestros nuevos nombres, Charles Pembroke.

—Lo conseguiremos, Perry Smith —dijo Virgil—. Pídele una cita.

—No...

Virgil puso los ojos en blanco.

—Para ser un tipo duro, eres bastante gallina.

—Tal vez, cuando tenga algo más que ofrecerle.

—¿Qué más necesitas? —le preguntó Virgil—. La deseas desde antes de conocerla, y nuestro negocio va muy bien. Eso es mucho —le dijo.

De hecho, Ex-Con Protection, un servicio de guardaespaldas, había crecido más rápidamente de lo que ninguno de los dos esperaba. El próximo año, ellos dos estarían ganando más de lo que ganaba Peyton. Y no era difícil ganar más que Laurel, puesto que parecía que no podía adaptarse a ningún trabajo. A Virgil le preocupaba. Aunque su tío había sido encarcelado y tenía que cumplir una condena de quince años, su madre se había emparejado con otro hombre en Los Ángeles y sus vidas se habían vuelto mucho más calmadas, su hermana todavía estaba inquieta. Él no estaba seguro de que pudiera olvidar lo que les había ocurrido, pero sabía, por experiencia, que el hecho de tener a su lado un hombre que la quisiera podía ayudarla a sanar.

—Eres perfecto para ella —dijo Virgil.

—No sé, tío —dijo Rex, mientras colocaba los aperitivos de su plato, antes de arriesgarse a mirar otra vez a la hermana de Virgil—. ¿Y si me rechaza?

—Pues te rechazó. ¿Qué tienes que perder? De todos modos, ahora no la tienes en tu cama por las noches.

Rex suspiró.

—Oh, demonios. He tomado suficiente cerveza como para que me hayas convencido de esto.

Dio un último sorbo, tiró la lata al cubo de reciclaje y se acercó a Laurel. Peyton volvió y se encontró a Virgil mirando a Rex y a su hermana, mientras daba la vuelta a las hamburguesas. Mia y Jake estaban chapoteando en la piscina.

—¿Qué pasa? —preguntó.

Él la tomó de la mano y le besó los nudillos, y después señaló con la cabeza a Rex y a Laurel.

—Creo que por fin le va a pedir que salga con él.

ÚLTIMOS TÍTULOS PUBLICADOS EN HQN

Solo para ti de Susan Mallery

La rendición más oscura de Gena Showalter

Mentira perfecta de Brenda Novak

Deseada de Nicola Cornick

Romance en la bahía de Sheryl Woods

Amar peligrosamente de Sarah McCarty

La última profecía de Maggie Shayne

Convénceme de Victoria Dahl

Crimen perfecto de Brenda Novak

Tiempos de claroscuro de Deanna Raybourn

Solo para él de Susan Mallery

Chicas con suerte de Kayla Perrin

Tirando del anzuelo de Kristan Higgins

La seducción más oscura de Gena Showalter

Un momento en la vida de Sherryl Woods

Prohibida de Nicola Cornick

www.ingramcontent.com/pod-product-compliance
Lightning Source LLC
LaVergne TN
LVHW030333070526
838199LV00067B/6264